IHRE VAMPIR VERSUCHUNG

ALEXIS ALVAREZ

Übersetzt von
FRANZISKA HUMPHREY

Inhaltsverzeichnis

✣ Erstellt mit Vellum

HOLEN SIE SICH IHR KOSTENLOSES BUCH!

Tragen Sie sich in meine E-Mail Liste ein, um als erstes von Neuerscheinungen, kostenlosen Büchern, Sonderpreisen und anderen Zugaben zu erfahren.

https://geni.us/jungfrauunddervampir

PROLOG

Bri

„AUF DIE KNIE, *meine Schöne. Sofort. Spreiz deine Schenkel für mich.*"

Ich gehorche zögerlich. Mein nackter Körper schmerzt vor Verlangen nach dem Mann vor mir. Seine Stimme, so tief und kraftvoll, hat einen erotischen Unterton. Das Funkeln in seinen dunklen Augen ist verrucht und sexy zugleich.

Seine nackte Brust, deren Muskeln sich nach unten zu einem sexy V verjüngen, bringt mich dazu, augenblicklich seine Jeans aufreißen zu wollen.

„*Du weißt, was ich will, nicht wahr?*" *Er tritt näher an mich heran. Reizt mich mit seiner unmittelbaren Nähe. Er lacht.* „*Und ich weiß auch, was du willst. Du wirst es bekommen … irgendwann.*"

Er beugt sich vor, packt mich bei den Haaren und zieht daran, während er ganz nah an meinem Hals weiterspricht. „*Solange du ein braves Mädchen bist. Solange du tust, was ich sage.*"

Ich keuche vor Erregung und stöhne ein wenig, als meine Augenlider beginnen zu flattern. Er riecht nach Regen, Wald und Geheim-

1

nissen. Ich öffne die Lippen und beuge mich in der Hoffnung auf einen Kuss nach vorn.

Er willigt ein. Berührt meine Lippen mit seinen. Wie elektrisiert sinke ich in seine Berührung und öffne meinen Mund für seine Zunge.

Aber er zieht sich zu schnell zurück. „Nur eine kleine Kostprobe. Du wirst dir mehr verdienen müssen." Er gluckst. „Wir fangen damit an, hmmm?"

Ich reiße die Augen auf, als ich höre, wie er seinen Gürtel öffnet. Das Zischen des Leders durch die Schlaufen seiner Jeans lässt mich zwischen den Schenkeln feucht werden.

„Du weißt, welche Stellung ich mag", murmelt er.

Ich schaue auf. Ich will nur seinen Gesichtsausdruck sehen und dann werde ich jedes schmutzige, verdorbene Ding tun, das wir beide begehren—

Aber ein schriller Alarm zerreißt die Luft und er löst sich in einen luftigen Nebel aus Farben auf.

Mein Schlafzimmer taucht vor mir auf, der Wecker dröhnt durch meinen Gehörgang und erinnert mich an mehrere Punkte:

1. Ich bin allein.
    2. Mein sexy geheimnisvoller Mann existiert nicht.
    3. Es ist Zeit für die Arbeit.

Ich schließe die Augen und versuche, ihn wieder heraufzubeschwören, während ich den nervigen Wecker ausschalte. Aber er ist weg.

„Verdammt." Ich reibe mir die Augen und setze mich auf. Dann streiche ich mir die roten Locken aus dem Gesicht.

Um 7:00 Uhr am Montagmorgen ist es aufgrund meiner Verdunkelungsrollos immer noch so dunkel wie um

Mitternacht, was es noch verlockender macht, wieder einzuschlummern. Aber ich habe einen anstrengenden Tag vor mir, also muss ich den geheimnisvollen Mann bis zum nächsten Mal zurücklassen.

Ich ziehe die Decke von meinem Arm und zucke zusammen, als ich versehentlich gegen eine meiner frischen Narben stoße. Sie ist geschwollen und ganz verschlossen, an den Rändern jedoch immer noch empfindlich.

Mein Magen überschlägt sich vor Angst und ich verdränge die Gefühle, so gut ich kann. Dr. Su hat gesagt, dass es nicht hilft, sich Sorgen zu machen, und ich weiß, dass sie recht hat.

Aber es ist leichter gesagt, als getan.

Ich reibe mir sanft die Haut, während ich das Licht einschalte und gegen die plötzliche Helligkeit der Glühbirne blinzle.

„Es sind wieder nur du und ich, Babe", sage ich zu mir selbst. „Wir gegen den Rest der Welt." Ich atme tief ein und versuche, mit Überzeugung zu sprechen. „Wir schaffen das."

Ich bin es gewohnt, allein zu sein, und eigentlich ist es mir sogar lieber. Ungelogen.

Aber in Zeiten wie diesen wäre es schön, wenn mein Traummann real wäre …

Nur für eine einzige Nacht.

Bri

Ich nehme einen tiefen Atemzug der frischen Wüsten-luft. Es ist Abend; ich habe den letzten schädlichen Sonnenstrahl hinter mir gelassen und bin jetzt frei. Ich fahre eine lange Wüstenstraße im Oro Valley hinunter und habe das Autofenster geöffnet, um auf dem Weg zu meinem Webdesign-Kunden den kühlen Oktoberwind zu genießen.

Zu schade, dass mein Wagen nicht mitspielt. Die Anzeige *Kühlwasser prüfen* blinkt schon wieder – Mist. Gut, dass ich einen Reservekanister mit Kühlmittel im Koffer-raum habe.

Ich fahre noch ein kurzes Stück weiter und parke schließlich auf einem leeren Parkplatz neben einem neu errichteten Gebäude. Normalerweise hasse ich Bebauung in der Wüste, aber dieses Gebäude ist elegant gestaltet, mit wunderschönen Wellen aus Stahl und Glas.

Ein orangefarbener Kegel und ein herunterhängendes Stück Absperrband sind die einzigen Überbleibsel der

Arbeiten, die in dieses Gebäude geflossen sein müssen. Aber keine Schilder.

Ich hole mein Kühlmittel aus dem Kofferraum und öffne die Motorhaube, um es nachzufüllen. Plötzlich weiß ich, dass ich nicht mehr allein bin. Meine Haut kribbelt und mein Körper ist wie elektrisiert – da ist jemand hinter mir.

„Sie können hier nicht parken. Das ist ein Privatgrundstück."

Es ist ein Mann. Er hat einen Hauch von einem europäischen Akzent. Ich kann sein Gesicht nicht sehen, aber sein Ton ist wie Samt und Stahl zugleich und voller Selbstvertrauen. Sexy.

„Ich habe eine Autopanne." Ich spreche in den Motor meines alten Honda Civic und schaue nicht auf, während ich die Kühlflüssigkeit eingieße. „Sobald ich meinen Champagner ausgetrunken habe, sind wir hier weg."

Es war niemand da, als ich angehalten habe. Ist er aus dem Nichts aufgetaucht?

Die blassblaue Flüssigkeit gurgelt und gluckert in der Öffnung. „Aber danke für die hilfreiche Belehrung über die Verkehrsregeln, Professor." Es ist vielleicht nicht klug, so mit einem Fremden zu sprechen. Aber manchmal habe ich das Gefühl, dass Worte mein Weg sind, mich wirklich frei zu fühlen, so eingeschränkt ich in anderer Hinsicht auch bin.

„Ich unterrichte gern die Unwissenden." Seine Stimme ist leiser und jetzt näher. „Wenn es sich für mich lohnt." Er ist näher an mich herangetreten und verdammt, ich kann seine Anwesenheit spüren. Er ist wie ein Magnet, der mich anzieht.

Dem Klang seiner Stimme nach zu urteilen, stelle ich mir vor, dass er attraktiv oder kräftig ist. Man spricht nur mit dieser Art von mühelosem Selbstvertrauen, wenn man genau das zu bieten hat, was die Gesellschaft zu wollen glaubt.

Ich gieße das Kühlmittel zu Ende ein und richte mich auf. Als ich meine linke Hand am Oberschenkel meiner Jeans abwische, prüfe ich, ob seine Stimme zu seinem Gesicht passt. Und … er ist heiß. Er lässt *attraktiv* alt und abgenutzt aussehen. Er ist einfach phänomenal.

Und ich schwöre bei Gott, er ist der Mann aus meinen Träumen von letzter Nacht.

Groß und gut gebaut, schlank. Gefährlich. Dunkelbraunes Haar, das fast schwarz ist. Zerzaust und dicht. Grüne Augen. Dichte Wimpern und volle Lippen, die gleichzeitig sinnlich und grausam aussehen. Mitte dreißig vielleicht, etwa zehn Jahre älter als ich?

Mein Magen kribbelt. Noch nie habe ich mich zu jemandem so unmittelbar hingezogen gefühlt. Und der Blick in seinen Augen sagt mir, dass er es weiß. Und er weiß, dass ich es weiß.

Und es gefällt ihm.

Er lächelt, aber dann verändert sich sein Gesichtsausdruck von spöttisch zu etwas Ernsterem. Wir starren uns ein paar Sekunden lang an und ich kann mich eines seltsamen Gefühls nicht erwehren –, dass einer von uns das Raubtier ist und der andere die Beute. Aber wer ist wer? Denn ich möchte ihn unbedingt jagen, so wie ich will, dass er mich jagt und fängt.

Dann lächelt er. Mein Blut verwandelt sich erst zu Feuer, dann zu Eis und schließlich zu flüssigem Sonnenschein. Ich verstehe seine Wirkung auf mich nicht – die Flasche rutscht mir aus den Fingern, während ich erröte und über meine Reaktion nervös und verlegen reagiere.

Ich bücke mich hinunter, um die Flasche aufzuheben, und atme ein wenig heftiger. „Fuck." Ich hauche das Wort mit gesenktem Kopf und er kann auf keinen Fall gehört haben, was ich gesagt habe.

Aber irgendwie weiß er es doch. „Mmm. Das passt tatsächlich hervorragend zu einem guten Champagner."

„*Wie bitte?*" Hat er das wirklich gerade gesagt?

Mein ganzer Körper fängt an, langsam zu brennen, während Bilder in meinen Gedanken aufblitzen. Nicht-jugendfreie, wundervolle Bilder von diesem Mann. Nackt.

„Champagner passt doch zu allem, nicht wahr? Aber auch auf die Gefahr hin, mich zu wiederholen: Sie befinden sich auf einem Privatgrundstück. Dies ist kein öffentlicher Ort für gemütliche Picknicks."

Sein Blick hat eine gewisse Schärfe und die Art, wie er die Lippen zusammenpresst, macht mir sofort klar, dass dies kein Mann ist, den man verärgern will. Er lächelt und ich spüre diese starke Anziehungskraft, aber da ist noch etwas anderes in seinen Augen, das überhaupt nichts mit Humor zu tun hat.

Aber ich werde mich von niemandem unterkriegen lassen.

„Auf die Gefahr hin, dass auch ich mich wiederhole – und ohne Ihnen zu nahe treten zu wollen –, aber wie jeder Mensch mit einem Minimum an logischem Denkvermögen wahrscheinlich nachvollziehen kann", ich winke mit der Hand über die geöffnete Motorhaube, „ist das hier kein Picknick im Park. Motorenprobleme sind wichtiger als Verbotsschilder."

„Ich glaube, Sie wollen es doch."

„Was?"

Er zieht eine Augenbraue hoch. „Ich glaube, Sie würden mir gern zu nahe treten." Jetzt lächelt er wieder. „Und sehen Sie, was passiert. Sie schlagen alle Vorsicht in den Wind und lassen die Worte frei fließen. Habe ich nicht recht?"

Ich stemme meine freie Hand an die Hüfte. Mein Herz rast, weil er so scharfsinnig ist. „Was soll das überhaupt bedeuten?" Ich zucke mit der Schulter und blicke auf mein Auto. „Ihr Urteil über mich ist falsch. Und nebenbei bemerkt? Ein Gentleman würde fragen, ob ich Hilfe brauche."

„Oh, aber ich bin kein Gentleman." Er verschränkt die Arme und sieht mich mit geneigtem Kopf an. „Haben Sie mich etwa auch falsch eingeschätzt?" Er mustert mich von oben bis unten, frech. „Ich denke, Sie sollten vorsichtig mit Ihrem Mundwerk sein. Eines Tages werden Sie zu weit gehen und genau die falsche Person provozieren."

„Wollen Sie damit andeuten, dass Sie die falsche Person sind?" Ich kneife die Augen zusammen und tue verächtlich. Obwohl mein Herz schlägt, ist es aufregend, mit ihm zu streiten.

Dies ist eine unangemessene Unterhaltung. Gäbe es eine Liste der Dinge, die man zu einem fremden Mann auf einem leeren Parkplatz nicht sagen sollte, stünden meine Antworten ganz oben auf der Seite.

Allerdings habe ich schon lange niemanden mehr getroffen, der so attraktiv ist. Zu lange. Ist es falsch, den Moment ausnutzen zu wollen, vor allem, da ich nicht weiß, wie viele davon ich noch erleben werde? Jedenfalls habe ich nicht das Gefühl, dass er gefährlich ist – für mich.

„Lassen Sie sich versichern, ich bin absolut der Falsche für Sie", sagt er. Ein Moment vergeht. „Aber ich würde mir durchaus die Zeit nehmen, Ihnen zu zeigen, was passiert, wenn Sie mir zu nahe treten." Sein Blick bohrt sich in meine Augen. „Wenn Sie fragen. Ganz nett."

Ein Rausch der Begierde schießt durch meine Adern. Das Gefühl ist so stark und unmittelbar, dass mir der Atem stockt. Und einfach so bin ich feucht zwischen den Schenkeln.

Fuck. Steht es mir ins Gesicht geschrieben, dass ich auf dominante Männer stehe? Merkt er, dass ich mich nach einer Session sehne? „Ich kann nett sein, wenn es mir passt." Ich schenke ihm ein Grinsen. Der Motor gibt ein kleines *Ping*-Geräusch von sich und ich schaue zurück auf den Wagen. „Zu schade, dass mein Auto nicht mitspielt."

„Eine Schande, dass Sie gewartet haben, bis es zu spät war, um es zu reparieren." Sein Tonfall ist trocken. „Und jetzt sitzen Sie hier mitten in der Nacht mit einem Fremden auf einem leeren Parkplatz fest."

„Probleme mit dem Wagen können jederzeit uner-wartet auftreten." Ich verschränke die Arme. Ich tue so, als wüsste ich nicht, dass mein Wagen ein kleines Leck hat, und dass ich die Fahrt in die Werkstatt vor mir herschiebe. Es ist einfach schwer, wenn man tagsüber nicht rausgehen kann –

„Viele Dinge passieren innerhalb eines Wimpern-schlags", stimmt er zu. „Sowohl im Guten als auch im Schlechten." Er klingt aufgebracht und – zu meiner Über-raschung – leicht angespannt. Er schaut sich prüfend um und entspannt sich dann fast unmerklich. Als wäre sein ganzer Körper ein wenig leichter.

„Ah, aufschlussreich." Ich rolle mit den Augen. „Und als nächstes sagen Sie mir doch bitte, dass man manchmal nach links oder rechts gehen kann. Dass Dinge heiß oder kalt sind."

Er kommt ein paar Zentimeter näher. „Vergnügen oder Schmerz."

Mein Gesicht wird noch heißer als zuvor. „Klar, wenn Sie auf so etwas stehen."

Dem kleinen Lächeln nach zu urteilen, das um seine Lippen spielt, kann ich erkennen, dass er mich laut und deutlich verstanden hat. Er weiß genau, was ich mag.

Dann neigt er den Kopf, als würde er etwas hören, was

ich nicht hören kann. „Ihre Arbeit hier ist vollbracht, nehme ich an?" Aber es ist ein Befehl. Er verlangt, dass ich gehe, auch wenn es als Frage getarnt war.

Er tritt vor und streicht mit einer Hand über die Seite meines Wagens, so wie man ein Rennpferd streicheln würde. Er runzelt die Stirn, schließt die Augen und lächelt dann. „Das wird schon wieder."

Ich verdrehe die Augen. „Danke für Ihre exquisite Hilfe." Ich grinse ihn an.

„Wenn Sie eine Ahnung hätten."

„Das war scherzhaft gemeint. Falls es Ihnen nicht aufgefallen ist, waren Sie absolut keine Hilfe." Ich werfe ihm einen Blick zu.

„Aber haben Sie meine Hilfe denn wirklich gebraucht?"

Ich stelle die Flasche ab und verschränke die Arme.

Mein linker Arm kribbelt an der Stelle, wo die Nadel heute Morgen nicht nur einmal, sondern gleich dreimal hineingestochen wurde. Es war ein neuer Mitarbeiter bei der Blutabnahme, ein Auszubildender. Aber ich bin so auf diesen Mann konzentriert, dass ich die übliche Angst vor dem Warten auf die Ergebnisse nicht verspüre.

„Ich brauche gar nichts von Ihnen." Was ich von ihm *will*, ist eine ganz andere Geschichte.

Er lacht, schaut sich jedoch wieder um. Er wirkt sehr wachsam und angespannt.

Ich frage mich, ob er auf jemand Wichtiges wartet. Ist es eine Frau? Völlig ungerechtfertigte Eifersucht durchströmt mich – nicht angebracht, aber dennoch stark. Ich rolle die Augen über meine eigene Reaktion.

Ich gehe zurück zu meinem Wagen, löse den Metallbügel und schließe die Motorhaube.

„Fahren Sie vorsichtig." Er steht direkt neben mir und hält die Flasche in der Hand.

„Oder sonst?" Ich strecke meine Hand aus und werfe ihm einen kurzen Blick zu. Ich kann mir das Lächeln nicht verkneifen. Ein kleines, katzenhaftes Grinsen und ich beiße mir auf die Unterlippe. Warum will ich ihn unbedingt provozieren? In drängen, bis er …

Er kneift die Augen zusammen. „Sie denken nur, dass Sie es herausfinden wollen."

Ein Rausch der Erregung schießt bei seinem Tonfall − wie warmer Honig und Sex − direkt in meine Klitoris. Aber seine Augen − sie sind grimmig. Ich weiche zurück und blinzle.

Seine Stimme wird sanfter und er tippt auf die Flasche. „Ich werde die für Sie entsorgen. Lassen Sie das Leck morgen prüfen, damit Sie nicht noch einmal anhalten müssen."

„Ja, Sir." Mein Ton ist unverschämt. Für den Bruchteil einer Sekunde, als sich sein Blick verdunkelt, stelle ich mir uns beide nackt vor. Wie er mir befiehlt, schmutzige, verruchte Dinge zu tun. Wie ich gehorche. Mit Vergnügen.

Mein Gesicht ist heiß. Ich schwöre, er liest meine Gedanken, so wie er lächelt.

Er sieht mir tief in die Augen. „Also dann."

Ich nicke. „Also dann."

Zwischen uns bleibt etwas ungesagt, etwas Heißes, Strahlendes und Mächtiges, das mit jeder Sekunde zu wachsen scheint. Wenn er mich nach meiner Nummer fragt, werde ich sie ihm geben. Oder wenn er mir noch einen so glühenden Blick zuwirft, schleudere ich ihm einfach mein Handy an den Kopf − zusammen mit meinem Höschen.

Aber er fragt nicht.

Und ich werde auch nicht um seine Aufmerksamkeit betteln.

Er hebt eine Hand, dreht sich um und geht zum Gebäude zurück.

Er war größer als das Leben selbst und ich spüre es in seiner Abwesenheit noch mehr. Es ist die Art und Weise, wie die Luft um mich herum leicht zu erschlaffen scheint. Wie die Moleküle in sich zusammensacken, während sie sich lautlos verschieben, um den Raum, den er mit seiner Anwesenheit gerade noch eingenommen hat, wieder auszufüllen.

Ich blicke hinüber. Die Flasche ist verschwunden, obwohl ich keinen Mülleimer sehe. Er lehnt an der Backsteinmauer, als hätte er gerade jemanden ordentlich durchgefickt.

Ich sehe es an seinem selbstgefälligen Grinsen. Die Art und Weise, wie er mich von oben bis unten mustert und das Lächeln, das für den Bruchteil einer Sekunde über seine Lippen huscht. Er schüttelt den Kopf und neigt ihn dann zu seinem Feuerzeug hinunter.

Ich stelle mir das Klicken vor, verpasse aber das Aufflackern des Feuers in der schwarzen Nacht nicht, bevor er es mit der Hand schützt und sich seitlich zu mir dreht. Eine Sekunde lang ist die Hitze zwischen seinen Händen heller als die Sonne. Dann ist sie verschwunden.

Er ist ein Raucher? Normalerweise schreckt mich das sofort ab, aber in diesem Moment ist es mir völlig egal. Ich wette, seine Lippen würden köstlich nach Whisky und Rauch schmecken.

Er bläst den Rauch gezielt aus und ich stelle mir vor, wie er durch die kühle Oktobernachtluft zu mir strömt. Wie sich die Schwaden zärtlich um meinen Körper schmiegen, mich necken und berühren. Meine Brustwarzen kribbeln.

Er lächelt. Lacht sogar leicht.

Fuck, er kann unmöglich wissen, woran ich denke. Ich atme tief ein, als mein Gesicht noch heißer wird. *Es ist nur Rauch.*

Okay, ich kann auch nicht einfach hierbleiben und ihn anstarren. Außerdem habe ich einen Kundentermin.

Also steige ich wieder in mein Auto und verlasse den leeren Parkplatz mitten im nirgendwo in der Wildnis außerhalb des Oro Valleys. Ich lasse ihn hier stehen – was ist das hier überhaupt für ein Ort? Ich weiß nicht einmal, wofür dieses Gebäude gedacht ist.

Nun, es lohnt sich nicht, darüber nachzudenken, denn ich werde ihn nie wiedersehen.

Aber später an diesem Abend und selbst während ich der Boutique-Managerin ihre neue Webseite auf meinem Laptop zeige und ihr demonstriere, wie sie das benutzerdefinierte System zur Auftragsverfolgung einrichten kann, denke ich an diesen Mann. Daran, wie lebendig mich das aufregende, gefährliche Geplänkel mit ihm fühlen ließ. So lebendig wie schon seit Jahren nicht mehr.

Und ich träume davon, was er alles mit mir machen soll.

2

Alain

„Alain Marchmont. Mein Gebieter." Karl verbeugt sich spöttisch und lächelt, wobei er seine Reißzähne aufblitzen lässt. „Welch eine Freude, zu dir gerufen zu werden." Er lässt seinen Blick über den leeren Parkplatz zu dem neu errichteten Gebäude schweifen. „Was ist das für ein Ort?"

„Das geht dich gar nichts an. Wir sind hier, um über andere Dinge zu sprechen." Mein Tonfall ist scharf.

Er zuckt mit den Schultern und kneift die Augen zusammen. „Gibt es Menschen in der Nähe?" Er schnuppert herum.

„Siehst du welche?"

Der Geruch der temperamentvollen Rothaarigen liegt immer noch in der Luft und ist nur für diejenigen zu erkennen, die über die besten Riechfähigkeiten verfügen: FBI-Spürhunde. Gestaltwandler. Vampire, so wie wir. Aber sie ist in ihrer Schrottkiste von einem Auto inzwischen schon weit weg.

„Ich rieche einen." Er leckt sich die Lippen. „Fruchtbar

15

und jung. Ein Mädchen. Feines, warmes Blut. Ich dachte, du bringst mir einen Leckerbissen mit." Er lächelt, aber es erreicht seine Augen nicht. Ein Schauer läuft mir über den Rücken, wenn ich an die Unschuldigen in Karls Händen denke, die ihm zur Verfügung stehen.

„Meinst du etwa, du hättest eine Belohnung verdient, Karl Gustavus Platt?" Ich ziehe eine Augenbraue hoch und verschränke die Arme. „Nach dem, was du getan hast?"

Ich starre ihn an, bis er den Blick abwendet, aber es dauert eine lange Minute.

„Ich habe nur versucht, mich selbst zu schützen. Ich verstehe nicht, warum du mich deshalb verhören musst." Er verschränkt die Arme und funkelt mich an.

Aus irgendeinem Grund scheint Karl stärker zu sein als sonst – es ist merkwürdig.

Vampire verändern sich langsam im Laufe der Zeit. Wie Gletscher. Aber Karl ist in den letzten paar Monaten anders geworden – eingebildeter und irgendwie robuster. Als würde er vor Energie nur so strotzen.

Aber ich habe ihn hierherbestellt, um sein Verhalten zu besprechen, nicht sein Auftreten. Ich sehe ihn stirnrunzelnd an. „Was du getan hast. Es entspricht nicht dem Kodex."

Er spottet. „Nur weil du dir einen Kodex ausgedacht hast, muss ich ihn noch lange nicht befolgen."

„Ich habe mehr als einen Kodex erschaffen. Ich habe dich erschaffen." Ich trete ein paar Zentimeter vor.

Er reißt die Augen weit auf. Hinter der Fassade ist er immer noch einfach nur ein dreister Tyrann. Ich lache. Zum Teil vor Erleichterung.

Er knurrt und beugt sich vor. Sein Atem stinkt nach verfaulten Sachen, alten Toten und kürzlich Verstorbenen, gemischt mit dem süßen kupfernen Geruch von Blut.

Seltsam – der Geruch von Blut ist raffiniert und köstlich – nicht die Art, die Karl genießt. Normalerweise steht er auf schnell und einfach.

„Wie kannst du es wagen, zu lachen?" Seine Augen sind jetzt klein und rund wie Kugeln unter seiner ausgeprägten Stirn.

Er hat eine riesige hervorstehende Stirn, fast wie ein Sonnensegel für den Rest seines Gesichts. Er ist jetzt ein modernes Geschöpf, aber er hätte auch auf einem Holbeingemälde seinen Platz gefunden. „Glaubst du etwa, weil du mich verwandelt hast, gehöre ich dir?"

„Du hast mir als Gegenleistung für das Geschenk des ewigen Lebens einen Treueid geschworen." Ich ziehe eine Augenbraue hoch.

„Das ist schon sehr lange her, Alain", schnauzt er. „Gibt es keine Verjüngungsfrist?"

„Verjährung", korrigiere ich ihn automatisch.

Jetzt ist er verlegen und es macht ihn fast rasend. Er zischt und tritt mit entblößten Reißzähnen vor.

Mit rasenden Gedanken hebe ich meine Hand. Er wäre doch sicherlich nicht so dumm, seinen Schöpfer anzugreifen?

Aber nein: Er weicht zurück und atmet schwer. Seine Augen funkeln. Sie glänzen vor Wut, wie kleine Knöpfe in den Ausbuchtungen seiner Augenhöhlen.

„Tu das nicht noch einmal." Ich durchbohre ihn mit meinem Blick. Ich bin stärker als er, bei Weitem, und wendiger. Ich bin auch schlauer und er weiß es. Ich glaube, diesen Teil hasst er am meisten.

Er schluckt und wendet den Blick ab. „Verstanden." Seine Schultern sind straff und sein Körper angespannt.

„Karl, du hast letzte Woche eine junge Frau und ihre ganze Familie kaltblütig und ohne Grund ermordet."

„Sie haben herausgefunden, was ich bin." Seine Stimme ist leer.

„Du hättest stattdessen ihre Erinnerungen auslöschen können." Meine Frustration kocht hoch und die Worte prasseln wie Kugeln auf ihn ein. „Die Tochter war erst achtzehn Jahre alt, der Junge nur zehn." Ich fahre mir mit der Hand durch die Haare. Das war das Alter meines Bruders, als er vor Ewigkeiten getötet wurde.

„Sie hat sich über mich lustig gemacht." Seine Stimme ist bitter. „Sie hat gesagt, ich wäre hässlich." Er gluckst in hohen Tönen. Ein Klang, der überhaupt nicht zu seinem Körperbau passt. „Ihr Blut war köstlich. Ich habe sie leergesaugt."

Er ballt eine Faust und reißt sie hoch. Die Muskeln in seinem Bizeps und Trizeps wölben sich dabei. Er hat das Gesicht eines Dummkopfes und den Körper eines Meisters im Gewichtheben. „Die Sekunde, in der man den letzten Tropfen Blut saugt? Den allerletzten, den der Körper zu geben hat? Das ist der Süßeste. Und ihrer war der Beste, den ich je geschmeckt habe."

Sein raues Gesicht zeigt einen Ausdruck von Glückseligkeit. „Dieses Vergnügen ist das alles hier fast wert." Seine Worte rollen von seiner Zunge, während er mit der Hand erst auf seinen und dann auf meinen Körper deutet. Seine Augen rollen in seinen Kopf zurück, bevor er sich daran zu erinnern scheint, dass er mit mir spricht. Er reißt sich wieder zusammen und schüttelt sich, als würde er den Winterschlaf abschütteln.

„So etwas tun wir nicht", schnauze ich.

Aber auch ich erinnere mich, wie es sich anfühlt, den letzten Tropfen zu trinken. Den, der mit der Essenz des Lebens getränkt ist. Meine Speicheldrüsen beginnen zu arbeiten und ich muss mir das Verlangen schwer verkneifen. „Wir nehmen uns nur, was wir brauchen, und lassen den Wirt weiterleben."

Er zuckt mit den Schultern. „Deine Regeln. Nicht meine."

„Du weißt, dass die Mehrheit der Vampire auf der ganzen Welt so agiert, weil es uns sicherer macht. Und du hast mir geschworen–"

Er unterbricht mich. „Wer bemerkt denn schon ein paar tote Menschen hier und da? Irgendwann werden sie sowieso alle sterben." Er beugt sich vor und seine Miene ist ernst. Als wäre er der Master und ich sein Untergebener.

Als unsere Blicke sich treffen, schwankt mein Verstand für einen Moment. Er hat nicht unrecht, was ihre bevorstehende Sterblichkeit angeht, und wenn ich an seine Worte denke, steigen die alten Triebe auch in mir wieder auf.

Ich hole tief Luft. „Warum hast du überhaupt mit dem Mädchen gesprochen?" Ich schüttle den Kopf und zwinge mich, meine Reaktion nicht zu verraten. Ich muss ihm zeigen, dass ich immer noch der Stärkere von uns beiden bin.

„Vielleicht wollte ich ein hübsches Süßblut für Sex und Abendessen finden", erwidert er. „Ist das okay für dich?" Er hält inne. „Aber sie war nicht interessiert. Also habe ich ihr meine Reißzähne gezeigt und sie bedroht."

„Wir töten keine Menschen, nur weil sie nicht mit uns ficken wollen", knurre ich zurück. „Und wir zeigen auch ganz sicher nicht unser wahres Wesen. Das ist nur Auserwählten vorbehalten, denen wir vertrauen können."

„Menschen sollten sich vor Vampiren fürchten. Sie sollten tun, was wir sagen." Jetzt ist er missmutig. „Aber das tat sie nicht. Sie war eine Schlampe." Er verzieht den Mund. „Sie hat verdient, was sie bekommen hat. Und ihre Familie auch."

„Ich musste Gefallen einfordern, Karl. Ich musste es

wie Brandstiftung aussehen lassen und die Leichen so präparieren, dass der Gerichtsmediziner das fehlende Blut und die gebrochenen Hälse nicht finden würde. Es war sehr mühsam, das alles zu vertuschen."

Und darüber hinaus – fühlte es sich nicht gut an. Es hat mich krank gemacht.

Er zuckt mit den Schultern. „Ist das nicht dein Job, oh großer und gütiger Vater? Dich um deine Nachkommen zu kümmern?"

Ich sträube mich. „Es obliegt uns allen, uns gegenseitig zu beschützen. Und sie."

In letzter Zeit, genauer gesagt im letzten Jahrhundert, habe ich das Gefühl entwickelt, dass Vampire einen Zweck haben, der über ihre bloße Existenz hinausgeht. Es ist ein Bauchgefühl: Wir wurden aus einem bestimmten Grund auserwählt, und zwar um schwächere Spezies zu beschützen und zu leiten. Vor allem Menschen.

Oh, ich weiß, wie sich das anhört, besonders für Vampire, die jeden Kontakt zu ihrer Menschlichkeit verloren haben. Abgesehen vom Geschmack an ihrem Blut. Aber ich kann es in meinen Adern pulsieren spüren: Es gibt einen höheren Zweck für uns alle.

Aber bis jetzt habe ich noch nicht viele davon überzeugt. Und ganz sicher nicht Karl.

Er verändert seine Haltung. „Wenn es dir so wichtig ist, von wem ich trinke, warum besorgst du mir dann nicht die kleine Menschenfrau, die vorher hier war?" Er nimmt einen tiefen Atemzug. „Was für ein herrlicher Geruch." Er kneift die Augen zusammen. „Vielleicht schaue ich später einmal, ob ich sie finden kann."

Karl hat einen besseren Geruchssinn als die meisten Vampire, aber selbst er kann sie nicht aufspüren, wenn sie schon Kilometer weit weggefahren ist. Denke ich zumindest.

Aber ich erinnere mich an den Ausdruck der Ekstase auf seinem Gesicht, als er vom Töten sprach, und der Drang, die Rothaarige zu beschützen, steigt plötzlich mit einer Macht in mir auf, der ich nichts entgegenstellen kann.

„Du wirst nichts dergleichen tun", knurre ich.

„Du willst sie wohl für dich alleine haben?" Er grinst. Dann verblasst sein Lächeln. Er sieht mich mit einem Ausdruck der Überraschung an, dem selbstgefälliges Wissen folgt. So als ob er etwas verstanden hätte.

Verdammt, normalerweise bin ich besser darin, meine Gefühle zu verbergen. Wie konnte er das nur erkennen?

„Es hat nichts mit ihr zu tun." Ich senke meine Stimme.

„Würde es dich ärgern, wenn ich sie mir nehme?" Er reibt die Hände aneinander. Und gluckst.

Gott, er ist heute Abend besonders beleidigend. Es ist fast so, als ob er keine Angst hätte. Und er ist seltsamerweise in der Lage, meine Gefühle zu lesen – mehr als sonst.

„Keine Morde mehr, Karl."

„Gut." Er schaut weg und ich glaube nicht, dass er es ernst meint. „Ich brauche ihr Blut sowieso nicht. Ich kann genug bekommen." Er ist so selbstbewusst.

Er leckt sich die Lippen und berührt sein Gesicht, wo seine Wangen rot und strahlend glühen. Er ist der Inbegriff von Gesundheit – auf eine kranke Art und Weise.

„Du siehst erfrischt aus." Meine Stimme klingt sarkastisch. Aber ich kann dem Drang nicht widerstehen, nachzuforschen.

„Du hast ja keine Ahnung." Er grinst.

„Dann sag es mir." Ich starre ihn an und hoffe, dass er angeben will und mir ein paar Informationen gibt.

Er lacht. „Das hättest du wohl gern?" Aber es ist fast

so, als könnte er nicht anders. „Vielleicht habe ich einen neuen Lieferanten", sagt er. „Einen wirklich guten."

„Oh?"

Er wippt mit einem Bein, als könnte er sich nicht zurückhalten. „Du bist nicht der Einzige, der Dinge erreichen kann. Reich werden." Er deutet auf mein Laborgebäude. „Du hältst dich für so schlau, aber ich habe auch ein paar Dinge herausgefunden."

„Wie zum Beispiel?" Ich ziehe eine Augenbraue hoch.

„Oh, aber ich habe schon zu viel gesagt." Er lächelt, jedoch auf unangenehme Art und Weise. „Kann ich jetzt gehen?" Sein Ton wird unterwürfig. „Ich hoffe doch sehr, dass du mir verzeihst, mein lieber Schöpfer. Mein Herr. Oh, oder vielleicht sollte ich auf ein Knie fallen."

Karl wartet vor mir. Er verabscheut mich offensichtlich, aber er ist mir durch die Macht seines Eides immer noch verpflichtet. Deshalb ist er immer noch da. Sein Eid lässt ihn ein paar Schritte zurückweichen und den Kopf nach unten neigen, auch wenn er nicht weiß, dass er es tut.

Auch wenn Karl unangenehm und hässlich ist, hat sein Gelübde ihn auf meine Aufforderung hin hierhergetrieben. Es bedeutet ihm immer noch etwas.

Und obwohl ich weiß, dass er nichts Gutes im Schilde führt, kann ich ihn im Moment nicht weiter drängen. Ich brauche mehr Zeit, um herauszufinden, was er vorhat.

„Geh." Ich nicke. Karl vibriert vor meinen Augen und rast verschwimmend schnell und ohne ein weiteres Wort davon.

Mir bleibt der Geruch seines Mundes. Der schwere Gestank des Todes, der die zarten nächtlichen Düfte von Kreosot und feuchter Erde verdrängt. Aber in seinem fauligen Atem lag auch ein Hauch von Schönheit – er *hat* tatsächlich gutes Blut getrunken. Wirklich gutes Blut.

Das, und seine Verhaltensweise hinterlassen bei mir ein anhaltendes Gefühl der Unruhe. Was führt er im Schilde?

Ich wünschte, ich müsste mich nicht darum sorgen. Aber ich bin immer noch für ihn verantwortlich. Wenn man einen Vampir erschafft, ist das wie eine Geburt. Und danach ist man für alle Ewigkeit für die Auswirkungen dessen verantwortlich, was man kreiert hat.

Ich entferne mich von seinen Ausdünstungen und begebe mich in die Frische eines Mesquitebaums. Dort zünde ich mir eine Zigarette an, um meine eigene Verunreinigung der Luft hinzuzufügen.

Ich nehme einen tiefen Zug und meine Gedanken kehren zu dieser Menschenfrau zurück. Ich lächle, während ich den Rauch ausblase, und erinnere mich, wie ihr Herz schneller schlug, als ich sie angelächelt habe.

Oh ja, diese Frau hat mich begehrt.

Ich denke darüber nach, sie zu finden. Sie mit in den Club Toxic zu nehmen und zu meiner eigenen Sub für eine Nacht zu machen. Ich stelle mir vor, wie sich ihr üppiger, reizvoller Körper auf meinem Schoß windet, während ich sie hart versohle und ihren Arsch rosa färbe.

Ich denke an die Geräusche, die sie machen würde, wenn ich meinen Schwanz in ihre Muschi stoße und sie kommen lasse. Wie sich ihr rotes, dichtes Haar in meiner Faust anfühlen würde. Ihre festen, steifen Brustwarzen zwischen meinen Fingern. Ein kleiner Biss an ihrem Hals und der Geschmack ihres süßen, frischen Blutes. Mein Gott.

Aber dann wäre die Nacht vorbei, so wie alle Nächte vorbeigehen.

Und mir bliebe die Verantwortung für einen Menschen, dem man entweder die Erinnerungen nehmen oder ihn in den Kreis der Vertrauten aufnehmen müsste –

ein mühsames Unterfangen, das nicht selten in einem einzigen Durcheinander endet.

Ich habe bereits einen Menschen, dem ich vertraue. Ich kann es nicht riskieren, noch einen weiteren in meinen engeren Kreis aufzunehmen.

Und dieses Mädchen hat etwas an sich, das ich nicht riskieren will, auszulöschen. Sie ist frech und klug und es wäre eine Tragödie, etwas so Schönes zu ruinieren, wenn das Löschen der Erinnerungen schiefginge.

Mit einem finsteren Blick werfe ich die Zigarette zu Boden und drücke sie mit aller Kraft aus, um sicherzustellen, dass keine Funken zurückbleiben. Ich will kein Feuer entfachen. Ich lebe schon lange genug auf diesem Planeten, um zu wissen, dass die globale Erwärmung äußerst real ist. Ebenso wie die vom Menschen verursachten Umweltschäden.

Mensch. Ha.

Ich lächle vor mich hin und hebe die Kippen von jetzt und von vorhin auf. Wenn ich ein Spielzeug für den Club Toxic haben will, kann ich mir in der Innenstadt von Tucson eine hübsche, kleine Unterwürfige aufreißen. Dort gibt es viele geistlose, fade Schönheiten, die sich nach einem Hauch von Exotik sehnen … Und ich weiß, wie ich ihnen genau das besorgen kann. Und dann verschwinde ich aus ihrem Leben und aus ihren Köpfen.

Aber später an diesem Morgen, bevor ich mich für den Tag in die Sicherheit meines Verstecks zurückziehe, packe ich meinen Schwanz. Ich stelle mir vor, dass es die kleinen Finger des Rotschopfs sind und wie sich ihr hübscher enger Mund darum schließt.

Als ich mit einem erstickten Schrei zum Höhepunkt komme, sehe ich ihre Vision so deutlich vor mir, dass ich fast glaube, ich hätte sie mit der Kraft meiner Erlösung heraufbeschworen.

3

Bri

„Mir wurde eine Nachricht hinterlassen, dass ich in der Praxis anrufen soll?" Mein Herz klopft heftig. Es ist Freitagnachmittag und anstatt mich auf das Wochenende zu freuen, bin ich von Angst erfüllt.

Seit meiner Blutabnahme sind fünf Tage vergangen und wahrscheinlich liegen die Ergebnisse vor. Normalerweise bekomme ich eine Nachricht, dass ich im Patientenportal nach einer E-Mail von meiner Ärztin suchen soll. Jedes Mal wird die Unruhe schlimmer. Manchmal habe ich das Gefühl, dass ich es nicht länger ertragen kann, Jahr für Jahr. Es fällt mir auf jeden Fall schwer, mich auf etwas anderes zu konzentrieren.

„Einen Augenblick." Die Sprechstundenhilfe ist freundlich, aber unpersönlich. „Oh ja. Dr. Su wollte mit Ihnen sprechen."

„Persönlich?" Panik zerreißt mein Nervensystem wie ein Kanonenschuss.

„Einen Augenblick." Sie schaltet mich eine Sekunde lang auf stumm, bevor ich antworten kann. Dann ist sie wieder da und ich höre Geplapper im Hintergrund. „Oh, hier ist es. Sie müssen Ihre Blutabnahme wiederholen."

„War etwas nicht in Ordnung?" Ich glaube, ich werde ohnmächtig.

„Einen Augenblick." Sie klingt unsicher. „Es sieht so aus, als ... als hätte Gila Diagnostics die Ergebnisse verloren."

„Wie können sie denn Ergebnisse verlieren?" Wenn sie noch einmal *Einen Augenblick* sagt, werde ich anfangen zu schreien.

„Es tut mir leid, aber diese Information habe ich nicht. Dr. Su sagte nur, ich solle Sie anrufen, damit Sie so schnell wie möglich einen neuen Termin für die Blutabnahme vereinbaren können. Und Sie müssen eventuell mit der Versicherung sprechen, um es zu genehmigen."

„Okay."

„Einen schönen Tag noch!" Sie legt auf, ohne auf eine Antwort zu warten.

Ich atme tief ein, um mein rasendes Herz zu beruhigen. Es ist alles in Ordnung. Es sind keine schlechten Nachrichten – noch nicht. Aber ich kann mich einfach nicht entspannen.

„Verdammte Scheiße." Ich schnappe mir mein Handy und rufe meine beste Freundin K. an.

Es ist eine totale Erleichterung, als ich ihre fröhliche Stimme höre. „Baby! Was gibt's?"

Ich höre ihre Freundin, Mani im Hintergrund: „Sag hallo von mir!"

„Verdammt. Ich drehe nur gerade durch." Ich schließe meine Augen und versuche mir K.s Gesicht und ihre blonden Zöpfe vorzustellen. Ihre blauen Augen. Wahrscheinlich hockt sie mit Mani zusammen auf der Couch in ihrem Wohnzimmer und sie sehen sich irgendeine Geschichtsdokumentation an.

„Warum?" Sie klingt besorgt. „Was ist passiert?"

„Das Labor hat meine Bluttestergebnisse verloren. Wie kann so etwas überhaupt passieren? Jetzt muss ich noch mindestens eine Woche warten, vielleicht sogar zwei, um es herauszufinden."

„Oh, Bri. Ich bin mir sicher, die Ergebnisse werden fantastisch sein. Alles wird in Ordnung sein." Sie antwortet automatisch und ich weiß, dass sie nur versucht, mich zu beruhigen.

„Das kannst du nicht wissen." Ich klinge zickig, aber das liegt nur daran, dass ich besorgt bin.

„Hat Dr. Su nicht gesagt, dass sie zuversichtlich ist, dass sie bei der letzten Operation alles entfernen konnten?"

„Ja, aber trotzdem. Ich brauche die Testergebnisse, um mich zu entspannen." Ich beiße mir auf die Lippe.

„Alles wird gut. Moment, bist du nicht bei Gila Diagnostics?"

„Ja, warum?"

„Vielleicht haben sie deine Ergebnisse aufgrund dieses Einbruchs verloren."

„Welcher Einbruch?"

„Es kam auf NPR." Ihre Stimme bricht ab und dann meldet sie sich wieder. „Mani, kannst du Arthur wegnehmen?" Arthur ist ihre uralte Katze mit Arthritis, die mich jedes Mal zum Niesen bringt, wenn ich sie besuche.

Ich lächle, als das Telefon scheppert und ihre Stimme wieder verschwindet.

„Okay, ich bin wieder dran." Ihre Stimme hat die übliche Mischung aus Zuversicht und Vertraulichkeit. Sie klingt immer so, als würde sie einem gleich etwas Wichtiges und Geheimes, nur für dich Bestimmtes erzählen. „Offensichtlich sind Vandalen in das Testlabor von Gila Diagnostics eingebrochen, wo alle Blutproben gelagert werden. Sie haben einen Haufen Proben zerstört und den Rest möglicherweise gestohlen."

„Das ist unheimlich. Warum?"

„Und weißt du, was wirklich seltsam daran ist? Und dieser Teil kam nicht in den Nachrichten. Mein Bruder sagte, dass die Sicherheitskameras im Voraus ausgeschaltet wurden. Und nichts Wichtiges wurde gestohlen. Nicht einmal die teuren Testgeräte."

„Darf Peter dir so etwas erzählen?"

„Nein." Sie lacht. „Aber er hat es trotzdem getan, weil es echt seltsam ist und er will, dass ich bei allem, was im Moment vor sich geht, in Sicherheit bin. Du weißt schon, mit diesem Night Stalker und so. Du hast aber schon gehört, dass der Stalker jetzt schon drei Frauen entführt hat, oder? Und es gibt immer noch kein Zeichen von ihnen. Auch keine Leichen."

„Oh Mann." Ich erschaudere. „Sie sind auch etwa in unserem Alter. In den Nachrichten wird dauernd davon gesprochen."

Wir schweigen eine Minute lang. „Sei vorsichtig", sagen wir beide gleichzeitig. Dann lachen wir.

„Sag deinem Bruder, er soll die anderen Polizisten bitten, uns auf die Liste derjenigen zu setzen, die keine Strafzettel für zu schnelles Fahren bekommen." Ich lächle. „Wenn er wirklich helfen will."

„Ja, ich glaube nicht, dass sie so etwas haben." Sie lacht.

Mich beunruhigt immer noch das ursprüngliche Thema. „Wer würde in ein Labor einbrechen, teure Geräte zurücklassen und stattdessen Blut stehlen?" Ich runzle die Stirn.

„Ich weiß es nicht. Es ist ja bald Halloween. Vielleicht wollte jemand echtes Blut für eine Kostümparty haben." Sie schnaubt.

28

Das Thema wühlt mich immer noch auf, aber es ist besser, Witze darüber zu machen, als sich zu quälen. „Hätten diese Arschlöcher denn nicht warten können, bis ich meine Ergebnisse habe? Und dann könnten sie sich mein Blut in ihre blöden Hurengesichter schmieren."

„Sie sind Hurensöhne", stimmt sie zu. „Hey, ich habe eine Idee. Wenn sie Blut wollen ..." Sie fängt an zu lachen.

Ich unterbreche sie. „Dann können sie meine verdammten Tampons lutschen!"

Sie schreit gackernd auf. „Du bist so eklig. Und das wollte ich auch gerade sagen!"

Ich höre Mani im Hintergrund stöhnen. „Ihr seid ekelhaft." Aber auch sie kichert.

„Ich würde heute Abend gern ausgehen. Wollt ihr mich in einer Weinbar oder vielleicht im Starbucks treffen?" Ich versuche, den klagenden Ton in meiner Stimme zu dämpfen. „Wir haben schon eine Weile nicht mehr zusammen abgehangen."

„Oh, ich kann leider nicht. Das tut mir so leid, Bri. Mani und ich gehen heute zum Abendessen bei ihrer Mutter." Sie klingt schuldbewusst. „Sonst würde ich auf jeden Fall gern."

„Sag ihr, sie kann mitkommen", ruft Mani.

Aber ich will mich nicht aufdrängen. K. lernt die Familie ihrer Freundin gerade erst kennen.

„Ich glaube, ich werde allein ausgehen", sage ich zu ihr.

Plötzlich taucht ein Bild des Mannes vom Parkplatz in meinem Kopf auf und ich blinzle fast. Es ist so lebendig, dass ich ihn fast berühren kann. In meiner Vorstellung spricht er zu mir. Er befiehlt mir etwas – dann flackert die Vision und verblasst.

Mir kommt eine Idee. „Weißt du was? Ich möchte Club Toxic ausprobieren."

„Oooh la la. Schick." K. pfeift. „Das ist für alle, die supersexy sind. Das bist du ja wohl."

„Wenn ich reinkomme. Es soll wirklich heiß sein."

„Oh mein Gott, natürlich kommst du rein. Mit deinen sexy roten Haaren, der schlanken Taille und deinem perfekten Arsch? Die werden darum betteln, auf deinem Tampon zu kauen, Bri."

Sie fängt so laut an zu lachen, dass sie husten muss.

Ich schüttle den Kopf, aber ich lache auch. „Schick mir deine und ich mache eine gemischte Packung draus."

Nachdem ich das Telefonat beendet habe, ziehe ich mir meinen langärmligen UV-Rolli an und setze die Gesichtsmaske aus Stoff auf. Dann folgen die spezielle UV-Brille und die Handschuhe. Es ist noch früher Abend, also wird es noch ein paar Sonnenstrahlen geben, die ich meiden muss. Aber verdammt, ich werde nicht wie eine Ausgestoßene hier sitzen. Wenn ich fünf harte Kilometer laufe, wird es mich beruhigen. Laufen zu gehen, ist das Einzige, was mir hilft, meine Ängste abzubauen.

Meine Nikes stapfen über den Asphalt. Während ich meine Arme schwenke und an meiner Form arbeite, lasse ich meine Gedanken schweifen. Zum heutigen Abend.

Ich werde hohe Absätze und ein enges Kleid tragen. Ich werde mir die Haare machen und mich schminken. Dann werde ich mir einen attraktiven Mann suchen, der mich an sich zieht und mir sexy Dinge ins Ohr flüstert. Geheimnisse, die mich alles über Blutuntersuchungen und Hautkrankheiten mit möglichen neurologischen Nebenwirkungen vergessen lassen.

Ich will eine Nacht voller Leidenschaft. Vielleicht sogar ein bisschen perversen Sex, wenn er mir ein gutes Gefühl gibt und die Sterne richtig stehen. Denn abgesehen vom Laufen ist eine schöne Nacht mit heißem Sex auch hervorragend zum Stressabbau geeignet.

Aber die Sache ist die: Der Mann in meinem Tagtraum, der seine Lippen auf meinen Hals presst, ist der Mann, den ich am Montagabend auf dem Parkplatz getroffen habe. Der, der nicht nach meinem Namen gefragt hat und auch meine Nummer nicht wollte. Der, den ich einfach nicht vergessen kann.

Ich weiß, dass die Chancen gering sind, dass ich ihn jemals wiedersehe, besonders heute Abend im Club. Aber aus irgendeinem Grund muss ich immer wieder an ihn denken, während ich mich zurechtmache. Denn wer weiß.

4

Alain

„Schöpfer." Martin neigt kurz den Kopf und greift nach meiner Hand. „Es ist schon eine kranke Weile her, Alter. Jo."

Ich schnaube. „Nein."

Es ist Freitagabend und er ist pünktlich.

„Nein? Verflucht soll es sein." Er rollt mit den Augen. „Wie soll man denn nur mit dem Sprachgebrauch mithalten?" Er lächelt und schaut sich in meinem Eingangsbereich um. Seine Augen sind scharf. Einschätzend.

„Nun, für dich ist es hundert Jahre her oder so. Lass dir Zeit." Ich klopfe ihm auf den Rücken und ziehe ihn dann in eine einarmige Umarmung.

Er mustert mein Haus und erschaudert. „Meine Güte. Die Architektur ist auch grässlich." Er schaut sich um.

„Man gewöhnt sich daran." Auch ich mustere die Gegend. Wir sind immer in Alarmbereitschaft. In jeder Sekunde eines jeden Tages für die eigene Unsterblichkeit verantwortlich zu sein, bedeutet, dass man sich als Vampir nie entspannen kann. „Trete ein." Ich führe ihn in mein Haus.

Wir befinden uns im Vorgebirge außerhalb der Stadtgrenze von Tucson in meinem abgelegenen Multi-Millionen-Dollar-Haus mit einem fantastischen Blick auf einen tiefen, zerklüfteten Wasserlauf, der nach Süd-Südwesten führt und eine Aussicht auf Kakteen, Kreosot-Bäume und die Santa Catalinas bietet. Ich weiß, dass es hier auch tagsüber wunderschön ist, weil ich mir regelmäßig die Aufnahmen meiner Sicherheitskameras ansehe. Aber mit meinem exzellenten Sehvermögen kann ich auch nachts jedes Detail erkennen.

Mein Revier, das Gebiet, das mir als Vampir gehört, erstreckt sich von hier aus nach Nordwesten in die Richtung der Außenbezirke von Phoenix. Aber ich lebe gern hier in der Wüste in der Nähe der Catalina-Wildnis. Mein Terrain grenzt direkt an das Gebiet von Lucius Frangelico an und das geht für mich klar. Er ist einer der wichtigsten Vampire der Welt – in seiner Nähe zu leben, gibt mir zusätzliche Sicherheit, solange wir gut miteinander auskommen. Was im Moment der Fall ist.

„Martin, hast du das iPhone ausprobiert, das ich dir gegeben habe?" Ich weiß, dass er es nicht getan hat.

„Ich habe die Verpackung bewundert, in der es kam. Ich gebe zu, dass ich das Gerät selbst noch nicht benutzt habe." Er wirft mir einen schuldbewussten Blick zu.

Ich halte inne und schaue ihm direkt ins Gesicht. „Martin", schimpfe ich und schüttle den Kopf. Zum Teil als Scherz, aber auch aus echter Frustration. „Du musst das wirklich machen."

Er reißt die Hände in die Luft. „Alles zu seiner Zeit." Er zieht die Brauen hoch, als er an einer Wand mit unbezahlbarer Kunst vorbeigeht. „Immerhin", murmelt er, „haben wir so viel davon."

„Man kann nur dann ein historischer Anachronismus sein, wenn man auch als zeitgenössischer Darsteller oder Museumskurator tätig ist. Was du, soweit ich weiß, nicht geschafft hast."

Ich führe ihn auf die hintere Terrasse, damit wir die nächtliche Aussicht und die Privatsphäre dort genießen können. Ich habe jeden Kontinent und jede Ecke jedes Landes auf dieser sich drehenden Kugel bereist und die Wüste von Tucson passt einfach am besten zu mir. Die einsame Nüchternheit der Wüste gepaart mit der extremen Effizienz, die diese Pflanzen und Tiere entwickelt haben, hat etwas, das mich besänftigt. Ich passe hierher.

„Nun." Er räuspert sich und macht es sich auf einem Terrassenstuhl bequem.

Ich kann nicht sagen, ob seine Kleidung so schlecht sitzt, weil er die letzten einhundert Jahre geschlafen hat, aber er sieht in seiner Markenjeans und dem *University of Arizona*-Sweatshirt so albern aus, dass ich lachen möchte.

Als sich der Terrassenstuhl dreht, schreit er erschrocken auf und schenkt mir dann ein verlegenes Grinsen. „Es scheint, dass ich die 2000er noch nicht ganz verstanden habe."

„Was du nicht sagst." Ich lache. „Ich habe dich vermisst." Er erinnert mich nicht nur daran, dass ich einen guten Menschen gewählt habe, um ihn unsterblich zu machen; er ist auch ein Freund. Das genaue Gegenteil von Karl.

„Hast du das?" Er scheint davon berührt zu sein. „Ich nehme an, ich hätte dich auch vermisst, wenn mir der Lauf der Zeit bewusst gewesen wäre."

„Aha, ich wusste, dass du irgendwann wieder auftauchen würdest. Es hat die Spannung gesteigert. Wann wird Martin wiedererwachen?"

„Und es gibt so selten etwas Neues." Er klingt melan-

ALEXIS ALVAREZ

cholisch. Sein Profil wird vom Mond angestrahlt. Die
patrizischen Züge sind scharf und ausgeprägt. Er sieht
ganz und gar wie der Adlige aus, den ich vor langer Zeit
sterbend in einem Graben fand. Der, der mich damals
ansah, meine wahre Natur erkannte und mich um Hilfe
anflehte. Ich beschloss, ihn zu retten, weil ich plötzlich
spürte, dass er ein guter und treuer Freund sein würde.

„Danke, dass du auf mich aufgepasst hast." Er nickt.

Ich nicke ebenfalls. „Jederzeit." Die Frage steigt in mir
auf. „Hat es geholfen?"

Er antwortet eine Zeit lang nicht. Es vergeht eine
ganze Minute, aber ich dränge ihn nicht, denn schließlich
hat er recht. Wir haben alle Zeit der Welt.

Dann schaut er mich direkt an und der Ausdruck auf
seinem Gesicht lässt es mir kalt den Rücken hinunter
laufen. „Nein." Seine Stimme ist leise und leer. Er hustet.
„Ich hätte mir fast gewünscht, du hättest nicht so gut auf
mich aufgepasst." Er schaut mich nicht an. „Aufzuwachen,
war eine Enttäuschung. Und doch habe ich nicht den Mut,
etwas anderes zu tun."

Seine Worte erschüttern mich zutiefst. „Du brauchst
ein Hobby. Mehr als ein Hobby – eine Leidenschaft. Dann
wird es leichter." Ich spreche mit beschwingtem Tonfall
und versuche, meine Stimme nicht von Angst färben zu
lassen. „Für mich funktioniert das."

„Ich weiß." Er seufzt. „Ich habe nicht aufgegeben,
Alain. Ich werde meinen Weg wiederfinden."

Ich wende mich wieder der Aussicht zu. Der nächstge-
legene Cholla-Kaktus hat heute drei Ohren verloren und
die Eulen sind unruhig: ein Kojote ist in der Nähe, was die
Eulen an und für sich nicht verschreckt, aber es verändert
das Verhalten der Nagetiere. Tiere gefallen mir. Sie sind
immer auf der Hut – genau wie ich – und konzentrieren
sich auf ihr Überleben. Ich fühle mich die meiste Zeit

36

mehr mit ihnen verbunden als mit den meisten anderen Lebewesen.

Und doch bedeutet mir Martin mehr, als sie es tun. Ich will ihn nicht verlieren. Ich habe nur wenige echte Freunde und selbst mit den neuen Zielen, denen ich mein Leben verschreibe, brauche ich Kameradschaft und Gesellschaft, um bei Verstand zu bleiben. Auch wenn mir seine Freundschaft und meine Arbeit manchmal zu wenig sind –

„Man muss weitermachen." Er erhebt seine Stimme und lässt einen Hauch von Fröhlichkeit darin mitschwingen. „Sollen wir uns dann später an diesem schönen Abend ablenken gehen? Mein Körper drängt mich, eine Dame für die Nacht zu finden, um mich mit ihr zu vergnügen."

„Lass uns zuerst reden. Ich muss dich auf den neuesten Stand bringen."

„Aber mein lieber Alain. Deine Stimme macht mich immer fröhlich, wie du so gut weißt. Bitte berichte mir das Neueste."

„Es geht um Karl."

„Was hat der Schurke denn nun angestellt?" Er stemmt sein Bein auf den Boden und beugt sich vor. Sein Gesicht ist elektrisiert von Interesse. Ich glaube, es macht ihm ein wenig Freude, etwas Schlechtes über Karl zu hören.

Martin und Karl haben sich nie verstanden, obwohl ich sie beide erschaffen habe. Und als ich erkannte, dass Karl ein schwacher und selbstsüchtiger Vampir sein würde und ist, wandte auch ich mich von ihm ab. Die Tatsache, dass ich Martin unterstütze und mich gegen Karl gewandt habe, macht Karl noch wütender. Aber gleichzeitig stärkt es meine Bindung zu Martin.

Ich runzle die Stirn. „Er ermordet Unschuldige, ohne sich um Diskretion zu bemühen. Außerdem hat er eine neue Blutversorgung angedeutet. Und er hat ganz eindeutig von einer exotischen Sorte getrunken." Ich runzle die Stirn. „Ich musste mich fragen, ob er hinter dem jüngsten Verschwinden junger Frauen steckt."

„Die, die du neulich Abend erwähnt hast?"

„Ja. Drei Frauen aus Tucson werden vermisst. Keine Leichen, keine Beweise. Sie sind einfach verschwunden."

„Aber das ist nicht Karls Stil, oder? Er tut nichts heimlich." Martin zieht die Augenbrauen hoch. „Soweit ich mich erinnern kann." Er neigt den Kopf. „Er ist doch eher ein brutaler Nichtsnutz." Er schnaubt. „Gewalttätig und ohne Finesse."

Ich nicke. „Das ist es, was mich beunruhigt. Wenn er die Frauen aus Tucson entführt hat, muss er Hilfe haben. Und dann ist da noch die Sache mit dem Einbruch in der Blutbank."

„Eine was? Was ist das?"

„Ah." Ich zögere und versuche, zu überlegen, wie ich es am besten beschreiben soll. „Wenn Ärzte Blutproben entnehmen …"

„Sie tun, was?" Er reißt die Augenbrauen bis zur Stirn hinauf.

Ich lache. „Oh Martin. Wir müssen unbedingt einen Crashkurs darüber machen, was du alles verpasst hast. Ja. Es gibt eine sichere Methode, Blutproben zu entnehmen, und neuartige Maschinen können sie auf Krankheiten und Bestandteile testen. Sie werden in kleinen Glasampullen aufbewahrt."

„Das klingt nach einer schönen Art, einen Happen für später aufzuheben." Er leckt sich die Lippen.

„Nun, nein. Altes Blut, vermischt mit dem Sammelmedium und Konservierungsstoffen?" Ich rümpfe die Nase. „Ich nehme an, man könnte im Notfall davon leben, aber es hat einen ausgesprochen unangenehmen Geschmack."

„Es scheint auch riskant zu sein, da diese Gebäude, wie

du mir erklärt hast, besonders bewacht werden?", fügt Martin hinzu. Ihm ist es genauso wie allen Vampiren wichtig, unter dem Radar zu fliegen. Unsichtbar zu bleiben. Selbst wenn er sich gerade erst an die modernen Zeiten gewöhnt.

„Ja. Also glaube ich nicht, dass er dieses Blut zum Trinken genommen hätte. Aber irgendetwas daran macht mich unruhig. Als ob alles zusammenhängt – ich weiß nur noch nicht, wie."

„Gib der Sache Zeit. Du wirst es herausfinden. Das tust du immer. Ich werde natürlich helfen, wo ich kann."

„Scheiße." Ich starre in die Ferne und musterte die Umrisse der Berge vor dem Schwarz des Himmels. Kein Mensch könnte die Details erkennen. Aber ich kann jeden Stachel an jedem Kaktus zählen. Jedes Haar des Wüstenschwanzes unter mir. Aber ich kann Karls Gedanken nicht lesen oder auch nur einen der Pläne sehen, die in seinem Kopf brodeln. So sehr wir auch in gewisser Hinsicht miteinander verbunden sind, hat er doch einen Weg gefunden, wie er mich aus seinen geheimsten Gedanken ausschließen kann.

Ich schaue Martin an. „Er ist im Begriff, Ärger zu machen. Ich werde mich darum kümmern müssen."

„Nun, du bist kein Bettler und auch kein sozialer Außenseiter. Ich wage zu behaupten, dass du dir eine eigene Armee aufstellen könntest, wenn du es müsstest. Du hast nicht viele Nachkommen, aber du hast Verbündete."

Tatsächlich habe ich nur zwei Nachkommen: Karl und Martin. Nachdem sich Karl als eine solche Katastrophe erwiesen hat, habe ich mich entschieden, keine weiteren Vampire mehr zu erschaffen. Ich kann mich mit Verbündeten schützen und brauche keine eigenen Nachkommen.

„Ich wollte nie Fußsoldaten brauchen. Schon gar nicht jetzt. An diesem Ort." Ich gestikuliere in die Gegend.

„Hast du hier Frieden gefunden?" Martin scheint aufrichtig neugierig zu sein. Vielleicht auch neidisch.

„Nun." Ich atme aus und rieche die Luft. „Ich bin so nah dran wie schon lange nicht mehr. Ich habe ein Ziel, was es einfacher macht. Obwohl ich mich wohl etwas einsam fühle." Ich lache und versuche, einen Scherz daraus zu machen. „Nicht jeder Vampir hat das Glück, wie Lucius Frangelico eine Gefährtin fürs Leben zu finden."

„Du willst eine Gefährtin?" Er beugt sich vor. „Erzähle mir mehr. Wer ist sie? Eine Gestaltwandlerin? Ein weiblicher Vampir?"

Ich schüttle den Kopf und bedaure, etwas gesagt zu haben. „Ich übertreibe. Es gibt niemanden Bestimmten. Ich brauche nur einen One-Night-Stand mit einem hübschen Mädchen. Meine Spezialität."

„Hmmm." Martin wirft mir nur einen Blick zu. Er weiß es zwar besser, aber wenigstens drängt er mich nicht. Jeder Vampir, der Einsamkeit spürt, kann sie auch in anderen fühlen.

Ich wechsle das Thema erneut. „Es gibt hier ein empfindliches Gleichgewicht zwischen der Vampirgemeinschaft und den ansässigen Gestaltwandlern. Es ist besser, keinen Staub aufzuwirbeln."

„Staub aufwirbeln?"

„Keine Wellen zu schlagen."

Als er mich verständnislos ansieht, füge ich hinzu: „Unruhe zu stiften. Ich möchte einige der etablierten Vampire, die hier in der Nähe leben, nicht verärgern. Vor allem nicht Lucius, den König. Er führt einen Club, den ich mag. Toxic. Und mehr als das. Er ist mächtig und eine Art Anführer." Ich halte inne. „Ich mag ihn."

„Aha. Ich verstehe es jetzt, mein guter Freund." Er hebt die Hand und klopft mir auf die Schulter. Sein Ausdruck – eine Mischung aus Mitgefühl und Besorgnis –

lässt mich wissen, dass er trotz seines fröhlichen Tons den Ernst der Lage erkannt hat.

„Vielleicht sollten wir die Diskussion über Karl auf einen anderen Zeitpunkt verschieben und uns der schönen Frauen bedienen, die auf uns warten?" Sein Gesicht erhellt sich. „Das heißt, wenn du dich sicher genug fühlst, dich den körperlichen Freuden hinzugeben."

Karl kann warten. Meine Sinne sagen mir zwar, dass es wichtig ist, mich mit ihm zu befassen, aber dass es Zeit hat. Ich werde mehr über seine Pläne herausfinden, darüber nachdenken und die geeignete Strategie festlegen.

Eine Sache, die man im Laufe der Jahrhunderte lernt – wenn man überlebt –, ist die: Das weitere Überleben hängt in erster Linie vom eigenen intellektuellen Scharfsinn und der Fähigkeit zu denken und zu planen ab.

Unüberlegtes Handeln kann zu einem schnellen Untergang führen.

Wir sind alle gut im Schachspiel, wir Vampire. Sogar die Dummen.

Ich spreche mit Entschlossenheit. „Wir gehen in den Club und suchen uns Frauen, die geeignet sind, sie mit in die untere Etage des Toxic zu nehmen."

Er zieht eine Augenbraue hoch, also füge ich erklärend hinzu: „Das Erdgeschoss ist ein normaler Club. Wir nehmen nur die Auserwählten mit nach unten ins Verlies. In den geheimen BDSM-Club, wo der eigentliche Spaß stattfindet."

„Ich verstehe." Er nickt anerkennend. Ich habe ihm bereits erklärt, dass das moderne Wort BDSM genau das ist, was er in Bezug auf Sex mag, und dass er im Club Toxic beides bekommen kann. Martin und ich haben viel gemeinsam. Er war auf jeden Fall eine gute Wahl für einen Nachkommen meinerseits.

Sein Lächeln verblasst bei meinen nächsten Worten.

„Aber zuerst werde ich dir zeigen, wie man dieses iPhone benutzt."

Martin stöhnt, willigt jedoch ein. Er zieht das Ding aus seiner Tasche und hält es zwischen zwei Fingern, als wäre es ein verrottender Kadaver, den er unter einem Felsen hervorgezogen hat.

Ich verdrehe die Augen. „Du weißt, wie wichtig es ist, sich den Zeiten anzupassen. Auch wenn es bedeutet, alle paar Jahrzehnte neue Technologien zu erlernen."

„Mein lieber Herr." Seine Stimme klingt hochmütig. „Ich wage zu behaupten, dass ich zumindest ein paar Tage verdient habe, um mich mit den Gepflogenheiten der 2020er vertraut zu machen." Er wirft das Telefon in die Luft und es glänzt silbern im Mondlicht, bevor es sich wie ein länglicher Meteorit dreht und er es wieder auffängt. Geschickt, unfehlbar – man muss die Reflexe von Vampiren einfach lieben.

Ich lache. „Das ist wahr."

Aber ich muss immer wieder an das Mädchen denken. Das, deren Gedanken ich einen Anstoß geben musste, damit sie geht und Karl sie nicht sieht.

Ich will wissen, welche Geräusche sie macht, wenn sie kommt. Ich will meine Zunge in ihre Muschi schieben und ihre Säfte schmecken – ihren frischen, vitalen menschlichen Duft. Ich will sie so gut und hart durchnehmen, bis sie vor Lust zittert und jede Kontrolle verliert. Bis sie um ihre Erlösung bettelt.

Und dann will ich ihr auf dem Höhepunkt ihrer Ekstase mit meinen Reißzähnen in den Hals beißen und die Rubine ihres Blutes ablecken, die herausquellen werden, während ich meine eigene Ekstase finde. Ich will den Moment erleben, in dem die Zeit stehen bleibt, mein Gehirn sich abschaltet und nichts als die pure reine Lust existiert.

Ich will es so sehr, dass ich fast brülle. Mein Schwanz wird vor Verlangen steinhart.

Aber sie ist weg.

Und selbst wenn sie vor mir stünde, hat sie etwas an sich, dass fast zu viel ist. Ich kann es mir nicht leisten, mich an jemanden zu binden. Das geht nie gut aus. Und ich habe das Gefühl, dass diese Frau nach einer Nacht nur schwer zu vergessen wäre.

Ich rücke meinen Schwanz zurecht und schüttle den Kopf. Ich werde eine andere Frau finden und dann eine weitere und dann noch eine. Ich werde mich in ihrem willigen Fleisch vergraben und ehe ich mich versehe, werde ich die temperamentvolle Rothaarige ganz vergessen haben.

Sie ist nichts für mich.

Und doch sende ich einen Wunsch ins Universum hinaus. Eine Einladung.

Komm zu mir. Heute Nacht.

ALS WIR UNS dem Club nähern, werde ich langsamer, um mich dem Verkehr anzupassen. Eine Schlange hoffnungsvoller Menschen schlängelt sich um den Block. Die Jungen und Schönen, die Reichen und Mächtigen, und sie alle beten, dass die Türsteher ihnen Eintritt gewähren.

„Meine Güte." Martin blickt hinüber. „Welch ein Augenschmaus."

Geplapper, Parfüm und Pheromone erfüllen die Luft und ich mustere die Schlange auf der Suche nach derjenigen, die ich auswählen werde. Diejenige, die ich mit nach unten nehmen, ausziehen und nach meinen Wünschen benutzen werde.

„Oh, diese Blondine dort erinnert mich an eine Herzogin, die ich einst kannte." Martins Stimme klingt eifrig. „Das Haar und die hochmütigen Augen. Sie war eine Verführerin zwischen den Laken." Er klingt vernarrt. Dann säuerlich. „Aber diese modernen Frauen sind unheimlich. Was macht man überhaupt mit ihnen?"

„Du behandelst sie mit Respekt, Martin, und dann siehst du weiter. Zuerst fragst du. Und du nimmst dir niemals, was dir nicht angeboten wurde. Außer ab und zu ein wenig Blut." Ich zwinkere ihn an. „Natürlich nicht zu viel. Man darf sie nicht verletzen."

Aber ich bin abgelenkt.

Ich muss immer wieder an das Mädchen von vorhin denken. Keine der Schönheiten in der Schlange, nicht einmal die strahlendsten, frischesten, sehen für mich auch nur annähernd attraktiv aus. Es ist fast so, als ob ich sie in der Luft riechen kann –

Und plötzlich ist sie da. Die Frau von zuvor. Ihr Haar ist offen und prächtig und die Locken fallen ihr über den nackten Rücken. Ihre Lippen sind kirschrot, die Farbe, die einen Mann dazu bringt, hart zubeißen zu wollen, zu saugen und nie wieder loszulassen.

„Was zum …"

Ich trete auf die Bremse. Sie trägt ein knappes Minikleid, das ihren Körper so eng umspielt, dass ich jede ihrer üppigen Kurven sehen kann. Ihre Beine sind lang und glänzen unter den Straßenlaternen. Wie kann sie auf diesen Fick-mich-Absätzen überhaupt laufen? Mein Schwanz wird sofort hart.

Habe ich sie schon von den Ausläufern des Gebirges aus gespürt?

„Nun, sie ist eine Augenweide." Martin reckt seinen Hals. Dann schaut er mich mit scharfem Blick an. „Du hast sie schon kennengelernt, ja?" Er kennt mich gut.

Ich lasse das Auto langsam im Leerlauf laufen und

halte an einer roten Ampel an. „Was macht sie denn ausgerechnet hier?"

„Hier in Tucson, wo sie offenbar wohnt? Welch ein astronomischer Zufall."

„Klugscheißer." Ich kann sie jetzt deutlicher riechen und ihr Duft ist genauso gut wie zuvor. Besser, denn sie pulsiert vor Energie und Verlangen. Bedürfnis. Es ist berauschend.

Aber ich meine es ernst: Was zur Hölle macht sie hier im Club Toxic? Es ist doch nicht möglich, dass sie meine Bitte gespürt hat und gekommen ist, weil ich sie gerufen habe, oder?

Martins Stimme klingt trocken. „Es scheint so, als stünde dir eine ereignisreiche Nacht bevor."

Ich suche die Straße ab, aber natürlich gibt es keine Parkplätze am Straßenrand. Ich fahre zum Mercado Parkplatz, der nur eine Minute entfernt ist. „Sie ist ungeeignet."

„Dann macht es dir nichts aus, wenn ich mich mit ihr vergnüge?" Sein Tonfall ist gespielt unschuldig.

„Nein, das wirst du nicht tun, du verdammtes Tier. Steig aus."

Ich parke den Wagen, streckte meine Beine aus dem Porsche und lausche. Selbst während eines überfüllten Konzertes könnte ich zwanzigmal weiter hören als ein normaler Mensch.

Ich rufe Tiberius, den diensthabenden Türsteher, dessen Anzüge tadellos sind und der gut gebaute junge Männer bevorzugt. *„Hol mir den Rotschopf. Bring sie für mich hinein."*

Eines der praktischen Dinge daran, untot zu sein – mit einem so ausgezeichneten Gehör wie unserem können wir aus größerer Entfernung kommunizieren als Menschen.

„Geht klar, Alain."

„Und lass niemanden an sie ran, bis ich da bin."

45

Vielleicht ist sie nicht die Richtige für mich, aber ich will verdammt sein, wenn ich zulasse, dass ein anderer Vampir sie in die Finger bekommt. Geschweige denn zwischen seine Reißzähne. Wenn sie sich heute Abend im Club für irgendjemanden entscheidet, werde ich es sein.

5

Bri

„Entschuldigen Sie, Miss?" Der attraktive Türsteher geht unerklärlicherweise an den Models vorbei und kommt direkt auf mich zu. „Sie können reinkommen."

Ich sehe mich suchend um. „Was, ich?"

„Ja." Er ist in seinem eleganten schwarzen Anzug die absolute Perfektion. Er ist kein großer Mann, aber er vermittelt den Eindruck von gebändigter Kraft.

„Warum ich? Nicht, dass ich nicht aufgeregt wäre." Ich bemerke ein paar gehässige Blicke und wehmütige Gesichter, als ich versuche, mich nicht wie eine Art Prinzessin zu fühlen.

Er lächelt. „Auf besondere Einladung von einem VIP."

Meine Seifenblase zerplatzt. „Wahrscheinlich meinen Sie jemand anderen?"

Seine Stimme ist geduldig, aber bestimmt. „Ich mache keine Fehler. Kommen Sie?"

„Ja. Natürlich. Vielen Dank." Ich folge ihm, so schnell es mir auf meinen Absätzen möglich ist, denn er geht zügig.

„Hier entlang." Er gestikuliert mit der Hand, als wir uns dem Eingang nähern.

Das Gebäude ist alt und aus Lehmziegeln errichtet, die weiß gestrichen sind. Ein oberschenkelhohes Metallgeländer grenzt den Platz für eine Terrasse ab. Es gibt jedoch keine Tische dort, nur einen weiteren riesigen Türsteher an der Tür, der ganz in Schwarz gekleidet ist und nicht lächelt. Sanfte Glühbirnen einer Lichterkette brennen entlang der oberen Balustrade, einem vorgetäuschten Balkon für das zweite Stockwerk, und sie verleihen dem Ort einen Hauch von Festlichkeit.

„Amüsieren Sie sich. Willkommen im Club." Er öffnet die Tür zu einer anderen Welt.

„Wer hat Ihnen gesagt, dass Sie mich reinlassen sollen? Können Sie ihn mir zeigen?"

Aber ich bin bereits drin und die Tür schließt sich hinter mir, ohne dass ich offensichtlich Eintritt zahlen muss.

Club Toxic, die #1 in Tucson.

Musik dröhnt aus einem abgefahrenen Soundsystem. Die Bar ist voll, Leute reden, tanzen, stecken die Köpfe zusammen und verschlingen ihre Körper ineinander. Der Raum ist nur schwach beleuchtet, was das perfekte Ambiente abrundet, und dieser ganze Ort ist supersexy.

In einer Ecke befindet sich eine kleine provisorische Bühne und ich sehe, wie sich eine Band vorbereitet. Einer der Musiker, ein großer schlanker Mann mit einem Pferdeschwanz und tiefen Augen, hält eine knallrote Fender Stratocaster-Gitarre in der Hand. Er sieht mich an und lächelt. Es kribbelt in meinem Magen.

Er ist süß. Ist er derjenige, der mich eingeladen hat? Vielleicht hat er mich in der Schlange warten gesehen?

Ich möchte tanzen. Ich möchte heute Abend einen sexy Mann küssen. Und wenn die Stimmung gut ist, nehme ich ihn vielleicht mit nach Hause und vergesse mich in seinen Armen. Ich werfe dem Gitarristen einen weiteren Blick zu.

Aber etwas flüstert in meinem Kopf. *Nein, nicht der.*

Ich runzle die Stirn und schüttle den Kopf.

Und plötzlich kribbelt es in meinem Nacken. Ich spüre den Drang, mich von dem Gitarristen abzuwenden und zur gegenüberliegenden Wand umzudrehen.

Und es ist dieser Moment, in dem ich *ihn* sehe.

ALAIN

SIE GLAUBT, sie wäre auf der Jagd – wie niedlich. Sie hat überhaupt keine Ahnung, wie sehr sie sich hier im Club Toxic damit irrt, wo die Übernatürlichen zum Spielen hinkommen.

Schon bald wird sie merken, dass sie die Beute ist … Und ich bin derjenige, der sie fangen will.

Aber nicht ohne einen kleinen Kampf, hoffe ich.

Sobald sie mich sieht, reißt sie die Augen auf und ich kann riechen, wie das Adrenalin durch ihre Adern strömt. Ja, sie freut sich, mich zu sehen.

Ich bahne mir meinen Weg zu ihr. Sie richtet den Blick die ganze Zeit auf mich, ihr ganzer Körper ist aufmerksam.

Sie ist sogar noch schöner als in meiner Erinnerung und mir stockt fast der Atem, als ich mich ihr nähere. Ihr flammendrotes Haar ist eine perfekte Lockenpracht und die geschwungene Kurve ihrer sinnlichen Lippen perfekt geschminkt. Und diese grünen Augen – so groß und von dichten schwarzen Wimpern umrandet. So ausdrucksstark, dass sie in einem Gemälde im Louvre verewigt werden sollten. Ganz zu schweigen von ihrem atemberaubenden Körper.

„Ihr Wagen muss es bis in die Stadt geschafft haben." Ich gebe dem Barkeeper ein Zeichen, hebe zwei Finger und zeige auf die Bar. *Du weißt, welchen ich will.*

Er nickt. *Jawohl.*

„Natürlich hat er das." Ich kann hören, wie sich ihr Herzschlag beschleunigt, aber ihre Stimme bleibt ruhig, als könnte sie mir vorgaukeln, dass es ihr egal ist, dass ich hier bin.

Ich weiß es besser.

Sie steht völlig still, obwohl der hektische Beat der Musik immer noch durch unsere Körper dröhnt. Die Frequenz schreit geradezu: *Fick mich.*

„Möchten Sie etwas trinken?" Ich strecke die Hand nach ihrem Ellbogen aus, berühre ihn jedoch kaum.

Sie holt tief Luft und ihre Wangen werden rot. „Kommt darauf an, was es ist."

„Es ist, was immer Sie haben möchten." Ich halte inne. „Wonach suchen Sie hier an diesem Ort?"

Sie schaut weg und ihr Puls überschlägt sich. „Wonach suchen denn alle? Pure Freude. Endlose Glückseligkeit. Das Übliche."

Ihre Stimme ist trotzig kokett, aber sie hat etwas Trauriges an sich, etwas Tiefes und Dunkles, das unter der Oberfläche verborgen liegt. Normalerweise interessiert es mich nicht, welche Gefühle Menschen verbergen, aber dieses Mädchen macht mich neugierig.

„Was wollen Sie?" Sie sieht mich mit herausfordernden Augen an.

Ich lege meine Hand an ihr Kreuz und lächle, als sie leise nach Luft schnappt. „Genau das Gleiche." Ich führe sie an die Theke und es bedarf lediglich einer Berührung mit den Fingerspitzen, damit sie mir folgt. Oh ja, dieses Mädchen wird mir Spaß machen.

Zwei Gläser Champagner warten auf uns. Ihre Ränder berühren sich leicht. Der Barkeeper neigt den Kopf. „Zum Wohl."

„Moet et Chandon. Den ganzen Weg aus Epernay." Ich reiche ihr einen der Kristallkelche.

„Von Frankreich nach Tucson. Eine ganz schöne Reise." Sie hebt ihr Glas. „Welch quälend lange Strecke für ein kleines Vergnügen."

„Oh, aber denken Sie nicht auch, dass das Vergnügen durch einen kleinen Hauch der Qual nur gesteigert wird?" Ich mustere ihr Gesicht.

Ja, da ist es: Ihre Pupillen weiten sich und ihr Blut pulsiert heftig und schnell.

„Ich habe ihr Gesicht gesehen, als wir uns kennenlernten. Als ich von Vergnügen und Schmerz gesprochen habe." Ich lächle. „Es ist meine Spezialität." Ohne ihr eine Chance zu geben, etwas zu erwidern, und um sie vielleicht ein wenig aus dem Gleichgewicht zu bringen, stoße ich mein Glas mit einem lauten Klirren gegen ihres. „Auf was sollen wir anstoßen?"

Sie lächelt. „Nun, ich stoße auf alle meine Träume an. Darauf, dass sie in Erfüllung gehen." Ein winziger Ausdruck huscht über ihr Gesicht. Ein Unterton der Besorgnis oder Verzweiflung sogar. Aber er ist genauso schnell wieder verschwunden, wie er gekommen ist.

„Dann wünsche ich Ihnen das Gleiche."

„Was ist mit Ihren Träumen?" Ihre Stimme klingt leicht. „Sollten Sie Ihren Wunsch nicht für sich behalten?"

Ich schaue ihr tief in die Augen. „Normalerweise bekomme ich immer genau das, was ich will. Ich brauche mir nichts zu wünschen."

Sie nimmt einen kräftigen Schluck und hustet ein

wenig. Dann winkt sie mit der Hand vor ihrem Gesicht ab. „Entschuldigung."

Sie ist erregt, aber ich habe sie aus dem Gleichgewicht gebracht. Es ist eine berauschende Kombination – es bedeutet, dass es sogar noch reizvoller sein wird, mit ihr zu spielen.

Ich nippe an meinem Champagner und genieße den Geschmack und die Bläschen auf meiner Zunge. Ich kann sie auf ihren Lippen zerplatzen hören, wie ein kleines Feuerwerk aus Kohlensäure und Alkohol. „Wissen Sie noch, was ich gesagt habe? Dies passt gut zu dem, was Sie wollen."

„Ich erinnere mich an alles, was Sie gesagt haben." Ihre Stimme ist tief und heiser. Sie lächelt.

Mein Schwanz wird hart. Ich murmle etwas in meiner alten Sprache. Worte, die ich schon seit hundert Jahren nicht mehr gesprochen habe.

Sie erhebt ihre Stimme über die Musik. „Was haben Sie gesagt?"

„Ich sagte, dass wir woanders hingehen können. Es gibt noch eine untere Etage in diesem Club, wenn Sie mutig genug sind, sie zu erkunden." Ich trete näher und flüstere ihr ins Ohr, wobei ich mit den Lippen über ihr Ohrläppchen streife.

„W-Was für ein Ort?" Sie atmet scharf ein.

Ich kann die Erregung ihres Körpers riechen. Ich kenne ihre Antwort bereits, noch bevor sie es tut.

Ich verberge mein Lächeln. „Ein BDSM-Club. Im Untergeschoss. Geheim ... und nur mit Einladung zugänglich." Ich schaue ihr in die Augen. „Ich lade Sie ein."

Sie gibt ein leises Summen von sich und schließt die Augen, als sie fast gegen mich stößt. „Ich weiß nicht einmal, wie Sie heißen."

„Alain. Marchmont. Du kannst Alain und du sagen. Wie heißt du?"

„Briana. Shaughnessy. Bitte nenn mich Bri."

Ich hauche einen Kuss auf ihren Kieferansatz. „Süße Bri. Ich kann dir geben, weswegen du heute Abend hergekommen bist. So viel Lust, wie du aushalten kannst ... solange du gewillt bist, mein Spiel zu spielen."

„Nenne mir deine Regeln." Sie schaut mich mit zusammengekniffenen Augen an. „Und dann werde ich dir meine verraten."

Ich senke meine Lippen erneut an ihr Ohr. „Meine einzige Bedingung ist, dass du genau das tust, was ich sage, wenn ich es sage. Solange, wie es dir Spaß macht. Ja?"

„Du bist ein Dom?"

„Genau. Nur für eine Nacht." Ich streiche mit einem Finger über die Seite ihres Gesichtes. „Du hast auch Regeln?"

Sie schaut kurz weg und dann wieder zu mir. „Nur für eine Nacht, ist auch meine Regel. Ich gehe keine Beziehungen ein. Ich darf jederzeit gehen. Solltest du irgendwelche Krankheiten haben, verschwinde jetzt." Sie hält inne. „Und ruf mich morgen nicht an." Sie streckt ihr Kinn in die Höhe.

Weiß sie überhaupt, wie perfekt sie in diesem Moment für mich ist?

Ich muss mich wirklich zusammenreißen, sie mir nicht auf der Stelle zu schnappen und mich hier auf der Theke mit ihr zu vergnügen. Inmitten all der Zivilisten. Natürlich habe ich mehr Kontrolle als das. Geradeso.

„Einverstanden. Sollen wir?" Ich strecke ihr meine Hand entgegen.

Sie blinzelt. In ihr tobt ein Krieg und sie gibt schließlich nach. Sie lehrt ihren Champagner und stellt das Glas zurück auf den Tresen. „Ja."

„Gut." Ich greife nach ihrer Hand. „Komm."

Sie folgte mir über die Tanzfläche zur Garderobe, wo ich die Ränder meines Körpers verschwimmen lasse, als ich die geheime Tür öffne. Außer dem Türsteher, einem weiteren Vampir, ist niemand hier. Aber ich tue es nur für alle Fälle. Dieser Ort muss vor der Allgemeinheit geheim gehalten werden.

Und dann nehme ich sie mit nach unten.

6

Bri

Das ist genau, was ich brauche. Eine Nacht mit einem heißen Kerl, bevor ich mich um mein chaotisches Leben kümmere – die medizinischen Bedenken und meine bevorstehenden Besuche bei Dr. Su, meine Arbeitsprojekte, einfach alles.

Ich wäre dumm, wenn ich dieses Angebot ablehnen würde. Eine tolle Nacht, die mich stärken wird.

„Wenn es dir nicht gefällt, kannst du jederzeit gehen", murmelt er und neigt seinen dunklen Kopf zu mir hinunter. „Aber ich glaube, du wirst mich anflehen zu bleiben."

Allein, dass er mir so nah ist, lässt meinen Körper in Flammen aufgehen. „Wir werden sehen." Er hat wahrscheinlich recht, aber er ist so unglaublich eingebildet. Er weiß, dass er mich in seinen Fängen hat, und das macht mich wütend. Ich wollte eigentlich ein Geheimnis für ihn bleiben. Keine leichte Beute.

Als er mich dann die dunkle Treppe hinunterführt und unten eine schmale Tür öffnet … in eine andere Welt …, bin ich endgültig sprachlos. „Wieso weiß niemand, dass es das hier gibt?"

„Die richtigen Leute wissen es." Er lacht. „Es ist ein BDSM-Club für die Elite."

BDSM ist mir nicht fremd und ich mag kleine Perversionen in meinen Beziehungen. Ich habe sogar schon den örtlichen BDSM-Club besucht, aber er hat mich nicht angesprochen; ich habe dort niemand Besonderen getroffen und die Atmosphäre wirkte nicht einladend.

Dieser Club hat jedoch eine ganz andere Atmosphäre. Sex liegt in der Luft, als würde einem jemand ins Ohr flüstern und über den ganzen Körper streicheln. Die Menschen hier vibrieren vor Energie, Farbe, Brillanz. Hitze.

Der Raum ist gefüllt von schwach schimmernden Lichtern, teurem Holz und exotischen Oberflächen. Keine Kosten wurden gescheut, nichts hier ist eine Replik. Alles wirkt schwer, solide und hochwertig. Stilvoll.

Ein riesiger Thron steht majestätisch in der Mitte des Raumes und es scheint mir, dass er gleichzeitig uralt, unbezahlbar und voller Geschichte ist. Sind das echte Rubine, die in die Intarsien eingelegt sind? Ich möchte fragen, wofür er verwendet wird, aber etwas anderes erregt meine Aufmerksamkeit.

Eine Frau ist an ein perfekt verarbeitetes, poliertes Holzkreuz gefesselt und ein Mann peitscht sie aus. Sie schreit auf und er tritt heran und beugt sich hinunter, um seinen Kopf an ihren Hals zu schmiegen. Ihre Schreie wandeln sich von Schmerz zu Lust und ihr Orgasmus zerreißt die Luft, sodass sich die Leute umdrehen und zuschauen.

Ich hebe eine Hand an meinen Mund. Die absolute Glückseligkeit in ihrer Stimme und die Art, wie er seine Befriedigung herausbrüllt, sind geradezu unwirklich. Es ist, als würde ein Liebesroman zum Leben erwachen, jedoch mit einer Art dunkler Seite. Sie steht eindeutig auf Blutspiel, denn als er sich von ihr löst, hat sie einen roten Fleck am Hals. Und er an seinem Mund und seinen Händen.

Obwohl ich mich nie dafür interessiert habe, reagiert mein Körper mit einem instinktiven Reiz. Ich möchte, dass ich es bin, die diesen schreienden Orgasmus hatte – genau wie sie – möchte fühlen, was sie gefühlt hat –

„Gefällt dir das?" Alains Stimme haucht in mein Ohr.

„Ich – ich weiß nicht."

„Ach nicht?" Er lächelt.

„Ich mag es, gefesselt zu sein." Ich blicke durch den Raum zu einer Prügelbank, die im goldenen Licht schimmert. „Das gefällt mir." Eine schlanke Frau ist darauf gefesselt. Ihr Hintern nach oben gestreckt, während ein Mann sie mit einem Paddel versohlt. Als sich ihr Hintern rosa färbt, gibt sie Geräusche von sich, die sowohl auf bevorstehende Glückseligkeit als auch auf wachsendes Unbehagen hindeuten. Beides.

Meine Muschi zieht sich zusammen.

„Ich denke, wir werden mit etwas Ähnlichem beginnen", murmelt Alain. „Vielleicht versohle ich dir den Hintern und necke dich ein wenig, was?" Er beobachtet meine Reaktion wie ein Falke. Er lächelt, als ich erröte.

„Mmmm …" Ich lehne mich an ihn, drehe mich um und schmiege meinen Kopf an seine Schulter.

Von hinten schlingt er die Arme um mich. „Wirst du dich für mich ausziehen? Lass mich deinen Arsch rot färben, bevor ich dich ficke. Stell dich vor mich hin und tue, was ich dir sage."

„Vielleicht", flüstere ich. Er riecht umwerfend nach einem Parfüm, das ich nicht kenne, und nach seiner eigenen Essenz. „Wenn mir gefällt, was du verlangst." Ich könnte allein durch seine Stimme einen spontanen Orgasmus bekommen.

„Ich werde dafür sorgen, dass es dir gefällt." Er lässt seine Hände über meinen Körper gleiten. „Aber zuerst holen wir uns noch ein Getränk."

Er spielt genau richtig mit mir und zieht es in die Länge. Er drängt mich nicht. Er lässt mich das alles in meinem eigenen Tempo erleben. Es ist fast so, als würde er Signale lesen, von denen ich nicht einmal selbst weiß, dass ich sie aussende.

Es gibt mir Selbstvertrauen. Und es macht mich begierig.

An der Theke nimmt ein großer Mann mit durchdringenden Augen und einem patrizischen Profil ein Glas vom Barkeeper entgegen. Das Glas sieht Barock aus, schwer und teuer. Es ist mit einer zähflüssigen Flüssigkeit gefüllt und für einen Moment glaube ich, den kupfernen Geruch von Blut in der Luft zu riechen. Er lächelt Alain an und erhebt seinen Kelch. „Prost."

Die rote Flüssigkeit fließt auf seine Zunge.

„Was trinkt er da?" Ich runzle die Stirn. „Ist das ...?" Meine Stimme wird lauter. Das kann doch nicht sein. Aber das ist es und dann sehe ich die Zähne des Mannes. Seine Eckzähne sind länger als normal – er trinkt Blut.

„Club-Spezial. Nicht für dich." Alain schaut mir in die Augen und der Raum verschwimmt für eine Sekunde.

Ein plötzlicher Schmerz zerreißt meinen Schädel und die Erde scheint sich auf ihrer eigenen Achse zu kippen. Ich keuche und greife mir an die Schläfen. Ich bin so orientierungslos, dass ich stolpere und stürzen würde, aber Alain hält mich fest und richtet mich auf. Ich stehe gerade, aber ich schwanke.

„Bri, sprich mit mir." Er fasst mir seitlich ans Gesicht

und seine Hände bedecken meine, die bereits an meinem Kopf liegen. „Sieh mich an."

Ich starre in seine Augen und der Schmerz lässt nach, aber mir ist total schwindelig.

„Geht es dir gut?" Seine Stimme ist sanft und heftig zugleich. Die Worte ergeben immer noch keinen Sinn. Für eine Sekunde kehrt der Schmerz zurück und ich habe keinen blassen Schimmer, wo ich bin. Dann kommt alles zu mir zurück, so als würde man ein Glasfenster im Rückwärtslauf zerspringen sehen.

Ich schüttle den Kopf. „Entschuldigung – was?"

„Du warst kurz ein wenig zittrig." Seine Hände fühlen sich gut auf meinen Armen an. Fast so, als würde Energie von ihm in mich fließen.

Ich mag es und gleichzeitig auch nicht. Es ist eines dieser Dinge, auf die man sich besser nicht verlassen sollte.

„Ich habe heute nicht viel gegessen. Und ich hatte heute Nachmittag ein stressiges Telefonat mit meiner – aber es geht mir jetzt gut." Ich nehme einen tiefen Atemzug. „Ich bekomme manchmal Migräne. Es hat sich gerade so angefühlt, als würde eine anfangen. Aber dann ging es wieder weg."

„Gut." Alain gibt dem Barkeeper ein Zeichen und plötzlich erscheint ein Teller mit Speisen, wie aus einem Renaissancegemälde: Weintrauben, Käse. Ich kann fast die Pinselstriche sehen.

Ein großer Mann neben mir sieht uns an und lächelt. Dann geht er mit einem barocken Glaskelch davon. Er kommt mir irgendwie bekannt vor, aber ich glaube nicht, dass ich ihn schon einmal gesehen habe. Seltsam.

„Was war so schlimm an deinem Telefonat heute?" Alain berührt meinen Arm. Sanft. Seine Stimme klingt so, als ob ich ihm tatsächlich wichtig bin.

Für einen Sekundenbruchteil möchte ich es ihm erzählen. Ich habe das Gefühl, dass er mich versteht und mit mir mitfühlt. Dass er mich trösten will.

Aber dann erinnere ich mich daran, wie das Leben wirklich spielt.

Ich zucke mit den Schultern. „Ich bin hergekommen, um es zu vergessen." Ich werfe ihm einen vielsagenden Blick zu.

„Ich verstehe." Er nickt. „Ich habe versprochen, dass ich dabei helfen kann." Er klingt reumütig. Dann beugt er sich vor und streift mit seinen Lippen sanft über meine. „Und noch so viel mehr, meine Liebe."

Mein Körper beginnt zu schmelzen. „Gut."

„Du wolltest mir gerade sagen, was du trinken möchtest." Er lächelt.

Ich blinzelte. „Wodka. Auf Eis."

Er zieht eine Augenbraue hoch. „Nur einen."

„Warum bestimmst du, was ich trinke?"

„Oh, süße Bri." Er hat einen selbstgefälligen Ausdruck auf dem Gesicht. „Heute Abend bestimme ich alles, was du tust."

Ich habe das Gefühl, dass ich aus Prinzip darüber streiten will, weil es Spaß macht, frech zu sein. Aber die Wahrheit ist, dass ich mir genau das wünsche.

Also nippe ich an meinem Wodka und werfe ihm meinen besten unschuldigen Blick zu. „Ja, Sir." Ich fahre mir mit der Zunge über die Unterlippe, nur ganz kurz, und lächle. „Master."

Er knurrt praktisch. „Fuck, Bri."

„Ist das nicht der Plan?" Ich kippe mir den Drink hinunter und der Schnaps sendet Feuer durch meine Kehle. Einen Herzschlag später brennt er in meinen Venen und meinem Gehirn. Die Welt wird warm und schön und all ihre Ecken und Kanten verblassen. Es bleibt nur noch Freude zurück.

„Oh, das auf jeden Fall." Er grinst. Dann hebt er mich in seine Arme. „Aber du wirst es dir verdienen müssen, Baby. Den Fick gibt es nicht umsonst."

Ich quietsche und lache vor Entzücken und Triumph. Das hier. Dieser verdammte Moment. Ich bin euphorisch. Ich strampele leicht und schließe die Augen, während ich seine starken Arme genieße.

Er schreitet durch den Raum zu einem leeren Sofa und lässt mich langsam an seinem Körper hinuntergleiten. Auf meinem Weg zurück zum Boden spüre ich jeden seiner herrlichen Muskeln. Und seinen Schwanz. Mein Gott, ist der hart.

„Hast du ein Safeword?" Er zieht mich wieder an sich, sodass ich seinen harten Schwanz an meinem Hintern spüre.

„Brauche ich eins?" Ich greife nach hinten und berühre ihn, wo ich kann. Ich zerre an seiner Kleidung.

„Auf jeden Fall." Er haucht mir ein Lächeln in den Nacken. „Wähle sorgfältig."

Mit den Handflächen streichelt er meine Brüste durch mein Kleid. Er berührt meine Brustwarzen. Zwickt sie. Ich atme scharf ein.

„Rot." Ich beiße mir fest auf die Lippe. „Wie Blut."

Er versteift sich hinter mir. „Was für eine treffende Wahl."

„So bin ich nun mal – treffend." Ich reibe meine Pobacken an ihm. „Du wirst schon sehen."

„Genau das habe ich vor." Er dreht mich plötzlich zu sich um, sodass ich ihm zugewandt bin, und drückt beide Hände auf meine Schultern. „Bist du bereit?" Sein Lächeln ist dunkel und gefährlich.

„Ich habe bereits auf dich gewartet." Ich verdrehe die Augen und grinse. „Danke, dass du auch endlich anfängst."

„Zieh das hier aus." Seine Stimme ist leise. Er streicht mit einem Finger über den Träger meines Kleides. Dann tritt er zurück und verschränkt die Arme. „Schön langsam. Sieh mich an, während du es tust." Er wirft mir einen herausfordernden Blick zu. „Das heißt, wenn du mutig genug bist, es zu tun. Wenn nicht, werde ich dir eine Lektion im Privaten erteilen müssen." Er blickt von mir durch den Raum. Ganz sicher prüft er mich und will sich vergewissern, dass mir gefällt, was er vorhat. Er lässt es sexy klingen, falls ich einen Ausweg brauche.

Und es gefällt mir.

Ich will meine Schuhe ausziehen, aber er schüttelt den Kopf. „Lass die Stöckelschuhe an. Hör zu, Bri." Er schnippt mit den Fingern. „Ich werde dir genau sagen, was du tun sollst."

Ich kneife angesichts seiner selbstgefälligen Gelassenheit die Augen zusammen und Hitze steigt in meinem Körper auf. Er ist arrogant und es gefällt mir. Also ziehe ich das Kleid nach unten, schlüpfe heraus und lasse es vorsichtig zu meinen Füßen fallen, bevor ich heraussteige.

Jetzt trage ich nur noch ein Höschen und einen BH aus Spitze. In Rot.

Seine Augen weiten sich für einen Sekundenbruchteil und ich weiß, das ihm gefällt, was er sieht. Ich trainiere oft, bin fit und stolz auf meinen Körper.

„Du bist dran." Ich lächle.

„Habe ich dir gesagt, du sollst sprechen?"

„Ich spreche, wann ich will." Ich provoziere ihn mit meinem Gesichtsausdruck.

„Jetzt nicht mehr." Er tippt mir mit der Hand auf die Wange. „Nicht, wenn ich dich nicht ausdrücklich darum bitte. Oder falls du *Rot* sagen musst."

Irritiert öffne ich den Mund. Ich schließe ihn wieder,

weil mir das Spiel gefällt. Ich will sehen, wohin es führt. Möchte seine Hände auf mir spüren.

„Und jetzt werde ich dir den Hintern versohlen, damit du gehorchst."

Ich blinzle ihn an und meine Brustwarzen werden ganz hart. Mein Körper pulsiert vor Adrenalin und Angst. Und vor Verlangen.

„Siehst du diese Leute dort?" Er zeigt auf sie. „Willst du, dass sie uns jetzt zusehen?"

Ich drehe meinen Kopf. Ihre Augen sind auf uns gerichtet. Es war zu erwarten; in einem Club wie diesem, beobachtet man. Man wird beobachtet. Es gehört alles zum Spiel.

Es macht mir nichts aus; tatsächlich steigert es den Rausch. Es ist, als wäre man für die Minute oder Sekunde berühmt, in der man die Blicke der Leute auf sich zieht.

Ich nicke und lächle in Erwartung.

„Es wird ihnen gefallen." Mit einer so schnellen Bewegung, dass ich sie kaum registriere, setzt er sich auf die gepolsterte Bank neben uns und zieht mich auf seinen Schoß. „Aber nicht so sehr, wie ich es vorhabe."

Ich liege mit dem Arsch nach oben über seinem Knie und blicke in Richtung Boden. Er ist aus poliertem Hartholz und so glänzend, dass er mit tausend Reflexionen des im Raum gebrochenen Lichts schimmert.

„Du darfst schreien, wenn du willst." Er gluckst. „Aber ich möchte keine Worte hören."

Ich schwöre bei Gott, dass dies ein Feuer in mir entfacht. So sehr, dass ich mein Höschen noch mehr durchnässen würde, wäre ich nicht bereits völlig feucht zwischen den Schenkeln.

Er klopft mir einmal mit der Hand auf den Hintern, dann noch einmal, und schlägt schließlich zu. Hart.

Ich keuche und winde mich auf seinem Schoß. Ich unterdrücke das „Autsch" in meiner Kehle.

„Entspann dich." Er streichelt mit der Hand an meinen Schenkeln auf und ab. „Lieg still."

Unter seiner Liebkosungen wird mein Körper weicher, geschmeidiger und meine Muskeln entspannen sich.

Er versohlt mich erneut. Härter als zuvor. Das Klatschen hallt durch den Raum und ich zucke zusammen. „Ah-mmm." Es fällt mir schwer, nichts zu sagen, nicht einmal „Au".

Er gluckst erneut. „Braves Mädchen. Benimm dich, wenn du auf meinem Schoß liegst, Bri."

Jetzt schlägt er schnell mit der Hand zu, wieder und immer wieder. Er versohlt mir den rundesten Teil meines Hinterns, meine Oberschenkel und die Stelle, auf der ich sitze. In weniger als einer Minute steht meine Haut in Flammen und jeder erneute Hieb lässt mich die Hüfte gegen seine Beine pressen. Meine Erregung nimmt immer mehr zu.

Ich stoße einen erstickten Schrei aus. Ich möchte „Stopp" sagen und „Aua" und „Alain", aber er will keine Worte hören. In meiner Frustration packe ich sein Bein und bohre meine Fingernägel fest hinein. Ich wimmere bei einem besonders harten Schlag, genau auf die Stelle, die schon am meisten brennt.

Seine Hand fühlt sich wie ein Paddel an. „Hände runter." Er versohlt mich immer weiter. „Willst du kommen? Es gibt keine Garantie. Denk daran, du musst dir deinen Orgasmus verdienen, indem du dich für mich benimmst. Wenn du mir nicht gefällst, lasse ich dich wieder anziehen und schicke dich nach Hause, Mädchen."

Ich kreische und keuche. „Mmmm!" Es tut weh und ich will, dass er aufhört. Ich will, dass er weitermacht. Ich will, dass er mich fickt. Ich will sprechen.

Und weil er in diesem Moment mein Master ist, werde ich ihn genau das tun lassen, was er will, auch wenn es mich wahnsinnig macht. Ich werde alles mit mir machen lassen, bis er mich kommen lässt.

„Fühl doch nur, wie nass du bist." Er hält inne und streichelt meine entflammte Haut. „Spreiz deine Schenkel. Mehr. Ah, du triefst vor Erregung, nicht wahr?"

Er schiebt einen Finger unter mein Höschen und in meine Muschi hinein.

Sofort krampfe ich mich um ihn zusammen. „Ah. Mmm."

Er wandert mit den Fingern zu meiner Klitoris, die er einen quälend langen Moment streichelt, bevor er die Hand wieder wegzieht. „Ich glaube, dir gefällt, was ich tue."

Ich stemme meine Hüfte fest gegen seinen Körper.

Er lacht. „Zu schade, dass du nicht sprechen und mir sagen kannst, was du willst. Soll ich dich weiter versohlen, ist es das? Dein Wunsch ist mir Befehl."

Er beginnt einen rasenden Angriff auf meinen Hintern, bei dem ich mich fast von seinem Schoß abhebe. Schließlich, als ich es fast nicht mehr aushalte, hört er plötzlich auf. Es ist, als hätte er meine Gedanken gelesen.

„Ruhig", flüstert er. Ich schließe meine Augen und schmiege mich an seinen Körper. Der Schmerz verschwindet, während er meinen Hintern streichelt, wieder und immer wieder, bis das Brennen erträglich und angenehm wird. Sexy. „So ist es gut." Seine Stimme ist tief und sinnlich. „Braves Mädchen."

Es ist, als ob ich hypnotisiert wäre, wie in Trance. Ich kann nicht sagen, ob es die Endorphine sind, seine Stimme oder das Licht hier drin, aber alles verschmilzt zu einer sinnlichen Mischung aus Lust und mein ganzer Körper summt vor Vergnügen. Aber mein Bedürfnis, zum Höhepunkt zu kommen, wächst von Sekunde zu Sekunde. Ich winde mich erneut.

Eine Stimme dringt an mein Ohr. „Alain, das ist aber eine nette Handvoll, mit der du dich amüsierst."

„In der Tat."

„Würdest du sie teilen?" Der Mann hat einen britischen Akzent. Es ist der Mann von der Theke von vorhin, der große Mann, der neben mir stand. Auch er ist attraktiv, aber ich bin kein Spielzeug, das man herumreicht –

Ich versteife mich und Alains Hand auf meinem Rücken beruhigt mich. „Nein." Seine Stimme ist fest und bestimmt. „Sie gehört mir allein."

„Solltest du deine Meinung ändern …" Der Neuankömmling verweilt.

„Das werde ich nicht." Alan dreht mich um, steht auf und zieht mich so schnell in seine Arme, dass mir schwindlig wird. „Lass uns bitte allein." Es ist jedoch keine Bitte.

Ich habe kaum Gelegenheit, einen Blick auf den anderen Mann zu werfen, der nickt und mit einem reumütigen Lächeln ein Glas anhebt, bevor Alain zu einem Vorhang schreitet und uns in eine halbprivate Nische zieht. Hier drin ist es dunkel und der Bereich wird von einer rot leuchtenden Wandlampe kaum erhellt.

„Du darfst sprechen, Bri. Was willst du?"

Meine Stimme ist heiser. „Ich will …" Ich weiß nicht, was ich sagen soll. „Ich will deinen Körper spüren. Zieh deine Sachen für mich aus."

Er lacht. „Glaubst du, du hast hier das Sagen?" Das Weiße seiner Augen glitzert in der Dunkelheit. Ich habe mich kaum an die Dunkelheit gewöhnt, aber ich kann einen Stuhl und eine lange gepolsterte Bank ausmachen.

„Ja, das tue ich." Mein Kopf summt immer noch mit Emotionen und Endorphinen und ich schwanke vor ihm.

Ohne ein Wort zu sagen, greift er nach meinem Höschen und zieht es sanft von meiner Hüfte. Mit einem kräftigen Ruck reißt er den Stoff mühelos auseinander. Er wickelt den Stoff zwischen meinen Schenkeln ab, der feucht von meiner Erregung an meiner Muschi und meinem Hintern klebt. „Ich glaube, das brauchst du nicht mehr."

Er wirft es in die Dunkelheit. „Du bist wunderschön. Wärst du die Meine, würde ich dich die ganze Zeit so behalten. Nackt und erregt. Um meine Berührung bettelnd."

„Ich gehöre dir nicht. Und ich bettle auch nicht." Übermut lässt mich sprechen.

„Oh, ach nicht? Na das werden wir ja sehen."

„Ich bettle nicht."

„Nicht einmal für deinen Master?" Seine Stimme ist heiter, aber es schwingt etwas Dunkles in ihr mit. Etwas, das mich vor Erwartung erschaudern lässt.

Ich zucke mit den Schultern.

„Nun, im Moment ist das alles nur ein Spiel für dich, nicht wahr? Was wäre, wenn es etwas mehr wäre?"

Er bewegt sich so schnell! – In einer Sekunde hat er mich auf die Bank gesetzt und kniet vor mir zwischen meinen gespreizten Beinen. Er saugt an meiner Brustwarze. Streichelt meine Oberschenkel. „Was wäre, wenn du an mich gebunden wärst, Bri, und die einzige Möglichkeit, befriedigt zu werden, darin bestünde, Tag und Nacht meine Befehle zu befolgen?"

Ich stöhne und greife in sein Haar.

Er lacht. „Du kannst daran ziehen, so viel du willst. Ich werde deshalb nicht schneller machen."

Er streichelt mich erneut. „Leg dich hin und öffne dich für mich. Breit."

Und ich tue es. Denn in diesem Moment will ich, dass er mein Master ist.

Und als ich seine Zunge auf meiner Klitoris spüre und seine Lippen über meine Haut gleiten, schreie ich in einem erstickten Keuchen der Lust auf. „Alain!"

Er neckt mich mit seinem Mund. Immer wieder bringt er mich an den Rand des Abgrunds und zieht sich dann wieder zurück. Nach dem dritten Mal zittern meine Oberschenkel und Schweißperlen rinnen mir über die Stirn. Mein ganzer Körper ist feucht vor Anstrengung und Erregung.

Das schummrige rote Licht ist so schwach, dass die Details der Nische für mich nicht erkennbar sind. So als könnten sich meine Augen einfach nicht daran gewöhnen. So fällt es mir leichter, mich allein auf Alain und das, was er tut, zu konzentrieren.

„Ich will kommen. Fick mich, sofort", verlange ich mit heiserer und bedürftiger Stimme.

„Wir machen die Dinge hier auf meine Art", korrigiert er mich und schlägt mit der Hand auf meine Muschi. Ich bin so erregt, dass es ein feuchtes Geräusch macht.

„Au!" Ich versuche, meine Beine zu schließen, aber er hält sie offen.

„Habe ich dir gesagt, du sollst das tun?" Er schlägt mich erneut und der Schmerz ist wie ein helles Leuchtfeuer, das mich meinem bevorstehenden Orgasmus sogar noch näher bringt.

„Ich werde ohne dich kommen …", warne ich ihn.

„Oh nein, das wirst du nicht." Er gluckst und kneift in meine Brustwarze. „Weil ich es dir verbiete. Und du wirst mir gehorchen."

Er beugt sich hinunter, bis sich unsere Lippen berühren, und flüstert: „Nicht wahr?"

„Ja", stöhne ich. Ich war noch nie so elektrisiert vor Verlangen.

„Du wirst alles tun, worum ich dich bitte", sagt er.

„Ja." Ich stemme meine Hüfte nach oben.

„Bettle für mich." Es ist ein Befehl, leise und harsch.

„Alain, bitte. Bitte, ich will kommen."

„Noch nicht." Er lacht über meinen frustrierten Laut und zieht mich in eine sitzende Position. „Zuerst wirst du mir zeigen, dass du gehorsam bist."

„Nein …", wimmere ich. Er war so nah. Ich war so nah.

„Auf die Knie." Er steht mit leicht gespreizten Beinen und verschränkten Armen vor mir. „Genau dort."

7

Alain

Dass sie mit sich hebenden Brüsten und schweißnasser Stirn sofort vor mir auf die Knie sinkt, ist der größte Kick, den ich seit zweihundert Jahren gespürt habe. Dieses Mädchen zerspringt praktisch vor Verlangen. Und ihr Duft – irgendetwas an ihr, und ich weiß nicht einmal, was – lässt mich so lebendig fühlen wie schon seit Jahrzehnten nicht mehr.

„Ich werde alles tun, was du willst." Es fällt ihr schwer, diese Worte zu sagen, aber sobald sie herauskommen, unterwirft sie sich mir tiefer – etwas, das sie von Anfang an gewollt hat.

Ich habe mich aus ihren Gedanken herausgehalten, um mir selbst die Chance zu geben, sie in einem menschlichen Tempo kennenzulernen, aber einige ihrer Gedanken dringen direkt in mein Gehirn. Es ist, als wollte sie, dass ich sie lese.

„Alles."

Das Licht ist so schwach, dass sie mich kaum sehen kann, so viel weiß ich. Ich beuge mich auf ein Knie hinunter und komme ihr so nah, dass sich unsere Lippen fast berühren. Ihre Pupillen sind geweitet, weil sie Licht braucht, aber auch weil sie sich nach mir sehnt, beides.

„Braves Mädchen." Ich spreche die Worte in ihre geöffneten Lippen.

Sie schließt die Augen und murmelt etwas.

Ich stehe wieder auf und stelle mich vor sie hin. „Öffne meine Gürtelschnalle", befehle ich, als ich mich breitbeinig und mit verschränkten Armen vor ihr aufbaue.

Sie tut es, ohne zu fragen. Ihre Finger zögern zunächst an meinem Körper. Dann gewinnt sie an Selbstvertrauen, während sie sich ihren Weg ertastet und die Schnalle und die Schlaufen findet.

„Weißt du, was du als Nächstes tun wirst?" Ich ziehe den Gürtel aus den Schlaufen, falte ihn zusammen und klatsche ihn einmal in meine Handfläche.

Sie schnappt nach Luft.

Ich lache. „Nein, ich werde dich nicht damit auspeitschen." Ich schlage erneut in meine Handfläche und der Knall hallt in den Wänden der Nische wider. „Noch nicht."

Ich werfe den Gürtel auf die Liege und ziehe mich schnell aus. „Aber mir gefällt, wie du denkst." Ich trete ganz nah an sie heran. „Und vielleicht wirst du den Gürtel später auf deinem hübschen Hintern zu spüren bekommen, je nachdem, wie gut du das jetzt machst."

Mit dem Zeigefinger hebe ich ihr Kinn. „Aufmachen. Weit."

Sie zögert nicht eine Sekunde.

Mein Schwanz ist so hart, dass er weh tut. „Lecken." Mein Flüstern ist kehlig und heiser.

Sie streckt ihre rosa Zunge heraus und gleitet damit über meine Schwanzkuppe. Es fühlt sich so verdammt gut an, dass meine Schenkel sich anspannen und ich knurre: „Bri. Fuck."

Sie macht es noch einmal. „So?"

„Ja, genau so." Bei diesem Teil sollte es eigentlich nicht um Vergnügen gehen, sondern um Kontrolle. Darum, meine Dominanz und ihre Unterwerfung zu etablieren. Aber es wird mehr. Ich habe den Mund einer Frau schon seit über einem Jahrhundert nicht mehr so begehrt.

„Hände hinter den Rücken", befehle ich. „Beine breiter. Gut."

Sie rutscht schnell herum, um sich in die von mir gewünschte Position zu bringen. Ihr Anblick, wie sie sich auf mein Kommando hin verrenkt und ihren Kopf an meine Leiste drückt – wie sie bereit ist, mir zu dienen, wie es mir gefällt –, lässt mich eine Erregung verspüren, die ich fast nicht kontrollieren kann.

„Sauge daran."

Ich führe ihren Kopf mit meiner Hand und ihren Geist mit meinen Gedanken. *Entspann deine Kehle, Mädchen. Lass mich rein. Tief.*

Sie wird die Worte nicht hören, aber sie wird die Inspiration spüren, zu tun, was ich ihr sage.

Und sie tut es auch.

Schon bald stehe ich so nah vor dem Abgrund, dass ich in ihren hübschen Mund spritzen könnte.

„Gut gemacht, Bri." Ich entziehe mich ihren warmen Lippen und sie stöhnt ein wenig, bleibt aber in ihrer Position und keucht. Ich kann sehen, dass ihre Muschi zwischen ihren gespreizten Schenkeln vor Verlangen glänzt, und es gefällt mir, wie ihre Brüste hervorstehen, wenn sie die Arme hinter dem Rücken verschränkt.

„Auf die Liege, jetzt. Nimm wieder die gleiche Position ein. Ich mag es, wie du aussiehst, wenn du auf mein Kommando wartest."

„Ja, Master", murmelt sie und erhebt sich geschmeidig. Ihr Körper ist feucht von Schweiß und Erregung. Sie nimmt die geforderte Position ein und ist so verdammt schön, dass ich am liebsten brüllen und meine Reißzähne in ihrer weichen Haut versenken möchte.

„Warte auf mich. Rühr dich nicht vom Fleck. Ich werde es wissen, wenn du es tust."

Ich drehe mich einen Moment um. Ich atme tief durch, um mich zu sammeln, und um meine wilde Begierde in den Griff zu bekommen. Ich bin hier der Master. Warum fühle ich mich dann so außer Kontrolle?

Als ich mich wieder umdrehe, ist sie immer noch in derselben Position, aber sie hat sich ein paar Zentimeter bewegt.

„Du hast dich bewegt." Ich kneife die Augen zusammen.

„Es ging nicht anders." Sie ist ein wenig atemlos. „Ich konnte das Gleichgewicht nicht halten."

Verständlich, verzeihlich, aber auch − eine Strafe wert.

„Nächstes Mal sorgst du dafür, dass du von Anfang an die richtige Position einnimmst. Zehn."

Ich beuge mich vor und greife nach dem Gürtel. „Auf alle viere, Arsch nach oben."

Sie schluckt und ihre Augen weiten sich mit Panik und Verlangen.

„Schneller, es sei denn du willst zwanzig?" Ich senke meine Stimme. „Oder mehr?"

Im Handumdrehen ist sie in Position. „Es tut mir leid, Master." Sie will die zehn Hiebe und danach will sie ficken. Das geht für mich in Ordnung.

„Es wird dir leidtun." Ich senke meine Stimme und knurre, wovon ihre Muschi sogar noch feuchter wird. Ich kann sehen und riechen, wie sehr ihr meine Dominanz gefällt und wie sehr sie sich nach dem Gürtel sehnt.

Ich falte ihn zusammen, hebe ihn hoch und versohle ihr kräftig beide Pobacken.

„Au", stöhnt sie und zuckt mit ihrem hübschen Hintern.

„Schhh." Ich schlage erneut zu. Dieses Mal härter und ein wenig tiefer. „Nächstes Mal wirst du mit deinen Bewegungen präziser sein."

„Ja, das verspreche ich." Sie kann es sich nicht verkneifen, aufzuschreien, als ich den Gürtel über ihre Oberschenkel ziehe.

Selbst in der Dunkelheit kann ich sehen, wie sich schnell und heftig rote Linien bilden. Sie wird es morgen spüren.

„Sag mir, dass es dir gefällt, wenn ich dir mit dem Gürtel den Hintern versohle, um dir Benehmen beizubringen."

„Es gefällt mir", bringt sie heraus und keucht, als ich den Gürtel wieder und wieder und wieder auf sie herabsausen lasse. „Autsch."

„Du wirst deinen Arsch jederzeit und überall entblößen, wann und wo ich es dir befehle, Bri." Ich peitsche sie erneut. Hart.

„Ja, Master! Ah." Sie zuckt gegen den Schmerz.

„Strecke mir deinen Arsch entgegen. Zeige mir, dass du es willst."

„Es tut weh", bemerkt sie, aber sie streckt ihre Hüfte hoch. „Bitte, ich will, dass du mich fickst."

„Sind wir schon bei zehn?" Ich versohle sie weiter.

„Ich weiß es nicht." Ihre Stimme trieft vor Verlangen. „Bitte."

Ich schlage ihren Hintern noch ein paarmal und lege den Gürtel dann hinter mir in der Dunkelheit ab.

„Denkst du, du hast es verdient, zu kommen?"

„Wenn du es wünschst, Master."

Ich weiß nicht, wie sie so schnell gelernt hat, so schön zu betteln, aber es lässt mich noch härter werden.

Ich arrangiere die Kissen auf der Liege, sodass ich mich zurücklehnen kann, ohne mich ganz hinzulegen. „Spreiz die Beine über mir, Bri. Hände auf meine Schultern und nicht bewegen."

Ich ziehe sie auf mich und helfe ihr auf meinen Schoß. Ich richte sie so aus, dass ihre Muschi über meinem harten Schwanz schwebt. „Du wirst jetzt ein wenig arbeiten, um dir diesen Orgasmus endlich zu verdienen."

Ich berühre ihren Schlitz mit einer Hand – so weich! So feucht! Ich gleite mit den Fingern auf und ab und spiele ein wenig mit ihrer Klitoris. Dann drücke ich gegen ihre Öffnung, um sie ein wenig für mich zu dehnen.

Ich packe ihre schmale Taille mit beiden Händen. „Willst du es?"

Sie nickt und stöhnt ein wenig und ich necke sie, indem ich sie ein Stück nach unten sinken lasse, sodass die Spitze meines Schwanzes den Eingang ihrer Muschi berührt. Sie schreit auf und versucht, hinunterzusinken, aber ich halte sie fest. Ich bewege ihren Körper über meinem, um ihre Klitoris zu reizen. „Noch nicht."

„Oh." Sie beißt sich auf die Lippe und wirft den Kopf zurück.

Ich dringe in die Randbereiche ihres Geistes ein. Der Drang, zum Orgasmus zu kommen, nimmt sie fast völlig ein. Ich zwinge sie, ihren Höhepunkt trotz meiner Neckerei zurückzuhalten. Ich will sie an die Grenze dessen treiben, was sie ertragen kann.

„Gefällt dir das?"

Ich ziehe sie ein paar Zentimeter nach unten und sofort spannt sie ihre Muskeln fest an und versucht, mich in sich festzuhalten.

Ich lache und ziehe sie mühelos wieder hoch.

Sie wimmert. Zappelt mit ihrem Körper und versucht, ihre Muschi wieder an meinen Schwanz zu führen.

„Sag es mir noch einmal – wer ist dein Master?"

Ich ziehe sie auf mich. Ich bin lang und dick und so nass sie auch ist, wird sie immer noch gedehnt, um meinen vollen Schwanz aufzunehmen.

„Alain, du bist es. Du bist mein Master."

„Reite mich, Bri. Wenn du es gut machst, lasse ich dich kommen. Wenn nicht, versohle ich dir erneut den Hintern mit dem Gürtel und schicke dich nach Hause, damit du in deinem Bett masturbieren kannst."

„Ich tue, was auch immer du willst!" Sie weint fast vor Verlangen. Sie kann erst kommen, wenn ich sie lasse, und sie wird alles tun, um diesen Orgasmus zu bekommen.

Ich halte ihre Hüfte fest, um sie abzustützen, aber ich erlaube ihr, sich zu bewegen, wie sie es will. Wie es ihr befohlen wurde.

Und fuck, sie ist gut. Sie zieht die Muskeln zusammen und bewegt sich in einem frenetischen Tempo auf meinem Schwanz auf und ab wie ein kleiner Kolben der Lust. Ich weiß, dass es harte Arbeit für sie ist, denn ich spüre, dass ihre Muskeln zittern. Es ist mir egal. Ich will, dass sie sich an meinem Körper verausgabt und danach so müde ist, dass sie kaum noch laufen kann.

„Mach weiter." Ich klatsche ihr zur Motivation auf den Hintern und greife nach ihren Brüsten. Ich quetsche sie, während sie sich auf und ab bewegt. Ich kneife, bis sie wimmert und löse den Druck dann. „Spürst du das?" Ich ziehe an ihren Titten. „Magst du ein wenig Schmerz?"

„Ja", stöhnt sie. Sie packt meine Haare und zerrt daran.

„Wie wäre es mit ein bisschen mehr?" Ich quetsche sie fester und lasse dann los. „Beweg dich weiter."

Ich erlaube mir, mich unter ihrem Körper zu

entspannen und die pure Reibung ihrer engen köstlichen Muschi zu genießen, bis sie fast völlig erschöpft ist. Bevor sie zusammenbricht, greife ich erneut nach ihrer Hüfte.

„Du darfst kommen, wenn du dich von mir beißen lässt", flüstere ich in ihr Ohr. Ich spreche es in ihren Geist. „Ein wenig Blut. Du wirst es lieben."

„Ja", sagt sie. Ihre Augenlider flattern. „Bitte, bitte, lass mich einfach kommen." Sie ist verzweifelt. Ihre Muschi brennt mit einem Verlangen, wie sie es wahrscheinlich noch nie zuvor gespürt hat.

Ich ziehe sie näher zu mir und spreche an ihren feuchten Hals. „Dann komme. Jetzt."

Und als sie auf mir zum Orgasmus kommt und ihren Körper heftig an mir reibt, schreit sie vor Lust.

Ich erlaube mir, ebenfalls abzuspritzen, und es ist der beste verdammte Orgasmus, den ich je hatte. Dann, auf dem Höhepunkt meiner Glückseligkeit, versenke ich meine Zähne in ihrem Hals und sauge. Ich lasse ihre Essenz über meine Zunge und in meine Kehle hinunterfließen.

Sie schreit erneut auf und zittert mit noch heftigeren orgastischen Zuckungen. Sie krampft ihren Körper so fest um meinen Schwanz, dass ich sie mit aller Kraft festhalten muss, um sie zu stabilisieren. Wir kommen beide und kommen und kommen. Ich trinke ihr Blut und habe mich in meiner gesamten Existenz einer anderen Kreatur noch nie zuvor so nahe gefühlt.

∼

Bri

Der Orgasmus zerreißt mich wie noch nie und ich schreie auf. Ich bin sonst kein Schreihals, aber die Macht dieses Gefühls ist so intensiv, dass ich es nicht in mir halten kann.

Ich kralle meine Fingernägel in Alains Haut und presse meine Muschi, so fest ich kann, auf seinen Schwanz. Das ganze Universum explodiert hinter meinen Augenlidern und pure Lust strömt von meiner Klitoris durch meine Adern.

Er beißt mich, hart, und es fühlt sich verdammt gut an. Ich will, dass er weitermacht, denn die Nerven an meinem Hals scheinen mit meiner Klitoris verbunden zu sein. Mein ganzer Körper brennt wie eine Wunderkerze, wie Feuer, wie ein Vulkan.

Mein Orgasmus geht weiter und weiter, bis ich es kaum noch aushalten kann. Und dann, als er seinen Höhepunkt erreicht, wird mir vor Lust völlig schwindelig.

Ich glaube, ich werde ein wenig ohnmächtig, denn als ich die Augen wieder öffne, liege ich verschwitzt und keuchend auf Alain. Ich bin so müde, dass ich meine Glieder kaum noch bewegen kann. Meine Schenkel brennen von der Anstrengung, ihn zu reiten, und mein Hintern ist wund von seinem Gürtel. Meine Brüste sind empfindlich, als ich sie an seinen Torso drücke, und all das – der Schmerz und die Lust – ist ein berauschender Cocktail, der mich dazu bringt, mich fest an seinen Körper zu schmiegen.

„Mmmm." Ich drücke meine Wange an seine Brust.

Er schließt seine Arme um mich. Sie sind stark und kraftvoll.

Mein Hals kribbelt an der Stelle, an der er mich gebissen hat, und pulsiert im gleichen Rhythmus wie kleine Kontraktionen in meiner Muschi. „Alain, ich weiß gar nicht."

Er gluckst. „Ich auch nicht. Ruh dich einfach aus." Seine Stimme hallt in meinem Kopf wider. Er ist in meinem Kopf und er ist immer noch in meiner Muschi – auch wenn er es nicht ist – und ich bin in ihm –, nichts davon ergibt irgendeinen Sinn. Aber es ist, als wären wir in diesem Moment eins.

Ich verstehe es nicht, aber ich schwelge in diesem Gefühl. In diesem Moment fühle ich mich vollkommen zufrieden und beschützt. So habe ich mich noch nie zuvor gefühlt.

Dieses Mal schlafe ich tatsächlich ein, denn als ich aufwache, liegt eine weiche Decke über mir. Neben der Liege steht ein Tischchen mit Essen und Wasser. Das Wasser befindet sich in einem kunstvoll verzierten Glas, wie es sie an der Bar gibt, und das Essen ist wie in einem Fünf-Sterne-Restaurant angerichtet: kleine Käsehäppchen und geröstetes Brot, Obst und Schokolade.

Meine Muskeln sind immer noch zittrig, als ich mich aufsetze und ohne nachzudenken, ein paar Dinge esse. Ich stecke sie mir einfach in den Mund. Während ich dies tue, schaue ich mich suchend nach Alain um.

Es ist immer noch so dunkel hier drin, dass er möglicherweise in einer Ecke sitzen oder sich hinter den Vorhängen verstecken könnte. Aber ich spüre, dass ich allein bin.

Ich trinke einen Schluck Wasser und blinzle. Mein Kleid, meine Schuhe und meine Handtasche sind hier, neben mir, und mit ihnen ein Gefühl des Verlusts. Diese Nacht wird zu Ende gehen.

Natürlich, denn alle Nächte enden.

Ich beiße mir auf die Lippe und ziehe die Decke enger um mich herum. „Alain?" Seltsam, mein Hintern tut kaum weh. Ich hätte erwartet, dass er von unserem Spiel mehr schmerzen würde.

Meine Oberschenkel zittern noch immer, als ich aufstehe. Ich ziehe den Vorhang unserer Nische beiseite und spähe hinaus in den Hauptbereich des Clubs. Einige Zeit muss vergangen sein, denn es ist ruhiger geworden. Es

sind nur noch wenige Gäste anwesend; der großgewach-
sene Mann von vorhin steht an der Bar. Er stützt sein Kinn
mit der Hand ab und sieht aus, als würden die Probleme
der ganzen Welt auf seinen Schultern lasten. Ein Mann
und eine Frau, beide nackt, reiben sich aneinander und
küssen sich auf einem Sofa am anderen Ende des Raums.
Aber die Prügelbänke und das Kreuz sind leer, das Holz
und das Leder glänzen im Licht. Wartend.

Ich kann Alain nicht sehen.

Nun, ich habe ihm gesagt, dass es nur für eine Nacht
wäre. Und er hat zugestimmt.

Ich ziehe mich an und schlüpfe in meine
Stöckelschuhe.

Dann fällt mir ein, meinen Hals zu berühren. Dort
befindet sich ein kleiner Verband. Ich runzle die Stirn.
Alain hat mich gebissen und es hat mir gefallen. Ich
glaube, er hat sogar so fest zugebissen, dass ich geblutet
habe–

Ich habe ihm gesagt, dass er es darf. Ich erinnere mich
daran, dass ich es gedacht habe, auch wenn ich es nicht
ausgesprochen habe. Ich habe ihn in Gedanken sogar
angefleht, es zu tun.

Plötzlich ist er wieder da und der Raum ist wieder
warm und einladend. Mir war gar nicht bewusst, wie sehr
ich ihn vermisst habe, bis er wieder auftauchte.

„Bri." Er sieht mich an und ich glaube, Traurigkeit
über sein Gesicht huschen zu sehen, als ihm bewusst wird,
dass ich angezogen bin.

„Alain." Meine Stimme ist heiser und ich räuspere
mich.

„Setz dich bitte."

Jetzt, da wir keinen Sex mehr haben, ist der Drang,
ihm zu gehorchen, nicht mehr so stark. Aber ich setze

mich trotzdem, weil – nun, ich schätze, ich bin einfach gerne in seiner Gesellschaft.

Er setzt sich neben mich. So nah, dass wir uns von der Hüfte bis zur Schulter berühren. Dann schlingt er seinen Arm um mich. „Ich danke dir. Das war wundervoll."

Er scheint so voller Leben zu sein, mehr noch als zuvor. Sein charismatisches Lächeln blitzt in der Dunkelheit auf. „Du bist spektakulär, liebe Bri." Er greift nach meiner Hand und dreht sie um. Dann küsst er meine Handfläche mit seinen weichen Lippen.

Ich erröte. „Es war unglaublich. Ja."

„Wie fühlst du dich?" Er zieht mich näher zu sich und ich lehne mich entspannt an seinen Körper.

„Ich fühle mich …" Ich denke darüber nach. „Gut. Wirklich gut." Es ist wahr. Mein Körper ist zwar müde, aber ich fühle mich energiegeladen. Als hätte ich mehr genommen, als ich gegeben habe. Normalerweise fühle ich mich nach Sex einfach nur erschöpft. Aber dieses Mal ist meine Müdigkeit mit Lust und Kraft gespickt.

„Das freut mich." Er berührt meinen Hals, wo der Verband befestigt ist. „Ist das in Ordnung?"

„Ja."

„Es wird schneller heilen, als du denkst. Wahrscheinlich bereits, bis du wieder zu Hause bist." Vorsichtig nimmt er den Verband ab. „Siehst du, es ist schon fast verschwunden."

Ich nicke.

„Ich habe dich auf der anderen Seite deiner Narbe gebissen." Er berührt die andere Seite meines Halses an der geschwollenen Linie, die von der Operation übrig geblieben ist. Seine Stimme ist leicht. „Was ist das?"

Ich drehe meinen Hals von seinen Fingern weg. „Es ist nichts."

Er greift nach meinem Arm. „Sie sieht genauso aus wie

die anderen, die ich hier und hier gefunden habe." Er tippt knapp unterhalb der beiden anderen Stellen. „Sag es mir."

„Nur so eine Sache." Ich will in diesem Moment wirklich nicht an mein Leben denken. Ich möchte mich auf das verweilende Vergnügen konzentrieren. Außerdem hat es keinen Sinn, jetzt zu plaudern. „Nur eine Nacht, also frag nicht weiter."

„Also gut. War es dein erstes Mal für Blutspiel?" Seine Stimme ist leise.

„Ja." Ich lasse meine Hand über seinen harten Oberschenkel gleiten. „Mein erstes Mal."

„Dann danke ich dir für die Ehre." Ich höre das Lächeln in seiner Stimme.

„Keine große Sache." Ich zucke mit den Schultern. „Viele Leute machen das ständig."

Er richtet sich auf. „Bri, es ist eine sehr große Sache." Er dreht sich so, dass er mir in die Augen sehen kann. „Mach das mit niemand anderen. Weder hier noch an einem anderen Ort." Sein Gesicht ist ernst.

Ich runzle die Stirn. „Du bist jetzt nicht mehr mein Master."

Er wendet den Blick ab. „Dann betrachte es als Ratschlag."

Ich beiße mir auf die Lippe. „Ich verspreche, dass ich keine dahergelaufenen Bauarbeiter oder Starbucks-Angestellten bitten werde, mir in den Hals zu beißen."

„Du bist so frech." Seine Stimme klingt belustigt. Und heiß. „Wenn du die Meine wärst, würde ich dich auf der Stelle auspeitschen."

„Wenn du der Meine wärst, würde ich …" Ich verkneife mir den Rest. Denn ich wollte sagen: Wenn du der Meine wärst, würde ich dich lassen.

Aber dieser Mann gehört mir nicht. Und das darf er auch nicht. Nicht mit meinem Leben, so wie es gerade ist.

Außerdem haben wir vereinbart, dass es nur eine Nacht geben wird. Er hat es wahrscheinlich nur so daher gesagt.

„Ich muss gehen." Ich spreche wie automatisch. „Wenn ich nicht vor Tagesanbruch zu Hause bin, zerfalle ich zu Asche." Ich berühre eine der Narben an meinem Arm.

Sein ganzer Körper versteift sich. „Was hast du gerade gesagt?" Seine Stimme ist kalt und befehlend.

Ich schrecke zurück. „Ich meine, es ist schon spät." Als sein Körper sich nicht entspannt, füge ich hinzu: „Es war ein Scherz, Alain."

Endlich beruhigt er sich. „Es tut mir leid." Er schüttelt den Kopf. „Ich …" Er hält inne. „Ja, ich muss ebenfalls gehen. Ich begleite dich hinaus."

Er erwähnt keine Telefonnummern oder nächste Male, und obwohl ich es so will, bricht mein Herz ein wenig, als wir gemeinsam die lange dunkle Treppe hinauf in die Garderobe des Clubs gehen.

Es scheint nur Sekunden zu dauern, bis wir auf der Straße sind, wo ich mir ein Taxi bestelle.

Ich erschaudere, obwohl es gar nicht so kalt ist.

„Hier." Er zieht seine Anzugjacke aus und hängt sie mir um die Schultern. „Bis dein Fahrzeug da ist." Er schlingt auch einen Arm um mich und zieht mich an sich. Ich schmiege mich an ihn und kämpfe gegen den Drang an, meine Augen zu schließen und mich an seine Brust zu kuscheln.

Aber es fühlt sich so gut an, dass ich auch einen Arm um ihn schlinge. Die andere Hand stecke ich versehentlich in seine Jackentasche – und finde darin eine Schachtel Zigaretten.

„Weißt du, die werden dich umbringen." Ich sage es automatisch und halte die Packung hoch, bevor ich sie wieder in die Tasche schiebe. Seltsam. Er hat überhaupt nicht nach Zigaretten geschmeckt oder gerochen.

Er lacht sofort, als hätte ich etwas Witziges gesagt.

„Alain, ich mache keine Witze."

Er hört auf. „Du hast ja recht", sagt er förmlich. „Vielen Dank für deinen Ratschlag." Aber in seiner Stimme klingt immer noch Belustigung mit.

Bevor ich etwas erwidern kann, kommt das Taxi an.

„Nun, das hat Spaß gemacht." Ich schiebe meine Handtasche über meine Schulter und verschränke die Arme vor der Brust. Die Nacht ist verschlafen und dunkel, obwohl sie bereits den Hauch der Morgendämmerung in sich trägt. Die Straße ist jetzt ruhig ohne Hektik und das Leben, das sie noch Stunden zuvor geprägt hatte.

Er starrt mir in die Augen. „Bri, ich danke dir. Und auf Wiedersehen." Er blinzelt nicht und plötzlich fühle ich mich ganz wirr. Mir wird schwindelig, als wäre mein Gehirn aus Zuckerwatte, die sich so schnell dreht, dass alles verschwommen ist. Alles, was heute Abend passiert ist, verdichtet sich zu einem einzigen schönen Funken, der wie ein Feuerwerk explodiert und meine Sicht mit goldenem Glitzer füllt.

Als das Glitzern heller und heller strahlt, beginnt ein scharfer Kopfschmerz meinen Schädel zu durchbohren wie glühend heiße Nadeln. Ich schreie auf und presse meine Hand an meinen Kopf.

Alain flüstert mir eindringlich ins Ohr. Sofort lässt der Schmerz nach und es bleiben nur noch die hellen Blitze, bis sie schließlich verklungen sind.

Ich blinzle. „Ich weiß nicht, was gerade passiert ist."

„Vielleicht ein Anflug von Migräne?" Er berührt meine Wange.

Für eine Sekunde kann ich nicht einmal denken. Habe

ich mit diesem Mann getanzt? Wir haben doch sicher etwas getrunken. Aber was sonst noch?

„Schau mal, hier ist dein Taxi."

Das Taxizeichen leuchtet auf und mein Telefon summt – es ist mein Fahrer, der mit einer Nachricht bestätigt, dass das Taxi angekommen ist.

Ich steige wie mechanisch ein, obwohl mir etwas im Kopf herumspukt. Ich muss ihn etwas fragen, ihm etwas sagen – aber ich steige auf die Rückbank des Wagens, wo es warm ist und nach Subway-Brot riecht. Im Wagen spielt Jazzmusik.

Ich schnalle mich an und schaue auf, um Alain zu winken, aber er ist bereits verschwunden.

8

Alain

„Welche Fortschritte haben Sie gemacht, Doktor." Ich starre auf den Bildschirm und betrachte die Diagramme und Daten, die in Spalten angeordnet sind. Ich lerne schnell, aber ich kann nicht einfach im Handumdrehen einen doppelten Doktortitel in Medizin und experimenteller Genetik aus dem Ärmel schütteln.

Ich denke an die phänomenale Zeit zurück, die ich vor drei Nächten mit Bri verbracht habe – Bri, die ich nie wiedersehen werde.

Bri, deren Gedanken ich hätte komplett löschen müssen, bevor sie gegangen ist. Es ist nur so, dass sie so schlimm auf meine kleinsten Versuche an der Bar unten reagiert hat. Und dann noch schlimmer, als ich es am Ende des Abends noch einmal probiert habe. Ich hatte Angst, ich würde ihr einen Hirnschaden zufügen, hätte ich es weiter versucht.

Und die Vorstellung, ihr zu schaden, war so abstoßend, dass ich sie nur mit dem leisen Vorschlag, alles geheim zu halten und zu vergessen, in das Taxi steigen ließ.

Wahrscheinlich hätte ich die Information in ihrem Kopf löschen sollen. Verdammt.

Ich kann es immer noch tun, wenn es sein muss. Ich könnte sie finden–

Ich zwinge mich, mich auf die Zahlen zu konzentrieren, die Dr. Lacey Albright mir gerade zeigt. „Sind Sie einer endgültigen Formulierung nähergekommen?"

Lacey schaut mit ihren dunklen, durchdringenden Augen zu mir auf. „Sie haben nicht zugehört. Das habe ich Ihnen gerade gesagt." Sie tippt auf ihre Computermaus, um die Ansicht auf dem großen Bildschirm zu verändern.

„Entschuldigung." Ich räuspere mich. „Ich bin ganz Ohr." Ich lächle und sie schüttelt den Kopf.

Es sind nur sie und ich in ihrem Büro bei einer privaten Besprechung. Natürlich nach Feierabend, wenn der Rest des medizinischen Personals das Forschungsgebäude verlassen hat und mich nicht sehen wird. Sie werden nie erfahren, dass ich derjenige bin, der diesen Ort aufgebaut hat. Dass ich der Kopf hinter alledem bin und dass ich ihre Gehälter zahle. Dass ich unzählige Stunden damit verbringe, diesen Ort zum größten Forschungszentrum der Welt zu machen.

Sicher könnte ich ihre Gedanken löschen. Aber warum sollte ich das Risiko eingehen, die klügsten Köpfe der Vereinigten Staaten zu beschädigen?

„Die letzte Testrunde mit dem Präparat X-C37 sieht vielversprechend aus. Der P-Wert liegt bei 0,001." Sie gestikuliert, während sie seitenweise Daten mit mir durchgeht. „Auf der Grundlage der übrigen Daten können wir bis zum nächsten Frühjahr einen FDA-Antrag auf Versuche an Menschen stellen."

Ich rutsche unruhig herum. „Das geht nicht schnell genug."

Sie schenkt mir das für sie typische strenge Lächeln.

„Schneller als jedes andere Pharma-Unternehmen der Welt, Alain. Und mit mindestens dem Dreifachen der ursprünglichen Daten. Ich denke, es ist gar nicht so schlecht. Das erste Unternehmen der Welt, das überhaupt ein Medikament produziert, das die Demyelinisierung aufhalten könnte."

Ich schlage ein Bein über das andere, verschränke meine Finger und lehne mich auf meinem Stuhl zurück. Hier drinnen riecht es nach neuem Teppich und frischem Holz und die Stühle sind teure Büromöbel mit Plastik und Stoff auf Titanrahmen. Aber ich habe bereits ein weiteres Gebäude bauen lassen, das noch besser ist als dieses. „Können wir es bis zum Herbst schaffen?"

Sie spitzt die Lippen. „Alain. Sie haben mich beauftragt, das hier zu leiten."

Ich hebe eine Hand. „Nein, Sie haben recht. Aber ja. Wenn Sie einen Zeitplan haben, vertraue ich Ihnen."

„Diese Dinge dürfen nicht überstürzt werden." Sie kneift die Augen zusammen. „Wir sind ein neues Unternehmen und wir werden besonders genau geprüft werden. Wir müssen Beziehungen zu Lobbyisten, Senatoren und Spendern aufbauen. Es geht nicht nur um das Medikament selbst."

„Aber Geld regiert die Welt und ich habe eine Menge davon."

„Und ich verlasse mich darauf, dass ich es nutzen kann, um die erwähnten Beziehungen aufzubauen." Sie lächelt. „Sie wissen, dass dies zu meinen Stärken gehört."

Ich neige den Kopf. „Das weiß ich."

Wir schweigen eine Minute lang, obwohl ich das Summen der Lichter und den Schlag von Laceys menschlichem Herz hören kann. Für ihre 63 Jahre ist sie noch stark und kräftig. Sie ist fitter als viele Menschen, die halb so alt sind wie sie. Und doch ist sie so zerbrechlich – ich verbringe viele Stunden damit, mich um ihre Sicherheit zu sorgen und darüber nachzudenken, wie ich sie am besten inspirieren und ihr dabei helfen kann, in den ihr verbleibenden, produktiven Jahren auf der Erde so viel Arbeit wie möglich zu verrichten.

„Sollen wir weitermachen? Zeigen Sie mir den Rest der Daten." Ich zeige auf den Bildschirm.

„Geben Sie mir zuerst, was ich will." Sie steht auf und stemmt die Hände in die Hüfte. „Ich muss einen neuen Laborassistenten und einen IT-Techniker einstellen. Jemanden, der unsere interne Webseite und unsere Systeme aktualisiert. Die übliche Routine?"

„Übernehmen Sie es. Ich vertraue Ihnen. Wie steht es um die Sicherheit? Irgendetwas … Ungewöhnliches?" Irgendetwas sagt mir, dass ich das fragen muss.

„Nichts Besonderes." Ein Muskel in ihrer Wange zuckt.

Ich weiß sofort, dass sie lügt. „Lacey?"

Sie seufzt. „Nun, neulich Abend stand ein Mann neben der Straßenlaterne auf dem Parkplatz. Es schien ungewöhnlich. Er stand einfach da und starrte das Gebäude an. Als Owen hinausging, um nachzusehen, war er verschwunden."

„Hat er versucht, einzudringen? Hat er Sie bedroht?" Alle meine Sinne sind in Alarmbereitschaft.

„Nein. Er hat einfach nur gestarrt. Meinen Sie, dass das etwas ist, worüber wir uns Sorgen machen müssen?" Sie runzelt die Stirn und rückt sich die Brille zurecht. „Alain, sind wir hier in Gefahr? Sie wissen, dass mir diese Arbeit wichtig ist, aber meine Familie ist es auch." Sie wirft mir einen Blick zu. „Sie wissen, wie viel mir Deshaun und Tyra bedeuten."

Ja, das weiß ich. Sie hat überall Bilder von ihren niedlichen Enkelinnen und erzählt oft von den Zwillingen.

„Wenn es jemand aus meiner Welt ist, wird er Ihnen

nichts Böses wollen. Er versucht nur, etwas über mich zu erfahren."

Tatsächlich glaube ich nicht, dass das wirklich stimmt. Karl ist wahrscheinlich an einem Punkt angelangt, an dem er meinen Unternehmungen oder Menschen, die mir wichtig sind, schaden würde, nur um mich zu verletzen. Aber wenn ich Lacey das erzähle, wird es ihr nicht helfen. Denn es gibt nichts, was sie tun kann, um sich vor einem Vampir zu schützen, der unbedingt Schaden anrichten will. Ich werde ein geheimes Überwachungssystem einrichten, um sie in der Nacht zu beschützen, während ich herausfinde, was vor sich geht.

Ich halte meine Stimme ruhig. „Halten Sie die Augen offen und sagen Sie mir Bescheid, falls er zurückkommen sollte." Ich versuche, ihr Wellen von ruhiger Energie und positive Schwingungen zuzusenden.

„Also gut." Sie räuspert sich. Ich kann nicht sagen, ob sie von meinen mentalen Bemühungen beeinflusst wurde, oder ob sie es einfach verdrängt und weitermacht. „Werden Sie dieses Mal aufpassen und aufmerksam sein?" Sie deutete auf ihren Computer.

Ich beuge mich vor. „Dieses Mal werde ich mir alles merken."

„Also gut." Sie ruft die Informationen auf und zeigt mir ihre neueste Kreation. Ein Medikament, das das Fortschreiten von MS verlangsamen kann, sodass die Krankheit im Grunde genommen aufgehalten wird. Und sie arbeitet an einem Medikament, das die Axone zur Remyelierung zwingen kann.

Das hier.

Das ist es, was ich meine, wenn ich sage, dass Vampire die Menschen leiten und ihnen nicht schaden sollten. Mit uns als Rückgrat können wir die menschliche Entwicklung schneller denn je vorantreiben.

Ich kann nicht tun, was Lacey tut – wahrscheinlich werde ich es nie können, selbst wenn ich es tausend Jahre lang versuchen würde. Aber ich kann ihr helfen, es zu tun.

Das muss ich.

Ich stelle mir Heerscharen von Vampiren vor, die im Verborgenen Hand in Hand mit ausgewählten Menschen arbeiten, um die Welt voranzubringen. Vielleicht können wir sogar Generationen von Arbeit überspringen, das Tempo erhöhen, mit dem wir den Weltraum erforschen und Krankheiten bekämpfen.

Dann müssen Menschen wie mein Bruder nicht mehr auf qualvolle, schmerzhafte Weise sterben. Ich selbst gehöre nicht mehr zum Genpool und obwohl ich auf diesem Planeten wandle, bin ich nicht wirklich lebendig. Ich bin eher ein Parasit als etwas Nützliches. Und ich habe Martin nicht angelogen – ich bin einsam. Es ist so schmerzhaft, dass ich manchmal überlegt habe, den Dingen ein Ende zu setzen und in die Sonne zu treten.

Aber wenn ich Arbeit wie diese tue?

Sie gibt mir einen Sinn. Hoffnung. Und ich werde dafür kämpfen, sie zu erhalten.

Bri

Es ist fast eine Woche her, seit ich Alain gesehen habe, und ich kann nicht aufhören, an ihn zu denken.

Aber meine Erinnerungen sind seltsam. Es ist, als kämen sie in kleinen Schüben, und dann muss ich mich sehr anstrengen, um mich darauf konzentrieren zu können. So, als würde mein Verstand aktiv versuchen, sie zu löschen.

Zu Beginn konnte ich nicht einmal sagen, ob wir miteinander getanzt hatten. Aber dann kam alles zurück, in einem Traum – der versaute, unglaubliche Sex. Die Dinge, die er getan hat, und die Art und Weise, wie er mich fühlen ließ – fast lässt es mich meine Nur-eine-Nacht Regel bereuen. Ich will ihn noch einmal spüren.

Aber ich werde ihn nicht wiedersehen; ich erinnere mich daran, dass er dies klargestellt hatte, und ich auch. Nur eine Nacht. Und das ist auch besser so. Wenn ich ihn wiedersehe, riskiere ich, ihn zu sehr zu mögen, und dann wird es umso mehr wehtun, wenn er geht. Oder wenn ich es tue.

Vielleicht kann dieser neue Job ihn aus meinem Kopf vertreiben.

„Dr. Albright." Ich lege meinen Laptop auf die glatte saubere Oberfläche des Tisches des Konferenzraums. „Es ist schön, Sie wiederzusehen." Ich versuche, mich nicht so zu benehmen, als wäre ich ein schüchternes Groupie, das einen Rockstar trifft.

„Briana, vielen Dank, dass Sie zu so später Stunde noch herkommen konnten." Meine neue Chefin lächelt und schüttelt meine Hand.

Ich habe im *Scientific American* über sie gelesen; sie ist eine der besten Forscherinnen in den Vereinigten Staaten. Sie ist außerdem eine der berühmtesten Absolventinnen der Howard Medical School, hat drei Doktortitel und moderiert sogar jede Woche einen Podcast für junge Wissenschaftler – jeder weiß heutzutage, wer sie ist. Und sie hat mich eingestellt.

„Abende passen mir eigentlich sogar besser." Ich habe ihr von meiner Diagnose Xeroderma Pigmentosa und meinen Schwierigkeiten erzählt, als ich mich um diese Stelle beworben habe.

„Das weiß ich." Sie lächelt. „Ich bin sowieso rund um die Uhr hier, also funktioniert es für mich auch gut."

„Noch eine Nachteule." Ich grinse zurück. Ich mag Dr.

A. wirklich. Es war ihr egal, dass ich eine Hautkrankheit habe. Sie wollte sich lediglich meine Webseiten-Projekte ansehen, bevor sie mich eingestellt hat.

„Oh, damals beim Medizinstudium musste ich lernen, die ganze Nacht wachzubleiben. Nur so konnte ich den Stoff lernen. Und als es dann erst in die Assistenzzeit ging … oh." Sie schüttelt den Kopf und lächelt. „Nun, sagen wir mal, drei Stunden pro Nacht zu bekommen, war eine gute Leistung."

„Das klingt so verrückt." In meiner Stimme klingt ein kleiner Hauch von Sehnsucht mit. „Aber das war es doch wert, oder?" Ich gestikuliere durch den Raum. „Schauen Sie doch nur, was Sie aufgebaut haben."

Sie nickt. „Das Opfer hat sich auf jeden Fall gelohnt."

„Wissen Sie, dass ich auch mal Medizin studieren wollte?" Ich beiße mir auf die Lippe.

„Warum haben Sie es nicht getan?" Sie neigt den Kopf. Ihre Augen strahlen und sind intelligent. Neugierig.

„Nun, zum einen aufgrund meiner Xeroderma. Ich hatte eine Menge Probleme und obwohl meine Noten gut waren, glatte Einser in der medizinischen Vorbereitung, wollte es einfach nicht klappen. Ich hatte Operationen. Behandlungen. Es war mir zu anstrengend. Ich habe dann stattdessen meinen Dr. in Informatik gemacht."

„Haben Sie den MCAT bestanden?"

Ich nicke. „Ich hatte 527 Punkte."

„Bri!" Sie reißt die Augen weit auf. „Mädchen, das ist ein fast perfektes Ergebnis."

Ich lächle schüchtern. Aber dann verblasst es. „Es ist aber schon eine Weile her."

„Sie wissen aber schon, dass es nie zu spät ist, sich neu zu bewerben. Ältere Studenten machen einen gewissen Prozentsatz in allen Klassen aus." Ich kann förmlich sehen, wie sich die Zahnräder in ihrem Gehirn bewegen.

„Für mich ist es zu spät", antworte ich schnell.

„Ich hatte eine Studienpartnerin, die ein ganzes Jahrzehnt älter war als sie." Sie lächelt. „Sie ist jetzt Kardiologin in der Mayo Klinik in Scottsdale."

„Und mit meinem Zustand wäre es so kompliziert, vor allem, wenn es schlimmer wird."

„Sie treffen Vorkehrungen für Behinderte. Sie sollten es wirklich in Betracht ziehen."

„Es wäre einfach zu hart." Ich schüttle den Kopf. Ich will nicht darüber nachdenken, weil es für mich ein abgeschlossenes Kapitel ist. Ich hätte es gar nicht erst erwähnen sollen. Eigentlich weiß ich es besser. Das Leben lässt einen die guten Dinge einfach nicht behalten, also ist es besser, sie selbst aufzugeben.

„Nun, es wird umso schwieriger, je älter man wird", räumt sie ein. „Gott weiß, wie ich meine Assistenzzeit überhaupt überstanden habe." Sie kichert und lächelt mich dann an. „Aber Sie haben Ihre Nische gefunden. Sie sind eine IT-Expertin."

„Nun, ich freue mich, mit Ihnen zusammenzuarbeiten." Ich lächle und streiche mein Haar zurück. „Ich bin begeistert."

„Wenn Sie diese Änderungen vornehmen können, die ich Ihnen geschickt habe, wäre ich Ihnen dafür wirklich sehr dankbar. Kommen Sie einfach wieder zu mir, wenn Sie fertig sind."

„Ich fange sofort an." Ich klappe meinen Laptop auf und logge mich mit dem Passwort, das sie mir gegeben hat, in ihr sicheres System ein.

Die Zeit vergeht wie im Flug und als ich fertig bin, sind bereits zwei Stunden vergangen. Ich bin zufrieden mit dem, was ich geschafft habe, und freue mich darauf, der Ärztin meine Ergebnisse zu zeigen.

Ich gehe zu ihrem Büro hinüber, aber sie ist nicht dort.

Vielleicht unterhält sie sich mit Owen, dem Sicherheitsbeamten in der Lobby. Sie hat mir erzählt, dass sie manchmal abends eine halbe Stunde zusammen Kaffee trinken und über Politik sprechen, wenn sie eine Pause von der Wissenschaft braucht.

Plötzlich stellen sich meine Nackenhaare auf. Ich fühle mich seltsam – so als würde ich beobachtet werden.

Obwohl alles beleuchtet ist, und ich weiß, dass das Gebäude wie immer verschlossen ist, überkommt mich Unbehagen. „Dr. Albright?"

Stille. Ich schaue mich um, während mein Unbehagen wächst.

„Hallo?" Mein Herz klopft. Mit leisen Schritten betrete ich den gefliesten Flur. Die Oberlichter sind hell und strahlend und der Flur ist leer. Ich hole tief Luft: dieser Ort ist besser gesichert als Fort Knox. Ich komme noch nicht einmal durch die Tür, die zu den Laborbereichen führt. Sie ist nur für Dr. A. und ihre Forscher bestimmt. Mit Fingerabdrucksperre.

Es ist albern.

Undeutliche Stimmen dringen aus der Lobby zu mir und werden verständlicher, als ich mich nähere. Ich muss zugeben, dass ich erleichtert bin, als ich Dr. A.s weibliche Stimme und Owens tieferes Grollen höre.

„…wieder hier … Es ist das zweite Mal, dass ich ihn hier lauern sehe." Dr. A. tritt vor und deutet auf die Glastür. Dann tritt sie näher zu Owen hinüber und senkt ihre Stimme. „Müssen … ein Auge darauf …"

„Probleme in der Gegend mit …" Owen nickt.

„Ich rufe nur kurz an." Dr. A. zieht ihr Handy heraus. „Alain?" Sie geht den Flur hinunter und ihre Stimme ist nicht länger zu hören, als sie sich entfernt.

Alain? Ich runzle die Stirn. Es ist ein ungewöhnlicher Name. Welch ein merkwürdiger Zufall, dass sie mit einem

Alain spricht, während ich erst neulich Abend meinen eigenen Alain getroffen habe.

Nun, nicht *meinen*. Es war nur diese eine Nacht. Auch wenn ich seitdem immer wieder an ihn denken musste.

„Hey, Owen." Ich gehe auf den Wachmann zu. Ich bin neugierig auf das, was ich überhört habe. „Ist alles in Ordnung?"

Owen nickt, obwohl er einen seltsamen Gesichtsausdruck hat. „Uns ist nur aufgefallen, dass jemand vor dem Gebäude herumhängt. Wahrscheinlich ein Obdachloser, der nach Müll sucht, den er durchwühlen kann. Aber wir wollen bei solchen Dingen immer achtsam sein. Sie wissen schon, vor allem, wenn man bedenkt, was man in letzter Zeit so alles in den Nachrichten hört."

„Oh, okay." Ich werfe einen Blick auf Dr. A., die ein angeregtes Gespräch zu führen scheint. Sie winkt mit einer Hand, während sie spricht. „Ist unser Müll nicht unter Verschluss?"

Owen gluckst. „Doch, das ist ja der Punkt. Dr. A sagt, dass sogar unser Müll schützenswert ist. Tatsächlich machen das die meisten medizinischen Einrichtungen und Forschungsinstitute so. Die Tonnen werden nur für den Müllwagen geöffnet."

„Wer auch immer das war, er war dann sicherlich nicht hinter unserem Müll her." Ich schaue aus dem Fenster in die Dunkelheit, aber alles, was ich sehen kann, ist die breite glänzende Spiegelung der Lobby. Der Gedanke, dass uns jemand beobachten könnte, ist beunruhigend.

„Mmm." Owen nickt unverbindlich mit dem Kopf. Er legt eine Hand an seine Hüfte, wo er seine Waffe bei sich trägt.

„Also, was war denn in den Nachrichten?"

„Der Night Stalker?", tadelt er mich. Er zieht die Augenbrauen hoch. „Die drei vermissten Mädchen aus

Tucson, etwa in Ihrem Alter? Es gibt immer noch kein Zeichen von ihnen."

„Ach so, ja." Mein Herz klopft. „Ja, der ist unheimlich."

Owen nimmt einen Schluck aus seiner silbernen Thermoskanne. Auf dem schwarzen Band steht sein Name mit silbernem Filzstift geschrieben. Eine geschwungene Schrift – wahrscheinlich von seiner Frau oder seiner Tochter.

„Bis jetzt sind es drei. Sie sind nie wieder aufgetaucht." Seine Stimme klingt unheilvoll. „Irgendein Freak läuft frei herum. Haben Sie eine Waffe?"

„Nein, habe ich nicht."

„Sie sollten darüber nachdenken." Er tätschelt sein Holster. „Manchmal ist es am einfachsten, den Frieden zu wahren, wenn man sich schützen kann, wissen Sie? Wie dem auch sei, ich werde Sie zu Ihrem Auto begleiten, wenn Sie gehen."

„Ah, sicher." Normalerweise würde ich mit ihm streiten, aber dieses Gespräch macht mir Angst.

Dr. A. kommt aus dem Flur zurück und ihre flachen Absätze klappern auf den glänzenden Fliesen. „Owen wird Sie später zu Ihrem Wagen begleiten." Ich bemerke, dass sie mich nicht fragt. Sie sagt es mir. Und sie faltet ihre Hände zusammen. Es ist ein Zeichen von Nervosität, das sie sonst nicht zeigt.

„Er hat es bereits angeboten."

„Gut, gut." Sie nickt ihm zu, als hätten sie vorher bereits etwas besprochen. Ich habe das Gefühl, dass sie mir etwas verschweigen. „Haben Sie die Rückseite des Gebäudes geprüft …"

„Alles in Ordnung. So wie letztes Mal." Seine Stimme klingt ruhig. „Ich denke also, dass alles okay ist."

„In Ordnung. Danke."

Dr. Albrights Gesicht ist besorgt, aber sie setzt ein

Lächeln auf, als sie sich mir zuwendet. „Sind Sie bereit, mir Ihre Ergebnisse zu zeigen?"

„Das bin ich." Ich zögere. „Wer ist Alain?" Es geht mich nichts an und das weiß ich. Aber ich kann nicht widerstehen.

Sie hält inne. „Wer?"

„Ein Name, den Sie vorhin erwähnt haben?"

Als sie mir nicht antwortet, stottere ich nervös. „Es ist nur so, dass ich neulich einen Alain kennengelernt habe. Es ist ein einzigartiger Name, deshalb ist er mir aufgefallen. Es tut mir leid, wenn ich zu neugierig bin."

Sie nickt einmal und ganz langsam. „Lassen Sie uns Ihr Projekt ansehen, ja?"

Meine Wangen werden heiß. Ich hätte nicht so neugierig sein dürfen. „Sicher, natürlich." Ich eile zurück in den Konferenzraum und fahre den Bildschirm hoch. „Ich habe alles fertig. Lassen Sie es mich Ihnen zeigen."

Später, nachdem Dr. A. von meiner Arbeit begeistert war und mir die nächsten Projekte aufgetragen hat, folge ich Owen wie ein gehorsames Hündchen zu meinem Wagen.

Es ist dabei egal, dass mein Wagen weniger als hundert Schritte von der gut beleuchteten Eingangstür entfernt geparkt steht und wir uns auch nicht in einer verlassenen Gasse befinden oder so etwas. Ich meine, die Straße ist genau dort.

Ich öffne die Wagentür, aber bevor ich einsteigen kann, berührt Owen meinen Arm.

„Hey, Moment." Er greift in seine Tasche und zieht einen silbernen Kanister mit einem schwarz-roten Aufkleber und einem Schlüsselanhänger mit einem Verbindungskabel am anderen Ende heraus. „Nehmen Sie das."

Ich greife automatisch danach. „Was ist das?"

„Pfefferspray. Wenn Sie keine Waffen mögen, können Sie sich damit schützen."

„Ähm … okay." Die kleine Flasche liegt kühl in meiner Hand. „Ich glaube nicht, dass ich es wirklich brauche, aber …"

„Es ist ganz einfach. Einfach drehen und sprühen. Es kommt nicht wie ein Aerosolspray heraus. Es ist eher wie ein Laserstrahl aus Flüssigkeit. Sie zielen auf die Augen. Schwenken Sie es hin und her, so als würden Sie ein Feuer löschen."

„In Ordnung."

„Halten Sie es griffbereit." Er schaut mich an. Und dann sieht er sich erneut auf dem Parkplatz um. „Nur für alle Fälle."

„Das werde ich. Aber nur damit Sie es wissen, Sie machen mich ganz schön nervös." Ich halte das Ding hoch.

„Ich möchte Ihnen keine Angst einjagen. Ich will nur auf Sie aufpassen. Ich habe eine Tochter in Ihrem Alter. Ich würde mir wünschen, dass jemand dasselbe für sie täte."

„Danke. Bis zum nächsten Mal schätze ich."

„Gute Nacht." Er wartet, bis ich meine Wagentür schließe, und geht dann zurück zum Gebäude. Als sich die Tür hinter ihm schließt, seufze ich und lasse den Motor an.

Und in diesem Moment habe ich erneut das Gefühl, beobachtet zu werden. Was zum Teufel?

Nach dem Gespräch mit Owen bin ich ganz offensichtlich paranoid geworden.

Die Straße wird vom Licht der Laternen gelborange gefärbt und die Büsche sind in der windstillen Luft regungslos. Einen Moment lang gibt es keine Autos, sodass ich das Gefühl habe, ganz allein auf der Welt zu sein.

Ganz plötzlich tritt ein Mann aus dem Gebüsch neben

meinem Wagen. Er taucht von einer Sekunde zur anderen auf. Er ist groß. Ganz in Schwarz gekleidet. Stämmig. Ich sehe nichts als leuchtende, glänzende Augen, die mich anstarren.

Dann lächelt er. Er sagt etwas … Ich kann es nicht verstehen. Dann tritt er näher.

Er sagt die Worte erneut und dieses Mal höre ich sie in meinem Kopf. „Ich bin fast bereit für dich."

Ich schreie, reiße das Lenkrad herum und drücke reflexartig auf die Flasche in meiner Hand. Ich sollte den Wagen anlassen. Ich sollte um Hilfe schreien. Ich sollte den Notruf wählen. Ich sollte – ich blicke für den Bruchteil einer Sekunde auf mein Handy auf dem Beifahrersitz und dann wieder hoch–

Und niemand ist da.

Das Gebüsch ist kahl und verlassen. Die Straße ist menschenleer. Die Ampel schaltet für niemanden von Rot auf Grün, denn es gibt immer noch keine Autos. Die Luft regt sich nicht und an dem Baum auf dem Parkplatz bewegt sich kein Blatt. Soweit ich es sehen kann, gibt es keinerlei Bewegung.

„Gott, fuck, fuck, fuck." Ich zittere. Habe ich ihn mir nur eingebildet?

Schweißperlen bilden sich auf meiner Stirn. Ich blicke zum Gebäude hinüber und in die hell erleuchtete Lobby, aber Owen ist nicht in Sicht. Ich könnte ihn oder Dr. A. anrufen – ihnen sagen, sie sollen herauskommen und … was tun?

Nach einem Mann suchen, den ich nur eine Sekunde lang gesehen habe? Der vielleicht gar nicht existiert?

Selbst wenn er real war, hat er nichts getan.

Mein Körper zittert und ich brauche ein paar Sekunden, um meinen Griff um das Lenkrad zu beruhigen. Ich werde wieder hineingehen oder zumindest Dr. A. anrufen.

Es könnte derselbe Mann sein, der hier vorhin herumge-
schnüffelt hat–

Plötzlich tut mein Kopf weh. Es ist eine unmittelbare
Explosion von Schmerz. Ich schreie auf und greife mir an
die Schläfe und–

Ich schüttle den Kopf. Warum sitze ich hier? Ich sollte
nach Hause fahren. Mein Kopf fühlt sich an, als wäre er
voller Watte und Wasser. Es ist fast, als würde ich ein
Rauschen in meinen Ohren hören. Mir ist auch schwindlig. Wann habe ich zuletzt etwas gegessen?

Vor meinem inneren Auge taucht das verschwommene
Bild eines Mannes in Schwarz auf, aber es verblasst. Wie
ein Traum, der sich auflöst, und dann ist es gleich wieder
fast völlig verschwunden.

9

Alain

„Slash, komm rein." Ich öffne die Tür und warte auf den jungen Vampir, den ich gerufen habe. „Du kannst es dir an deinem üblichen Platz bequem machen."

Eine weitere Woche ist vergangen und meine Sorgen um Karl sind nur noch gewachsen. Trotz meiner Beinahe-Euphorie über Dr. Albrights Fortschritte bei unserem Projekt kann ich mich nicht richtig freuen. Nicht, wenn ich weiß, dass er in der Nähe lauert.

Ich muss mich um Karl kümmern. Nicht nur, weil er Menschen und andere Vampire in Gefahr bringt. Sondern auch, weil er meine Fähigkeit gefährdet, mich auf meine Arbeit zu konzentrieren, die einzige Sache, die meinem Leben einen Sinn gibt.

„Bro." Slash nickt und schaut sich um, während er seine Laptoptasche über seiner drahtigen Schulter trägt. „Was gibt's?"

„Mein guter Freund Martin braucht dringend einen neuen Ausweis. Und eine Lektion im Umgang mit sozialen Medien." Ich lege Martin die Hand auf die Schulter, um ihn vorzustellen und sein Selbstvertrauen zu stärken, denn er sieht ein bisschen grün im Gesicht aus. „Er hat Angst vor der Technik."

„Was ist dein Jahrhundert?"

Slash geht zu dem glänzenden Esstisch hinüber, der bislang noch für nichts anderes genutzt wurde als seinen Computer, wann immer er zu Besuch war. Der Tisch ist auf Hochglanz poliert und mit handgeschnitzten Holzeinlagen versehen. Er wurde in Indonesien hergestellt und ist ein Unikat, das ein Vermögen wert ist. Und, wie die meisten Dinge in meinem Haus, absolut überflüssig.

„Die 1800er. Aber ich habe ein Jahrhundert geschlafen." Martin fährt sich mit der Hand durch die Haare. „Mein lieber Freund, ich weiß nicht, ob das unbedingt nötig ist …"

Slash wirft ihm einen finsteren Blick zu. „Willst du dich in die Gesellschaft einfügen, damit du nicht als übernatürliches Wesen geortet und auf eine so grausame Art und Weise getötet wirst, die du nicht einmal in Erwägung ziehen könntest?"

„Ähm." Martin räuspert sich. Er schaut hilfesuchend zu mir.

Aber ich lache. „Na, mach schon. Er wird dir zeigen, wie es geht."

„Ich unterrichte nächsten Monat einen Kurs für Vampire. Er heißt Social Media 101: Du und YouTube. Ich melde dich an." Slash lässt sich auf einen der Holzstühle gleiten und seine Hände fliegen über die Tastatur. „Viele von uns haben gar keinen Social Media Account. Aber es ist wirklich wichtig, dass du weißt, wie man sie benutzt. Sonst passt du einfach nicht rein."

Slash wurde in seinen Zwanzigern verwandelt und ich habe keine Ahnung, wie alt er ist, weil er es mir nicht sagen will. Aber er erscheint durch und durch wie ein junger

Millennial. „Aber zuerst werden wir dir beibringen, wie man Insta und Twitter benutzt. Und wir besorgen dir einen neuen Führerschein und das alles."

„Ich finde immer, du bist der Vampir, der am besten in die moderne Gesellschaft passt." Ich schüttle den Kopf.

„Finde ich auch." Slash grinst mich kurz an. Er ist schlank und kleidet sich so, wie die jüngeren Kids – Menschen – im Fernsehen und in Filmen aussehen. Er trägt sogar ein Parfüm, das riecht, als wäre es direkt einer Zeitschrift entsprungen.

Nachdem er Martin dazu gebracht hat, eine Onlinean-leitung auf seinem Reservelaptop zu beginnen – Martin drückt angestrengt mit einem ausgestreckten Zeigefinger auf die Tasten, als wären es Bomben, die jeden Moment explodieren könnten –, ziehe ich Slash für ein paar Minuten zur Seite und senke meine Stimme.

„Ich brauche deine Hilfe noch bei etwas anderem."

„Ach ja?" Er verschränkt die Arme.

„Du musst mir helfen, herauszufinden, was Karl vorhat. Ich habe das hier." Ich reiche ihm die Visitenkarte, die bei unserem letzten Treffen aus Karls Tasche in meine Hand gefallen ist.

Nun, Visitenkarte ist vielleicht nicht das richtige Wort. Es ist eher ein Karteikärtchen mit ein paar Zahlen, die mit schwarzem Stift darauf gekritzelt wurden. Und sie ist auch nicht wirklich herausgefallen. Ich habe sie ihm gestohlen.

„Ich bin kein Experte, aber das sieht für mich wie eine IP-Adresse aus." Ich tippe auf die Ziffern.

Slash wirft einen Blick darauf. „Du weißt doch, dass ich gern unparteiisch bleibe." Er blinzelt schnell und nimmt die Karte nicht entgegen.

„Das hier ist keine Spielerei." Ich erhebe meine Stimme, mäßige meine Antwort aber dann. „Er ist gefährlich."

„Ich halte mich aus persönlichen Dingen zwischen Vampiren raus. So überlebe ich." Slash schaut weg und zur anderen Seite des Raumes. Aber er wippt mit dem Fuß. Ich glaube, er weiß etwas, und das macht mich unruhig. Er mag vielleicht die Schweiz der Vampire sein, aber ein Arschloch ist er nicht.

„Was weißt du über ihn?" Ich trete näher.

„Alain. Bitte. Ich mische mich wirklich nicht in die Angelegenheiten anderer ein." Er hebt die Hände.

Ich knurre. „Es könnte um Leben und Tod gehen." Ich schaue ihn an und sende ihm die Tiefe meiner Besorgnis gedanklich. In der Hoffnung, dass er meine Gefühle lesen kann. Dass es ihn interessiert.

Er blinzelt, räuspert sich dann und weicht einen Schritt zurück. „Okay. Nur dieses eine Mal. Aber ich weiß nicht viel. Er hat mir unglaublich tolles Blut zum Probieren angeboten."

„Was für Blut?"

„Menschliches Blut." Slash wirft mir einen dämlichen Blick zu. „Von einem Mädchen."

„Welches Mädchen?"

„Ich weiß es nicht. Aber, Alter, es war geil. Es war das beste Blut, das ich seit Jahren getrunken habe." Er leckt sich die Lippen und ich schwöre, seine Reißzähne sind für den Einsatz bereit. Er sieht heißhungrig aus, wenn er nur daran denkt. „So etwas Gutes habe ich noch nie geschmeckt. Ich kann es kaum erwarten, mehr zu bekommen …" Er verstummt.

„Mehr?"

„Nun, er sagte, ich könnte mehr bekommen, wenn ich ein paar Aufgaben für ihn erledige."

Ich verschränke die Arme. „Woher hatte er es?"

„Fragst du jeden Vampir, woher er sein Blut bezieht?" Er zieht die Schultern hoch. Sein Gesichtsausdruck ist angespannt. So als wüsste er, dass Karl in etwas verwickelt ist, das selbst für Vampirverhältnisse völlig untragbar ist. Ich hatte recht – Slash hat die gleichen Moralvorstellungen wie ich. Er ist nicht so unparteiisch, wie er scheint.

„Nicht die Anständigen, nein." Ich kneife die Augen zusammen. „Wie hat er es dir gegeben?"

„In einem Reagenzglas."

„Wie aus einer Blutbank?"

„Nein, es war frisch. Sauber. Ich meine, es war in einem Reagenzglas mit einem kleinen Deckel wie die in den Blutbanken. Aber ohne den gelben Schleim am Boden. Und ich konnte die Lebendigkeit darin schmecken. Voller Adrenalin und Endorphine, Mann. Das war kein Blut einer kranken Person. Das war aufregendes Blut." Er lacht ein wenig, hält aber inne, als er meinen Gesichtsausdruck sieht.

„Was hat er dafür von dir verlangt?"

„Nichts. Es war ein Geschenk dafür, dass ich für ihn arbeite." Slash reibt sich das Gesicht.

„Welche Art von Arbeit?"

„Er sagte, wir würden uns Ende der Woche treffen, um die Details zu besprechen. Das Blut war eine nette Geste, die sagen soll: Schön mit dir zusammenzuarbeiten, schätze ich."

„Oder um dich zu ködern." Ich stöhne und wende mich ab und fahre mir mit der Hand durchs Haar. „Damit du tust, was er will, ohne es infrage zu stellen."

„Glaubst du wirklich, dass er in etwas Gefährliches verwickelt ist …" Slash verstummt. Aber ich kann das Unbehagen in seinen Gedanken spüren.

„Ja. Das glaube ich." Ich drehe mich wieder um und sehe ihn mit durchdringendem Blick an. „Und in einem Fall wie diesem bedeutet, keine Partei zu ergreifen, dass du … dich auf seine Seite stellst." Ich trete näher. „Davon würde ich abraten." Meine Stimme ist leise. „Er ist nicht gerade für seine Gutmütigkeit bekannt. Ich muss wissen, woher er das Blut hat."

Slash blinzelt erneut hektisch. Er senkt seine Stimme. „Er könnte das Blut von überall her bekommen haben. Wir alle besorgen uns Blut. Lucius Frangelico hat jede Nacht frisches Blut im Toxic. Jeder bekommt Blut." Er verstummt.

„Lucius bekommt sein Blut von willigen Spendern", maule ich. „Die für ihre Spenden großzügig entschädigt werden. Das hier könnte etwas ganz anderes sein."

„Ich hatte schon das Gefühl, dass Karl irgendwie anders war", gibt Slash zu. „Ich meine, Vampire sind seltsam und gefährlich. Jeder auf seine Art. Aber bei ihm geht in letzter Zeit noch etwas anderes vor sich." Er schüttelt den Kopf. „Sogar mit seinem Gesicht."

Ich denke an Karls gerötetes Gesicht zurück. Ja, das war die Haut eines Vampirs voller Blut. Wie eine pralle Zecke, vollgesogen und bereit zu platzen. Und wahrscheinlich hat er dieses Blut nicht auf legitime Weise bekommen.

„Also … das hier." Ich strecke Slash erneut das Kärtchen entgegen.

„Ich kann sie zurückverfolgen."

„Lass mich wissen, wohin sie gehört. Und zwar schnell."

„Ich hoffe, ich werde dafür entschädigt." Er klingt mürrisch.

„Zu wissen, dass man das Richtige tut, ist eine Belohnung an sich", tadle ich. Aber dann greife ich nach der schwarzen Samttasche von der Theke. „Habe ich dich jemals enttäuscht?" Ich verdrehe die Augen und reiche ihm das Säckchen.

Als er es öffnet und den polierten, mit Diamanten besetzten Totenkopf darin findet, pfeift er und sein Gesicht erhellt sich. „Die Cleopatra! Wo hast du die denn gefunden?"

„Das ist meine eigene Sache." Und es war nicht einfach, lautet die Antwort. „Aber ich habe gehört, dass Anton dir zwei Fainting Goats im Tausch gegen seinen neuen Führerschein gegeben hat, und Andrius hat dir eine der Schriftrollen vom Toten Meer für einen russischen Pass geschenkt, also musste ich mithalten." Ich lächle. „Da du alles außer Geld für deine Arbeit akzeptierst."

„Ich kann mein eigenes Geld verdienen." Er lacht. „Ich bevorzuge das Ungewöhnliche. Es hält das Leben interessant." Für eine Sekunde hat er diesen Ausdruck auf dem Gesicht − den, den ich nur zu oft auf Martins Gesicht sehe. Aber er geht vorbei; ich nehme an, er ist noch jung genug, entweder vom Alter her oder im Herzen, um sein ewiges Leben nicht als Gefängnis zu betrachten.

„Mach es gleich." Ich zeige auf die Computer. Martin hat den Reserve Computer fast so schnell links liegen gelassen, wie er mit dem Kurs angefangen hat.

„Gut. Gib mir zehn Minuten." Slash lässt sich hinter dem Laptop nieder und macht sich an die Arbeit.

Ich schaue mich um und entdecke Martin, der auf der Veranda sitzt und den Kopf zwischen den Händen abstützt. Offensichtlich wird er mehr Zeit brauchen, um sich an das digitale Zeitalter zu gewöhnen.

In Anbetracht der aktuellen Situation mit Karl finde ich dies viel lustiger, als ich es sollte, und ich muss laut lachen.

Martin schaut auf und starrt mich an. „Fick dich."

„Perfekte Betonung. Eins plus." Ich setze mich neben ihn. „Du wirst es schneller lernen, als du denkst."

„Hilft er dir?" Martin deutet über seine Schulter. „Mit der anderen Sache?"

„Ja." Ich zögere. „Ich bin mir sicher, dass Karl hinter dem Verschwinden der Frauen steckt. Ich kann es spüren."

„Weil du ihn erschaffen hast?" In Martins Stimme schwingt Neugierde mit. „Ist das der Grund, warum du immer noch Dinge über ihn wahrnehmen kannst, die andere nicht spüren können?"

Ich nicke. „Es gibt immer noch eine seltsame Verbindung zu ihm."

„Haben wir die auch? Was denke ich gerade?" Martin verzieht das Gesicht.

Ich lache erneut. „Du denkst, wie froh du bist, dass wir Freunde sind." Ich klopfe ihm auf die Schulter. *Wir haben sie auch.*

Definitiv. „Falsch!" Aber er lässt sich lächelnd in seinen Stuhl zurücksinken.

Slash ruft mich zu sich hinüber. „Diese IP-Adresse ist schwer zu knacken und es wird einen ganzen Tag dauern, um es herauszufinden. Aber ich kann es schaffen." Er liebt Herausforderungen.

„Ruf mich an, wenn du sie hast. Verrate Karl nicht, dass ich darum gebeten habe." Ich starre Slash an. „Aber nimm Kontakt zu ihm auf und versuche, noch mehr Informationen zu bekommen. Bitte ihn um mehr von dem Blut."

„Ich will nicht, dass er Verdacht schöpft." Slash wippt mit dem Fuß. „Ich bin ein IT-Typ, kein verdammter 007."

„Dann schau dir ein paar Bond-Filme an", schnauze ich. „Und zwar auf unverdächtige Art und Weise."

„Er *ist* lustig." Martin zieht die Augenbrauen hoch und zeigt auf mich. „Du kannst sicher sehen, warum wir Freunde sind, nicht wahr?"

Slash blickt finster drein. Dann seufzt er. Er kratzt sich die Nase und murmelt: „Da sollte besser noch ein Totenkopf drin sein." Er wirft mir einen vielsagenden Blick zu.

Ich lache. „Abgemacht."

„Wie auch immer." Slash fängt an, seine Sachen zusammenzupacken. „Du", er zeigt auf Martin, „bist ein hoffnungsloser Fall. Du wirst ein ganzes Jahr lang Einzel-unterricht brauchen." Er klingt frustriert. „Und in der Zwischenzeit … Rede. Nicht. Mit. Zivilisten. Die merken sofort, dass mit dir etwas nicht stimmt."

Martin drückt sich eine Hand auf die Brust. „Du verwundest mich."

„Du verwundest dich selbst mit deinen schrecklichen Skillz." Slash runzelt die Stirn.

„Genug davon." Ich räuspere mich. „Ich werde Martin die Computergrundlagen beibringen. Kümmere du dich einfach um Karl."

Sobald Slash gegangen ist, wende ich mich an Martin. Ich seufze. „Wow, das war ja spannend."

Apropos spannend: Bri. Ich kann sie einfach nicht aus dem Kopf kriegen. Was wird es wohl brauchen, um sie zu vergessen? Oder um sie wiederzufinden?

10

Bri

Ich sitze auf einem Stuhl in einem Laborraum und warte auf den Laboranten zum Blutabnehmen. Für meine wiederholte Blutabnahme. Nachdem ich gestern Abend mit Dr. A. gearbeitet habe, bin ich immer noch ganz aufgeregt, an einem Projekt mit einer so renommierten Forscherin beteiligt zu sein. Es nimmt mir fast die Angst, jetzt hier zu sein.

Es lässt mich auch fast die seltsamen Kopfschmerzen und die Gedächtnisprobleme vergessen, die ich in letzter Zeit immer wieder habe. Ich habe Angst, dass sie ein neues neurologisches Symptom sein könnten, das mir sagt, dass meine XP schlimmer geworden ist. Ich habe Dr. Su angerufen, aber sie meinte, es sei wahrscheinlich nur Stress. Aber ich mag „wahrscheinlich" nicht. Ich will „definitiv".

Plötzlich höre ich gedämpfte Stimmen auf dem Flur.

„Also haben sie sie?"

„… Beamte kommt in einer halben Stunde …"

Neugierig stehe ich von meinem Stuhl auf und schleiche auf Zehenspitzen zur angelehnten Tür, um besser zu hören. Durch den Spalt im Türrahmen sehe ich eine Frau in einem Hosenanzug mit Laborkittel, wahrscheinlich die Laborleiterin, die sich mit einer Mitarbeiterin unterhält.

„Ja, sie haben einen Durchsuchungsbefehl, also werden wir ihnen die Informationen geben, die sie haben wollen."

„Und alle drei haben sich hier Blut abnehmen lassen?"

Die Managerin legt ihre Hand auf den Arm der Mitarbeiterin. „Die Details kann ich Ihnen nicht sagen. Nur, dass wir uns an den Durchsuchungsbefehl halten. Wir werden die Unterlagen an die Polizei weitergeben."

„Jemand hat mich am Telefon nach Margaret Bly gefragt."

„Bitte sagen Sie den Leuten weiterhin, dass wir niemals gegen den Datenschutz verstoßen und keine persönlichen Daten herausgeben. Und behandeln Sie es vertraulich. Niemand sonst braucht davon zu erfahren."

Margaret Bly? Ich kenne diesen Namen.

Sie ist eine der drei Frauen, die angeblich vom Night Stalker entführt wurden. Bedeutet dieses Gespräch, dass allen drei Frauen hier bei Gila Diagnostics Blut abgenommen wurde?

Ich erschaudere. Welch ein merkwürdiger Zufall.

Aus einem Gefühl heraus zücke ich mein Handy und suche Margarets Namen im Internet.

Ich finde tonnenweise Artikel, die alle die gleiche Originalmeldung über ihr Verschwinden zitieren. Dass ihre Freunde sagten, sie hätte sich über einen unheimlichen Mann in Schwarz beschwert, der einen Tag vor ihrem Verschwinden durch ihr Fenster geschaut hat. Dass sie klug und freundlich und erfolgreich sei.

„Oh nein." Der Teil über den Mann in Schwarz lässt mich erschaudern.

Ich erinnere mich, zumindest glaube ich mich zu erinnern, dass ich neulich Abend auch einen Mann in Schwarz gesehen habe. Es ist eine dieser seltsamen Erinnerungen, die bruchstückhaft sind, wenn ich versuche, daran zu denken. Sie kommen immer dann wieder und zerren an den Ecken meines Geistes, wenn ich an etwas anderes denke.

Eine Zeit lang dachte ich, es wäre nur ein Traum. Oder meine Einbildung.

Aber was, wenn er real war? Was, wenn er mich aus irgendeinem unvorstellbaren Grund als Nächste haben will?

Was würde es bedeuten, wenn alle vermissten Frauen Patientinnen hier in der Blutabnahmestelle wären?

Hmmm. Es wäre definitiv falsch, sich in das Computersystem von Gila Diagnostics zu hacken, um es herauszufinden. Nicht, dass ich es könnte – ich bin Programmiererin, kein Hacker. Aber mein Bauchgefühl sagt mir, dass ich der Sache nachgehen muss.

Und ich glaube, jemanden zu kennen, der mir dabei helfen kann.

Später an diesem Abend, als ich mit einem mit Klebeband fixierten Wattebausch auf der Vene zu Hause sitze, schreibe ich meinem Onlinefreund Slash eine Nachricht.

@Slash: Was geht ab?

Er antwortet innerhalb einer Sekunde.

@Bri: Hey Girl. Ich arbeite an einem Auftrag. Und du?

Ich starre auf seinen Avatar, ein handgezeichnetes Cartoonbild eines jungen Mannes mit braunen Haaren und Brille. Er postet nie ein echtes Bild und hält seine persönlichen Daten gut versteckt. Soweit ich weiß, könnte er auch eine Frau mittleren Alters sein.

Aber wer auch immer Slash ist, er ist wahnsinnig witzig. Seit wir uns letztes Jahr in einem IT-Diskussionsforum kennengelernt haben, sind wir online befreundet.

Angeblich wohnt er auch hier in Tucson. Und unseren Chats nach zu urteilen, habe ich das Gefühl, dass er ein paar Hacker-Fähigkeiten hat. Zumindest ist er der hacker-ähnlichste Mensch, den ich kenne.

Ich habe Slash schon öfter gefragt, ob wir uns mal auf einen Kaffee treffen wollen, aber er hat immer Nein gesagt. Trotzdem ist unsere Online-Freundschaft nett.

@Slash: Ich möchte dich um einen großen, gefährlichen Gefallen bitten. #InternetKumpelsSindGeil

@Bri: Faszinierend. Keine Versprechen. Worum geht's?

@Slash: Ich möchte herausfinden, ob den Frauen, die vom Night Stalker entführt wurden, allen kürzlich bei Gila Diagnostics Blut abgenommen wurde.

@Bri: Oh, ist das alles? #DasKannstDuDirNichtLeisten #IchBitteDichTussi

@Slash: Haha. Ich kann bis zu $25 zahlen, haha. #EsIstDenKnastWert

@Bri: Warum willst du das wissen?

@Slash: Ich habe heute etwas überhört. Es hat mich neugierig gemacht.

@Bri: Was hast du gehört?

@Slash: Dass die Polizei einen Durchsuchungsbefehl hat, um zu prüfen, ob alle drei der Mädchen Patientinnen dort waren. Also ... Kannst du es herausfinden?

@Bri: Das ist illegal, also absolut nicht. #LegalBleiben

@Slash: Aha, verstanden. #DuKannstEsNicht #Lahm #Schwächling #Verlierer

@Bri: Ich will dir nicht sagen, wie du deinen Job machen sollst, aber Blowjobs kommen besser an als Beleidigungen. Nur mal so.

@Slash: Ich will dir ja nicht sagen, was du mit deinem Körper machen sollst, aber persönliche Blowjobs sind viel besser als virtuelle. Nur mal so.

Wir haben Spaß an schmutzigem Geplänkel, ohne Erwartungen oder Verpflichtungen. Einer der Gründe, warum ich mich so frei fühle, solche Scherze zu machen, ist der, dass er sich nicht treffen will. Es lässt mich sicher fühlen.

Ich nehme an, das Gespräch ist beendet, aber später piepst mein Telefon mit einer SMS. Ich kenne die Nummer nicht. Darin steht: *„Ruf mich an."*

Das Telefon piepst erneut. *„Es geht um deine Anfrage von heute Nachmittag."*

Oh mein Gott! Ist das Slash?

Ich will anrufen, aber … Was ist, wenn Slash ein seltsamer Perverser ist und ich mein Leben für einen Stalker öffne, wenn ich ihn anrufe? Wie ist er an meine Telefonnummer gekommen? Wenn er meine Nummer hat, ist er eindeutig ein Hacker. Fuck! Was ist, wenn er wirklich einen Blowjob will, und er eklig und alt und ein Psychopath ist? Was ist, wenn er mich entführt und einsperrt und …

Es piepst erneut. *„Ich bin kein Stalker und ich werde dich nicht persönlich treffen, also entspann dich. Aber ich habe etwas ziemlich Interessantes herausgefunden. Ich verspreche, dass ich kein Spinner bin."*

Ich beiße mir auf die Lippe. Dann schiebe ich die Vorsicht beiseite und rufe an. „Hallo? Hier ist Bri?" Ich kann genauso gut gleich auf den Punkt kommen, was auch immer es ist.

„Hey." Wer auch immer es ist, hat ein wundervolles Klangbild zu seiner Stimme. Sehr typisch amerikanisch ohne jeglichen Akzent. „Hier ist Slash."

„Wow, das ist seltsam. Ich hätte nie gedacht, dass wir einmal persönlich miteinander sprechen würden." So weit so gut. Keine Serienmörder-Vibes.

„Ich auch nicht." Er klingt ein wenig nervös. „Aber es ist eine seltsame Situation. Also, ich bin der Sache nachgegangen, nach der du gefragt hast—"

„Ernsthaft?" Ich bin verblüfft. „Ich meine, echt jetzt? Und so schnell?"

Er gibt einen Laut von sich. „Ich bin gut in dem, was ich tue, Bri." Er klingt irritiert. „Wie auch immer, du hattest recht. Alle drei haben sich bei Gila Diagnostics Blut abnehmen lassen."

„Oh, wow. Das ist verrückt." Ich atme ein. „Wow."

„Ja. Also, warum wolltest du das wissen?" Seine Stimme klingt lässig, aber ich habe das Gefühl, es steckt etwas mehr dahinter. Als würde er etwas wissen, was ich nicht weiß.

„Nun, ich saß dort und habe darauf gewartet, mein Blut abnehmen zu lassen. Und anscheinend hat jemand von der Polizeiwache bei der Empfangsdame des Labors angerufen und versucht, Informationen herauszufinden. Es hat mich neugierig gemacht."

„Du hast also ein Gespräch überhört?", fragt er ganz schnell.

„Ja. So wie ich dir geschrieben habe."

„Was genau hat sie gesagt?" Er klingt irgendwie angespannt.

Ich versuche, mich zu erinnern. „Ich weiß den genauen Wortlaut nicht mehr. Sie sagte immer wieder, dass sie keine Informationen herausgeben können, und sie gab ihr den Namen und die Nummer ihres Vorgesetzten. Ich bin mir sicher, dass sie einen Durchsuchungsbefehl bekommen, wenn sie die Informationen brauchen."

„Ja, sie können die Datenschutzgesetze nicht ohne Grund umgehen. Sonst noch irgendetwas?"

„Nein. Warum bist du so neugierig?"

Er entspannt seine Stimme. „Ich forsche einfach gern nach. Nur um zu sehen, was ich herausfinden kann. Genau wie du nehme ich an." Er lacht.

Stille breitet sich aus.

Dann sprechen wir beide auf einmal. Ich sage: „Du wolltest also mit mir sprechen, weil …"

Und er sagt: „Ich schätze, das ist dann alles …"

Wir verstummen beide. „Danke", sage ich schnell. Erneutes Schweigen. „Ich meine, hast du Lust, mal einen Kaffee zu trinken?"

„Ich glaube nicht, dass das eine gute Idee ist", sagt er langsam. „Obwohl ich wünschte, ich könnte es."

„Ähm, okay." Ich bin mir nicht sicher, was ich dazu sagen soll. „Warum ist es keine gute Idee?"

„Ist es einfach nicht." Jetzt klingt er irgendwie traurig.

„Es ist mir egal, wie du aussiehst. Ich meine nicht, dass du komisch aussiehst oder so. Nicht, dass irgendwas falsch daran ist, komisch auszusehen." Verdammt noch mal. „Ich frage nicht aus romantischen Gründen. Weil ich mit jemandem zusammen bin, sozusagen. Ich will nur, dass wir Freunde sind …"

„Nein. Und versuche auch nicht, mein Handy zu orten, denn du kannst es nicht. Es ist ein Wegwerfhandy. Also versuche es erst gar nicht."

„Das hatte ich auch nicht vor. Das kann ich sowieso nicht." Irgendwie bin ich jetzt irritiert.

„Ich weiß. Ich habe dich überprüft."

„Okay, das ist jetzt aber offiziell seltsam. Und auch nicht fair, weil ich dich nicht prüfen kann."

„Nicht auf eine schlechte Art. Ich wollte nur sichergehen, dass es sicher ist, dich anzurufen."

„Schön zu wissen, dass ich sicheres Material bin." Meine Stimme ist trocken.

„Nun, wir sprechen uns dann online." Und wieder schwingt dieser Ton des Bedauerns in seiner Stimme mit.

Und schon ist er weg und lässt mich verwirrt und ein wenig beunruhigt zurück.

Was soll ich mit dieser Information überhaupt anfangen? Ich kann ja schlecht die Polizei anrufen: „Hey, mein Hackerfreund Slash hat herausgefunden, dass …"

Das brauche ich auch nicht. Wenn die Polizei selbst bei Gila Diagnostics angerufen hat, werden sie auch einen Durchsuchungsbefehl bekommen.

Aber jetzt werde ich das erneute Kribbeln von Sorge in meinem Bauch nicht los. Margaret Bly hat einen Mann in Schwarz gesehen, bevor sie verschwand. Einen unheimlichen Mann. Und so sehr ich mir auch einreden will, dass ich mir den Mann letzte Woche nur eingebildet habe, weiß ich doch, dass er real war.

11

Alain

Slash ist wieder bei mir zu Hause. Es ist schon ein paar Tage her, seit er das letzte Mal hier war, und ich habe ihn eingeladen, damit er mich auf den neuesten Stand bringen kann. Martin sitzt mit einem Glas Whisky auf der Terrasse. Die Türen sind geöffnet, um die Nachtbrise zu genießen.

„Rate mal, was ich herausgefunden habe." Slash rückt sich die Brille zurecht. „Alle drei vermissten Menschen, die Frauen? Ihnen allen wurde bei Gila Diagnostics Blut abgenommen. Ihre Proben wurden bei dem Einbruch zerstört."

„Ausgezeichnete Arbeit!" Ich klopfe ihm auf den Rücken und bin erleichtert, dass wir vorankommen. „Woher hast du diese Information? Nicht von Karl?"

„Nicht von Karl. Ich habe noch nicht wieder mit ihm gesprochen. Ein Kontakt hat mich darauf gebracht." Er öffnet seinen Laptop. „Also habe ich mich in ihr System gehackt und die Information herausgefunden. Und ich habe auch endlich diese Webseite aufgespürt. Das werdet ihr euch ansehen wollen. Ihr beide. Ich habe meinen nächsten Kurs verschoben, um das für dich zu machen."

Martin erhebt sein Glas und ruft hinüber. „Das Internet und Du: Habt keine Angst vor der Zukunft." Er klingt nicht erfreut. „Ich kann nicht sagen, dass es mich enttäuscht, dass der Kurs abgesagt wurde."

„Du." Slash nickt in Martins Richtung. „Du musst üben, dich in den Pseudo-Account einzuloggen, den ich dir eingerichtet habe. Es ist wirklich nicht so schwer."

Martin rollt mit den Augen. „Die verflixten Knöpfe sind zu winzig für meine Finger." Er nippt an seinem Getränk. „Ich verstehe die seltsamen Symbole nicht."

Slash ignoriert ihn. „Alain. Das hier ist im Dark Web. Es ist diese IP-Adresse – ich habe sie für dich entschlüsselt."

Ich gehe hinüber und werfe einen Blick auf die Webseite. Sie ist schwarz mit einem kunstvollen Totenkopf-muster in einem schwachen Grau darüber. Darauf steht geschrieben: „Das feinste und köstlichste Blut der Welt, frisch gezapft und in wenigen Minuten zu Ihnen nach Hause geliefert."

„Was zum Teufel? Scroll weiter nach unten."

Ich lese laut vor, während Martin neugierig zu uns hinüberblinzelt. „Lust auf junges, gesundes Blut? Auf die besten, exotischsten Geschmacksrichtungen der Welt? Derzeit haben wir drei perfekte Tröpfchen im Angebot. Alle von Frauen in ihren Zwanzigern, handverlesen, um das wohlschmeckendste und bestduftendste Blut der Welt zu gewährleisten. Das Angebot ist begrenzt. Eine Auktion für ihre LTs steht bevor."

„LTs?" Ich runzle die Stirn.

Er zuckt mit den Schultern. „Das ist alles, was da steht."

„Kontaktinformationen?" Ich beuge mich vor.

Slash liest den letzten Teil vor. „Sie wollen uns finden? Dann finden sie uns. Sie werdet wissen, mit wen sie sprechen müssen …"

„Wer auch immer das ist, ist nicht besonders gut in Rechtschreibung oder Grammatik." Ich schnaube.

Slash nickt. „Es handelt sich hierbei um eine stillgelegte Webseite von vor sehr langer Zeit. Ich suche regelmäßig nach Sachen im Dark Web. Sie dachten, sie hätten sie gelöscht, aber sie haben sich geirrt. Ihr Fehler war, dass sie nicht wussten, dass ich existiere."

Er grinst vor sich hin. „Ich glaube, ich kann sie zurückverfolgen." Er tippt wie wild los.

„Und?" Ich blicke über seine Schulter.

„Sie führt zu einer weiteren IP-Adresse hier in Arizona." Slash schaut zu mir auf. „Aber von da an wird es knifflig. Ich werde eine Weile brauchen."

„Okay, bleib dran."

Ich sage die eine Sache, von der ich gehofft hatte, dass sie nicht wahr ist. „Was den Einbruch bei der Blutbank angeht. Ich glaube, Karl hat jemanden beauftragt, die Proben zu stehlen, damit er sie testen und das beste Blut finden kann. Dann hat er seine Favoriten ausfindig gemacht … und entführt. Er benutzt sie gegen ihren Willen als Blutspender."

„Das ist grauenhaft." Martin scheint entsetzt zu sein. „Wir alle müssen uns ernähren. Aber nicht auf diese Weise."

Slash schüttelt den Kopf. „Das ist Wahnsinn. So behandeln wir Menschen nicht. Es ist einfach …" Er verstummt. „Mir fehlen die Worte."

„Karl ist im letzten Jahrhundert immer schlimmer geworden." Ich runzle die Stirn. „Anstatt gütiger und sanfter zu werden, hat er sich der Grausamkeit verschrieben."

„Warum eliminierst du ihn nicht einfach?" Slash zieht die Augenbrauen hoch.

„Er hat Helfer dort draußen und ich kann ihn nicht loswerden, ohne vorher mehr herauszufinden. Wenn ich mich seiner zu schnell entledige, könnte es so sein, als würde ich der mythischen Hydra den Kopf abschlagen. Wenn man einen Kopf abschlägt, wachsen zwei weitere nach, die stärker sind."

Das ist die Wahrheit.

Ich füge jedoch die andere, noch unangenehmere Wahrheit nicht hinzu: Wenn ich Karl töten muss, ist das der Beweis für mein Versagen als Vampir. Für meine Unfähigkeit, gute Menschen zu wählen, um sie zu verwandeln. Ich versuche derzeit, mich mit meiner medizinischen Forschung neu zu definieren. Tod, und sei es auch nur Karls, sollte im Moment nicht auf dem Programm stehen. Wenn ich es vermeiden kann, werde ich es tun. Vielleicht glaubt – oder hofft – ein kleiner Teil in mir immer noch, dass Karl gerettet werden kann.

„Also gut." Slash schaut zu Martin hinüber, der unserem Gespräch folgt, während er sein iPhone auf der glatten Tischplatte kreisen lässt. „Ich werde sehen, was ich herausfinden kann."

„Und das werde ich auch." Slash kann sich um die Einsen und Nullen kümmern. Ich werde in der Vampirgemeinschaft und in der übernatürlichen Unterwelt nachstöbern und versuchen, noch mehr Details aufzudecken. Damit ich einen Weg finden kann, Karl aufzuhalten … bevor alles noch schlimmer wird.

∾

ALAIN

„Lucius." Ich verneige mich respektvoll. Es ist ein seltsamer Zufall: Ich wollte sowieso mit ihm reden. Aber bevor ich mich bei ihm melden konnte, befahl er mir, mich mit ihm im Club Toxic zu treffen. Der Vampirkönig persönlich, der mächtigste Vampir in Tucson und wahrscheinlich in den gesamten Vereinigten Staaten.

„Alain." Er hebt sein Glas und wirft mir einen wissenden Blick zu. „Ich hoffe, deine Unternehmungen laufen gut." Wir sitzen an der Bar. Unsere Stimmen sind leise und gedämpft, sodass keiner der Menschen oder der anderen Gäste uns hören kann.

Sein scharfer Blick hat meine Dringlichkeit bereits bemerkt. Entweder an meinem Gang oder an meinem Gesichtsausdruck. Er ist bekannt für seine Reflexe und seine Fähigkeit, andere Wesen, ob Mensch oder sonstiges, zu lesen.

„Meine medizinische Einrichtung macht gute Fortschritte. Sie bereitet mir Freude. Dr. Albrights Forschungserfolge sind verblüffend."

„Gut." Er nickte dem Barkeeper zu. „Dein Projekt fasziniert mich. Ich höre die Updates gern, die du mir schickst."

„Und ich weiß es zu schätzen, dass Ihr mir helft, es zu schützen." Ich lächle.

Einer der Gründe, warum ich die Anlage nur knapp außerhalb von Lucius' Territorium errichtet habe, ist der, dass er die Geschehnisse in seiner Umgebung im Auge behält. Es ist ja nicht so, als würde er aufhören, sich zu interessieren, nur weil etwas etwa einen halben Kilometer außerhalb seines Territoriums liegt.

Ich wollte die Einrichtung auf meinem eigenen Grund und Boden haben, aber in der Nähe eines vertrauenswürdigen Verbündeten. Außerdem gibt es im Banner Hospital hervorragende Ärzte. Die erstklassige Forschung an der Universität von Arizona in der Nähe macht es zu einem Volltreffer.

Der Barkeeper schenkt mir ein Glas Pinot ein. Ich proste Lucius zu. „Auf Eure Gesundheit."

Er lächelt. „Die Gesundheit eines Vampires ist binär. Entweder man hat sie oder man hat sie nicht."

„Oberflächlich betrachtet." Ich nehme noch einen Schluck. „Aber wenn man eine Zwiebel schält, steckt mehr unter der äußeren Hülle. Ich weiß, dass Ihr mir zustimmt."

„Möchtest du das näher erläutern?" Er nippt an seinem Whisky.

„Vampire können von innen heraus verrotten. Metaphorisch gesprochen."

„Und ich nehme an, du hast einen bestimmten Vampir im Sinn?" Er trinkt einen weiteren Schluck von seinem Getränk.

„Karl."

„Ja." Er nickt. „Deine Brut."

Ich verkrampfe mich. „Wir alle machen Fehler."

„Und sind verpflichtet, sie zu beheben." Er beugt sich mit strenger Stimme vor. „Karl hat im letzten Monat ein riesiges Chaos angerichtet, als er diese ganze Familie in Tucson ermordete." Eine Sekunde vergeht. „Obwohl ich froh bin, dass du es mit minimalem Kollateralschaden geklärt zu haben scheinst, bevor ich mich einschalten musste."

Ich neige den Kopf. „Wolltet ihr deshalb mit mir sprechen?"

„Er hat keine Erlaubnis, in meinem Territorium zu jagen. Er muss aufgehalten werden." Er zieht eine Augenbraue hoch und deutet damit an, dass es nicht gut für meinen Ruf sein wird, wenn er mein Problem für mich lösen muss. Oder für mein Ansehen hier in Tucson.

„Ich habe kein Problem damit, ihn aufzuhalten. Aber ich brauche vielleicht etwas mehr Zeit."

„Zeit, in der meine Bürger terrorisiert und meine Vampire in Gefahr gebracht werden, entdeckt zu werden?" Er zieht eine Augenbraue hoch.

„Ich habe den Verdacht, dass er etwas weitaus Schlimmeres tut als die jüngsten Morde."

Lucius stellt sein Glas entschlossen auf dem Tresen ab. „Wir werden diese Diskussion unter vier Augen fortsetzen."

Ich folge ihm zu der bewachten, gut verriegelten Treppe und zu seinem Privatbüro im Obergeschoss. Er setzt sich in einen Sessel hinter seinem massiven Schreibtisch und sieht noch majestätischer aus als sonst. Ich bewundere seine Kräfte, die sicherlich weit über meine und die aller Vampire, die ich kenne, hinausgehen. Ich muss ihn unbedingt davon überzeugen, mir zu helfen.

„Sag mir, was du meinst." Er fixiert mich mit seinem Blick.

„Ist Euch Karls Robustheit in letzter Zeit aufgefallen?" Ich halte inne, und versuche die richtigen Worte zu finden. „So als wäre er bis zum Rand mit Energie gefüllt. Mit Blut. So viel davon."

„In der Tat. Fahre fort." Lucius presst seine Fingerspitzen aneinander.

„Es ist unnatürlich. Deshalb habe ich mich gefragt, woran es liegt."

„Und du hast es herausgefunden?" Lucius hebt eine Augenbraue.

„Er hat Zugriff auf eine Versorgung von erstklassigem Blut. Aber es ist nicht …" Ich zögere. „Es stammt aus keiner guten Quelle." Ich zucke zusammen, wenn ich daran denke, was ich erst vor einem Tag selbst aufgedeckt habe.

Ich fahre fort. „Es gibt Gerüchte um ein für Mitglieder exklusives Blutgeschäft mit begrenzten Mengen an exquisitem Blut, das von jungen sexy Frauen stammt. Das Blut ist voll mit Adrenalin und Schmerzendorphinen. Exotisch. Unvergleichlich köstlich." Ich seufze. „Und es ist wahr."

„Das ist kein neues Konzept." Lucius starrt mich an. „Ich verkaufe Blut an meiner Bar."

„Das weiß ich. Köstlich. Rar. Blut aus *ethischer Quelle*." Ich betone die letzten Worte.

„Diese neue Blutbar ist nicht ethisch?"

„Ich glaube, sie entführen junge Frauen und halten sie als Geiseln fest. Sie entnehmen ihnen immer wieder Blut. Sie melken sie wie Kühe."

Schweigen.

„Möglicherweise foltern sie sie, um sicherzustellen, dass ihr Blut voller Adrenalin und Endorphine ist. Es ist wirklich schlimm."

„Wenn das wahr ist", sagt Lucius, „dann wird es nicht von mir gebilligt. Oder von irgendjemandem, den ich kenne. Ich habe ihm nicht einmal die Erlaubnis erteilt, persönlich in meinem Territorium zu jagen." Er sieht grimmig aus.

Als lokaler Anführer kontrolliert er einen Großteil von Tucson und hat ein fragiles Bündnis mit den anderen übernatürlichen Wesen hier geschlossen, insbesondere mit den Wolfsgestaltwandlern. Wenn man in Tucson irgendetwas tun will, muss man es mit Lucius abklären. So läuft das eben.

„Wir müssen dagegen vorgehen."

„Wo befindet sich die Einrichtung selbst?"

„Ich kenne den genauen Standort nicht. Meine Quellen gehen von einem Außenbezirk von Phoenix aus."

„Das befindet sich nicht in meinem Territorium."

„Es liegt in meinem." Ich schlucke. „Und ich muss ihn aufhalten." Ich hole tief Luft. „Aber weder Ihr noch ich können ihn einfach so töten und die Sache damit erledigen. Denn er hat Helfer, die weitermachen könnten, auch wenn er verschwunden ist."

Lucius nickt. „Er ist weder klug noch organisiert genug, um das allein durchzuziehen."

„Genau." Ich stimme zu. „Er hat Verbündete, die die Anlage einfach verlegen werden, wenn Karl getötet wird. Ich muss ihn dazu bringen, den Standort und seine Partner zu verraten, damit ich die Sache im Keim ersticken kann."

„Wenn sich seine Organisation in Phoenix befindet, warum entführt er dann Frauen aus Tucson?" Lucius spielt mit seinem Glas.

Ich zucke mit den Schultern. „Ich vermute, dass er mich schlecht aussehen lassen will, weil ich ihn nicht kontrollieren kann. Er möchte, dass Ihr wütend auf mich werdet. Dass Ihr mich verstoßt. Ich glaube, dass es ihm genauso wichtig ist, mich zu verletzen, wie seine eigentlichen Geschäfte zu führen."

Lucius' Gesicht ist ernst. „Es gibt Gerüchte, dass er einen Rachefeldzug gegen dich führt. Wenn du verschwinden würdest, könnte er sich aus Tucson zurückziehen. Die Stadt in Ruhe lassen."

Ich rutsche auf meinen Sitz hin und her, weil mich die Angst plagt. „Karl will, dass Ihr Euch gegen mich wendet. Ich bitte Euch, darauf zu vertrauen, dass ich ihn aufhalten und seine Unternehmungen in Phoenix und seine Morde hier in Tucson unterbinden kann."

„Ich kann nicht riskieren, dass noch mehr Frauen aus Tucson verschwinden. Es sind schon zu viele. Es wird uns alle in Gefahr bringen, wenn er weitermacht. Ich wende mich nicht gegen dich. Ich sage dir nur, wie es ist."

„Ich verstehe. Und ich bitte Euch nur darum, mich dies regeln zu lassen. Auf meine Weise."

Lucius blickt durch den Raum und dann wieder zu mir. „Ich habe die Erfahrung gemacht, dass man keinen Kampf beginnen sollte, wenn man nicht vorher weiß, dass man ihn gewinnen wird." Er starrt mir in die Augen. „Bist du bereit?"

„Ich arbeite daran." Ich begegne seinem Blick. „Ich werde das Nötige zusammentragen. Ich möchte nur wissen, dass Ihr mich unterstützen werdet, wenn ich es brauche."

„Ich werde dich unterstützen." Er spricht langsam. „Ich werde sowohl in diesem Club als auch in meinen Kreisen bekannt machen, dass wir auf deiner Seite stehen."

„Ich danke Euch."

„Karl ist ein Narr, wenn er glaubt, dass er mich so leicht manipulieren kann. Und ein dreister Idiot, der mit seinen Plänen alle Vampire in Gefahr bringt."

„Der Meinung bin ich auch."

Er lächelt. „Lass uns gemeinsam etwas trinken." Er sagt nichts weiter, aber sofort kommt ein Assistent mit einem silbernen Tablett mit einer Flasche und zwei Gläsern herein: Lucius' Lieblingswhisky, ein Getränk, das er nur denen anbietet, denen er vertraut.

„Ich habe dich neulich mit einem Menschen im Club gesehen." Er lächelt.

Er meint Bri. „Sie war gut." Untertreibung. „Aber es ist nichts Ernstes."

Lucius neigt den Kopf. „Nur gut? Du schienst glücklicher als sonst. Sogar ekstatisch würde ich sagen." Er nimmt einen Schluck von seinem Getränk.

Seine scharfsinnige Beobachtungsgabe soll verdammt sein.

Er fügt hinzu: „Sei vorsichtig." Als ob ich das nicht schon wüsste.

„Ich hätte nicht so lange überlebt, wäre ich Risiken eingegangen." Ich proste ihm zu und nippe an meinem Glas. Ich versuche, meine Schuldgefühle zu verbergen, weil ich ihr Gedächtnis nicht richtig gelöscht habe. Sie wird sich mit Sicherheit an mehr erinnern, als ich in ihrem Kopf belassen wollte.

Lucius will gerade etwas erwidern, als seine Gefährtin, Selene, den Raum betritt.

Sie nickt mir zu. „Alain." Ich sehe, wie sie in der Luft schnuppert, um mich zu prüfen. Sie ist sowohl eine Gestaltwandlerin als auch eine Vampirdame, was sie noch mächtiger macht als Lucius selbst. Zusammen sind sie eine unaufhaltsame Macht.

„Selene. Seid gegrüßt." Ich verneige mich vor ihr, um ihr meinen Respekt zu erweisen. Und meine Bewunderung.

Sie ist eine der attraktivsten Frauen, die ich je gesehen habe, und es ist leicht, zu verstehen, warum sie selbst den König fasziniert. Ihre überirdische Schönheit gepaart mit ihrer Stärke macht es unmöglich, sie zu ignorieren. Tatsächlich ist sie sogar etwas furchterregend.

Nachdem sie mich offenbar inspiziert hat, geht sie direkt auf Lucius zu und drückt ihm einen Kuss auf die Lippen. Ihre sind rot und sinnlich und ein plötzliches Verlangen durchströmt mich.

Nicht nach ihr – sie ist vergeben und sie ist nicht mein Typ, auch wenn sie unglaublich ist.

Nein, mein Verlangen sehnt sich nach Bri.

„Eine Sekunde." Lucius wendet sich von mir ab, um mit Selene zu sprechen.

Als ich sehe, wie Lucius Selene näher zu sich heranzieht und ihr ins Ohr flüstert, wie ihr Gesicht vor

Verlangen und Freude erstrahlt, wünsche ich mir selbst eine Frau, die ich so an meinen Körper ziehen kann. Jemanden, dem ich meinen Körper und Geist vollkommen anvertrauen könnte – ein Wesen, das mich für den Rest meines Lebens begleiten würde. Jemanden, der zumindest einen Teil meiner Ewigkeit von einer Qual in eine bunte Fröhlichkeit verwandeln würde.

Denn obwohl meine medizinische Forschung mir Sinn gibt und Vergnügen bereitet, so ist es doch nicht die Art von Freude, die diese beiden offensichtlich teilen. Und trotz meiner engen Freundschaft mit Martin vervollständigt mich die Beziehung zu ihm nicht.

Manchmal frage ich mich, ob ich mehr erreichen könnte, wenn ich eine solche Partnerin hätte, so wie Lucius und Selene sich gegenseitig haben. Aber das Glück muss man erst einmal haben.

„Kommst du heute Abend in den Club?" Lucius dreht sich wieder zu mir um. „Ins Verlies?"

„Ich hoffe darauf." Aber ich bin nicht daran interessiert, mit jemand anderem außer mit Bri zu spielen.

Scheiß auf One-Night-Stands.

In Gedanken versuche ich, Bri herbeizurufen. *Komm her. Triff mich hier.*

Natürlich ist dies keine meiner starken Fähigkeiten – Menschen aus der Ferne nach meinem Willen zu beeinflussen. Nur die ältesten und mächtigsten Vampire haben eine Spur dieser Macht.

Aber irgendetwas an ihr hat einfach gestimmt. So als ob wir zusammengehören. Als könnten ihr Gehirn und meines so wunderbar miteinander verschmelzen wie es unsere Körper konnten. Und sie schien meinen lustvollen Vorschlägen beim Sex gegenüber sehr aufgeschlossen zu sein. Ihr Verstand mag nicht die Art sein, die man leicht auslöschen kann, aber sie war mehr als fähig, meinen Anweisungen und Befehlen zu folgen … und sie zu lieben.

Also sende ich den Wunsch ins Universum hinaus. Denn selbst wenn ich nur eine weitere Nacht mit ihr bekomme − selbst wenn dies das letzte Mal ist, dass ich sie sehe −, ist es doch etwas, wonach ich mich sehne.

12

Bri

Meine Erinnerungen an Alain sind heute Abend stärker. Ich schließe die Augen und sein Gesicht erscheint in meinen Gedanken. Seine durchdringenden Augen, sein dunkles Haar, sein perfekter Körperbau. Dieses sexy Lächeln. Seine Berührung.

Ich neige den Kopf und atme aus. Ich kann seine Lippen fast an meinem Hals spüren. Meine Klitoris kribbelt vor Erregung.

Fuck, ich hatte noch nie eine so intensive Fantasie! Es ist fast so, als ob er hier wäre.

Ich runzle die Stirn. Der Drang, zum Club Toxic zu gehen, ist so stark, dass ich alles stehen und liegen lassen und sofort dorthin eilen möchte, ohne mir die Haare zu machen oder mich um mein Make-up zu kümmern. Einfach in meiner alten Jeans und meinem Sweatshirt.

„Nur eine Nacht", flüstere ich vor mich hin.

Aber noch während ich die Worte ausspreche, stehe ich bereits auf und gehe zu meinem Kleiderschrank.

Wisst ihr was? Ich werde zurück in diesen Club gehen. Scheiß auf meine One-Night-Stand-Regel.

Ich will Alain und wenn er dort ist, werde ich ihn mir nehmen.

~

„ICH BIN WIEDER DA." Ich gehe direkt zum Anfang der Schlange und wende mich an den attraktiven Türsteher, der mich das letzte Mal reingelassen hat.

Ich bin besorgt, dass ich mich erklären und ihn überzeugen muss, aber er nickt, als würde ich erwartet werden. „Gehen Sie rein." Er gestikuliert und verbeugt sich halb mit einer vornehmen Bewegung seines Arms. „Viel Spaß."

„Das hoffe ich doch." Ich sage es nur leise, aber das breite Lächeln auf seinem Gesicht zeigt mir, dass er es gehört hat.

Er ist niedlich … Aber ich bin wegen jemand anderem hier.

Natürlich weiß ich nicht, ob Alain heute Abend überhaupt im Club sein wird. Oder an irgendeinem Abend. Aber ich spüre etwas in meinen Adern. Es pulsiert, zieht mich an. Es ist, als würde das Eisen in meinem Blut wie eine Kompassnadel in Richtung Norden gezogen. Wie ein unwiderstehlicher Magnet.

Der Club ist voll, aber ich kann Alain nicht sehen. Die Bar ist überfüllt, also begebe ich mich an einen freien, runden Tisch, setze mich auf einen hohen Barhocker und beobachte die Gäste. Heute Abend spielt keine Band und es ist niemand mit einer sexy Gitarre da. Nicht, dass ich den Musiker überhaupt wollte.

Ich berühre eine der Narben an meinem Arm und denke an die Art und Weise, wie Alain sie mit den Fingern nachgezeichnet hat. Sanft. Behutsam. So als wäre sie etwas Besonderes und kein Zeichen eines Krüppels.

„Was kann ich dir bringen?" Eine Kellnerin erscheint neben mir. Ihr Haar ist leuchtend blau, durchzogen von kleinen rosa Farben und goldenen Streifen, wie die Flammen eines Sonnenuntergangs. Sie ist wirklich hübsch, fast wie ein Modell, aber etwas an ihr wirkt unnahbar.

Ich werfe einen Blick auf ihr Namensschild, aber es wird von ihrem langen Haar verdeckt. Dann bewegt sie sich und ich sehe ein Stück Klebeband, auf dem ihr Name mit Filzstift geschrieben steht: *Blue*.

„Ein Glas Champagner, bitte Blue."

„Moet et Chandon?" Sie lächelt mich an.

Ich blinzle. „Woher wussten Sie das?"

Sie summt ein wenig. „Sie scheinen mir ein M und C Mädchen zu sein."

Sie lächelt und wendet sich an einen anderen Kunden. Sie schlängelt sich durch die Menge wie ein Fisch im Wasser und bahnt sich mühelos ihren Weg. Ich bemerke, dass auch andere sie beobachten – sie hat eine solch natürliche Anmut.

Ich sehe mich nach Alain um, aber er ist nicht hier. Irgendwie weiß ich das, ohne hinschauen zu müssen – der Raum versprüht diesen Hauch von erwartungsvoller Freude nicht, den ich gespürt habe, als ich mit ihm zusammen war. Trotzdem sehe ich mich immer wieder um, so als hätte ich ihn vielleicht hinter einem Pärchen übersehen. An der Wand lehnend. Fast so, als würde ich ihn irgendwann entdecken, wenn ich weiterschaue.

Als sie eine Minute später mit meinem Schampus zurückkommt, beugt sich Blue zu mir vor. „Der ist heute besonders lecker."

„Besonderer Jahrgang? Eine gute Lese?"

„Beides und noch mehr." Sie lächelt. „Wir fügen Magie hinzu."

„Mit Magie meinen Sie hoffentlich keine Drogen, oder? Nur um sicherzugehen." Ich lache.

„Wir brauchen hier keine Drogen." Sie zieht eine Augenbraue hoch. „Wir kreieren unser eigenes High aufs Leben."

„Ich schätze, das tue ich auch."

„Sie schätzen es?" Blue lacht. „Das Leben ist zu kurz. Man sollte mehr tun, als nur zu schätzen."

„Amen." Ich erhebe mein Glas, als sie sich einem anderen Kunden zuwendet.

Plötzlich habe ich das Gefühl, beobachtet zu werden. Aber es ist kein erotisches Kribbeln. Es ist die gleiche beunruhigende Art, wie ich sie neulich bei der Arbeit bei Dr. A. gespürt habe.

Irgendetwas sagt mir, dass ich in eine entfernte Ecke schauen soll, weil ich es wissen muss – die Menschen versperren mir die Sicht wie ein bunter Fischschwarm vor einem Korallenriff, der sich immer wieder neu formiert. Dann weichen sie auseinander wie Vorhänge bei einer Theatervorstellung und ich entdecke ihn.

Den Mann, der neben meinem Auto stand. Den Mann, der nicht wirklich da war. Die Halluzination. Und ich erinnere mich plötzlich an alles.

In einer versteckten Geste übergibt er einem anderen Mann etwas, der dann in der Menge verschwindet. Dann sieht er mir in die Augen und haucht Worte, genauso wie beim letzten Mal. Der blanke Horror schießt durch meine Adern, denn ich kann seine Worte in meinem Kopf hören.

„Du bist es."

Er lächelt und hebt seine Hand, als würde er mir zuprosten. Aber die Hand ist leer. Dann ballt er sie zu einer Faust und das Lächeln verschwindet. Er steht langsam auf und starrt mich die ganze Zeit an.

Plötzlich ist er direkt neben mir – er beugt sich näher zu mir und schnüffelt, als wäre er ein Hund, der etwas Faszinierendes in der Luft wittert.

„Ja, du bist es ganz eindeutig." Er gluckst.

Ich schreie auf und springe auf die Beine, wobei der Stuhl wackelt und mein Getränk über meine Hand, meinen Arm und meine Kleidung verschüttet wird. Das Glas schwankt bedrohlich und ich spüre die Flüssigkeit auf meinen Füßen …

Ich blicke auf, um ihn anzusehen, und um Hilfe zu rufen: Er ist weg.

Und ich zittere. Ich kann das Glas kaum zurück auf den Tisch stellen und das Geräusch, das es macht, als es auf die Oberfläche trifft, klingt wie kleine Pistolenschüsse in meinem Gehirn.

Was zum verdammten Teufel?

„Alles in Ordnung?" Blue ist zurück. Ihr Gesichtsausdruck ist besorgt.

„Es tut mir leid, ich habe etwas verschüttet." Ich mache eine Geste, aber ich kann nicht aufhören, an die Stelle zu starren, wo der Mann bis eben stand. Ich rieche den kleinsten Hauch von Müll und habe das Gefühl, dass ich mich gleich übergeben muss. „Ich …"

Sie tritt näher. „Machen Sie sich keine Sorgen, weil Sie es verschüttet haben. Gott, sind Sie blass. Als hätten Sie einen Geist gesehen." Ihr Ton klingt grimmig, so als wüsste sie etwas über Geister und darüber, verfolgt zu werden.

„Ich habe einen Mann gesehen …" Ich beiße mir auf die Lippe. „Ich weiß es nicht. Es geht mir gut." Ich schaue mich um, aber er ist definitiv verschwunden. Ich verschränke die Arme vor meiner Brust und all meine freudige Erregung ist verflogen. Ich fühle mich krank und voller Angst. Mein Leben zeichnet sich vor meinem inneren Auge ab, so als könnte ich im Rückspiegel ein herannahendes Auto sehen, das außer Kontrolle geraten ist.

„Ich bringe Ihnen ein neues Glas. Auf Kosten des Hauses. Und ich werde es jemanden aufwischen lassen." Sie schenkt mir ein mitfühlendes Lächeln. „Und ich werde den Türstehern von dem Widerling erzählen."

„Danke."

Bevor sie zurück zur Bar geht, wendet sie sich der Tür zu und ich sehe, wie sie dem freundlichen Türsteher etwas zuflüstert.

Ich setze mich wieder auf den Stuhl und atme tief durch.

Das ist alles falsch. Diese Nacht sollte eine Auszeit für mich sein. Und jetzt spüre ich nur noch Panik. Mir wird bewusst, dass mein Plan, hierherzukommen und Alain zu finden, schlecht durchdacht und dumm war. Man kann Leute nicht heraufbeschwören, nur weil man sie sehen will. Man kann das Leben nicht so lenken und drehen, wie es einem passt. Man kann nur durchhalten, sich festhalten und versuchen, nicht aus der Achterbahn des Lebens geschleudert zu werden.

Ich leere mein neues Glas Champagner in einem langen Zug. Die Flüssigkeit erzeugt ein dumpfes Brennen in meiner Kehle, aber die Wirkung des Alkohols macht mich nicht glücklich.

Als ich das Glas abstelle, steht der Türsteher neben mir. „Hat Sie jemand belästigt? Eine der Barkeeperinnen sagte mir, Sie seien aufgebracht."

„Nun, da war – ein seltsamer Mann." Ich erschaudere.

„Das klingt nicht gut. Wer war er?"

„Ich weiß es nicht. Irgendein Typ, den ich nicht erkannt habe."

„Hat er Sie angefasst?" Seine Stimme ist heiser.

„Nein. Er hat nur … Er hat mich nur angeschaut. Und ich glaube, er hat an mir gerochen." Ich erschaudere erneut, wenn ich an seine funkelnden Augen denke. „Es war ekelhaft. Und er hat mir zugeflüstert, dass ich es bin. Aber ich kenne ihn nicht."

„Wie hat er ausgesehen?" Seine Stimme ist erstaunlich angespannt.

„Ich weiß es nicht." Ich bin frustriert über meinen eigenen Mangel an Informationen. „Er war ganz in Schwarz gekleidet. Groß. Stämmig." Ich beiße mir auf die Lippe. „Kleine Kulleraugen." Ich hebe meine Hände. „Ich weiß, das ist nicht viel, aber er war einfach unheimlich. Er hat dieses wirklich furchtbare kleine Grinsen." Ich zögere.

„Wir dulden es nicht, wenn jemand unsere Besucher belästigt. Ich werde mich darum kümmern."

„Aber er ist doch schon weg." Hoffe ich.

„Warten Sie einfach eine Sekunde, okay?" Er nickt mir zu und dreht sich dann weg. Er murmelt etwas in sein Headset.

Ich möchte vor Erleichterung, dass er etwas unternimmt, fast weinen. Ehrlich gesagt, bin ich so unruhig wie schon lange nicht mehr.

Ich warte neben ihm und versuche, abzuschalten, bis ich das Wort „Alain" höre. Es ist wie ein elektrischer Schlag, der mich durchzuckt. Es ist, als ob Alain überall wäre, nur nicht vor mir. Ist das derselbe Alain, mein Alain? Warum kennen alle seinen Namen?

„Haben Sie Alain gesagt?"

„Sind Sie nicht seinetwegen hier?" Sein Lächeln ist ein wenig selbstgefällig. Obwohl er immer noch besorgt zu sein scheint.

Ich runzle die Stirn. „Wie kommen Sie denn darauf?"

Eine Sekunde vergeht. „Ja." Ich strecke mein Kinn vor. „Tatsächlich habe ich nach ihm gesucht, ja."

„Nun, er ist auf dem Weg hierher. Warten Sie hier auf ihn." Es ist ein Befehl, das merke ich, aber es macht mir nichts aus, ihn zu befolgen. Denn ich habe das Gefühl, dass Alain – aus irgendeinem Grund – der Einzige ist, der mir helfen kann, mich besser zu fühlen.

Er hebt seine Hand über meine Schulter. Er berührt mich nicht, aber durch seine Nähe wird mir ganz warm und ich finde Trost. So als wäre er ein Beschützer. Als könnte mir der unheimliche Mann jetzt nichts mehr anhaben. „Und ich halte die Augen nach irgendwelchen Spinnern offen."

Und plötzlich dreht sich meine Welt in eine neue Richtung, denn Alain ist hier.

~

ALAIN

Da ist sie, meine Bri.

Sie steht neben Tiberius und ist ängstlich und besorgt. Ich kann es an ihrer Haltung erkennen und rieche es auf ihrer Haut. Ich bin bereit, zu knurren und jeden beiseitezustoßen, der sie belästigt hat.

Das Schlimmste daran ist, dass ich glaube, es könnte meine Schuld sein.

Der Mann, der ihr nachgestellt hat? Nach dem, was Tiberius mir erzählt hat, war es offensichtlich Karl.

Aber jetzt gehe ich auf Bri zu und greife, ohne sie zu fragen, nach ihren Händen. Sie reicht sie mir, als hätte sie dies sowieso tun wollen.

„Du bist hier." Ihre Finger zittern: Sie will mich. Das Gefühl strömt aus ihr heraus und schmiegt sich wie eine

Umarmung um mich. Sie wollte, dass ich komme. So wie auch ich sie wiedersehen wollte.

„Geht es dir gut?" Fragend mustere ich ihr Gesicht.

„Alles in Ordnung." Sie lächelt, obwohl sie ein wenig zittrig wirkt und es ihre Augen nicht erreicht. Es ist nicht in Ordnung, aber verdammt, ich werde dafür sorgen, dass es ihr gleich besser geht.

„Gut." Ich lasse ihre Hände nicht los. Ich will es nicht.

Sie tut es auch nicht und wir stehen eine lange Sekunde so da – wie ein altmodisches Paar, das einen Tanz auf einem viktorianischen Ball beginnen will.

„Komm mit mir." Ich trete näher und schaue ihr in die Augen. Ich bezirze sie nicht und hoffe nur, ich kann ihr zeigen, wie sehr ich sie will. „Ich kann dafür sorgen, dass es dir wieder besser geht."

Sie fragt nicht, wohin. Sie zögert nicht. Sie schaut nur zu mir auf und nickt. „Okay." Sie atmet aus, ein kleiner Seufzer. „Okay."

Ich lege meinen Arm um ihre Schultern und wende mich an Tiberius. *„Wenn er zurückkommt, sag mir sofort Bescheid."*

„Aber sicher. Ich habe Lucius und die anderen benachrichtigt."

„Wie ist er überhaupt reingekommen? Hat ihn niemand gesehen?"

„Ich schätze nicht. Jetzt, da wir wissen, dass er noch in der Nähe ist, werden wir gründlicher suchen."

Sie folgt mir zu meinem Wagen.

Ich lasse den Motor an und prüfe aus meiner Gewohnheit heraus, „menschlich" zu wirken, die Rückfahrkamera. Obwohl meine Sinne mir sagen könnten, ob etwas hinter mir oder in meiner Nähe ist. „Tiberius hat gesagt, der Mann hat dich nicht angefasst?" Ich umklammere das Lenkrad so fest, dass ich spüre, wie es sich unter dem Druck meiner Hände zu verbiegen beginnt. Ich zwinge mich, meinen Griff zu lockern. „Er hat dir nicht wehgetan?"

„Nein. Aber er hat an mir gerochen." Sie erschaudert.

Ja, eindeutig Karl – und offensichtlich werde ich Bri von nun an besser im Auge behalten müssen. Ich werde für sie und auch für Dr. A. zusätzliche Sicherheitsmaßnahmen ergreifen.

Mein Unbehagen ist stark, aber ich dränge es beiseite, weil ich mich jetzt darauf konzentrieren muss, Bri zu helfen, sich besser zu fühlen.

„Es war wahrscheinlich nur irgendein dahergelaufener Widerling." Ich lasse meine Stimme überzeugend klingen. „Aber das Sicherheitsteam wird sich um ihn kümmern, sollte er zurückkommen."

„In Ordnung." Sie schenkt mir ein zaghaftes Lächeln. „Danke."

„Wir können diese Nacht retten." Ich halte an einer roten Ampel und sehe sie direkt an. Als unsere Blicke sich treffen, springt der Funke zwischen uns über. Ich spüre, wie ihre Sorgen schwinden, während sie sich mehr und mehr zu mir hingezogen fühlt. „Du bist aus einem bestimmten Grund in den Club gekommen, nicht wahr?"

Sie zieht den Kopf ein und lächelt. Ihre Wangen färben sich rosa. „Vielleicht."

„Nun, ich auch." Ich ziehe eine Augenbraue hoch. „Und ich habe das Gefühl, es war derselbe Grund."

„Möglicherweise." Dieses Mal lächelt sie etwas breiter.

„Wir sollten also nicht zulassen, dass irgendein dahergelaufenes Arschloch unsere großen Pläne durchkreuzt."

Sie lacht. Dann schaut sie mich an und ihr Blick wird ernst. „Fahren wir zu dir nach Hause?"

„Möchtest du lieber zu dir fahren?" Ich berühre ihr Bein. *Entspann dich.*

Sie lässt sich ein wenig tiefer in den Sitz sinken. „Das ist mir eigentlich egal, solange ich bei dir bin." Sie scheint von ihren kühnen Worten selbst überrascht zu sein, lächelt jedoch.

„Und mir geht es genauso", murmle ich. „Eine Nacht war nicht genug, Bri, nicht wahr?"

Sie macht ein kleines Geräusch. „Ich schätze, das war es nicht." Ich kann ihren Tonfall nicht deuten. Sie klingt immer noch melancholisch, vielleicht wegen der Begegnung heute Abend, vielleicht aber auch, weil die Dinge zwischen uns komplizierter werden, als wir es beide beabsichtigt hatten.

Aber Scheiß auf Absichten. Im Moment will ich einfach nur mit ihr zusammen sein.

„Regeln", ich biege auf die Straße, „sind eine interessante Sache. Denn wenn man sie aufstellen darf, darf man sie auch brechen, wann immer man will."

„Ganz egal, was passiert", sagt sie. „Ob sich die Höllentore öffnen oder die Sintflut über uns hereinbricht, wir dürfen unsere Regeln brechen."

Sie lächelt und schüttelt den Kopf.

„Die Sintflut wäre gar nicht so schlimm. Hat Noah nicht eine ziemlich gute Arche gebaut?"

Ich sehe sie an und sie lacht. „Das hat er in der Tat. Er hat nur die Einhörner vergessen, dieses schlampige Arschloch."

Jetzt bin ich an der Reihe, ein Glucksen auszustoßen. „Wirklich schade."

„Der Teil mit der Hölle wäre eher ein Problem." Sie beißt ich auf die Lippe und schaut aus dem Fenster.

„Das stimmt, aber auch damit können wir fertigwerden."

„Können wir das?" Sie schaut völlig ernst zu mir hinüber. So, als wollte sie es wirklich wissen.

„Ich werde mein Bestes tun." In meiner Stimme liegt

eine raue Entschlossenheit und sie zuckt zusammen. Es ist, als wüsste sie, dass wir über etwas anderes sprechen. Über etwas, das über einen Scherz hinausgeht. „Und ich mache es mir nicht zur Angewohnheit, zu versagen."

„Manchmal kann man Dinge nicht kontrollieren." Sie ballt ihre Hand zu einer Faust.

„Und manchmal kann man es doch." Ich greife nach ihrer Faust und sie öffnet sie so langsam wie eine Rose, die sich im Morgengrauen entfaltet. Ich halte ihre Finger mit meinem fest und genieße das Gefühl ihrer glatten Haut. Ihrer Wärme.

„Hmm." Sie klingt unverbindlich. Sie schaut aus dem Fenster und dann zu mir hinüber. „Warum bist du wirklich in den Club gekommen?" Ihr Ton ist wehmütig. Sie braucht Gewissheit.

„Wie ich schon sagte. Ich bin deinetwegen gekommen."

Sie errötet und klimpert mit den Wimpern. „Und ich war auch deinetwegen dort." Dann murmelt sie: „Ich schätze, das konnte ich nicht kontrollieren."

„Apropos Kontrolle." Ich bin fest entschlossen, ihre Stimmung zu heben. „Möchtest du mir heute Abend wieder die Kontrolle übergeben?" Ich werfe ihr einen Blick zu.

Sie errötet und lächelt. Ja, sie will es.

„Vielleicht. Wir werden sehen." Sie will, dass ich mich anstrenge.

Zum Glück ist das die Art von Job, die mir am besten gefällt.

13

Bri

„Wow, das ist aber schön." Ich sehe mich im Eingangsbereich seines Hauses um.

Untertreibung. Es ist modern, luxuriös, mit allen
Annehmlichkeiten.

Voller Kunstwerke, die mehr als teuer aussehen. Ohne
fragen zu müssen weiß ich, dass der Teppich aus Persien
stammt, die Statue keine Replik ist und der Monet an der
Wand wahrscheinlich für über eine Million den Besitzer
gewechselt hat. Und die Lage – majestätisch auf einem
riesigen Grundstück direkt am Fuße der Berge gelegen,
keine Nachbarn in Sicht. Er hat die Wüste ganz für sich
allein.

Ein seltsamer Ausdruck huscht über sein Gesicht, fast
so etwas wie Frustration. Anstatt sich über das Lob zu
freuen, sieht er missmutig aus. Mag er keine
Komplimente?

„Ich fühle mich, als würde ich über die Decke der
Sixtinischen Kapelle laufen. Soll ich meine Schuhe
ausziehen?"

„Ich hoffe, du wirst mehr als das ausziehen", murmelt er. „Wenn es so weit ist." Er streicht mit einem Finger über meine Wange. Er berührt mich kaum, aber es löst ein Kribbeln auf meiner Haut aus. „Aber zuerst sollten wir etwas trinken."

Er lächelt und reicht mir die Hand. Eine Geste, die süß und seltsam intim ist. „Und wenn es dir im Moment nichts ausmacht, ziehe ich es vor, wenn du die Stöckelschuhe an deinen sexy Beinen behältst. So wie beim letzten Mal." Er mustert mich von oben bis unten und sieht mir dann in die Augen. Er reizt mich, testet mich: Werde ich gehorchen? Es ist ein Befehl, auch wenn er in ein schönes Kompliment gehüllt ist.

„Dann bleiben sie an. Und ich hätte gern etwas zu trinken." Es stellt sich heraus, dass ich gehorchen werde.

Mein Gesicht wird heiß, aber es ist die Wärme der Erwartung. Das aufsteigende, bevorstehende Vergnügen, das mein Blut heißlaufen lässt. Ich will, dass er dunkel, schmutzig und dominant mit mir umgeht.

„Braves Mädchen." Er beugt sich vor und streicht mit seinen Lippen über meinen Hals. Ganz in der Nähe der Stelle, an der er mich letztes Mal gebissen hat. Er knabbert sanft und ich wimmere, ohne es zu wollen. Meine Beine werden schwach vor Verlangen.

Er lacht. „Komm." Er zieht einmal kurz an meiner Hand.

„Willst du mich wieder auf ein Getränk beschränken?" Ich folge ihm in die Küche, einer riesigen Fläche aus Granit und Edelstahl und einer Schale mit grünen Äpfeln, die unter Dutzenden von blinkenden Lichtern glänzen. „So wie im Club?"

Er lässt mich los, nimmt eine Flasche Wein aus einem Regal und dreht den Korkenzieher geschickt. „Ich glaube nicht, dass ich das brauche." Er schenkt uns ein und der Rotwein schimmert wie flüssige Rubine.

Wir rücken näher zusammen, sodass unsere Körper sich fast berühren, während wir uns mit unseren Weinkelchen gegenüberstehen. Meine Haut will auf seiner sein. Ich sehne mich nach seinen Händen, nach seinem Mund.

Ich trete näher.

„So ist es richtig." Er lächelt mich an und sieht mir in die Augen. Ich kann seinen Körper regelrecht spüren. Ich habe das Gefühl, dass er „so ist es richtig", nicht nur wegen seiner eigenen Bemerkung sagt, sondern auch wegen der Art und Weise, wie sehr ich ihn berühren möchte. Liest er meine Gedanken?

„Ach?" Ich hebe mein Glas, als er es tut, und die Ränder berühren sich, wobei das leiseste Klirren von Kristall auf Kristall zu hören ist.

„Mmm." Er nippt an seinem Wein und lächelt. „Du wirst deine Zeit nicht damit vergeuden wollen, wenn es süßere Vergnügen gibt."

„Du bist dir deiner Sache recht sicher." Ich hebe das Glas und lasse den Wein auf meine Zunge fließen. Er ist fruchtig und warm mit einer Note von Johannisbeeren und Leder. Ich schließe die Augen und genieße die Art, wie der Alkohol mit einem unbeschreiblichen Rausch in meinen Blutkreislauf dringt.

„Vielleicht bin ich mir deiner sicher." Er nimmt einen weiteren Schluck Wein und schaut mich an.

„Du kennst mich doch gar nicht." Aber ich bin wie verzaubert, in ihn vernarrt. Er hat etwas an sich, das ich einfach – *mag*. Auch wenn es noch nicht gerechtfertigt ist.

„Das sollten wir ändern." Er stellt sein Glas ab. Er nimmt auch meins und stellt es auf den Tresen. So nah, dass die Gläser sich berühren. „Lass mich dich kennenlernen."

Er fährt mit dem Zeigefinger über meine Schulter und an meinem Arm hinunter, wo er an meinem inneren Handgelenk über meinem Puls zur Ruhe kommt. „Ich glaube, die Idee gefällt dir."

„Vielleicht." In Wahrheit rast mein Herz bei seiner Berührung. „Aber ich möchte ein paar Minuten mit dir reden. Erzähl mir etwas über dich."

Er neigt den Kopf zur Seite. „Ich mag Rotwein und schnelle Autos."

„Das weiß ich schon. Erzähl mir etwas Tiefgründiges. Etwas Wichtigeres." Ich ahme nach, was er getan hat, und lasse meine Finger an seinem Schlüsselbein hinaufgleiten. Ich spüre seinen Körper durch sein enges Hemd. Dann fahre ich mit der ganzen Handfläche langsam an seinem Arm hinunter und spüre dabei die Muskeln unter meinen Fingern. Als wäre ich blind, lerne ich ihn durch Berührung kennen.

„Wie was zum Beispiel?"

Ich schaue mich in der Küche um. Dort auf der Arbeitsplatte steht ein Gegenstand, der nicht zum Rest der Einrichtung passt. Es ist ein einfacher Stein, größer als meine Faust. Kantig. Er sieht nicht wie ein unbezahlbarer Edelstein oder ein Fossil aus. „Was steckt dahinter? Es muss etwas Faszinierendes daran geben."

Er verkrampft sich für einen kurzen Moment. „Jemand Besonderes hat ihn mir geschenkt."

„Wer?"

„Du *bist* sehr gesprächig für eine Frau, die gesagt hat, dass sie nur eine Nacht will und dass ich sie nicht anrufen soll." Aber seine Stimme ist sanft und aufgeschlossen. Er legt eine Hand an meine Taille. Bevor ich zustimmen oder widersprechen kann, fährt er fort. „Als ich noch jung war, haben mein Bruder und ich ihn bei einer Erkundungstour gefunden. Wir dachten damals, es wäre der Anfang der Ruinen einer alten Burg."

„War er das?" Mein Ton ist leicht, aber plötzlich spüre ich, dass er sich an etwas Wehmütiges erinnert.

„Es war der Anfang von etwas." Er hat einen entrückten Blick in den Augen. „Aber keine alte Burg. Er – starb. Sehr jung."

„Oh, das tut mir so leid." Ich berühre seine Hand. „Der Stein ist also eine Erinnerung?"

„Kann ein lebloser Gegenstand jemals wirklich eine Erinnerung sein?" Er macht sich nicht über mich lustig. Es ist, als würde er dem Universum diese Frage stellen. „Aber ich habe ihn behalten. Das werde ich immer, schätze ich."

„Ich behalte auch Dinge."

„Tatsächlich?" Er zieht mich näher zu sich heran, nur ein kleines Stück. „Was zum Beispiel?"

„Nun, Bilder. Fotografien von meinen Eltern. Sie sind letztes Jahr gestorben. Ich vermisse sie immer noch."

„Jetzt bin ich derjenige, dem es leidtut." Er berührt meinen Hinterkopf und ich lehne mich an seinen Körper und schmiege mich an seine harte Brust. Er ist stark und kraftvoll und ich fühle mich in seinen Armen geborgen.

„Danke. Es fällt mir schwer. Ich … Okay, das ist nicht das, worüber ich reden wollte." Ich wische mir über die Augen, auch wenn keine Tränen da sind. „Der Schmerz über den Verlust von Menschen geht nie ganz weg, oder?"

Er schüttelt den Kopf. „Egal, wie viel Zeit vergeht." Seine Stimme klingt düster. „Aber zumindest bleiben die Erinnerungen." Er berührt mein Gesicht und senkt dann seine Stimme. „Verrate mir etwas. Worüber hast du dir in der Nacht, als wir gefickt haben, Sorgen gemacht?"

Ich zucke mit den Schultern. „Willst du das wirklich wissen?"

„Ja." Er wendet den Blick nicht ab.

„Nun, okay, also dann. Wenn du darauf bestehst." Das ist der Moment, in dem ich sie normalerweise verliere … Ich kann es genauso gut hinter mich bringen.

Ich hole tief Luft. „Ich habe eine unheilbare Krankheit, die immer schlimmer wird. Sie nennt sich XP. Xeroderma Pigmentosa. Jeder winzige UV-Strahl lässt meine Haut in Blasen ausbrechen und bluten. Im letzten Jahr musste mir dreimal Hautkrebs entfernt werden. Das ist die Narbe, nach der du gefragt hast." Ich berühre meinen Hals.

Er streicht ebenfalls darüber. „Das tut mir leid." Seine Stimme klingt aufrichtig.

„Ja." Ich versteife mich, als er mit den Fingern über die Länge der Einschnitte fährt.

„Tut es weh?" Er zieht die Hand weg.

„Nein." Ich schüttle den Kopf. „Nicht mehr. Aber wenn ich in die Sonne gehe, muss ich mich heutzutage komplett bedecken. UV-Shirt und Kapuze, Vollgesichtsmaske, Sonnenbrille. Es gibt einen Gesichtsschutz aus Plastik, den ich mir besorgen könnte. Dr. Su sagt − nun, wahrscheinlich interessiert dich das alles nicht." Ich schlucke.

„Deshalb hast du gesagt, du würdest bei Tagesanbruch zu Asche verfallen." Sein Gesicht ist wachsam.

Ich nicke. „Darüber zu scherzen, macht es manchmal leichter, es zu ertragen. Du hast ja keine Ahnung, Alain. Wie schwer es ist, die Sonne um jeden Preis zu meiden."

Er lächelt, aber es sieht traurig aus. „Es muss schwierig sein."

„Es ist unmöglich! Es ist, als wäre ich nicht einmal mehr ein Mensch!" Meine Stimme wird lauter, aber dann fange ich mich wieder. „Entschuldigung, ich rege mich schon wieder auf. Deshalb hättest du nicht fragen sollen. Die meisten Männer wollen sich nicht einmal damit befassen. Es ist schwer, mit jemandem zusammen zu sein, der ständig in der Nachtschicht lebt."

Ich versuche, zu lächeln, aber es wirkt ein wenig unsicher. „Nicht, dass wir zusammen sind. Das meine ich nicht. Es ist nur eine einmalige Sache. Zweimal. Wie auch immer." Ich zwinge mich, nicht weiter zu faseln.

Bitte, bitte weise mich nicht ab.

„Ich würde dich niemals wegen so etwas abweisen." Seine Stimme klingt heiser.

Ich schrecke auf, sowohl wegen der Leidenschaft, aber auch weil er genau das Wort benutzt hat, das ich gedacht habe. Ich reiße die Augen weit auf.

„Ich meine ..." Er blinzelt und fügt schnell hinzu: „Du bist mehr als das. Ich wäre ein törichter Mann, wenn ich dich deswegen gehen lassen würde."

„Vielen Dank." Ich bin gerührt.

„Ich danke dir dafür, dass du mir deine Wahrheit anvertraut hast." Er klingt seltsam förmlich. Fast schon schuldbewusst, was seltsam ist.

„Nun, Wahrheit macht frei", sage ich, obwohl ich den Autor dieses Zitats vergessen habe. „Nicht wahr?"

„Manchmal kann sie auch das Gegenteil bewirken. Man muss seine Vertrauten gut wählen." Er fährt mit einem Finger über mein Gesicht. „In diesem Fall, hast du richtig gewählt. Du kannst mir vertrauen." Er legt seine Hand um meine Wange.

„Nun, du kannst mir auch vertrauen." Ich lächle ihn an und lege eine Hand auf seine Hand. Es ist ein sehr zärtlicher Moment, besonders wenn man bedenkt, wie wir uns kennengelernt haben. Was wir das letzte Mal gemacht haben, als wir zusammen waren. In einer Nacht, die eigentlich eine einmalige Sache sein sollte.

Er schlingt beide Hände um die Seiten meines

Gesichts. „Noch irgendwelche Fragen ... für den Moment?" Er zieht eine Augenbraue hoch.

„Nein", flüstere ich.

„Darf ich dann vorschlagen, dass wir ins Schlafzimmer gehen?" Er beugt sich vor, sodass seine Lippen meine fast berühren. „Um noch ein paar mehr Geheimnisse zu teilen?"

Unser Atem vermischt sich und mir wird schwindelig.

„Okay." Ich flüstere immer noch. Seine Augen haben etwas Hypnotisches an sich. Ich fühle mich auf eine mystische Weise berauscht, als wäre ich in einem Raum voller Weihrauch und Meditation und Menschen, die stundenlang *Ohm* gesungen hätten. „Das würde mir gefallen."

„Ja, das wird es." Er nimmt meine Hand wie zuvor in seine und ich staune, wie stark er ist. Seine Finger sind schlank und sein Griff umschließt meine Hand völlig. Ich kann seine Kraft spüren und es erwärmt mein Herz, zu wissen, wie sanft er mich führt. Und wie wild er in ein paar Minuten sein wird, wenn er diese Hand benutzt, um mir den Arsch zu versohlen.

Beim Gedanken daran atme ich kurz und heftig ein. Er lacht. „Das ist richtig", murmelt er. „Genau das werde ich tun."

Ich blinzle. „Wie machst du ..."

„Hör mal, ich kann mir einfach denken, was du willst." Er klingt lässig, selbstbewusst.

Ich weiß nicht, wie er meine Gedanken immer wieder lesen kann. Normal ist das nicht.

Mach dir keine Sorgen. Ich werde dir nicht wehtun. Ich tue es nur, damit du dich besser fühlst—

Ich schüttle den Kopf. „Alain?" Hat er laut gesprochen?

„Komm."

Sein Zimmer ist voll von dunklem Holz und schummrigem Licht. Das Bett wirkt wie ein Ausstellungsstück mit einem perfekten weinroten Bezug und ganz vielen Kissen. Ich werde das Gefühl nicht los, dass es unbenutzt ist; es sieht zu künstlich aus. Als ob es nur zum Anschauen da wäre – wie so viele andere Gegenstände in seinem Haus.

Aber ich vergesse es, als er die Tür mit einem leisen, aber bestimmten Klicken hinter uns schließt.

„Endlich allein", sagt er mit leichter Stimme.

„Wir waren vorher schon allein."

„Mit Absicht allein." Er lächelt. „Zieh dein Kleid aus."

„Einfach so?" Ich ziehe eine Augenbraue hoch.

„Ja." Er setzt sich auf der einen Seite des Raums auf einen Stuhl mit kerzengerader Rückenlehne und verschränkt seinen Knöchel über das andere Knie. Er lockert seine Krawatte. „Du kennst die Regeln doch, nicht wahr?"

„Aber die Regeln haben sich verändert. Wir haben gesagt, nur eine Nacht, und doch sind wir hier."

Ich trete näher an seinen Stuhl heran und greife herum, um meinen Reißverschluss zu öffnen.

„Und darüber bin ich sehr froh." Er wirft seine Krawatte auf den Boden neben dem Stuhl und öffnet den obersten Knopf seines Hemdes. „Die anderen Regeln sind jedoch die gleichen. Du tust, was ich sage, wenn ich es sage. Oder du erleidest die Konsequenzen." Er zieht es in die Länge und betont das Wort *erleiden*, was meine Muschi noch feuchter macht als zuvor.

„Es sei denn, ich sage *Rot*." Ich ziehe das Kleid von meinen Schultern und lächle, als seine Pupillen sich weiten und sein Körper sich einspannt.

„Das Einzige, was du sagen wirst, ist *Alain* und *bitte*." Er knöpft sich eine Manschette auf, rollt den Ärmel langsam hoch und faltet ihn mehrfach sorgfältig um.

Ich reiße die Augen weit auf, als sein kräftiger

Unterarm zum Vorschein kommt. „Vielleicht wirst du ja auch bitte zu mir sagen."

Ich lasse das Kleid an meinem Körper hinuntergleiten und wackle mit der Hüfte, um es tiefer zu ziehen. Als es auf den Boden fällt und ich nur noch im BH und Stringtanga bekleidet heraussteige, glitzern seine Augen vor Verlangen. Ich spüre die Macht meiner eigenen Sexualität und der daraus resultierende Rausch ist noch besser als Wein.

„Was willst du, Bri?" Sein Blick ist so mächtig. Seine Augen so tief.

„Was wir letztes Mal gemacht haben. Genauso noch einmal." Ich schlucke.

„Okay." Er lächelt. „Was noch?"

„Überrasch mich." Ich öffne meinen BH und werfe ihn an die gleiche Stelle, wo er seine Krawatte fallengelassen hat. „Gefällt dir, was du siehst? Willst du ein wenig betteln?" Ich kichere und trete näher. Verdammt, ich begehre ihn so sehr.

Ich rechne damit, dass er sofort mit irgendeiner dominanten, schnippischen Antwort reagiert, aber der Blick in seinen Augen – so überraschend zärtlich – lässt mich zweimal hinschauen.

Dann schüttelte er den Kopf und gestikuliert mit einem Finger. „Du bist extrem unverschämt, meine Liebe. Ich fürchte, ich werde dich bestrafen müssen."

14

Bri

Er schenkt mir dieses verruchte Lächeln, das die Erregung von meinen Brustwarzen bis zu meiner Klitoris prickeln lässt.

„Oooh, riesige Überraschung." Ich ziehe die Augenbrauen hoch und rutsche ein wenig näher heran. „Ich hätte niemals erwartet, diese Worte aus deinem ... aaah!"

Ich schreie überrascht auf, als er blitzschnell nach mir greift und mich packt. In weniger als einer Sekunde liege ich mit dem Hintern nach oben gestreckt und nach unten baumelnden Armen und Beinen über seinem Knie. Ich lache und bin erschrocken und erregt zugleich.

Genau wie im Club wird mir bewusst, dass dies der Moment ist, den ich am meisten liebe: Wenn alles anfängt. Der Beginn des Spiels. Es ist berauschend.

Es gibt nichts Vergleichbares auf der Welt – wenn man kurz davor steht, eine köstliche Session zu beginnen und alle sexy Möglichkeiten der Welt vor einem liegen. Ich bin süchtig nach diesem Gefühl.

„Und schon wieder", murmelt er, „benimmst du dich,

als wäre das alles nur ein Spiel." Er streicht mit der Hand über meinen Hintern und streichelt meine Pobacke. Dann meine Oberschenkel. „Nur ein bisschen Spaß. Aber stell dir einmal vor, du würdest mir gehören." Er streicht mit seinen Fingern über meine Taille und dann meine Beine hinunter. Und nach oben. „Ganz und gar. Und mir zu gehorchen, wäre in deiner Psyche verankert."

„Mmm …", stöhne ich. Seine Worte berühren einen Teil von mir, der schon so lange geschlummert hat. Um ehrlich zu sein, habe ich das Gefühl, dass es bereits so ist.

„Stell dir vor, wie sehr du es lieben würdest, mir zu dienen und meine Befehle auszuführen." Er streichelt über meinen inneren Oberschenkel und ich spreize die Beine ein wenig, um ihm Zugang zu gewähren, falls er mich dort berühren will. „Und lass dir versichert sein, dass deine Bestrafung für jegliche Übertretung der Grenzen weitaus härter ausfallen wird als alles, was du bisher erlebt hast." Er klatscht mir einmal auf den Hintern, nur ein leichter Klaps.

Ich stöhne erneut auf. „Alain, Gott, ich könnte allein davon kommen, wenn du das noch einmal machst", murmle ich.

Er lacht. „Nein, das wirst du nicht. Du wirst auf meine Erlaubnis warten, so wie beim letzten Mal. Egal, wie lange es dauert. Versprich es mir."

„Okay, ich verspreche es." Ich bewege meinen Körper leicht, was kleine Funken in meine Klitoris sendet.

„Nicht so. Nenn mich Master. Versprich mir, dass du nicht kommen wirst, bevor ich es dir erlaube." Seine Stimme ist plötzlich kälter. Streng.

Ich antworte sofort. „Alain. Master. Ich werde nicht kommen, bis du mir die Erlaubnis erteilst."

Und mit diesen Worten fühlt es sich so an, als hätte sich in meinem Kopf ein Schalter mit einem hörbaren

Klicken umgelegt. Ich kann fast spüren, wie mich die Macht umgibt, die ich ihm gegeben habe. Und es macht mich noch mehr an.

„Gut." Er klingt zufrieden. Erfreut. „Wenn du zu früh kommst, werde ich dich mit einem Dutzend Schläge des Rohrstocks bestrafen und dich in der Ecke stehen lassen, bevor ich dir noch ein paar weitere verpasse."

Ich schnappe nach Luft. „Das ist gemein!" Ich blinzle schnell. „Das würde mir nicht gefallen."

Vielleicht aber doch.

Es macht mich an, daran zu denken, mich zu bücken und meinen Hintern zu entblößen. Alain, der dominant und stark dasteht und einen biegsamen, fiesen Rohrstock in der Hand hält. Wie er ihn hochreißt und dann hart auf mein Hinterteil klatschen lässt ... ooooh.

Bei dem Gedanken presse ich meine Schenkel zusammen. Würde es mir gefallen? Vielleicht.

„Ja, wahrscheinlich würde es dir gefallen. Aber ich glaube, du würdest andere Dinge lieber mögen", murmelt er. „Der Rohrstock wäre eine abschreckende Maßnahme. Um dich von schlechtem Verhalten abzuhalten. Um dir beizubringen, was du nicht tun sollst, damit du mir besser dienen kannst."

Mit diesen Worten versohlt er mir heftig den Hintern.

„Au." Es fühlt sich gut an und gefällt mir.

„Oh, das war noch gar nichts. Warte einfach ab." Er schlägt mich erneut. „Dieses Mal kannst du so viel reden, wie du willst, süßes Mädchen. Aber ich höre erst auf, wenn ich denke, dass du genug hattest. Und ..."

Er unterbricht mich, als ich etwas sagen will – „und wenn du frech wirst, versohle ich dir den Hintern noch länger. Noch härter."

Ich wimmere vor Verlangen und kreische dann auf, als seine Handfläche wieder und wieder auf meine Pobacke trifft. Er schlägt von Anfang an hart zu und es tut weh. Es gibt keine Aufwärmphase, keine Zeit, sich an das Gefühl zu gewöhnen. Nur seine feste Handfläche, wieder und immer wieder, bis mein Arsch brennt.

„Alain, hör auf!" Ich zapple vergeblich und versuche, mich aus seinem Griff zu befreien.

„Oh Baby, du hast noch einen langen Weg vor dir", schimpft er und setzt seinen Übergriff auf meinen Hintern fort. „Und sollst du mir sagen, dass ich aufhören soll, hmm?" Er schlägt härter zu, was ich nicht für möglich gehalten hätte, bis ich meine Antwort hervorquietsche.

„Nein! Soll ich nicht. Es tut mir leid. Es tut mir leid."

„Master", erinnert er mich und verpasst mir ein paar besonders harte Schläge auf die Oberschenkel.

„Autsch. Master! Es tut mir leid, Master."

„Sag es so, als ob du es ernst meinst." Seine Stimme ist fest, entschlossen. Kühl.

Meine Gedanken verschwimmen und es fühlt sich so an, als würde ich taumeln und fallen, und als würde er mich auffangen. Und wenn er es tut, werde ich ihm gehören … ganz und gar.

Und ich lasse mich gehen. „Master", flüstere ich und strecke meinen Hintern ein ganz klein wenig nach oben. „Es tut mir leid."

„Gut." Hat er es laut gesagt oder bilde ich es mir nur ein? Seine Stimme erfüllt mein Bewusstsein. Sein Duft umhüllt mich. Ich kann nichts anderes tun, als mich auf seine Hand zu konzentrieren, die mir den Hintern versohlt.

Es brennt, es sticht, aber er hat das Sagen — und ihn entscheiden zu lassen, wann ich genug habe, macht mich so an, dass ich wirklich glaube, ich könnte davon zum Höhepunkt kommen. Noch ein paar harte Schläge, die es mir erlauben, meine Hüfte an seine Oberschenkel zu pressen …

„Bri, darfst du das?" Er hört auf, mich zu versohlen. Aber es scheint, als wollte er mich noch mehr reizen, denn er schiebt seine Finger unter den Stoff meines Höschens und zieht daran, sodass der Stoff über meine Klitoris reibt. Die Empfindung intensiviert mein Bedürfnis und meine Erregung wird immer stärker.

„Ich bin …" Ich gehorche ein wenig. „Oh, Alain …" Ich kann nicht einmal die richtigen Worte finden. Das Brennen auf meinem Arsch ist köstlich und gemischt mit der Lust, die in meinem Unterleib zu kribbeln beginnt, will ich einfach nur mehr von allem.

„Ich denke, wir werden einen Hieb mit dem Rohrstock brauchen, um dir eine Lektion zu erteilen." Er bewegt sich fließend und hebt mich in seine Arme. Er schreitet zum Bett hinüber und legt mich vorsichtig ab, bevor ich begreifen kann, was passiert.

Ehe ich mich versehe, hat er mich auf den Bauch gelegt und mit einem Kissen unter meinen Hüften und leicht gespreizten Beinen zurechtgerückt. Die Arme strecke ich nach vorne aus. Vorsichtig zieht er mir das Höschen von den Schenkeln. „Ah, ganz nackt", haucht er, „und nur für mich allein. So mag ich dich."

„Alain." Ich schließe die Augen und sehe Farbwirbel vor mir. Mein ganzer Körper sprüht vor Lust.

„Ich glaube, ich werde dir die Hände fesseln", überlegt er laut. „Auch wenn du recht gehorsam bist, möchte ich sichergehen, dass du weißt, dass du heute Nacht mir gehörst. Dass ich mit dir machen werde, was ich will."

Er geht weg und kommt mit der Krawatte zurück, die er zuvor beiseite geworfen hat. „Hände zusammen." Er schlingt den Stoff um meine Handgelenke und verknotet ihn fachmännisch. Und so schnell. „Du könntest dich bestimmt daraus befreien", murmelt er und beugt sich hinunter. Er streicht mit einer Hand über meinen brennenden Hintern und greift mit der anderen in mein Haar. Er küsst meinen Hals. „Aber du wirst es nicht. Weil du meine Gefangene sein willst."

„Ja", stöhne ich. Seine Hand auf meinem Arsch ist eine Qual – und ich will, dass er das Brennen wegstreichelt. Vielleicht, um mich weiter zu versohlen. Aber wenn ich die Wahl hätte, würde ich seine Finger lieber zwischen meinen Schenkeln als auf meinen Pobacken spüren.

Er klatscht mir auf den Hintern. Und gluckst. „Es gefällt mir, wenn du gefesselt bist. Das sollte ich jede Nacht tun."

Ich will, dass du das tust. Habe ich das gesagt oder gedacht?

Bei diesem Gedanken überschlägt sich mein Magen. Ich plane nie, Liebhaber mehr als einmal wiederzusehen, seit ich Beziehungen aufgegeben habe. Aber hier sind wir nun zum zweiten Mal und schon träume ich von einer Zukunft?

Als er jedoch mit dem Rohrstock zurückkommt, kann ich mich nur auf das Hier und Jetzt konzentrieren.

Er zeigt ihn mir. Es handelt sich um einen langen, dünnen Bambusstab. Er biegt ihn vor mir. „Dieser hier kann wie Seide benutzt werden oder er kann ernsthafte Schäden anrichten."

Ich erschaudere. Nun, ich habe ja gesagt, er soll mich überraschen.

Er berührt meine Schulter. „Ich werde dir keinen Schaden zufügen. Aber das hier wird wehtun, meine Liebe. Überlege dir gut, ob du wirklich ein Dutzend Hiebe spüren willst, wenn du das nächste Mal ungehorsam bist."

Er schwingt den Stock hinter mir durch die Luft und

ich zucke zusammen, weil ich erwarte, ihn auf meinem Hintern zu spüren.

Aber es war nur ein Übungshieb. Er tut es noch einmal. „Der Umgang mit dem Rohrstock erfordert Geschicklichkeit, weißt du. Ich bin ein Master. Vielleicht gewöhne ich dich an seinen Biss und mache dich zu einer ebenso großen Liebhaberin des Rohrstocks, wie ich es bin."

Ich stoße ein undeutliches Geräusch aus und wackle mit dem Hintern. Ich kann es kaum erwarten.

„Oh, nicht bewegen", tadelt er. „Ein Teil davon, einen Hieb mit dem Rohrstock zu empfangen, ist zu lernen, stillzuhalten. Seine Strafe zu akzeptieren."

„Aber ich …" Mein Herz klopft so schnell, dass ich glaube, ich werde ohnmächtig.

„Sag mir, dass du es willst. Bitte deinen Master um den Rohrstock."

Ich spüre erneute Feuchtigkeit zwischen meinen Schenkeln, auch wenn Angst und Adrenalin durch meinen Körper strömen. Denn in diesem Moment ist er mein Master. Ich werde alles tun, was er verlangt.

„Master, bitte. Ich will den Rohrstock."

„Aber gerne doch, erlaube mir, dich zu verwöhnen." In seiner Stimme liegt Humor und ein Hauch von Erregung.

Dann höre ich das Zischen und Knallen des Rohrstocks. Für den Bruchteil einer Sekunde verspüre ich nichts. Dann schreie ich laut auf, denn ich schwöre, er hat mir eine Stange glühenden Stahls über den Hintern geschleudert. Ich schwöre, es brennt. Ich sterbe.

„Au, autsch, oh mein Gott." Ich zapple wütend und zerre an der Krawatte. „Fuck!"

Er drückt meine Schulter, fest aber sanft. „Das war ein Hieb. Willst du noch einen?"

Ich beruhige mich sofort und reiße die Augen weit auf. „Nein."

Er reibt meinen Arsch und murmelt etwas. Das Feuer lässt gerade so weit nach, dass es erträglich ist. „Vielleicht möchtest du also weitere Hiebe mit dem Rohrstock vermeiden, was?"

„Ja, keinen Rohrstock mehr, bitte. Alain, Master." Ich stammle vor mich hin.

„Gut." Er schwingt den Rohrstock erneut und wirft ihn dann beiseite. „Vergiss nicht, dass ich ihn jederzeit wieder holen kann, wenn es nötig ist. Wenn ich dich korrigieren muss. Hast du das verstanden?"

„Ja, ich werde brav sein, ich verspreche es." Ich wimmere und seufze erleichtert, als er meinen Hintern erneut streichelt. Ich ziehe an der Krawatte, aber sie gibt nicht nach. Das Wissen darüber, dass ich mich ihm frei-willig hingegeben habe, damit er mit mir machen kann, was er will, verwandelt mich zu einem vor Lust winselnden Häufchen. Nichts als Empfindungen.

Er ist immer noch vollständig bekleidet, während ich splitternackt bin, aber jetzt steht er auf und zieht sich das Hemd aus. Dann die Hose. Schließlich ist auch er nackt und obwohl ich gefesselt auf dem Bauch liege und mein brennender Arsch immer noch auf dem Kissen nach oben streckt, kann ich meinen Kopf drehen und ihn sehen.

Und er sieht phänomenal aus.

Beim letzten Mal im Club war es so dunkel, dass ich seinen Körper kaum betrachten konnte.

Heute Abend ist der Raum hell genug, sodass ich jeden Muskel und jede Linie erkennen kann. Und diesen prächti-gen, harten, langen Schwanz. Er ist dick und fest … und riesig. Ich weiß das, weil ich ihn beim letzten Mal gespürt habe. Aber ihn zu sehen, ist sogar noch erregender.

„Letztes Mal hast du mich geritten. Heute werde ich

die Arbeit tun. Erhebe dich für einen Moment." Er klopft mir auf den Hintern und ich strecke meine Hüfte hoch. Dann zieht er sanft das Kissen unter mir weg und streicht mit seinen Händen an meinem Körper entlang, während er mich neu positioniert.

Seine Berührung ist fachmännisch, sanft, geübt. „Halte still, während ich dich berühre", flüstert er. Mit den Fingern streicht er den Schmerz des Rohrstocks weg und zeichnet die Striemen nach, die er hinterlassen hat. Anstatt zu schmerzen, könnte ich schwören, dass sie süßlich glühen. Er schiebt seine Hand kurz zwischen meine Beine und streicht über meine Muschi, bis er meine Klitoris findet. Ich schnappe nach Luft und dränge mich seiner Hand entgegen. „Alain."

„Schau dich einmal an, wie du die Spuren meines Rohrstocks trägst." Er streichelt meinen Arsch, dann meine Klitoris und wechselt es ab, bis ich vor lauter Verlangen zu kommen fast sterbe. „Ich liebe es, verdammt noch mal. Gott, wie du mit einem Dutzend oder mehr Striemen auf deinem Arsch aussehen würdest. Wie du es am nächsten Tag spüren und in jedem einzelnen Moment an mich denken würdest. Vielleicht lernst du ja doch noch, den Rohrstock zu lieben, hmm?"

„Wenn du mich danach immer so fühlen lässt, werde ich es vielleicht tun." Ich spreize meine Beine weiter und hoffe, ihn zu verführen.

„Ich werde dich immer so fühlen lassen." Seine Worte sind heiser, als ob er es ernst meint. Er mildert seinen Tonfall. „Die ganze Nacht lang."

Er küsst die Biege meiner Taille und lässt seine Hände über die Seiten meiner Brüste gleiten.

Ich atme aus und hebe meinen Körper in der Hoffnung, dass er seine Hände darunterschiebt und mit meinen Brustwarzen spielt. Aber stattdessen streichelt er beide Seiten meiner Hüfte. „So hübsch." Seine Stimme ist leise und ich kann ihn kaum verstehen, aber die Emotion ist deutlich. Ungezähmt. Bedürftig. „Du bist so verdammt schön."

Ich summe als Antwort und schließe meine Augen.

„Dreh dich für mich um." Seine Stimme ist tief und heiser. Er hilft mir, mich auf den Rücken zu drehen und hält meine Hände, die immer noch gefesselt sind, über meinem Kopf fest. Mein Haar fällt wild über meine Schultern und er streicht es mir aus dem Gesicht. „Sieh dich einmal an." Er lächelt. Seine Augen sind dunkel und geheimnisvoll. „Meine Gefangene."

Jetzt berührt er meine Brüste, zwickt sanft in die Brustwarzen, neckt sie nur mit den Spitzen seine Fingernägel, bis ich mich winde und vor Lust aufschreie. „Alain!" Er kniet über mir, hält meine Hände in seinen fest und drückt sie in die Kissen. Sein Körper ist so nah. „Meine", flüstert er.

„Vielleicht bist du auch mein Gefangener." Ich spreize meine Schenkel. „Und ich brauche keine Fesseln."

Ich sage es im Scherz, aber als er nicht antwortet – zumindest nicht mit Worten – sehe ich etwas Grimmiges und Mächtiges in seinen Augen aufblitzen. Und obwohl er nichts sagt, spielt ein kleines Lächeln über seine Lippen.

Schließlich spricht er. „Das werden wir sehen." Und dann beugt er sich hinunter und nimmt meine Lippen mit seinen in Besitz. Ich verliere jegliches Zeitgefühl.

Sein Mund auf meinen Brüsten, wie er saugt und beißt, bis ich aufschreie und sie dann leckt, bis ich vor Lust quietsche. Seine Hände an meinen Schultern, auf meinem Bauch.

„Ich werde dich wieder beißen", sagt er. Glaube ich zumindest. Die Worte hallen mit einem leisen Echo in meinem Schädel wider.

„Mmm …" Ich schließe die Augen und winde meinen Körper.

Dann spüre ich seine Zähne an meinem inneren Oberschenkel. Ich keuche und schreie auf, aber der stechende Schmerz verwandelt sich in sofortiges Vergnügen, als er an der Wunde saugt. Es ist wie ein kleiner Orgasmus auf diesem Stückchen Haut. Es ist unglaublich heiß und meine Klitoris pulsiert vor Verlangen. „Alain." Meine Stimme ist heiser.

Ich trommle mit meinen gefesselten Händen auf das Kissen über mir. „Bitte."

„Noch nicht." Er küsst sich seinen Weg an meinem Körper hinauf. „Ich muss dich erst schmecken." Dann ist seine Zunge plötzlich auf meiner Klitoris und es ist um mich geschehen.

„Gott, oh Gott, ich werde kommen", flehe ich ihn an.

„Nein. Nicht, bevor ich die Erlaubnis gebe." Er gibt mir einen Klaps auf die Brust. Nicht hart, aber scharf. Einmal. Und dann noch einmal. „Du musst warten."

„Ja, Master." Mein Körper gibt nach, obwohl es schmerzhaft ist. Noch nie musste ich einen Orgasmus so mühsam zurückhalten. Ich atme schwer. Ich schwitze. „Fuck, fuck, fuck."

Er leckt über meine Schamlippen und stößt seine Zunge in meine Muschi. Ich stöhne und winde mich, als das Gefühl sich steigert. Ich bin seinen Berührungen völlig hilflos ausgeliefert.

Und gerade als ich denke, dass ich kommen werde, zieht er sich zurück. „Du willst kommen, Bri?"

„Ja." Mir kommen fast die Tränen.

„Dann bitte darum."

„Bitte lass mich kommen. Ich werde alles tun, was du willst."

Damit spreizt er meine Schenkel und stößt seinen steinharten Schwanz tief in meine Muschi.

Ich hebe meine Beine, er packt mich bei den Waden und zieht mich zu sich heran und hoch, während er in mich stößt. Sein Schwanz ist alles, wonach ich mich in diesem Moment sehne. Meine Existenz besteht nur aus seinem Körper und meinem – aus seinem Schwanz in meiner Muschi, der mich meiner Erlösung mit jedem Stoß näherbringt.

„Du lässt mich dich beißen, dir den Hintern versohlen und dich bestrafen, wann immer ich will", fordert er.

„Ja, alles, was du willst, bitte", flehe ich.

Er hält inne und ich schreie irritiert und entsetzt auf, aber als ich seine Lippen an meinem Hals spüre, weiß ich, dass er mich wieder dort beißen wird.

Mir gehen seltsame Gedanken durch den Kopf, denn Bisse am Hals sind normalerweise – ich meine, ich weiß, es ist nur Folklore und Mythologie und so etwas, aber es ist so typisch –, aber natürlich ist es nicht real, es ist nur – und was war mit dem Blut in der Bar?

Bilder blitzen in meinem Kopf auf und entzünden ein Feuerwerk, als seine Zähne in meine Haut eindringen. Alain in Schwarz. Alains Gesicht vom Nachthimmel ange-strahlt. Alain in historischen Kleidern, wie auf einem Gemälde aus dem Jahr 1800. Alain und ich im Club, als würde ich über uns schweben und ihn dabei beobachten, wie er mich fickt. Alains Freund trinkt ein Glas Blut. Alains lange scharfe Zähne, die sich in meinen Körper bohren.

Der stechende Schmerz weicht wie zuvor einer Sekunde der Taubheit und dann dieser wachsenden Wärme und Freude.

Ich weiß nicht, was zum Teufel hier vor sich geht, und es ist mir egal. Die Lust ist zu groß.

Jetzt stößt er wieder zu. Sein Schwanz ist noch dicker

und härter als zuvor, sein Körper so kraftvoll. Ich schwebe hoch über der Welt und mein Geist überschlägt sich in Ekstase.

Es ist besser als alles andere auf der Welt.

Und als ich eine Sekunde später zum Höhepunkt komme, ist das Gefühl so exquisit, dass ich verzerrte Laute ausstoße. Mein ganzer Körper zieht sich zusammen, während mich das so unglaublich schöne Gefühl mit solcher Wucht überrollt, dass ich fast ohnmächtig werde.

15

Alain

Als ich sie das zweite Mal beiße, sauge ich kräftig und trinke mehr Blut, als ich wahrscheinlich sollte. Aber sie ist so verdammt köstlich.

Der Geschmack ihres Blutes, vermischt mit dem exquisiten Aroma ihrer Muschi, bringt mich dazu, meine Lust herauszubrüllen.

Als ich komme, wird meine ganze Welt erst weiß und dann schwarz – und mein Orgasmus reißt mich in die Glückseligkeit. Ich erlaube mir, in diesem Gefühl zu schwelgen.

Herrgott noch mal. So einen guten Fick hatte ich schon seit über zweihundert Jahren nicht mehr.

Ein paar Minuten später liegt sie fast ohnmächtig in meinen Armen und ich bin immer noch ganz high von ihrem Blut und dem Sex. Mein ganzer Körper strotzt vor Energie und Kraft. Als ich in ihr Gesicht sehe, verspüre ich jedoch ein überraschendes Gefühl: Ich will sie. Immer noch.

Normalerweise geht es beim Sex für mich darum, Blut

zu bekommen. Der Orgasmus ist ein nettes Extra. Wie eine Mischung aus dem Notwendigen und dem Nützlichen, die eine tolle Kombination ergibt. Es geht um die unmittelbare Befriedigung und danach will ich eigentlich nur noch, dass die Frau geht.

Aber nicht mit Bri. Tatsächlich will ich auch nicht, dass dies unser letzter Abend ist. Ich will sie heute Abend noch einmal in Besitz nehmen.

Vielleicht jede Nacht.

Und es liegt nicht nur an ihrem Blut, obwohl ich zugeben muss, dass etwas in ihrer Essenz mir mehr Energie gegeben hat, als ich sie seit Jahrzehnten von einem Menschen bekommen habe.

Ich seufze und fahre mir mit der Hand über das Gesicht. Es darf keine dauerhafte romantische Beziehung zwischen Menschen und Vampiren geben, und es ist töricht, auch nur davon zu träumen.

Und doch tue ich es.

Bri rührt sich in meinen Armen und ihre Augenlider flattern. Sie spricht, ohne die Augen zu öffnen. „Das war unglaublich." Ihre Stimme ist träumerisch und wie berauscht. Als ich sie gebissen habe, ist mein Speichel in ihre Blutbahn gesickert und hat ihre Euphorie verstärkt.

Sie fängt an, Dinge zu verstehen. Ich habe es in ihrem Gesicht gesehen. Habe es in ihren Gedanken gelesen. Wenn sie noch mehr Ideen bekommt, werde ich mehr von ihrem Gedächtnis löschen müssen, auch wenn es riskant ist.

Verdammt. Wenn ich länger und tiefer in ihren Gedanken graben müsste, könnte ihr das wirklich Schaden zufügen. Vielleicht liegt es daran, dass sie ein Rotschopf ist. Ich habe eine Studie gelesen, die besagt, dass Rothaarige genetisch empfindsamer für Schmerzen sind, obwohl es weiß Gott keine wissenschaftliche Studie darüber gibt, wie sie auf vampirbedingte Gehirnlöschungen reagieren.

Ich seufze. Ich hasse die Vorstellung, dass sie auch nur eine Sekunde der Zeit, die wir zusammen verbracht haben, vergessen würde. Ich werde später ein paar sehr schwierige Entscheidungen treffen müssen.

Aber im Moment will ich ihre Anwesenheit einfach nur genießen. So tun, als gäbe es den Rest meiner Probleme nicht. Denn wenn ich bei ihr bin, empfinde ich diese Gefühle, die ich immer gesucht und nie gefunden habe: Frieden. Entspannung. Freude.

Ich wende mich ihr zu und küsse sie wach. „Hallo, meine Schöne. Bist du bereit für Runde zwei?"

Bri

Die Nacht vergeht in einem Rausch der Lust und nach einiger Zeit bin ich so gesättigt von Sex und Alain, dass ich kaum noch klar denken kann. Alles ist gut und strahlend und wunderschön.

Ich liege schläfrig auf dem Bett, während ich ihn halb dabei beobachte, wie er die Dinge wegräumt, die wir benutzt haben: Eine Gerte. Ein Paddel. Ledermanschetten. Ich rieche unseren Sex in der Luft und es gefällt mir. Das Laken, das mich zudeckt, ist ein weicher Hauch und sorgt für die perfekte Temperatur.

„Das war perfekt." Und das war es auch.

„Stimmt." Er kommt zurück, legt sich neben mich und zieht mich in seine Arme.

Ich kuschle mich an ihn und lege meine Hand auf seine. Ich will so viel wie möglich von ihm berühren. „Also, was machst du sonst so?"

„Abgesehen davon, dir den besten Fick deines Lebens zu bescheren?" Er lächelt.

Ich schlage ihm gegen die Brust. „Ganz schön eingebildet! Was ist, wenn ich andere, bessere Männer habe?"

„Hast du welche?" Seine Stimme klingt verhalten.

Ich beiße mir auf die Lippe. „Nun, nein. Ich habe keine. Was ist mit dir? Andere Frauen?"

„Nein."

Erleichterung durchströmt meinen Körper. Wir haben nur einen zweiten One-Night-Stand, aber Gott steh mir bei, ich bin im Bezug auf ihn schon so besitzergreifend. Ich glaube, ich würde jeder Frau, die ihn auch nur küssen will, die Augäpfel auskratzen.

Er lacht. „Ich wette, das würdest du."

„Ich …"

„Ich meine, ich wette, du hättest gern noch eine Runde." Er klingt selbstgefällig.

„Ah. Das werden wir sehen." Natürlich möchte ich es. Aber ich werde hier nicht die Bedürftige spielen und um etwas betteln, das ich wahrscheinlich sowieso nicht bekommen werde. Ich weiß, wie das Leben läuft.

„Hast du deine Bluttests zurückbekommen?" Er berührt meinen Arm.

„Ich warte noch." Aber es ist nett, dass er fragt. Dass er sich um mich sorgt.

„Ist es schwierig, zu warten?" Er sieht mir ins Gesicht.

„Es ist die pure Qual. Aber ich beschäftige mich, du weißt schon, mit meiner Arbeit als Webdesignerin." Ich nicke, um zu betonen, wie sehr ich mich unter Kontrolle habe. Ich versuche, nicht durchscheinen zu lassen, wie sehr ich diese Nacht mit ihm brauchte, um meine Ängste und Zweifel zu verdrängen. Um die Panik zu vertreiben. „Was machst du beruflich?"

„Ich bin im Finanzwesen tätig."

„In welcher Branche? Im Bankwesen?"

„Ich verwalte Anlageportfolios. Aktien. Wertpapiere."

„Dinge, von denen ich gar nichts verstehe."

„Genau wie die meisten Leute. Deshalb läuft es ziemlich gut für mich." Er lächelt. „Ich kann ihnen dabei helfen."

„Nun, wenn du eine neue Webseite brauchst …" Ich wackle mit einer Augenbraue. „Dann weißt du, wen du anrufen kannst."

Er lächelt. „Dafür habe ich schon jemanden."

„Du kommst mir vor wie ein Mann, der jemanden für alles hat." Ich denke an den Porsche, an die lässige Art, wie er im Club das Kommando übernommen hat, an sein ganzes Auftreten. Sein Haus voller Schätze. Eindeutig ein Multimillionär.

Er wendet den Blick kurz ab. „Man kann nicht für alles Leute einstellen."

„So wie echte Freundschaft. Oder wahre Liebe."

„Genau." Er klingt traurig.

Ist jemand wie er einsam? Das scheint doch sehr unwahrscheinlich – er könnte jeden haben, den er will.

Ich berühre seinen Arm. „Ich habe einen Artikel darüber gelesen, dass manche Leute in Japan falsche Familien anheuern, die vorgeben, sie zu lieben. Unechte Ehefrauen, falsche Kinder. Es war ein Artikel, der vor einiger Zeit im New Yorker erschien."

„Den habe ich gelesen."

„Klang es nicht gruselig?"

„Ich fand es tragisch." Er sieht nachdenklich aus. „Und völlig unvermeidlich. Wenn Menschen nicht auf natürliche Weise bekommen können, was sie wollen, versuchen sie, es auf jede erdenkliche Weise zu bekommen. Auch wenn es nicht von Dauer ist."

„Nicht, dass ein Mann wie du jemals in diese Lage kommen würde." Ich lache.

„Ich nehme an, dass niemand, der so etwas tut, jemals gedacht hätte, dass er jemals in diese Lage kommen würde." Er seufzt und hält mein Gesicht zwischen seinen Händen fest. „Aber das Gute ist, dass keiner von uns beiden das hier vortäuscht."

Er lächelt und streicht mit einem Finger über meine Lippen. „Wenn du meinen Namen schreist und mich anbettelst, kommen zu dürfen, weiß ich, dass du es wirklich willst." Sein Lächeln vertieft sich zu etwas Verruchtem und Verwegenen. „Ist das nicht so?"

Es ist so.

Und so ist es auch für den Rest der Nacht, bis wir schließlich erschöpft nebeneinanderliegen.

„Es wird bald dämmern." Seine Stimme ist leise. „Soll ich dich nach Hause bringen, um der Sonne zu entgehen?" Er hält inne. „Du kannst den Tag auch hier verbringen, aber ich muss weg. Ich habe zu tun." Er wendet den Blick ab.

Ich setze mich auf und das Erlebte schwindet langsam. Eine Flutwelle des Unvermeidlichen stürzt über mir herein. Traurigkeit. „Ich sollte nach Hause gehen. Ja."

Er berührt mein Gesicht. „Ich lasse dich anziehen. Komm in die Küche, wenn du fertig bist, Bri."

Ich greife nach meinen Sachen und ziehe mich an. Ich will nicht, dass der Tag kommt. Ich wünschte, diese Nacht würde ewig andauern, sodass ich nur in diesem Moment leben könnte. Im Wohlgefühl, mit ihm zusammen zu sein. Ich will die Probleme nicht, die der Tag mit sich bringen wird.

Als ich die Küche betrete, hat er seine Hände in die Hosentaschen geschoben und starrt durch riesige Glasfenster hinaus, die sich zu einem Innenhof öffnen lassen, wie bei einem Landbesitz auf Hawaii.

„Ich bin fertig." Ich greife nach seinem Ellbogen und er zieht mich zu sich. Ganz nah und ich drehe mich so, dass ich mich an ihn schmiegen kann. Ich schlinge meine Arme um seinen Körper und drücke ihn, als ob ich ihn auf diese Weise länger festhalten könnte. Damit die Nacht andauert.

Er streichelt mein Haar und seufzt. „Mein Wagen steht immer noch vor dem Haus."

„In Ordnung." Ich greife nach meiner Handtasche.

Er öffnet die Eingangstür. Die Luft ist kühl und feucht von der Nacht und es riecht nach Wüste, Kreosotbüschen und Kaktusblüten. Der Mond strahlt hell und die Sterne funkeln wie Diamanten am Himmelsgewölbe.

„Wenn du willst." Ich spreche es aus, bevor ich es mir anders überlegen kann. „Könnten wir uns nächsten Freitag wieder im Club treffen?"

Mein Herz beginnt, heftig zu klopfen.

Er zögert und die Stille ist unangenehm und furchtbar.

„Ach, weißt du, schon egal." Ich versuche, zu lachen. „Es tut mir leid, manchmal sage ich einfach Dinge, die ich nicht so meine …"

„Ja." Er unterbricht mich. Sieht mir in die Augen. „Nächste Woche." Ich schwöre, die Emotionen in seinen Augen verraten, dass er mich mehr als alles andere will. Ich kann fast hören, wie er es in meinen Gedanken sagt.

„Okay!" Meine Stimme zittert ein wenig vor Ergriffenheit. Ich stelle mir vor, seine Hand zu halten und eine Flasche Champagner mitzunehmen. Wie schön es wäre, auf einem Berg zu sitzen und gemeinsam den Sonnenaufgang zu beobachten. Vielleicht in eine Decke gehüllt und in seinen Armen liegend.

Er runzelt seine schöne Stirn und schaut weg, als ob er meine Gedanken lesen kann und sie nicht mag. Ich erinnere mich an Hautkrebs und Blasen und beiße mir auf die Lippe.

Ich verlange schon zu viel vom Leben. Ich sollte nicht so gierig sein.

„Nun, es wäre nett, wenn du mich nach Hause fährst", sage ich und bemühe mich um Gelassenheit. Obwohl wir eine weitere exotische, leidenschaftliche Nacht miteinander verbracht haben, fühle ich mich jetzt unbeholfen.

„Selbstverständlich." Er führt mich zu seinem Porsche und während wir in der nahenden Morgendämmerung durch die fast leeren, nur für uns beleuchteten Straßen der Stadt rasen, fühle ich mich wie in einem Traum … und ich möchte nie wieder aufwachen.

16

Bri

„Gehst du Freitagabend mit uns aus?" K. stöbert durch ein Regal mit alten T-Shirts. „Abendessen, dann ins Kino. Wir schauen uns den neuen Film an, den du sehen wolltest. Soll ich dich um sieben abholen?"

„Ich kann nicht." Ich ziehe ein rosa T-Shirt mit einem riesigen Bild von Julio Iglesias auf der Vorderseite heraus. Die Abbildung ist an einigen Stellen rissig, aber immer noch gut zu erkennen. „Das ist so schlecht, dass es schon wieder gut ist."

K. dreht das Etikett um. „Nein, für $85 ist es das nicht." Sie schnaubt.

„Komm schon, du weißt, dass es dir gefällt." Ich halte es vor ihren Körper. „Probier es an."

Wir sind im *Generation Cool*, einem trendigen Retro-Secondhandladen in der 4th Avenue. Es macht Spaß, abends hierherzukommen, wenn die Leute bummeln gehen, um die eklektischen Geschäfte und Cafés zu erkunden.

„Also warum kannst du nicht?" K. drückt mir Julio in

die Arme und zieht ein originales Gucci-T-Shirt hervor, das für ihre schlanke Statur etwa acht Nummern zu groß ist. „Das hier kostet sogar noch mehr. Großer Gott." Sie schüttelt den Kopf.

„Ich habe Pläne." Mein letztes Rendezvous mit Alain ist schon ein paar Tage her und ich kann an nichts anderes mehr denken als an ihn. Mein Körper sehnt sich nach ihm und ich kann Freitag kaum erwarten … wenn ich ihn endlich wieder haben kann. Im Vergleich zu den exquisiten Momenten, die ich mit ihm verbringe, erscheint mir der Rest meines Lebens langweilig und fad.

„Ach?" K. zieht die Augenbrauen hoch. „Wieder mit diesem Kerl?" Ich habe das Gefühl, dass ein gewisser Tonfall in ihrer Stimme mitschwingt.

Ich ignoriere es. „Ja, mit diesem Kerl. Alain." Allein seinen Namen auszusprechen bringt mich zum Lächeln. Ein kleines verschmitztes Grinsen. „Freitag ist sozusagen unser Abend." Bis jetzt waren es drei Freitage und jeder war besser als der davor.

„Wann werden wir ihn kennenlernen?" K. stopft das Gucci-Oberteil zurück ins Regal und dreht sich zu mir um.

„Nun." Aber ich antworte nicht.

„Und warum ist er nicht auf Social Media? Du weißt, was ich von Leuten halte, die keinerlei digitalen Fußabdruck haben."

Sie tritt näher an mich heran, um dem Mädchen mit den Rollschuhen und ihren leuchtend pinkfarbenen Haaren den Vortritt zu lassen, das in so engen Shorts durch die Tür hereingerauscht kommt, dass sie wie aufgemalt aussehen. Ein Fotograf folgt ihr dicht auf den Fersen und schießt Fotos, während sie posiert. Die Angestellte hinter dem Tresen, die einen leichten Duft von Gras verströmt, scheint sich nicht im Geringsten daran zu stören – anscheinend sind Fotos hier in Ordnung.

„Du glaubst, sie sind Psychopathen. Ich weiß." Ich verziehe das Gesicht.

„Warum hast du nicht ein einziges Foto?"

Ich lache ein wenig. „Er ist wirklich reich, glaube ich. Arbeitet im Finanzwesen. Mag seine Privatsphäre. Irgendwie von der alten Schule. Ist es wichtig?"

„Ja, weil ich sehen muss, ob er süß genug für dich ist, Schätzchen." Sie rollt mit den Augen. „Aber mal im Ernst. Wer unter zweiundachtzig Jahren ist denn nicht online? Ich meine, sogar meine Oma hat Facebook und die ist 90."

Ich zucke mit den Schultern. „Nun, er ist etwa zehn Jahre älter als ich. Und er hat mir gesagt, dass er einfach nicht auf soziale Medien steht. Manche Leute mögen das eben nicht."

In Wahrheit finde ich es auch ein wenig seltsam. Aber wenn ich mit ihm zusammen bin, bin ich so in unserem Sex, der Anziehungskraft und der Magie von allem gefangen, dass es mir egal ist. „Schau mal. Du hast mich ewig genervt, einen Kerl zu finden und etwas Spaß zu haben. Und jetzt, da ich das getan habe, willst du mir so etwas erzählen?"

„Also." K. holt tief Luft und ich habe das schreckliche Gefühl, dass sie gleich etwas sagen wird, das mir nicht gefällt. „Bist du jetzt echt mit ihm zusammen?"

Ich schlinge meine Arme um meinen Körper. „Nein, definitiv nicht." Ich versuche, den Hauch von Enttäuschung aus meiner Stimme fernzuhalten, denn schließlich mag ich die Dinge so. Einfach. Mit einem Enddatum. Einem einfachen Ausweg.

„Ähm, okay." Sie zieht ein Gesicht. „Es scheint aber so, als ob du ziemlich in ihn verknallt wärst."

„Hör mal, es ist einfach neu", sage ich. „Zu früh für ein Etikett. Außerdem … Du weißt genau, was ich über Langzeitbeziehungen denke."

„Ich weiß." K. streckt die Hand aus und tätschelt meinen Arm. „Das ist auch der Grund, warum ich mir Sorgen mache. Du scheinst dich sehr auf ihn einzulassen. Ich will nur nicht, dass du verletzt wirst, sollte es … du weißt schon … so wie mit deinen letzten Freunden enden." Sie zuckt zusammen, als sie das sagt.

„Oh, das ist echt süß von dir." Ich sehe ihr ins Gesicht, welches so ernst und voller Güte ist, und spüre einen Anflug von Zuneigung. Meine liebe K., meine beste Freundin auf der Welt. „Was würde ich ohne dich machen?"

„Du wärst wirklich traurig", sagt sie sofort. Wir lachen beide.

„Alain ist … wirklich großartig." Das Wort ist lahm im Vergleich zu seinem Wesen, aber mir fällt nichts Besseres ein. „Und wenn ich mir über ihn klar geworden bin, werde ich dich ihm vorstellen. Ich meine, falls wir uns überhaupt wiedersehen. Vielleicht ja auch nicht. Ich weiß es nicht einmal selbst."

Die Sache ist die: Ich habe das Gefühl, dass Alain eine vorübergehende Erscheinung in meinem Leben ist. Als würde ich schlafen und einen wundervollen Traum haben und wenn ich versuche, ihn festzuhalten, schwindet er wie Rauch in der Luft. Also kann ich mich nur an ihn schmiegen und ihn so genießen, wie er ist. Nicht nach mehr fragen, weil ich mit weniger wirklich nicht leben könnte. Ich bin verdammt süchtig nach ihm.

„Du bist in letzter Zeit irgendwie anders." K. wendet den Blick von mir ab und starrt auf ein Regal mit alten Ninja Turtle-Figuren. Sie greift nach einer und dreht sie zwischen ihren Händen.

„Bin ich das? Inwiefern?"

„Ich weiß auch nicht." Sie hält inne. „Vielleicht glücklicher. Als wärst du … energiegeladener. Aber auch ein bisschen hektisch."

„Das liegt am heißen Sex." Ich lache, aber sie tut es nicht.

Sie fährt fort: „Ich freue mich, dass du glücklich bist. Pass einfach gut auf dich auf."

„Tue ich das nicht immer?"

Wir beenden das Thema und gehen weiter ins *Chocolate Iguana*, wo die Brownies – meiner Meinung nach – fast so gut sind wie Sex.

Im Nachhinein denke ich jedoch über ihre Worte nach.

Ich hatte immer das Gefühl, distanziert vom Leben zu sein. So als würde ich dabei zuschauen, anstatt es zu leben. Seitdem meine Krankheit diagnostiziert wurde und ich weniger Zeit in der Sonne verbringen durfte, hatte ich immer das Gefühl, mich von der Welt zurückgezogen zu haben.

Das ist nun schon Jahre her und mit der Zeit fühlte es sich immer mehr so an, als lebten alle anderen in einem Film, den ich mir ansehe. Und der Abstand zwischen mir und dem Bildschirm wurde immer größer.

Mit Alain zusammen zu sein, hat den Bildschirm zerbrochen und mich in die Essenz des Lebens zurückgerissen. Zum ersten Mal seit einer Ewigkeit fühle ich mich intensiv und vergnüglich lebendig. Wenn das stattdessen hektisch wirkt, nun, wen kümmert es?

Mir gefällt es.

Ich weiß nicht, wie das hier enden wird. Ich weiß nur, dass ich es jetzt auskosten will, solange ich noch kann.

17

Bri

„Bereit, nach Hause zu gehen?" Alain lächelt mich an. Es ist dieses umwerfende Lächeln, bei dem ich immer schwach werde.

„Ich schätze schon." Ich grinse zurück. Ich fühle mich immer wohler mit unserer Übereinkunft. Er hat mir seine Handynummer gegeben und meine angenommen, was sich wie ein großer Schritt anfühlt. Wir haben unserer Beziehung noch keinen offiziellen Titel gegeben, aber nach einer weiteren gemeinsamen Nacht scheint unsere Bindung sehr stark zu sein. Wenn ich mit ihm zusammen bin, habe ich das Gefühl, dass er perfekt für mich ist. Ich weiß, dass ich nicht darauf zählen sollte, dass diese Beziehung von Dauer sein wird; das sind meine Beziehungen nie ... Aber vielleicht sind die Dinge dieses Mal anders. Und wenn nicht, ist es mir auch egal.

„Lass mich die Tür für dich öffnen." Er lächelt, als ich den Knopf drücke, um meine Autotüren zu entriegeln.

Die Abendluft ist wie immer kühl und ich höre den Ruf eines Nachtvogels. Er berührt die Fahrertür meines

Wagens und legt dann kurz seine Hand auf meine Schulter.

„Ein Kuss, bevor du einsteigst."

Seine Lippen berühren meine. Für den Bruchteil einer Sekunde ist alles perfekt. Und dann plötzlich geht alles schief.

Ich rieche den Gestank von verrottendem Müll und höre ein Zischen. Ich reiße die Augen auf und sehe, wie der Mann in Schwarz vor mir auftaucht. Ich schwöre, er materialisiert sich aus dem Nichts.

Seine Stimme ist ein leises Zischen. „357A-19. Wir sind jetzt bereit für dich."

Er greift nach meinem Arm und ich schreie auf, während ich mich an Alain klammere. Ich weiß ohne Zweifel, dass dieser Mann schlimmer als jeder Krebs ist. Jede Zukunft ist besser als eine, in der er mich mitnimmt.

Aber er ist stark und so schnell! Wie kann sich ein Mensch derart schnell bewegen? Ich verdrehe mich und versuche, davonzulaufen, aber er ist immer da, als hätte ich mich überhaupt nicht bewegt. Seine Finger graben sich in meinen Arm. „Wie perfekt, dass du mit Alain hier bist. Wie ein nur für mich eingepacktes Geschenk." Er gluckst.

Ich schreie, stoße und ziehe, aber er hat mich fest im Griff. „Du wirst meine bisher beste Blutquelle sein. Und der perfekte LT", flüstert er.

Plötzlich ist Alain zwischen uns. Er bewegt sich so schnell, dass er verschwimmt. Er fliegt förmlich und sein ganzer Körper hebt sich vom Boden ab. Seine Augen glühen und seine Zähne sind lang und scharf. Er zischt und brüllt und der Mann in Schwarz schreit auf.

Die beiden heben vom Boden ab und verschwimmen so schnell, dass ich nicht erkennen kann, wer wer ist. Sie zischen und heulen, greifen an und ducken sich.

Alain attackiert ihn wieder und wieder und der Mann

stolpert. Schwankt. Schließlich verschwindet er aus meinem Blickfeld, als wäre er wegradiert worden. Wie von Zauberhand.

Ich weine und zittere. Ich kann nicht denken. Ich muss auf den Boden gefallen sein, denn ich kann Kies unter meinen Knien spüren. Hart und schneidend. Die Luft ist kühl und ich weiß, dass ich verrückt geworden bin.

„Alles ist gut, Bri. Er ist weg. Er ist weg."

Alain hebt mich ohne Mühe hoch. Er trägt mich und geht zurück in sein Haus, wo er die Tür hinter sich zuschlägt. „Hier drin bist du sicher, okay? Er kann hier nicht hereinkommen. Es sei denn, er wird hereingebeten."

„Ich kann mich … Ich weiß nicht …" Meine Zähne klappern und ich kann nicht sprechen. „Ich verstehe nicht."

Ich erinnere mich, wie der Mann mich fast erwischt hätte, und schreie erneut.

„Es ist in Ordnung. Bri, du bist in Sicherheit." Alains Stimme klingt beruhigend.

Aber ich schreie weiter und mein ganzer Körper zittert noch für eine lange Zeit. Als ich schließlich wieder in seine Umarmung sinke, gelingt es mir, die Frage in seine Schulter zu stellen.

„Wer war das? Und wer bist du?"

Ich will die Antworten gar nicht wissen. Aber ich brauche sie.

Er greift nach meinen Händen, die kalt sind. Wie Eis.

„Du musst mir jetzt unvoreingenommen zuhören." Sein Blick ist durchdringend und mir schwirrt der Kopf genau wie damals im Club, als wir das erste Mal gevögelt haben.

Bilder blitzen auf und verschwinden: Sex. Der Mann, der Blut trinkt. Alains Zähne, lang und scharf. Alain, der durch die Luft fliegt und kämpft, wie es kein Mensch könnte. Alain in meinem Kopf. Der mir sagt, was ich tun soll. Der Mann neben meinem Auto.

All die bruchstückhaften Erinnerungen fügen sich zu einem unmöglichen Ganzen zusammen.

„Du bist ein Vampir", sage ich, bevor er den Mund öffnen kann.

Es ist Wahnsinn. Es ist nicht möglich, denn Vampire existieren nicht. Und doch kann ich in seinem Gesicht sehen, dass es die Wahrheit ist.

„Ja." Seine Stimme ist ruhig, aber sein Körper ist angespannt. „Das bin ich."

Ich kann es nicht akzeptieren, obwohl ich weiß, dass es stimmt. „Okay. Ich bin verrückt geworden. Ich muss Dr. Su anrufen und mir neue Medikamente verschreiben lassen. Oh mein Gott." Ich versuche, aufzustehen. „Wo ist mein Telefon? Bitte fahre mich nach Hause." Ich stammle vor mich hin. Ich will, dass das alles ein schlechter Traum ist.

„Bri." Seine Stimme hat einen Befehlston und ich sinke zurück auf die Couch. „Das war Karl. Er ist auch ein Vampir. Ein böser Vampir. Wir glauben, er entführt die Frauen in Tucson. Er ist gefährlich. Ich kann dich nicht nach Hause gehen lassen, sonst wird er dich umbringen." Die Worte sind einfach, aber sie treffen mich wie Kugeln. „Vampire sind die ganze Nacht unterwegs und schlafen im Morgengrauen, wenn die Sonne aufgeht. Die Sonne tötet uns fast sofort. Nur tagsüber bist du sicher vor ihm."

Panik steigt in mir auf und ich glaube, ich verliere den Verstand.

Alain packt mich fest. „Ruhig", flüstert er in mein Ohr. Seine Hände sind eng und fest auf meinen Armen. „Du wirst gar nichts verlieren. Beruhige dich. Folge meiner Stimme."

Ohne darüber nachzudenken, lasse ich mich in die Tiefe seiner Aura fallen. Wie Alice im Wunderland in den

Kaninchenbau fällt und fällt und fällt. Dann werde ich abgebremst. Es ist, als hätte er mich aufgefangen, in meinem Kopf, und mich daran gehindert, auszuflippen.

„Du bist jetzt in Sicherheit. Alles ist in Ordnung." Seine Stimme ist wie ein Leuchtturm, der mich zu meiner Zuversicht zurückführt.

„Okay." Meine Stimme ist leise, aber sie zittert nicht mehr. „Es geht mir besser."

„Ja, das tut es." Er lächelt sogar in diesem seltsamen Moment. „Oh, meine süße Bri." Er seufzt. Dann klingt seine Stimme wieder schärfer. „Was genau hat er zu dir gesagt?"

„Er sagte, *Wir sind jetzt bereit für dich.* Und dass mein Blut perfekt wäre. Und eine Nummer. Wie eine Registrierungsnummer." Ich blinzle.

„Eine Nummer? Welche Nummer?"

„Ich weiß es nicht. Wie eine Registrierungsnummer."

„Welche Registrierung? Von wo?"

„Ich weiß es nicht." Ich weiche zurück, als er mich ansieht. „Ich lüge nicht."

Seine Gesichtszüge werden weicher. „Ich weiß, dass du nicht lügst. Aber es ist wichtig. Du musst unbedingt nachdenken."

„Das versuche ich ja!" Meine Stimme klingt wie ein Wimmern und Zittern zugleich.

Er seufzt, als wäre er frustriert, aber seine Stimme klingt weich, als er weiterspricht. „Bri, es tut mir leid. Ich weiß, das ist alles seltsam und erschreckend. Ich war so darauf konzentriert, ihn zu bekämpfen, dass ich meine Fähigkeiten nicht nutzen konnte, um alles um mich herum zu hören. Bitte versuche, dich zu erinnern."

„In Ordnung. Ich konzentriere mich ja." Ich verdrehe die Augen.

Er kneift die Augen zusammen und ich weiß, was er

denkt – für den Bruchteil einer Sekunde denke ich an Sex und daran, wie er mir den Hintern versohlt, bevor ich wieder in die Gegenwart zurückgerissen werde.

„Oh mein Gott. Ich glaube, ich weiß, was es ist."

„Sag es mir." Alain packt meine Schultern und sieht mir in die Augen.

„Es ist meine Gila Diagnostics-Registrierungsnummer für die Blutabnahme. Das ist die Nummer, die immer auf meinen Testergebnissen steht."

„Oh nein." Alain senkt die Stimme. „Du lässt dir dort Blut abnehmen?" Er packt mich bei den Schultern, als wäre er verärgert. „Bri?"

„Nun, ja." Ich bin verdutzt. „Das ist mein übliches Labor."

„Scheiße." Er murmelt noch etwas anderes, das ich nicht verstehen kann.

Aber ich muss ihm sagen, was ich noch weiß. „Und die drei vermissten Frauen aus Tucson? Ihnen wurde auch bei Gila Diagnostics Blut abgenommen."

„Woher weißt du das?" Alains Augen sind dunkel und seine Stimme scharf. Aber er scheint nicht überrascht. Es ist, als wüsste er diese Information schon. Er ist nur überrascht darüber, dass ich es auch weiß.

„Ähm, ein Freund hat es für mich herausgefunden. Ein Hacker-Freund."

Als er mich weiter mit fast grimmigem Blick anstarrt, schlucke ich. „Alain? Es ist … Ich meine, ich habe einen Online-Freund. Sein Name ist Slash, okay?"

„Oh, *fuck*." Alain steht auf und schüttelt den Kopf. „Hast du gerade Slash gesagt?"

„Ja?" Ich ziehe eine Augenbraue hoch. „Warum? Kennst du ihn?"

Alain stößt ein kleines Lachen aus. „Offensichtlich ist die Welt klein, Bri."

Er schnappt sich sein Handy. „Slash. Komm hierher. Sofort." Er schiebt das Handy zurück in seine Tasche. „Bri, ich habe nur ein sehr kurzes Zeitfenster, um ein paar Dinge zu erledigen, bevor ich mich ausruhen muss. Und du musst hierbleiben."

„Ähm, okay." Ich blinzle ihn an. „Aber ich sollte nach Hause gehen, um meine ..."

„Du gehst wegen gar nichts nach Hause." Er verschränkt die Arme. „Karl ist dort draußen und wenn du die Begrenzung meines Hauses verlässt, kann er dich entführen."

„Aber er kann nicht hereinkommen?"

„Nein."

„Okay. Gut. Aber ich brauche meine Medikamente und meinen Laptop und ..."

„Fuck." Er runzelt die Stirn. Er greift erneut nach seinem Handy. „Jemand wird die Sachen für dich abholen. Wirst du ihm erlauben, deine Wohnung zu betreten?"

„Ähm, sicher, aber ohne Schlüssel ..."

„Gib ihm einfach die Erlaubnis." Er kneift die Augen zusammen und hält mir das Handy ans Ohr. „Du hast ihn kennengelernt, es ist Tiberius. Der Türsteher im Club."

„Und was soll ich sagen?" Ich blinzle. „Ich kann nicht mehr mithalten, was hier geschieht."

„Hallo." Die Stimme am Telefon klingt beruhigend. Ich kann mir Tiberius' perfekt gestyltes Haar und seinen tadellosen Anzug regelrecht vorstellen. „Wie ich sehe, hat Alain Sie gefunden. Sagen Sie mir, dass ich Ihre Wohnung betreten darf."

„Gut. Sie dürfen hineingehen." Ich winke mit der Hand und sehe Alain stirnrunzelnd an. „Die Adresse lautet ..."

„Ich bin schon drin. Sind das die Medikamente im Schrank? Die blaue Tasche?"

191

„Ja, aber wie haben Sie …"

„Den Laptop habe ich auch. Brauchen Sie sonst noch etwas?"

„Ich …" Ich wende mich an Alain. „Wie kann er bereits in meiner Wohnung sein?"

„Wir bewegen uns schnell." Seine Stimme ist trocken. Er nimmt mir das Telefon aus der Hand.

„Also ist Tiberius auch ein Vampir?" Meine Stimme quietscht.

„Ja." Aber er ist abgelenkt und tippt etwas auf seinem Handy. Sein ganzer Körper vibriert mit einer seltsamen Energie, die zum Teil wütend und zum Teil besorgt zu sein scheint.

„Natürlich ist er das. Und ich nehme an, jeder andere, den ich in letzter Zeit kennengelernt habe, ist auch ein Vampir?" Ich huste. „Die Leute im Club?"

„Einige von ihnen. Ja. Einen Moment." Er senkt seine Stimme und wendet sich ab. Ich kann nur Bruchstücke seiner Worte aufschnappen.

„Großer Gott." Ich schüttle den Kopf. „Das ist alles Wahnsinn."

Ich stehe auf und gehe nervös auf dem Perserteppich auf und ab. Ich werfe einen Blick an die Wand, auf den Monet, den Mondrian und das, was wie ein Picasso aussieht. „Wo zur Hölle bin ich bloß gelandet?", murmle ich.

Ich denke darüber nach, K. anzurufen.

Ich kann K. nicht anrufen. Was soll ich ihr denn sagen? Wenn sie mir überhaupt glauben würde, würde ich sie damit wahrscheinlich selbst in Gefahr bringen.

Und zum allerersten Mal wird mir bewusst, dass mein Leben, so wie ich es kenne, vorbei ist.

Wenigstens bin ich mit Alain zusammen.

Und dieser Gedanke tröstet mich mehr, als man meinen sollte.

～

„ALAIN? Ich bin da." Es ist eine Stimme vor der Haustür.

„Komm rein, Slash. Aber keine Panik, ich habe einen Menschen hier. Bri." Alain ist in Sekundenbruchteilen an der Tür. Es ist nervenaufreibend, ihn sich so schnell bewegen zu sehen, aber als ich blinzle, wird mir bewusst, dass ich die Stimme des Neuankömmlings erkenne. Es ist „mein" Slash, der Hacker Slash – der, der mich angerufen hat.

„Bri?" Slash schaut zweimal hin, als er mit seiner schicken Laptoptasche über der Schulter hereinkommt. „Aus dem Internet?" Er sieht aus wie eine reale Version seines Avatars: etwas ungeordnete, kurze, braune Haare, Brille mit Drahtbügeln, schlank. Typische Gen-X-Kleidung. Chucks.

„Slash, aus dem Internet?" Ich bin genauso verblüfft wie er. „Du kennst Alain?"

„Ähm, ja." Slash mustert mich, als würde er versuchen, etwas zu verstehen. „Woher kennst du Alain?" Er runzelt die Stirn. Er schaut Alain an, dann mich, dann wieder Alain. Seine Schultern sind angespannt.

Bevor ich antworten kann – verwirrt darüber, warum Slash online so freundlich zu mir war und jetzt so kalt ist –, schaltet sich Alain ein.

„Ich bin nicht zufrieden mit dir." Alain funkelt Slash an. „Warum zum Teufel würdest du Informationen mit ihr teilen?" Er zeigt auf mich. „Ohne mich darüber zu informieren?"

„Wovon redest du denn?"

„Über die drei Frauen, die sich alle bei Gila

Diagnostics Blut abnehmen lassen?" Alain hebt die Stimme. „Wieso hast du mir nicht gesagt, dass Bri deine Kontaktperson ist?"

Slash schüttelt den Kopf. Sein Gesicht wirkt blass, als wäre er müde. „Alain, woher sollte ich denn wissen, dass du Bri kennst?"

Alain knurrt. „Sie schwebt in Gefahr."

Slash sieht unsicher aus. „Alain, normalerweise erzähle ich Kontakten nicht voneinander. Ich habe Regeln, um jedermanns Privatsphäre zu schützen."

Ich räuspere mich. „Meine Freundin K. hat gesagt, dass die Sicherheitskameras vor dem Einbruch bei Gila Diagnostics manuell ausgeschaltet wurden. Vielleicht solltet ihr herausfinden, wer das getan hat. Kann man diese Informationen online finden?"

„Woher weiß deine Freundin das?" Slash klingt skeptisch.

„Ihr Bruder ist Polizist. Er hat es ihr gesagt."

„Slash, kannst du das nachprüfen?" Alains Stimme klingt nicht nach einer Frage. Es ist eher ein Befehl.

„Wenn es ein Computerprotokoll gibt, kann ich die Informationen vielleicht zu einer Mitarbeiterkennung zurückverfolgen." Slashs Stimme klingt düster.

„Es ist meine Schuld", sagt Alain leise.

Ich werfe Slash einen Blick zu, aber der ist gerade dabei, seinen Computer aufzubauen und sich einzuloggen.

„Wieso soll es denn deine Schuld sein?", wage ich zu fragen.

„Weil …", beginnt Alain.

„Sie weiß über dich Bescheid und du erzählst ihr noch mehr?" Slash klingt unheilvoll. „Du weißt, dass du ihre Erinnerungen löschen …"

Alain unterbricht ihn. „Es ist meine Schuld, Bri, weil ich ihn erschaffen habe. Ich habe Karl zu einem Vampir gemacht. Und jetzt, da er sich gegen mich gewendet hat, will er alles zerstören, was mir etwas bedeutet."

„Aber er hatte meine Registrierungsnummer von der Blutabnahme. Er wollte mich sowieso schon." Ich hebe meine Hand an meinen Mund.

„Es wird ihm zusätzliche Freude bereiten, dir wehzutun, weil er damit auch mir wehtun kann." Alain schüttelt den Kopf. „Vielleicht auf schlimmere Weise, als er ursprünglich geplant hat."

„Ich verstehe es immer noch nicht. Ich habe noch so viele Fragen."

Alain dreht sich wieder zu mir um. „Und ich werde sie beantworten, wenn es soweit ist. Kannst du dich gedulden?"

Aber es ist eigentlich keine Frage. Er sagt mir, dass ich warten muss.

Und als ich zum Fenster schaue, wo sich die Dunkelheit kaum merklich lichtet, wird mir Angst und Bange ums Herz. Welches Unheil wird der neue Tag bringen?

Alain

Tiberius bringt Bris Sachen vorbei und wir unterhalten uns kurz, während ich ihm sage, was ich brauche, und er mir erzählt, was er gesehen hat: nämlich nichts. Keine Spur von Karl. Nach seinem Angriff auf Bri ist Karl spurlos verschwunden.

Aber ich weiß, dass er zurückkommen wird. Jeder Gedanke oder jede Hoffnung, die ich noch hatte, Karl zu retten – lächerlich! Ich verfluche mich für die Schwäche, es überhaupt in Erwägung gezogen zu haben. Hätte ich Karl schon früher getötet, als er noch nicht so mächtig war, wäre es nie zu diesem Angriff gekommen. Seine ganze kranke Blutbank-Idee würde nicht einmal existieren.

Ich muss der Tatsache ins Auge sehen, dass ich es gründlich vermasselt habe, indem ich mir eingebildet habe, ich hätte die Macht, die Dinge so zu regeln, wie ich sie mir erhofft hatte – und dass dieser Fehler niemals ohne Gewalt korrigiert werden kann.

In diesem Fall muss ich Gewalt mit Gewalt bekämpfen. Und ich werde sie anwenden müssen, um alles zu schützen, was mir wichtig ist.

Bri schlummert auf der Couch, aber es ist ein unruhiger Schlaf. Sie zuckt und stöhnt und ihre Augenlider flattern, als ob sie gleich aufwachen würde. Ihre Schultern sind verspannt, selbst während sie träumt, und ich bin mir sicher, dass dies kein erholsamer Schlaf ist.

„Was wirst du mit ihr machen?" Slash deutet mit einem Nicken zu ihr.

„Das ist meine Sache."

„Es geht uns jetzt alle was an." Slash ist jung und frech, weil er noch neu ist. Aber er hat nicht ganz unrecht. „Wir erzählen Menschen nicht über uns, außer in ganz seltenen Fällen. Es wissen schon zu viele Bescheid."

„Betrachte dies als eine der Ausnahmen."

„Wirst du ihr Gedächtnis löschen?" Er fixiert mich mit seinem Blick.

Ich wende mich ab. „Sie reagiert nicht gut darauf. Es würde zu viel Schaden anrichten."

„Wie oft habt ihr euch denn schon gesehen?" Seine Stimme wird lauter. „Seid ihr etwa zusammen, wie ein Pärchen?"

„Das geht dich gar nichts an", knurre ich. „Außerdem hast du sie auf dem Telefon angerufen? Du bist ihr Online-Freund? Du bist genauso schlimm wie ich."

„Nicht einmal annähernd", erwidert er. „Sie hatte

keine Ahnung, dass ich ein Vampir bin. Ich war nur ihr Hacker-Freund, um Informationen zu finden." Aber er sieht verdammt schuldbewusst aus. Ich weiß, dass er sich genauso sehr nach Gesellschaft sehnt wie ich. Und auch er weiß, dass er einen Fehler gemacht hat.

Ich schätze, Bri ist einfach auf unterschiedliche Weise berauschend für uns beide.

„Sie ist vertrauenswürdig." Ich weiß, dass das stimmt, auch wenn ich sie erst seit kurzer Zeit kenne. Aber ich spüre es tief in mir. In meinem Herzen.

„Also wenn du dir sicher bist." Er klingt skeptisch. Dann schüttelt er den Kopf. „Ich schätze, ich hätte sie nicht anrufen sollen." Eine Sekunde vergeht. „Aber ich hatte das gleiche Gefühl. Als ob ich ihr vertrauen könnte."

„Sie steckt jetzt jedenfalls drin", füge ich hinzu.

Wir sehen sie beide in ihrem unruhigen Schlaf an.

Er sagt: „Ich mag sie, weißt du. Wir sind online befreundet." Er klingt defensiv. „Sie ist wirklich klug und witzig."

„Wie kann man denn online mit Menschen befreundet sein? Das macht doch gar keinen Sinn." Ist es seltsam, dass ich ein wenig eifersüchtig bin?

Es klingt, als wäre Slash selbst ein wenig in sie verknallt. Hat sie mehr mit ihm gemeinsam als mit mir? Ich bin kein Anfänger wie Martin, aber ich verbringe auch keine Zeit in den sozialen Medien. Für mich sind sie eher ein Rechercheinstrument. Ich weiß natürlich, wie ich mir die Profile anderer Leute anschauen kann. Ich brauche kein eigenes Profil und wenn ich eins hätte, müsste ich mich darum kümmern, es legitim und aktuell zu halten.

Er zuckt mit den Schultern. „Nur so kann ich Freunde in meinem ursprünglichen Alter haben. Rede es mir nicht schlecht."

Ich sage ihm nicht, dass es ziemlich egal ist, ob er

seine menschlichen *Freunde* im Internet, in einer Bar oder am Boden eines verdammten Brunnens findet: Sie werden alle sterben und ihn verlassen. Und bald genug wird er aufhören, es zu versuchen und sich den Schmerz ersparen.

Ich möchte ihm sagen, dass er seine dumme Verliebtheit endlich überwinden soll.

Eine Lektion, die ich offensichtlich selbst noch nicht gelernt habe.

Bri stöhnt wieder.

„Ich wünschte, sie würde Ruhe finden." Ich stehe über Bri, gehe dann in die Hocke und starre sie schweigend an. Ich berühre mit den Händen sanft ihre Stirn. *Beruhige dich.*

Sie reagiert nicht, also dringe ich tiefer in ihren Geist ein. Sie hat mich hereingelassen, als wir Sex hatten, aber ich fühle mich schuldig, wenn ich mich in ihre Gedanken dränge, während sie schläft und noch weniger in der Lage ist, mich auszuschließen. Etwas, das mich bei den meisten Menschen nicht sonderlich kümmert. Aber Bri ist bereits eine Ausnahme. Genauso wie Dr. A. mag ich Bri bereits so sehr, dass meine Zuneigung für sie der zu Martin gleicht … und das will sehr viel heißen.

Ruhe dich aus.

Sie seufzt und stößt einen tiefen zittrigen Atemzug aus. Dann entspannt sich ihr Körper und ihre Schultern werden lockerer.

Sie und ich haben wirklich eine seltsame Verbindung. Mit Dr. A. kann ich so etwas nicht machen. Mit anderen Menschen kann ich auch nicht auf diese Weise kommunizieren. Das geht nur mit Bri.

„Apropos Schlaf." Slash erhebt sich. „Es ist Zeit." Er sieht von mir zu ihr und wieder zurück. Seufzt. „Wow. Das wird … wow." Er packt seine Sachen zusammen. „Ich komme zurück, wenn es dunkel ist."

„Sei vorsichtig. Wenn er weiß, dass du mir hilfst, schwebst du auch in Gefahr."

„Ich kann gut auf mich selbst aufpassen." Slash winkt mir zu und verschwindet.

Ich stehe hin- und hergerissen neben Bri. Ich muss in mein unterirdisches Versteck hinabsteigen und mich bis zum Einbruch der Nacht darin ausruhen. Aber sie muss auch hier in Sicherheit bleiben. Und ich muss außerdem trinken.

So wie diese Nacht gelaufen ist, bin ich nicht dazu gekommen, frisches Blut zu trinken. Ich habe einen Vorrat in meinem Kühlschrank und hundert Notfall-Beutel in meiner Gefriertruhe, aber wer will das schon, wenn man die beste Qualität direkt vor der Nase hat?

„Es tut mir leid, dass ich das tue", flüstere ich ihr ins Ohr, obwohl ich weiß, dass sie mich nicht hören kann. Ich sage es auch nicht in ihre Gedanken. Ich schätze, die Entschuldigung ist nur für mich. Oder vielleicht tut es mir gar nicht so leid.

Ich beuge mich hinunter und versenke meine Reiß-zähne in ihrem Hals. Bohre sie in ihre weiche, weiße Haut … Ich lasse sie tiefer eindringen als je zuvor. Ihr frisches Blut spritzt auf meine Zunge und ich schreie vor Freude über ihren Geschmack fast auf. Als ich genug getrunken habe, lecke ich über die Wunde, damit sie sich verschließt und dringe in ihren Geist ein – dieses Mal mit Nachdruck. Herrisch.

„Schlafe, bis ich dich holen komme", befehle ich ihr. Aber es ist ein sanfter Befehl, einer, den sie akzeptieren muss.

Unbewusst scheint sie eine Sekunde lang darüber nachzudenken, ob es ein gültiger Befehl ist …

„Weil ich dein Master bin. Du hast versprochen, dass du tust, was ich sage. Weißt du noch?" Ich zeige ihr Bilder von unserem Liebesspiel. Von ihrem Betteln. Ihren Versprechen.

Oh, ich weiß, dass sie die nur für den Moment gemeint hat … Aber ich hoffe, dass es ausreicht, damit sie mir jetzt gehorcht.

Und zum Glück tut sie es. Sie seufzt und fällt in einen noch tieferen Schlaf als zuvor. Ihr Atem ist sanft und gleichmäßig.

Ich hülle sie in eine Wolldecke und drücke ihr einen Kuss auf die Stirn. Dann hebe ich sie hoch und lege sie auf mein Bett. Dort wird es für sie bequemer sein als auf der Couch.

Auch Karl muss sich ausruhen, also wird er wohl kaum vor Einbruch der Dunkelheit zurückkehren. Außerdem ist mein Haus mit mehreren Alarmanlagen und Schlössern gesichert. Kugelsicheres Glas, Stahlrahmenkonstruktion und Stahltüren – es ist für die meisten Angriffe undurchdringlich. Selbst wenn Karl also menschliche Verbündete schickt, werden sie nicht eindringen können.

Ich hasse es, sie allein zu lassen, aber die vampirische Starre nagt an mir. Ich stolpere hinunter in mein Kellerversteck und betätige die Iris- und Stimmerkennung, um mein Bunkergewölbe zu öffnen. Die sichere Gruft, die mich beherbergt, während ich mich vor der Sonne verstecke.

Ich falle schneller als sonst in die Besinnungslosigkeit, weil ich von den Ereignissen des Tages erschöpft bin. Mein letzter Gedanke, bevor ich wegdrifte, gilt Bri.

18

Bri

Ich erwache, als würde ich von unter Wasser an die Oberfläche gedrückt werden. Ich habe tiefer geschlafen als je zuvor und es macht mir Angst, wie sich das Licht bricht und über mir funkelt … kilometerweit über mir … und wie meine Lunge zu platzen droht …

Ich setze mich auf und schnappe nach Luft. Dann keuche ich. Ich liege allein in Alains Bett.

Die Ereignisse der letzten Stunden kommen zu mir zurück und mit ihnen der Tumult der Gefühle: Furcht. Erregung. Lust. Entsetzen.

„Alain?" Keine Antwort. Ich fühle mich allein.

Ich finde das angrenzende Badezimmer und gehe zur Toilette. Darin befindet sich auch eine nagelneue Zahnbürste und eine Tube Zahnpasta, eine teure französische Seife und weiche kuschelige Handtücher. Ich benutze sie alle. Der Spiegel ist makellos ohne einen einzigen Wasserfleck; er könnte ein Fenster sein.

Das Mädchen, das mich daraus anschaut, ist ein

Gespenst mit blasser Haut, tiefen Tränensäcken unter den Augen und zerzaustem Haar.

Es gibt eine Bürste, die scheinbar auch brandneu ist, also benutze ich sie ebenfalls. Zumindest sieht das Gespenst jetzt nicht mehr komplett heimatlos aus. Die kleinen Dinge im Leben.

Ich höre ein Rascheln aus dem anderen Zimmer, dem großen Wohnzimmer, in welchem ich gegenüber von unschätzbaren Kunstwerken eingeschlafen bin, während sich Vampire mit leisen tuschelnden Tönen verschworen.

„Alain?" Ich stolpere nur auf Socken hinaus und spähe ins Wohnzimmer. „Oh, du bist es. Slash. Und – Sie. Ich habe Sie schon einmal gesehen."

Der andere Mann ist groß, düster und attraktiv. Er ist der Mann von der Bar.

„Autsch." Ich drücke mir eine Hand an die Stirn. Es ist wie ein Licht, das immer wieder aufblitzt; das Bild von ihm, wie er von einem Glas mit roter Flüssigkeit trinkt. Ich zwinge meinen Geist, sich zu konzentrieren, und das Bild hört auf, immer wieder zu zersplittern, schwankt eine Sekunde lang und bleibt schließlich da. „Ich erinnere mich an Sie. Sie haben ein Glas Blut getrunken. Im Club Toxic. Und später haben Sie gefragt, ob ..." Ich erröte. „Ähm, Sie haben etwas gefragt." Ich habe nicht vor, vor Slash zu wiederholen, dass Martin darum gebeten hat, mitzumachen, während Alain mir den Hintern versohlte.

Er zuckt zusammen. „Wieso erinnern Sie sich daran?" Er räuspert sich. „Ich entschuldige mich aufrichtig für die andere Angelegenheit. Ich werde nicht noch einmal fragen."

„Wer sind Sie?", erwidere ich und kämpfe gegen die Röte an.

„Ich bin ..." Er verstummt, lächelt, aber es wirkt traurig. „Ich bin Martin. Ein Freund von Alain. Und bitte duze mich."

„Ich bin Bri." Ich runzle die Stirn. Mein Kopf schmerzt von der Art, wie die Erinnerung darin herumgeschwirrt ist und sich hin und her bewegte.

Martin wirft mir einen Blick zu. „Wenn du Hunger hast, gibt es menschlichen Proviant in dem … dort. In diesem riesigen silbernen Lagerfach. Es ist kalt."

„Meinst du den Kühlschrank?" Ich ziehe die Augenbrauen hoch.

„Sieh doch nur selbst." Er betrachtet den Kühlschrank mit einem Blick voller Ehrfurcht. „Es ist wie ein Wunder."

„Wo kommst du denn her?" Weil ich Hunger habe und Alain nicht da ist und weil das alles das Unwirklichste ist, was mir jemals passiert ist, folge ich seiner Anweisung.

Ich öffne die Tür und blinzle – das Hauptregal ist gefüllt mit einem zeitschriftenwürdigen Schokoladenkuchen, Makronen in einer schicken Plastikschachtel, mindestens fünfzehn Gläsern Kaviar, französischen Käsesorten mit Banderolen und exotischen Verpackungen und einem extrem großen Stück von etwas, das wahrscheinlich ein Serrano-Schinken ist. Die andere Sache, ein Krug mit roter Flüssigkeit – ich nehme an, Blut – spricht mich nicht sonderlich an.

„Die bessere Frage ist, aus welcher *Zeit* er stammt", sagt Slash. Er tippt, während er spricht, und sein Gesicht wird vom Bildschirm seines Laptops leicht blau angestrahlt.

„Was meinst du damit?" Ich werfe ihm einen Blick über die Kühlschranktür hinweg zu und greife dann nach dem Kuchen. Ich werde meine innere Marie Antoinette heraufbeschwören und einen ganzen Haufen von dieser Köstlichkeit essen. Ich glaube, ich habe es verdient, wisst ihr?

„Er ist alt, Bri. Und dann ist er ein Jahrhundert lang

eingenickt und gerade erst aufgewacht, also ist er so etwas wie ein Zeitreisender." Er hebt eine Hand, um das Wort *eingenickt* in Gänsefüßchen zu setzen.

„Bist du auch so alt?" Ich starre Slash fasziniert an.

„Nein." Er geht nicht näher darauf ein. Er hält seinen Kopf gesenkt und starrt weiter auf seinen Bildschirm.

„Wegen meines Gehirns. Meinen Erinnerungen." Ich habe nicht vor, dieses Thema zu verwerfen. Ich stelle den Kuchen auf die glänzende Granitplatte und suche in der nächstgelegenen Schublade nach einem Messer und einer Gabel. „Was hat es damit auf sich?"

Keiner von beiden antwortet mir.

Dann spüre ich ihn hinter mir – Alain. Mit der Gabel in der Hand drehe ich mich zu ihm um. „Hallo."

Ich fühle mich seltsam in seiner Gegenwart. Als wären wir tiefer miteinander verbunden als zuvor. Auf eine Art, die ich nicht verstehe.

„Bri." Sein Blick ist besitzergreifend und warm, als er über mich wandert, und das kleine Lächeln, das auf seinen Lippen liegt, verrät mir, dass er die gleiche unmittelbare Anziehungskraft spürt. Er sieht immer noch genauso gut aus wie bei unserer ersten Begegnung und, Gott steh mir bei, wenn die beiden anderen nicht hier wären, würde ich mich sofort auf ihn stürzen.

„Wir müssen reden. Du musst mir ein paar Sachen erklären." Meine Worte purzeln einfach heraus. „Das alles hier."

„Ah, wir geben euch etwas Privatsphäre. Ruft uns, wenn ihr uns wieder braucht." Slash winkt Martin zu. „Komm mit." Die beiden tauschen einen Blick aus, als ob sie nicht sehr glücklich wären, und verschwinden dann; wohin, weiß ich nicht. Aber ich spüre, dass wir allein sind.

„Also bitte. Erzähl mir mehr. Über dich. Darüber, warum du so bist, wie du bist." Ich starre Alain an.

„Ich bin ein Vampir." Er seufzt. „Ich bin über dreihundert Jahre alt. Ich habe ein paar unsterbliche Freunde und einen Feind. Karl ist letzte Nacht auf dich losgegangen. Er will mich ruinieren und ist bereit, die Vampirgemeinschaft in Tucson zu zerstören und dabei unzählige Menschen zu töten. Außerdem ist seine Gier nach Blut und Macht außer Kontrolle und wenn man ihn nicht aufhält, wird er die schlimmste Verwüstung anrichten."

„Oh." Ich versuche, es zu verarbeiten. „In Ordnung."

„Die Sache mit Karl? Ich habe ihn erschaffen. Ich habe ihn vor einem Jahrhundert verwandelt. Daher habe ich eine ungewöhnliche Bindung zu ihm. Martin habe ich auch erschaffen, aber er und ich haben ein positives Verhältnis. Wir sind Verbündete. Karl ist ein Feind. Ich … hätte ihn nie verwandeln dürfen. Es war eine falsche Entscheidung. Ich hatte gehofft, ihn zu rehabilitieren, und davon zu überzeugen, anders zu werden, aber es hat nicht funktioniert. Ich habe seitdem dazugelernt und weiß jetzt, dass es nur einen von uns geben kann – mich oder Karl. Einer von uns muss sterben. Und ich werde es garantiert nicht sein. Und ich schwöre, ich werde auch nicht zulassen, dass er dir etwas antut."

Er schaut mich an. Und wartet.

„Wo kommst du her?" Ich schüttle den Kopf. Ich habe so viele Fragen, also werde ich sie jetzt stellen und später zum Thema Gefahr zurückkehren. Zum Angriff.

„Aus Europa." Er scheint in weite Ferne zu blicken. „Frankreich. Meine Familie war wohlhabend, aber mit Geld konnte man sich keine Gesundheit kaufen und drei meiner jüngeren Geschwister starben im Säuglingsalter. Der Einzige, der außer mir überlebte, war mein Bruder. Wir waren nur zu zweit."

Er hat einen liebevollen Ausdruck auf dem Gesicht. „Er war jedoch auch krank. Er hatte das, was man heute

ALS-Erkrankung nennt oder zumindest etwas Ähnliches. Seine Muskeln haben aufgehört zu arbeiten."

„Du hast mit ihm nach einer Burg gesucht?"

Er nickt. „Ja. Wir dachten, es gäbe dort vielleicht einen verborgenen Schatz. Ich habe davon geträumt, ein Heilmittel für ihn zu finden."

„Welche Art von Heilmittel?"

Er seufzt. „Wir wussten damals nicht viel über den Körper und über Heilung. Ich hoffte auf Magie. Ein Amulett." Er schüttelt den Kopf. „Stattdessen haben wir einen Vampir ausgegraben. Einen schlafenden Vampir in seiner Gruft. Er war nicht sonderlich gut geschützt."

Ich reiße die Augen weit auf. „Und dann?"

„Es war meine Schuld. Ich war derjenige, der ihn geweckt hat. Er war wütend. Durstig. Er …" Seine Stimme bricht für einen Moment. „Er hat meinen Bruder vor meinen Augen getötet. Er trank sein Blut und schleuderte die Leiche beiseite. Er sagte, er habe uns beiden einen Gefallen getan – mir, weil ich noch am Leben war. Meinem Bruder, weil es ihm einen weitaus grausameren Tod erspart hätte."

Ich schweige und warte darauf, dass er fortfährt. „Gesättigt, spielte er mit mir. Er sagte, er würde mich in seinem Versteck behalten und für eine spätere Mahlzeit aufheben. Mich erst töten, wenn er das nächste Mal Durst hat. In meiner Verzweiflung war ich jedoch schlau. Ich sah, dass er nichts besaß. Keine Kleidung, keinen wirklichen Schutz, also bot ich ihm ein Geschäft an. Ich sagte, ich würde ihm bringen, was er brauchte, wenn er mich verschonen würde. Ich versprach ihm, ich würde ihm Geld, Kleidung, was immer er wollte besorgen. Redete ihm ein, dass er für sein langfristiges Wohlergehen keine bessere Chance bekäme, ohne erwischt zu werden."

„Und er hat zugestimmt?"

„Das hat er. Also schloss ich einen Pakt mit dem Mörder meines Bruders." Seine Stimme ist leise und voller Schmerz. „Ich brachte ihm Schmuck und Wertsachen aus meinem Elternhaus, damit er sie verkaufen und sich bereichern konnte. Ich gab ihm Kleidung aus dem Schrank meines Vaters. Brachte ihm Pferde. Alles, was er wollte. Und er trank auch regelmäßig von mir, wenn auch nicht genug, um mir das Leben zu nehmen." Er erschaudert.

„Hat deine Familie das Fehlen der Sache nicht bemerkt?"

„Doch, das haben sie. Die Dienerschaft wurde beschuldigt. Gefeuert." Er schüttelt den Kopf. „Einer von ihnen wurde eingesperrt. Er starb im Gefängnis." Sein Kiefer verkrampft sich. „Und ich habe nichts gesagt, um ihn zu retten."

Ich weiß nicht, was ich sagen soll. Seine Geschichte ist entsetzlich. Faszinierend. Ich bin gleichzeitig erschüttert und begierig, mehr zu erfahren.

„Er war völlig rücksichtslos. Er beutete mich aus, bis es auch für mich selbstverständlich wurde. Erst viele Jahre später, als ich älter und stärker war, beschloss er, mich zu einem der Seinen zu machen. Um ihm zu dienen."

„Du wurdest also gegen deinen Willen in einen Vampir verwandelt?" Meine Stimme bebt.

Er schweigt für einen Moment. „Es war nicht gegen meinen Willen. Ich habe ja gesagt. Man muss es wirklich wollen. Sogar darum betteln."

„Aber du bist ..." Ich zögere. „Du bist doch keine schlechte Person. Nicht wahr?" Ich ziehe die Augenbrauen hoch. Die Wahrheit ist, dass ich nichts über ihn weiß, außer dass er gut im Bett ist und wir eine seltsame Verbindung haben. Aber ich spüre es: Er ist hart, aber nicht böse. Bitte, flehe ich leise in meinem Kopf, bitte.

Er wendet den Blick ab. „Viele Jahre lang habe ich

Dinge getan – ich weiß nicht, ob man solche Taten wieder-gutmachen kann. Ich weiß nur, dass ich es versuche."

„Hast du Menschen getötet?"

Er nickt. „Ja." Sein Gesichtsausdruck ist finster. „Das habe ich."

„Warum?"

„Weil mein Master es mir befohlen hat. Damit er sich nähren konnte. Für seinen Schutz. Und manchmal auch zu seinem Vergnügen. Und ich war ihm hörig, bis ich mich aus seiner Kontrolle befreien konnte." Er schluckt. „Und dennoch tötete ich eine Zeit lang weiter. Aus Wut und zu meinem eigenen Vergnügen. Ich habe so viele Menschen getötet, dass ich sie nicht mehr zählen konnte. Und schließ-lich tötete ich auch meinen Master."

„Alain!" Ich stehe erschrocken auf.

„Ich werde dir nicht wehtun." Er hebt eine Hand. „Dieses Leben liegt hinter mir. Ich habe mich weiterent-wickelt."

„Darum geht es nicht!" Ich weiche zurück. „Du – du bist ein Mörder!" Ich schlage mir eine Hand vor den Mund. Übelkeit macht sich in meinem Bauch breit.

„Jetzt nicht mehr." Er tritt vor und ich weiche weiter zurück. „Tatsächlich, tue ich das Gegente–"

Ich lasse ihn nicht aussprechen. „Wie konntest du – mit mir zusammen sein? Ohne es mir zu erzählen? Du hast mich mit dir schlafen lassen und du hast Menschen zu deinem Vergnügen getötet?" Ich glaube, ich muss mich gleich übergeben. Ich muss mich sehr konzentrieren, um es zurückzuhalten. „Wann hattest du vor, mir davon zu erzählen?"

Ich denke an Alain als jungen Mann, als Vampir. Wie er Menschen tötete und vielleicht das gleiche Vergnügen auf dem Gesicht hatte, das ich in Karls Augen sah, als er mich angriff.

„Ich … wollte es dir niemals sagen. Ich wollte dein Gedächtnis löschen", sagt er leise. „Dich deines Weges ziehen lassen … nach unserer einen gemeinsamen Nacht."

„Mein Gedächtnis löschen?"

„Das ist etwas, was wir Vampire tun können. Wir können bestimmte Erinnerungen entfernen. Bei den meisten Menschen. Aber bei dir …" Er schüttelt den Kopf. „Du hast so heftig darauf reagiert. Ich wusste, wenn ich eine tiefere, ernsthaftere Löschung vornehme, würde es zu Hirnschäden führen."

„Du wolltest mir Hirnschäden zufügen?" Ich kann das alles nicht begreifen.

„Nein!", brüllt er. Dann wiederholt er leise: „Nein. Als mir bewusst wurde, dass es nicht funktionierte, beschloss ich, deine Erinnerungen nicht zu löschen. Nicht noch einmal. Ich schwöre es. Ich werde niemals wieder ohne deine Erlaubnis eine Erinnerung von dir nehmen."

„Aber du hast es versucht?"

„Zweimal. Einmal an der Bar und dann, nachdem wir in der ersten Nacht gevögelt hatten. Als du ins Taxi gestiegen bist. Aber ich werde es nie wieder tun. Du hast mein Wort. Ich verspreche es."

„Deshalb habe ich also diese seltsamen Kopfschmerzen und mein Gedächtnis ist völlig durcheinander?" Ich hebe eine Hand an meinen Kopf. „Ich glaube, Karl hat es möglicherweise auch einmal versucht. Denn nachdem ich ihn das erste Mal gesehen habe, bekam ich furchtbare Kopfschmerzen und habe ihn für eine Weile vergessen. Und die Erinnerungen daran sind ganz verschwommen."

Er nickt. „Deine Erinnerungen kämpfen darum, zurückzukommen. Dein Gehirn mag es nicht, wenn etwas gelöscht wird."

Ich war noch nie in meinem Leben so entsetzt. Mein Herz klopft so schnell, dass ich glaube, es könnte zerplatzen. „Lass mich in Ruhe!" Eine Träne der Verzweiflung läuft mir über die Wange. „Alain, ich habe zugelassen, dass du mich kontrollierst. Ich habe dir vertraut."

„Und das kannst du immer noch." Er streckt mir eine Hand entgegen. „Ich bin jetzt anders. Ich bin nicht mehr der Vampir, der damals getötet hat. Das war kurz nachdem ich verwandelt wurde. Mein Geist war gebrochen und es dauerte eine Weile, bis ich die Kontrolle über mich zurückerlangte. Ich habe versucht, es dir zu erzählen. Ich habe eine Stiftung gegründet, um Krankheiten zu erforschen und zu heilen."

„Du bist ein Killer! Und du wolltest mein Gedächtnis löschen. Und ich habe dir erlaubt, mich zu kontrollieren ... und ... wie zum Teufel hast du überhaupt das Recht, so etwas zu tun? Für wen zum Teufel hältst du dich eigentlich?"

Ich bin so aufgebracht, dass ich schreien und Dinge zerbrechen will. Seine Dinge. Ich will seine Kunstwerke mit einem Messer aufschlitzen. Ich will ... Ich will hier zum Teufel noch mal verschwinden.

Ich starre auf die Tür und dann zu den Fenstern. Es ist schon wieder Nacht. „Wie konnte ich denn den ganzen Tag verschlafen? Ich muss nach Hause gehen. Bitte!"

„Ich bin in deinen Geist eingedrungen. Ich habe dich zum Schlafen ermutigt, damit du dich ausruhen kannst und nicht aufwachst, während ich in der Vampirstarre liege. Ich muss schlafen, während die Sonne scheint. Das müssen alle Vampire. Die Sonne tötet uns."

Ich lache humorlos. „Ich schätze, wenigstens das haben wir gemeinsam." Obwohl ich unendlich wütend bin, wärmt die Tatsache, dass wir dies gemeinsam haben, mein Herz auf seltsame Weise. Ich finde nur selten jemanden, der meine Situation versteht. Ich verschränke meine Arme und zittere, obwohl mir nicht kalt ist. „Du musst mich nach Hause gehen lassen."

„Das kann ich nicht." Seine Stimme ist leise und fest entschlossen. „Hasse mich, wenn du willst, Bri. Aber du wirst hier nicht weggehen."

„Oh doch, das werde ich." Ich gehe zur Tür und greife nach dem Knauf. „Und wenn du mich verfolgst, werde ich, so wahr mir Gott helfe ..."

Ich drehe und wende, aber der Knauf lässt sich nicht öffnen. Die Tür ist fest verschlossen. „Warum geht die nicht auf?" Ich ziehe und zerre daran. „Alain, du kannst mich nicht gefangen halten." Ich laufe zu den Schiebe-türen in der Küche hinüber, aber auch sie lassen sich nicht bewegen. Ich zerre an einem Fenster. „Alain, lass mich raus!"

„Nein."

„Dann werde ich mir meinen Weg hinaus aufbrechen!" Ich greife nach dem nächstgelegenen Gegenstand, einer Metallschüssel, und schleudere sie gegen die Schiebetür. Sie prallt mit einem tiefen Donnern ab und verfehlt mich nur knapp, als sie an mir vorbei auf den Boden scheppert und klirrend liegen bleibt.

„Bri, hör auf damit. Du wirst nicht rauskommen, also versuche es nicht. Du wirst dich noch verletzen."

„Ich mache, was auch immer ich will, verdammt! Fick dich!", schreie ich. Ich greife nach dem nächstbesten Gegenstand, einer kleinen Messingskulptur, die teuer aussieht. Sie ist auch schwer. Ich werfe sie mit voller Wucht gegen die Tür und jammere.

„Das reicht jetzt." Alain ist blitzschnell an meiner Seite und die Statue steht wieder neben der Tür. Er schließt seine Arme um mich. „Ich habe gesagt, du sollst aufhören."

„Und ich habe gesagt, dass ich nicht aufhören werde!"

Ich bin jetzt völlig verzweifelt und verrückt vor Angst und Ausweglosigkeit.

„Du wirst mir gehorchen", knurrt er und starrt mir in die Augen. „Sofort. Oder sonst."

„Sonst was? Bringst du mich sonst um?"

„Ich habe versprochen, dass ich dir niemals etwas antun werde. Und das meine ich auch ernst. Aber ich habe nichts dagegen, dir den Hintern zu versohlen, damit du wieder zu Sinnen kommst." Er schenkt mir ein kleines Lächeln, das seine Augen nicht erreicht. „Wenn es das ist, was du brauchst, um dich zu beruhigen."

„Du kannst mich mal. Ich werde mich nicht beruhigen."

„Also gut. Dann werde ich dir den Hintern versohlen."

„Alain, nein. Darauf habe ich gerade keine Lust!" Ich schlage nach ihm, so fest ich kann.

„Ja, kämpfe mit mir", flüstert er mir ins Ohr. „Kämpfe gegen mich an, Baby. Schau doch nur, ob du entkommen kannst. Verausgabe dich mit deinen Schlägen."

„Lass! Mich! Los!" Ich stürze mich auf ihn, trete und versuche, zu kratzen.

Ohne Mühe packt er meine Unterarme und hält mich fest. Er fixiert mich mit seinem Blick und auch mit seinen Gedanken.

Stopp.

Die Stimme hallt in meinem Kopf wider. *Seine* Stimme – und ich kann sie hören, obwohl er gar nicht spricht–

Ich erstarre und reiße die Augen weit auf.

„Siehst du?" Er berührt mein Gesicht. „Du vertraust mir immer noch."

Ich kneife die Augen zusammen.

„Du hättest mir die Kontrolle nicht gegeben, wenn du mir nicht vertrauen würdest", murmelt er. „Weil dein Herz dir sagt, dass du bei mir sicher bist. Dein Instinkt war richtig. Ich mag eine dunkle Vergangenheit haben, aber du kannst dem Alain vertrauen, der hier und heute existiert."

„Du hast mich belogen." Ich versuche, mich von ihm zu lösen und bin immer noch wütend.

„Jeder lügt." Seine Stimme ist hart. „Aber nicht jeder lügt aus demselben Grund. Ich habe gelogen, um dich zu beschützen, nicht um dich zu verletzen."

„Aber du hast mich trotzdem verletzt."

„Und du wirst mich auch verletzen."

„Oh, weil ich nicht mit einem Mörder ficken will?", zische ich.

Er schüttelt den Kopf. „Oh Bri, du wirst mich ficken." Seine Augen sind traurig. „Du wirst mich auf andere Weise verletzen."

„Du bist ein manipulativer Mistkerl und ich will jetzt gehen."

Aber seine Augen üben die übliche Magie auf mich aus, lassen meine Bedenken dahinschmelzen und verwandeln meinen Körper in schmachtenden Brei. Sie steigern mein Verlangen. Und unterdrücken meine Hemmungen.

„Siehst du?", murmelt er. „Ein Blick von mir genügt und du wirst deinem Master gehorchen."

Eine Träne läuft über meine Wange. „Du bist nicht mein Master." Aber er ist es. Irgendwie, ich weiß auch nicht wie, ist er es bereits.

Er lächelt. „Bist du dir sicher?" Er beugt sich vor, sodass sich unsere Lippen fast berühren. „Dann geh." Er spricht an meinem Mund. „Wenn du mich nicht ficken willst, trete zurück."

Er wartet. Ich spüre seinen Körper und unsere Körpertemperaturen vermischen sich. So als würde er meinen Körper anhalten, heißer zu werden. Ich spüre, wie sich die Luft rundherum mit Elektrizität auflädt. Meine Haut kribbelt.

„Wenn du denkst, dass ich so ein böses Monster bin, kannst du dich gern von mir wegbewegen."

Aber ich bewege mich nicht. Ich will es nicht mehr.

Ich kann nur noch an seinen Mund, seine Hände und seinen Schwanz denken. Daran, wie sich sein Körper auf meinem anfühlt und wenn er in mir ist. Wie sehr ich mich nach seiner Kontrolle sehne. Wie sehr ich ihm immer noch vertraue. Trotz allem, was er mir gerade erzählt hat − schreckliche, furchtbare Dinge, die mich dazu bringen sollten, mich für immer von ihm abzuwenden.

Gott stehe mir bei, ich begehre ihn immer noch.

Ich brauche ihn. Mein sonnenloser, nicht alternder Vampir, meine bisher schlechteste Beziehungswahl − ich brauche ihn.

„Aber wenn du bleibst, wirst du mir gehorchen", flüstert er. Seine Lippen berühren meine, ganz sanft, aber die Leidenschaft explodiert bei dieser kleinen Berührung. „Und du wirst jede Sekunde davon lieben. Und du wirst mir vertrauen."

Ich schaue ihm eine Sekunde lang in die Augen. Und dann noch eine. Vielleicht eine ganze Stunde.

Ich weiß nicht, wie viel Zeit vergangen ist, bevor ich zu ihm sage: „Ja."

Alain

Sie ist so wütend, dass sie Feuer speien könnte. Und ihr Hass ist auch nicht unangebracht. Ich habe sie angelogen und ich habe schreckliche Dinge getan. Auch viele dumme Dinge. Aber sie will mich immer noch. Und fick mich, aber ich werde sie heute Nacht vor Vergnügen schreien lassen.

Sie wird von ihrer Leidenschaft überwältigt und

Endorphine durchfluten ihren Körper. Ich kann jetzt schon sagen, dass ihre Schmerzgrenze viel höher sein wird als normal. Außerdem hat sie immer noch mein Vampirgift in ihrem Körper, weil ich letzte Nacht von ihr getrunken habe. Dies alles kombiniert, wird ihre Toleranz für die gröberen Spiele, die ich gern spielen will, erhöhen.

Und sie mag sie auch.

Als ich ihr befehle, sich auszuziehen, gehorcht sie. Ich versohle ihr heftig den Hintern, bis sie schreit. Sie ist so nass, dass sie vor Verlangen trieft.

„Sag es", flüstere ich ihr zu und reibe mit meinem Finger über ihre Klitoris.

„Nein." Sie stöhnt und stemmt mir die Hüfte entgegen.

Ich beiße gerade so fest in ihre Brustwarze, dass sie nach Luft schnappt. „Dann wird es keinen Orgasmus für dich geben."

Sie schließt die Augen und lächelt. „Du bringst mich immer zum Orgasmus."

Sie hat Recht. Ich würde ihr niemals die Lust vorenthalten und das weiß sie genau. Sie ist genauso mein Master wie ich der ihre bin.

Dieser Gedanke ist beunruhigend, denn ich bin es gewohnt, die vollständige Kontrolle zu haben – nicht nur über mich selbst, sondern auch über alle um mich herum.

Mit Bri komme ich aus dem Gleichgewicht.

„Vielleicht auch nicht", drohe ich ihr. „Vielleicht versohle ich dir noch einmal den Hintern und lasse dich dann bis zum Morgen warten."

Aber ich kann ihrem sinnlichen Körper nicht widerstehen.

Ich packe sie und halte ihre Hände über ihrem Kopf fest. Ihre Brüste heben sich, während sie schwer atmet und unter ihren Wimpern zu mir aufschaut. „Fick mich,

Alain." Ihre Lippen sind so rot. Sie riecht nach Sex und köstlichem, frischem Blut.

Ich kann nicht widerstehen.

„Sag, was ich hören will", murmle ich und lasse meinen Schwanz gegen ihren Eingang stoßen.

Sie wimmert und verrenkt sich, als sie versucht, mehr von meinem Körper zu spüren, aber ich halte sie fest.

Schließlich gibt sie nach. „Master", flüstert sie. „Bitte."

„Ah, da ist es ja." Ich stoße meinen Schwanz tief in sie hinein.

„Ja, oh Gott", murmelt sie. „Alain."

Ich stoße härter zu. „Du gehörst mir, Bri. Mir ganz allein." Meine Stimme ist heftig.

Sie packt mich und gräbt ihre Fingernägel in meine Haut. Dann schreit sie auf. „Immer", sagt sie. Dann krampft sich ihr Körper vor Lust zusammen.

Ich komme ebenfalls, ausgelöst durch ihr Versprechen als auch von ihrem Körper. Wenn ich sie doch nur für immer haben und diese Art von Lust jede Nacht mit ihr erleben könnte.

Es ist ein leerer Traum, aber ich halte ihn mit aller Macht fest und schreie meine Erlösung heraus. Unsere Stimmen vermischen sich und wir brechen in einem Gewirr aus verschwitzten Gliedern und Befriedigung zusammen.

19

Bri

„Guten Abend." Slash mustert mich von seinem Laptop aus. Seine Augen sind unergründlich, aber ich höre Tadel in seinem Ton. „Alain ist noch nicht wach."

„Das kann ich sehen." Ich hole den Kuchen aus dem Kühlschrank und lege ein Stück Brie daneben. Ich mache mir ein wenig Sorgen, dass Slash und Martin vielleicht gehört haben könnten, wie Alain und ich in der letzten Nacht Sex hatten. Ich hoffe, sie haben es nicht. „Wir müssen etwas Gemüse besorgen, sonst verstopfen meine Arterien noch."

„Tiberius wird mehr Essen bringen ... für dich." Slash mustert mich immer noch. Er murmelt: „Da du so bedürftig bist."

Das tut mir weh. „Was ist los mit dir? Ich dachte, wir wären Freunde." Ich stelle mein Gourmetessen auf den polierten Küchentresen und hole mir eine neue Gabel.

„Für eine echte Freundschaft braucht es mehr als nur ein paar Onlinegespräche." Seine Stimme ist kalt. „Und ich habe zu tun." Eine Sekunde vergeht. „Und ihr wart ziemlich laut dort drin."

Scheiße, er hat uns gehört.

„Nun, entschuldige, dass es mich gibt. Es tut mir leid." Ich nehme einen großen Bissen von meinem Kuchen. „Isst du kein Essen?"

Ich kaue mechanisch und versuche, so zu tun, als wäre es mir egal, dass er sich wie ein Arschloch verhält. Und als wäre es mir nicht peinlich. Es ist eine Sache, eine Session in einem Club zu machen, wo die Leute zusehen und zuhören wollen. Aber eine ganz andere, von Leuten überhört zu werden, die diesen Wunsch nicht hegen.

„Das müssen wir nicht."

„Aber ihr könnt es?"

„Wenn wir wollen, um des Geschmacks willen." Er schaut mich nicht an. „Deshalb hat Alain dieses Zeug – es sind wahrscheinlich seine Lieblingsspeisen. Lass es gut sein, Bri, ich bin nicht das Vampirhandbuch."

„Wie auch immer." Aber ich bin traurig. Slash und ich waren vielleicht keine besten Freunde, aber wir waren Freunde, online. Er war genauso lustig wie meine Online-Freundin Foxfire, die sich sogar mit mir zur Happy Hour getroffen hat und eine ziemlich coole Braut war.

Und obwohl ich weiß, dass Internet-Freundschaften nicht immer zu einer Beziehung im wirklichen Leben führen, hielt ich Slash nicht für einen totalen Idioten.

Ich esse eine große Portion Kuchen, gehe dann zur Schiebetür in der Küche und presse mein Gesicht gegen das Glas, um nach draußen zu sehen. Aber selbst das ist aufgrund der Reflexion der Innenbeleuchtung schwer. Ich kann nichts erkennen.

„Bin ich immer noch eingesperrt? Wie eine Gefangene?" Ich versuche, die Tür zu öffnen, aber es geht nicht.

Slash antwortet nicht.

Mein Handy ist immer noch verschwunden; ich weiß nicht, wo Alain es hingelegt hat. Obwohl wir letzte Nacht fantastischen Sex hatten, bin ich verwirrter denn je.

„Fuck." Slash klappt den Deckel seines Laptops zu. „Fuck, fuck, fuck. Verdammt." Er steht auf und fährt sich mit den Händen durch die Haare, wodurch er sie noch mehr zerzaust.

„Klappt irgendetwas nicht?" Ich sehe ihn mit zusammengekniffenen Augen an. Ich freue mich darüber, dass er sich ärgert. Denn seine Worte verletzen mich noch immer.

Er antwortet nicht, sondern geht nur auf und ab. Er hält die Hände auf seinem Kopf, so als würde er sich strecken und gleichzeitig gehen.

„Es liegt wahrscheinlich an deiner Einstellung", erwidere ich. „Wenn jemand in Arschloch-Stimmung ist, ist es viel schwieriger, sich zu konzentrieren."

Er stößt einen tiefen Seufzer aus. „Bri, es tut mir leid, dass ich es an dir auslasse. Es ist nur – wenn Menschen über uns Bescheid wissen, ist das eine Verbindlichkeit. Es geht nicht gut aus."

„Für wen?"

„Für alle Beteiligten." Er wirft mir einen finsteren Blick zu. „Ich meine, was glaubst du, was hier passieren wird? Ich meine, wirklich?"

„Wirklich? Fick dich. Im Moment versuche ich immer noch herauszufinden, ob das hier alles überhaupt real ist, oder ob ich verrückt werde. Oder ob ich in irgendeinem Albtraum feststecke. Gestern wurde ich von einem fliegenden, verrückten Vampir angegriffen und heute bin ich mit noch mehr Vampiren eingesperrt und …" Ich schüttle den Kopf. „Ich habe noch keinen Zehnjahresplan ausgearbeitet, Slash."

„Nun, dann lass es uns doch einmal durchspielen." Er verschränkt die Arme, steht auf und schaut mich an. „Du magst Alain. Das verstehe ich. Aber er wird nie altern – du aber schon. Wenn er deiner nicht überdrüssig wird, habt ihr also höchstens zehn Jahre zusammen, bevor es komisch wird? Vielleicht fünfzehn? Ich meine, wenn du bis dahin überhaupt noch lebst. Oder er."

Ein kaltes Gefühl macht sich in meinen Knochen breit. „Warum sollte er nicht mehr leben?"

„Weil du seinen Aufenthaltsort wahrscheinlich verraten wirst. Welcher Mensch kann denn schon widerstehen, über einen Vampir zu sprechen? Oder darüber zu schreiben? Geld damit zu machen? Oder es sogar aus Versehen einem Freund zu erzählen?" Er schüttelt den Kopf. „Es bringt uns alle in Gefahr."

„Das würde ich nicht tun."

Aber ich denke darüber nach, wie schwierig es wäre, ein solches Geheimnis selbst vor meiner besten Freundin zu bewahren. Ich könnte es nicht einmal K. sagen? Wie soll ich denn existieren, ohne mit K. darüber zu sprechen? Und könnte K. widerstehen, es Mani zu erzählen? Und Mani erzählt es dann ihrer Mutter. Die wiederum hat eine Schar von alten Damen beim Bridge … und so weiter.

Ich konzentriere mich wieder und höre weiter zu. „Und wenn andere Vampire wissen, dass du es weißt? Sagen wir mal, ich vertraue dir. Alain vertraut dir. Aber andere Vampire tun es nicht … Dann schwebst du in Gefahr. Sie könnten das Risiko beseitigen wollen. Und ich spreche hier nicht nur von Karl. Vielleicht denken sie auch, du und Alain stellt beide eine Bedrohung dar. Und sie wollen euch beide loswerden."

Ich erschaudere und schlinge meine Arme um meinen Körper.

„Und vielleicht denkst du, du könntest selbst zu einem Vampir werden. Aber das ist nicht so einfach. Und macht auch keinen Spaß."

„Darum habe ich nicht gebeten." Ich weiche zurück.

„Das musstest du auch nicht. Ich kann es in deinem Gesicht sehen", sagt er. „Alle Menschen denken darüber nach." Er hält inne. „Wir wissen das, weil wir einmal wie du waren." Er wendet sich ab.

Ich beiße mir auf die Lippe. „Hör mal, Slash. Ich verspreche, dass ich niemandem von euch erzählen werde. Nicht einer Seele." Obwohl es mir das Herz bricht, wenn ich daran denke, dass dies einen Keil in meine Freundschaft mit K. treiben wird.

„Und ich muss mit diesem dürftigen, dünnen Versprechen leben?", erwidert er spöttisch. „Darauf soll ich mich verlassen? Gott, Bri. Es ist entsetzlich!" Seine Stimme steigert sich zu einem Geschrei, dann sinkt er auf die Couch und vergräbt den Kopf in seinen Händen.

Weint er etwa?

„Slash?" Ich senke meine Stimme und nähere mich ihm zaghaft. „Geht es dir … gut?" Ich lege meine Hand auf seine Schulter und ziehe sie dann wieder zurück.

„Es tut mir leid." Seine Stimme ist leise. „Aber du hast keine Ahnung, wie schwer es ist."

„Was meinst du denn?" Ich bin völlig verblüfft. „Du bist unsterblich und beschwerst dich darüber? Soll ich dir zum Trost ein bisschen Käse und Wein bringen?" Ich zeige auf den Kühlschrank. „Da sind viele nette Sachen drin."

„Das hier. Das hier zu sein." Er schaut mich an und die unverhohlene Qual in seinem Gesicht lässt mich die Augen weiter aufreißen. „Unsterblich zu sein, aber so verwundbar. Ein Sonnenstrahl würde mich zu Staub zerfallen lassen."

Er schnippt mit den Fingern. „Man kann niemandem trauen, nicht einmal anderen Vampiren. Nicht einmal dem, der dich erschaffen hat. Du musst immerzu über deine Schulter schauen. Deine Persona immer wieder neu aufbauen, jedes Jahrzehnt, jedes Jahr. Verdammte endlose

Neuanfänge, wieder und immer wieder. Es ist anstrengend."

Er hat dunkle Ringe unter seinen Augen. „Und ich bin noch nicht einmal … Ich bin jung für einen Vampir." Er lacht humorlos. „Man denkt, dass es so toll werden wird. Und dann ist es … das hier."

„Aber du scheinst so glücklich zu sein." Ich setze mich neben ihn. „Normalerweise." Meine Wut ist verflogen und wird durch eine seltsame Art von Mitgefühl ersetzt. Ob er nun überdramatisch ist oder nicht, er leidet ganz eindeutig. Und plötzlich wird mir bewusst, dass Unsterblichkeit eine ganze Reihe von eigenen Problemen mit sich bringt … vielleicht noch schlimmere als menschliche Dilemmas.

„Das ist nur gespielt." Er starrt auf seine Jeans hinunter.

„Fühlen alle Vampire so? Geht es Alain genauso?" Der Gedanke, dass Alain auch mit solchen Ängsten leben könnte, bricht mir das Herz. Auch wenn ich so wütend bin, dass ich ihn schlagen könnte, bin ich doch sehr um ihn besorgt.

Er zuckt mit den Schultern. „So wie ich es verstehe, machen wir das alle von Zeit zu Zeit durch. Manche kommen besser damit klar als andere."

„Es tut mir leid. Aber ich meine, mein Leben ist im Moment auch nicht gerade einfach, weißt du? Ich könnte in fünf Jahren schon tot sein. Ich habe eine Krankheit, Slash. Es ist nicht nur dieser verrückte Spinner, der versucht hat, mich umzubringen. Und ich weiß nicht …"

Ich schüttle den Kopf. „… was die Zukunft bringt. Menschen verlassen mich auch. Meine Eltern sind gestorben. Ich schaffe es nicht, so wie meine Freunde eine normale Beziehung zu führen. Ich bin ständig beim Arzt. Das menschliche Leben ist so kurz und zerbrechlich. Ich habe auf dem College nicht Medizin studiert und jetzt ist es zu spät. Für mich läuft normalerweise nie irgendwas glatt. Du solltest dankbar sein, dass du so viel Zeit hast, um deine Ziele zu verwirklichen."

„Das ist das Problem für uns." Er schüttelt den Kopf. „Es ist zu viel Zeit. Wenn einem die Unendlichkeit bevorsteht, hat man keine Motivation. Es ist manchmal so schwer, weiterzumachen."

Er streckt die Hand aus, ohne mich anzusehen, und greift nach meiner. „Aber ich habe dich als Freundin betrachtet. Deshalb bin ich auch so wütend auf dich. Weil es mir Spaß gemacht hat, online mit dir zu reden. Weil das Chatten mit dir mich meine Schwierigkeiten für eine Weile vergessen ließ. Weil du mich dazu gebracht hast, dich so zu mögen, wie ich früher meine – ähm, ah, *Schwester* mochte, und jetzt wirst du verschwinden. Und du schwebst in Gefahr. Und ich kann nichts daran ändern."

Er scheint bei dem Wort *Schwester* zu husten und plötzlich verstehe ich es: Slash *mag* mich. Vielleicht ist er sogar in mich verknallt. Er ist eifersüchtig. Er mochte mich gar nicht als Schwester, sondern als viel mehr. Und ich bin mit Alain zusammen.

„Oh, Slash. Hör mal, ich …"

„Nein, ich verstehe es schon. Du bist mit Alain zusammen. Ich sehe doch die Verbundenheit, die es zwischen euch bereits gibt." Er seufzt. „Ich schätze, ich habe einfach … Ach egal. Ich möchte dein Freund sein, in Ordnung?"

Ich kann zu der Tatsache, dass er mich wollte, nichts sagen. Also nicke ich einfach. Ich drücke seine Finger. „Also … tut es dir leid? *Kumpel.*"

Er lächelt. „Es tut mir leid, Kumpel."

„Okay."

Wir sitzen dort und halten uns eine Minute lang bei den Händen, bis Alain hereinkommt.

Zuerst denke ich, dass er wütend oder eifersüchtig reagieren wird, aber er sieht nur irgendwie traurig aus.

Dann nehme ich an, dass er vielleicht das ganze Gespräch mitgehört oder dass Slash es ihm bereits auf irgendeine seltsame telekommunikative Weise erzählt hat. Denn er lächelt nur leicht.

„Vielleicht kann Bri dir bei deinem Problem helfen", ist alles, was er sagt.

Slash nickt. „Willst du es dir einmal ansehen?" Er lässt meine Hand los und steht auf. „Ich habe Schwierigkeiten mit einem Stück Code, das ich für die Analyse meiner Daten brauche."

„Sicher doch, ich kann es mir ansehen." Wir gehen zum Tisch hinüber und er klappt den Laptop auf. „Hier."

Er zeigt mir, woran er arbeitet, und ich gehe die Ideen in meinem Kopf durch. Es fühlt sich so verdammt gut an, mich auf etwas Technisches zu konzentrieren. Ich spüre bereits, wie unsere alte Kameradschaft zurückkehrt, so wie wir online miteinander gescherzt haben. Ich habe das Gefühl, dass Slash sich schnell daran gewöhnen wird, wie ein Bruder für mich zu sein.

Alain kommt mit meinem Laptop und Handy zum Tisch. „Hier." Er wirft mir einen Blick zu. „Bitte benutze sie mit bedacht. Erzähle niemandem von uns." Ich weiß, dass er *Vampire* meint.

„Danke."

Er berührt meine Schulter. „Gern geschehen."

Jetzt, da ich weiß, dass Alain ein Vampir ist, gehen mir Slashs Worte immer wieder durch den Kopf. „Wenn er deiner nicht überdrüssig wird ..." „Höchstens zehn Jahre, wenn er bis dahin überhaupt noch lebt."

Und ich füge meinen eigenen Kommentar hinzu: *Wenn ich bis dahin noch lebe.*

Ich meine, ich habe mir nie zehn Jahre mit Alain

erhofft. Ich hatte nicht einmal zehn Wochen im Sinn. Alles begann mit einem One-Night-Stand, um Himmels willen.

Außerdem ist Alain ein Mörder und ein Schurke. Auch wenn er jetzt angeblich „geläutert" ist. Ist das für mich von Bedeutung? Sollte es eine Rolle spielen?

Ich versuche, die Gedanken aus meinem Kopf zu verdrängen. Mich auf die Programmierung zu konzentrieren, weil mich das bei Verstand hält.

Aber trotz all meiner Wut auf Alain, dafür dass er mich belogen hat, weil er etwas ist, was er nicht sein sollte, und obwohl er diese Vergangenheit hat – begehre ich ihn mit jeder Faser meines Seins. Ich wünsche mir eine gemeinsame Zukunft mit ihm, auch wenn es totaler Unsinn ist.

~

Bri

Dieses Mal zwingt Alain mich nicht dazu, einzuschlafen, wenn er es muss. „Ich werde mich bald ausruhen müssen", sagt er. „Wirst du wachbleiben?" Er blickt zum Fenster.

„Hast du Verdunkelungsrollos?"

Er nickt leicht. „Ja. Sie haben einen Sensor, der das Licht erkennt. Sie werden beim ersten Lichtstrahl automatisch heruntergelassen."

„Oh." Ich hole tief Luft. „Wow. Meine sind manuell. Und ich habe meinen UV-Gesichtsschutz und mein langärmliges UV-Shirt hier, also denke ich, dass ich mit allem zurechtkommen werde."

Er schaut mich mit ruhigem Blick an. „Ich werde Tiberius bitten, dir Kleidung zu bringen und alles andere, was du von zu Hause brauchst. Und Lebensmittel." Er schaut zum Kühlschrank hinüber und runzelt die Stirn. „Es tut mir leid, dass ich keine große Auswahl hatte. Ich bin es nicht gewohnt, Menschen zu füttern. Wenn du eine Liste machst, werden wir es besorgen."

Ich lächle. „Du hast einen wirklich erlesenen Geschmack."

Er sieht ein wenig verlegen aus. „Wir leben von Blut und essen nur zum reinen Vergnügen. Das sind die Dinge, die ich mag."

„Ich muss dich für den Kuchen loben. Der Kaviar ist allerdings ein wenig übertrieben."

Er lacht, aber sein Gesicht verrät mir, dass er die Spannung zwischen uns spürt – meine Angst.

„Wie lange werde ich hierbleiben müssen?" Ich blicke auf meine Jeans hinunter und dann wieder zu ihm auf.

„So lange es dauert. Du kannst doch von hier aus arbeiten, oder?"

Ich nicke. „Ja."

„Musst du in nächster Zeit irgendwelche Kunden persönlich treffen?"

Ich schüttle den Kopf. „Nein. Ich muss niemanden sehen." Dann läuft mir eine Träne über die Wange. „Entschuldigung." Ich wische sie weg.

Er setzt sich auf einen Küchenstuhl neben mich. „Was ist los?"

Das bringt mich zum Lachen. „Wirklich?" Ich seufze. „Okay, weißt du was? Wenn ich über mein Leben nachdenke, ist es tatsächlich erstaunlich, wie wenig Zeit ich mit anderen Menschen verbringe. Ich arbeite hauptsächlich online. Tagsüber gehe ich nicht raus. Manchmal hänge ich abends mit K. und Mani ab."

„Und das stört dich?"

„Ich weiß nicht. Ich fühle mich einfach so … abgetrennt, denke ich." Ich schüttle den Kopf. „Als wäre ich nicht Teil des Lebens wie andere Menschen."

„Nun, ich bin kein Mensch mehr. Aber nach allem, was ich beobachtet habe, gibt es kein *Normal.*"

„Sicher, aber meine Krankheit macht es schwieriger, dazuzugehören."

„Sie gibt dir auch einen anderen Blickwinkel aufs Leben."

Ich schaue ihn an. „Aber ist es das wert?"

Er zuckt mit den Schultern. „Das klingt wie die gleiche Frage, die Slash sich gestellt hat."

Ich atme aus. „Geht es dir auch so wie ihm? Dass das Leben beängstigend ist?"

Er neigt den Kopf. „Darüber spreche ich nicht gern."

Ich schaue ihn nur an.

Seine Augen brennen. Er sagt: „Dann werde ich dir mal etwas sagen. Ich habe diese Worte noch nie laut ausgesprochen." Er hält inne. „Es gibt eine ständige Grube der Verzweiflung, die mich mit einer starken Anziehungskraft anzieht. Ich muss in jedem Moment hart arbeiten, um mich aufrechtzuhalten, damit ich nicht hineinfalle." Er räuspert sich. „An manchen Tagen ist es schwieriger als an anderen. Und manche Vampire fallen hinein und kommen nicht wieder heraus. So wie Karl."

„Fängt jeder Vampir damit an … zu töten?" Ich weiß nicht einmal, welche Frage ich stellen will.

„Normalerweise schon. Die Blutlust ist ein mächtiger Drang. Wenn wir älter und reifer werden, können wir sie zügeln. Sie kontrollieren. Unsere Kräfte weiterentwickeln. Man wird als wildes Tier geboren und muss sich zähmen."

„Wow."

„Allerdings."

Dann fügt er hinzu: „Wenn man von einem mächtigen Vampir erschaffen wurde, kann er dir helfen, dich anzupassen, ohne auf Gewalt zurückzugreifen. Dir von Anfang an beibringen, wie du dich selbst kontrollieren kannst. Die meisten tun das aber nicht. Und selbst wenn man versucht, seinen Nachkommen zu helfen, scheitert man manchmal. So wie ich es bei Karl getan habe."

„Ich verstehe." Ich beiße mir auf die Lippe.

„Nein, du verstehst es nicht. Nicht wirklich." Seine Stimme ist hart. „Es ist, als wäre man schlagartig und völlig überwältigend süchtig nach Meth, Crack und Alkohol – alles gleichzeitig – und zwar in einem Ausmaß, das tausendmal schlimmer ist als das, was ein Süchtiger jemals erlebt hat. Und das muss man dann zähmen und zurückhalten. Du hast keine Ahnung."

Er steht auf und atmet tief ein. Ich kann fast sehen, wie er sich selbst wieder beruhigt. „Und ich bin froh darüber. Es ist keine gute Art zu leben."

„Aber du hast gesagt, dass du jetzt gute Dinge tust. Nicht wahr? Erzähle mir davon." Ich strecke meine Hand aus: vielleicht als Entschuldigung. Oder zumindest als eine Annäherung zum Frieden.

Er setzt sich wieder hin und nimmt meine Hand. Ich spüre sofort das Kribbeln unserer Anziehungskraft. Mit Slash war die Berührung freundschaftlich. Mit Alain ist es so, als würde ich ihm meinen ganzen Körper übergeben.

„Ich habe eine Stiftung gegründet, um mit erfahrenen Ärzten an der Forschung von Krankheiten wie ALS und MS zu arbeiten. Sie forschen mit Hochdruck und arbeiten an der Entwicklung neuer Techniken zur Linderung der Symptome. Sie suchen nach einem Heilmittel. Zur Vorbeugung."

„Moment. Meinst du etwa … Dr. Albright?" Ich hebe meine Stimme. „Die, für die ich arbeite?" Ich warte nicht auf seine Antwort. „Sie ist die Expertin aus den Nachrichten, die an der MS-Forschung arbeitet. Sie erwähnte einen Alain, als ich eines Abends dort war. Das warst du, nicht wahr?"

„Ähm, ja." Er räuspert sich. „Lacey Albright."

„Ich wusste es!" Ich gratuliere mir selbst. „Es ist kein gewöhnlicher Name. Damals habe ich mich darüber gewundert." Aber ich bin so verwirrt. „Du bist doch im Finanzwesen tätig, oder nicht? Bist du außerdem auch noch Arzt oder so etwas?"

Er schüttelt den Kopf. „Ich bin kein Arzt und ich kann nicht tun, was sie tut. Ich habe die Stiftung und die Labore eigens dafür gegründet, um in diesen Bereichen zu forschen."

„Warum?"

In seiner Stimme schwingt jetzt Eifer mit. „Ich kann helfen, die Arbeit zu beschleunigen und voranzutreiben. Mit meiner Unterstützung können die Menschen schneller arbeiten als bisher und wir können Heilmittel entwickeln. Das ist es, wofür ich jetzt lebe." Jetzt kann ich ein Funkeln in seinen Augen sehen. „Das macht all die anderen Dinge wieder wett, die ich erwähnt habe – die Depression, die Einsamkeit. Denn ich habe dieses unglaubliche Ziel."

„Also vertraust du doch einigen Menschen? Oder ist Dr. Albright auch ein Vampir?" Eine Welle von Neugier und Eifersucht durchströmt mich, auch wenn es mir bei seiner Geschichte ganz warm ums Herz wird. Dr. A. sah nicht aus wie ein Vampir. Aber Alain wiederum auch nicht, als ich ihn zum ersten Mal traf.

„Sie ist ein Mensch und sie ist die einzige Ärztin, die die Wahrheit über mich weiß."

„Sie ist unglaublich." Ich beiße mir auf die Lippe.

„Ja." Er gestikuliert jetzt und ist ganz in sein Thema vertieft. „Bri, wenn sie die medizinische Forschungseinrichtung leitet und ich ihr die modernsten Geräte und Ressourcen zur Verfügung stelle, können wir unvorstellbar viel erreichen!" Sein Gesicht ernüchtert. „Und ich darf nicht zulassen, dass irgendetwas uns von diesem Ziel ablenkt. Wie Karl."

Ich erschaudere, wenn ich an Karls Gesicht denke. An seine Augen.

Aber ich will nicht über Karl reden.

„Was hat dich verändert?" Ich drehe mich um und blicke ihm ins Gesicht. „Von einem Mörder zu einem Retter."

„Ich weiß es nicht." Er hat einen distanzierten Blick in seinen Augen. „Die Zeit vielleicht. Mehr über die Welt zu lernen. Je älter ich werde und je mehr ich mich selbst unter Kontrolle habe, desto mehr sehe ich, dass es meine Pflicht ist, den Menschen zu helfen. Dass das vielleicht schon immer mein Ziel war. Dass es meine Verpflichtung ist, meine Fähigkeiten und Talente einzusetzen, um der Welt dabei zu helfen, sich weiterzuentwickeln. Ich kann immer noch Teil der menschlichen Rasse sein, nur eben auf eine andere Art und Weise."

„Denken andere Vampire auch so?"

„Einige vielleicht. Andere nicht. Wir sind alle an verschiedenen Stellen unserer Entwicklung."

„Was Slash gesagt hat … über dich und mich. Über unsere Zukunft …"

Er seufzt. „Er hätte den Mund nicht aufmachen sollen. Kleiner Bastard."

„Aber es stimmt doch, nicht wahr? Im Moment kommen wir gut miteinander aus. Aber ich werde älter, hoffentlich." Ich lache ein wenig. „Und so Gott will, werde ich eines Tages eine alte Dame sein." Ich spüre die Tränen in meinen Augen. „Ich werde wie deine Großmutter aussehen." Der Gedanke ist erschreckend und lächerlich zugleich.

„Hör auf."

„Aber es ist wahr. Wir haben ein Verfallsdatum, egal was passiert."

„Mmm."

„Warst du schon jemals in Versuchung, jemand anderen in einen Vampir zu verwandeln? Als Freundin oder deine Frau? Ich weiß nicht einmal, wie man es nennen würde." Mein Herzschlag beschleunigt sich. Ich will nicht unbedingt ein Vampir werden … aber etwas in meinem Herzen hofft, dass er *ja* sagen wird. *Dich.*

„Nein." Seine Antwort kommt sofort. „Es ist zu riskant. Viele Menschen sterben bei diesem Prozess. Und selbst wenn sie die Verwandlung überleben, werden viele von ihnen zu Feinden, weil sie den Schock, die Wut und die Schwierigkeit, unsterblich zu sein, nie überwinden. Sie geben demjenigen die Schuld, der sie verwandelt hat. Das würde ich niemals riskieren."

Er fügt hinzu: „Außerdem wäre es nur eine Ablenkung. Im Moment habe ich so viel Arbeit. Das ist alles, was ich brauche." Seine Stimme ist vehement, als würde er zu einhundert Prozent an das glauben, was er sagt.

Die Enttäuschung, die in mir aufsteigt, ist nahezu erdrückend. Aber ich kämpfe darum, sie zu verbergen. „Deshalb wolltest du nur eine Nacht."

„Ja." Seine Stimme klingt düster. „Und deshalb lösche ich die Erinnerungen der Frauen, nachdem wir zusammen waren. Es macht keinen Sinn, es mehr werden zu lassen."

„Das muss so traurig sein." Ich spreche, ohne nachzudenken. „Nie eine solide Zukunft zu haben. Auch wenn du die Unendlichkeit hast."

Er berührt meine Wange. Er schaut mir in die Augen. „Mit dir zusammen zu sein, Bri. Es ist das größte Vergnügen, das ich seit …", er hält inne, „seit einer langen Zeit hatte."

Auch ich berühre sein Gesicht. „Mir geht es ebenso."

„Und ich will noch nicht, dass es zu Ende ist." Seine Stimme ist leise. „Weil du mir wichtig bist. Mit dir zusammen zu sein, bereitet mir Freude."

„Das geht mir auch so." Meine Augen sind vor Rührung verschleiert und meine Stimme bebt. „Das geht mir auch so."

Er hält mich sanft im Arm. Keiner von uns beiden spricht.

Und obwohl wir uns nichts versprechen und kein Gelübde ablegen, könnte ich schwören, dass es sich so anfühlt, als würden wir uns einander verpflichten. Denn das, was ich hinter dem Gerede über die Vergänglichkeit in seinen Augen sehe, fühlt sich an, als wäre es für die Ewigkeit gemacht.

Bri

Ein paar Tage sind vergangen. Seltsame Zeitspannen. Ich lebe im Haus eines Vampirs, hänge mit anderen Vampiren herum und die ganze Zeit über ist mein Leben in Gefahr.

In gewisser Hinsicht war ich noch nie so glücklich. Mit Alain zusammen zu sein − trotz der Gefahr und trotz seiner verstörenden Vergangenheit und der Tatsache, dass er unsterblich ist − erfüllt mich auf eine Art und Weise, wie ich es noch nie erlebt habe. In jeder Minute, die wir miteinander verbringen, habe ich das Gefühl, dass wir einfach zusammengehören. Unser Sex ist phänomenal. Sogar nach unserem Streit − oder vielleicht *besonders* nach unserem Streit.

Obwohl er ganz offen gesagt hat, dass er es nie in Erwägung ziehen würde, einen weiteren Menschen unsterblich zu machen, spüre ich, dass ich ihm auf eine Weise am Herzen liege, die nicht einmal er selbst erklären kann. Als wäre da etwas in seinen Augen, eine Tiefe, die über unsere Differenzen hinausgeht.

Leider spitzt sich die Situation um Karl immer mehr zu. Die Polizei war immer noch nicht in der Lage, die vermissten Frauen zu finden. Mit unserem Wissen – dass sie wahrscheinlich als lebendige Blutbank benutzt werden, müssen wir sie unbedingt sofort finden … bevor es zu spät ist.

Und da ich die einzige Sterbliche im Haus bin, macht mich das zu einer Außenseiterin. Ganz zu schweigen von einem Sicherheitsrisiko.

Alain telefoniert mit Tiberius. „Nein, das kommt nicht infrage. Auf gar keinen Fall. Sie bleibt hier, wo sie am sichersten ist."

Ich weiß, dass sie davon sprechen, mich in meine eigene Wohnung zurückkehren zu lassen und einen Vampirwächter vor meine Tür zu stellen, um zu verhindern, dass andere Vampire versuchen, einzudringen.

„Nein, das kann sie nicht tun. Sie muss völlig unter dem Radar bleiben."

Es war in letzter Zeit ständiges Gesprächsthema. Wie für meine Sicherheit gesorgt werden kann. Weit weg von Karl. Es scheint genauso viel Zeit in Anspruch zu nehmen wie die eigentliche Jagd auf Karl, was mir ein schlechtes Gewissen bereitet.

Jeden Abend treffen sich Martin und Slash mit Alain zu langen Diskussionen, nach denen einer oder beide von ihnen für stundenlange Erkundungen verschwinden.

Heute Abend stehe ich in der Küche und höre zu. Sie sitzen an dem edlen Tisch mit den Intarsien im Essbereich. Slash hat seinen Laptop geöffnet.

„Also gut. Ich habe die Person gefunden, die die Sicherheitskameras bei Gila Diagnostics ausgeschaltet hat. Sein Name ist Wallace Grainger. Hier steht, er sei zweiunddreißig Jahre alt und wohne auf der Südseite von

Tucson. Ich habe seine Privatadresse." Slash zeigt auf den Bildschirm.

Alain beugt sich vor, um den Bildschirm zu sehen. „Drucke sie aus. Und sein Ausweisfoto auch."

Slash nickt und der Drucker summt.

Martin schnappt sich die Seiten. Meiner Meinung nach ist er in den letzten Tagen im Umgang mit der Technik besser geworden. Zumindest im Vergleich zu seinen Anfängen. Er hat mir neulich sogar eine Textnachricht geschickt. Sie war zwar komplett in Großbuchstaben geschrieben, aber immerhin – eine echte SMS. Darin stand: „HI BRI". Ich sagte ihm, dass ich wirklich stolz auf ihn bin. Er verdrehte die Augen, sagte dann jedoch: „Wirklich?" Und schenkte mir ein kleines aufgeregtes Lächeln. Ich habe jetzt das Gefühl, dass wir Freunde sind. Genau wie mit Slash, dem ich gesagt habe, dass er an einer Universität unterrichten sollte. Ich glaube, ihm gefiel die Idee; er meinte: „Ach was", aber sein Gesicht verzog sich zu einem kleinen Lächeln. Neulich habe ich ihm geholfen, einen Fehler in einer seiner Programmierungen zu finden und er sagte mir, ich sei eine der klügsten Menschen, die er kenne, was ich als großes Kompliment verstehe.

Ich betrachte Slash und Martin sogar als eine Art Familienmitglieder. Es hat überhaupt nicht lange gedauert, bis ich mich mit ihnen so wohl gefühlt habe, wie ich es mit anderen Menschen nur selten kann.

Sie sind zum Beispiel so viel besser als meine Tante und mein Onkel, in deren Gegenwart ich mich steif und unbeholfen fühle. Sie verurteilen K. sehr … Und sie sprechen über nichts anderes, als den Benzinpreis und darüber, wie schlecht die andere politische Partei ist. Ich bin mit ihnen vielleicht blutsverwandt, aber eine emotionale Bindung ist nicht vorhanden.

„Darf ich mal sehen?" Ich trete näher, um mir sein Foto anzusehen. „Ich kenne ihn nicht."

Ich habe es auch nicht erwartet, aber man fragt sich ja immer. Es ist das Foto eines stämmigen, nicht lächelnden, kaukasischen Mannes mit dünnem, braunem Haar. „Er sieht irgendwie gemein aus, obwohl das vielleicht nicht ganz fair ist."

„Nun, ein Engel ist er jedenfalls nicht." Slash ruft einen weiteren Bildschirm auf. „Er stempelt routinemäßig volle Zwölf-Stunden-Schichten, aber sein Auto verlässt den Parkplatz jeden Tag mittags um zwölf. Irgendwie betrügt er das System."

Ich werfe einen Blick auf die Adresse. „Hey, das ist gar nicht weit von Manis Haus entfernt." Auf Alains neugierigen Blick hin füge ich hinzu: „Du weißt schon, die Freundin meiner besten Freundin."

Er nickt. „Ja", und wendet den Blick ab. Ich glaube, er fühlt sich schuldig, weil er mir verboten hat, mit K. über irgendetwas zu sprechen und er weiß auch, dass sie die einzige Person ist, mit der ich reden kann.

„Ich vermisse sie." Meine Stimme ist wehmütiger als beabsichtigt. Sie ist aufgrund meiner langen Abwesenheit bereits misstrauisch geworden – wir treffen uns normalerweise häufig und ich musste ihr eine Ausrede nach der nächsten auftischen. Jedes Mal, wenn ich mit ihr spreche, fragt sie mich, ob es mir gut geht.

„Ich hoffe, du weißt, dass du ihr nichts von alledem erzählen darfst." Alain klingt streng.

„So schlecht ist mein Gedächtnis gar nicht. Zumindest, wenn nicht jemand daran herumspielt." Es ist ein Scherz … gewissermaßen. Ich habe ihm verziehen, dass er versucht hat, meine Erinnerungen zu löschen, denn er hat versprochen, es nie wieder zu tun. Aber anscheinend bin ich doch irgendwie noch verletzt, denn meine

Stimme klingt schärfer, als ich es eigentlich beabsichtigt habe.

„Wie bitte?" Alains Tonfall klingt kühl.

„Nun ja, wenn ich mich nicht bald mit ihr treffe, schickt sie vielleicht noch ihren Bruder oder so. Den Polizisten?" Ich werfe ihm einen Blick zu.

„Ich würde dich ermutigen, das zu verhindern." Alain erhebt seine Stimme nicht weiter, aber er klingt angespannt. „Das hier ist im Moment der beste Ort für dich."

„Das habe ich ja gar nicht abgestritten. Aber ich kann andere Leute nicht daran hindern, das zu tun, was sie wollen."

„Du sprichst immer wieder von ihr."

„Nun, weil sie mir wichtig ist. Sie ist für mich Familie. K. ist wie die Schwester, die ich nie hatte."

„Du willst doch nicht, dass wir ihr oder ihrer Familie die Erinnerungen löschen müssen, oder? Du weißt, dass das riskant ist." Er zieht eine Augenbraue hoch. „Ich würde es nicht machen wollen, aber wenn ich es müsste …"

Ich hole tief Luft. „Willst du damit andeuten, dass du glaubst, ich werde ihr von dir erzählen?" Ich bin jetzt irritiert. „Ich dachte, du vertraust mir."

Slash macht ein Oh oh-Gesicht und schaut zwischen mir und Alain hin und her. „Ähm, also zurück zum Thema? Es wird bald Tag." Er gestikuliert zu den Fenstern. „Was willst du machen, Alain?"

Alain hat die Terrassentür geöffnet und blickt in den Himmel hinauf. Ich kann die frische Wüstenluft riechen und atme tief ein.

„Wir können ihm morgen Nacht einen Besuch abstatten." Alains Worte sind knapp, als er sich umdreht und uns alle ansieht. „Wir zwingen ihn, uns alles zu sagen, was er über Karl und die Frauen weiß. Es ist möglich, dass sie ihn nur bestochen haben, damit er den Alarm abschaltet. Aber vielleicht ist er auch darin verwickelt. Wir müssen uns heute Abend wieder treffen, um die Daten zu prüfen und zu planen."

„Ich könnte hingehen." Ich trete näher und berühre Alains Arm. Von den Bergen weht eine Brise und streichelt über unsere Haut.

„Wo hingehen?" Alle drei halten inne und starren mich an.

Ich blinzle. „Zu Wallace' Haus. Heute tagsüber, während ihr schlaft. Wenn es hell ist, um Zeit zu sparen. Nur um ihn zu prüfen. Oder ich könnte K. bitten, ihren Bruder, den Polizisten zu …"

„Nein!" Alains Stimme ist so scharf, dass ich erschrocken einen Schritt zurückweiche. Er knallt die Terrassentür so fest zu, dass sie fast vibriert – aber mir fällt auf, dass er vergisst, das Spezialschloss zu verriegeln, von dem er mir immer noch nicht sagen will, wie man es öffnet.

Er spricht mit normaler Stimme, aber die Dringlichkeit ist immer noch da. „Ich verbiete dir zu gehen, Bri. Es ist zu gefährlich."

„Aber alle Vampire schlafen tagsüber. Es wäre doch in Ordnung, wenn ich nur vorbeifahre und mir das Haus ansehe."

„Wenn Wallace involviert ist, könnte er bewaffnete Späher haben. Oder du könntest ihm einen Hinweis liefern, dass jemand ermittelt. Und das Letzte, was wir jetzt brauchen, ist die Polizei, die ihn aufscheucht." Alain wirft mir einen strengen Blick zu.

„Nun, ich wollte nur meine Hilfe anbieten. Ich meine, ich fühle mich irgendwie nutzlos, wenn ich nur hier rumsitze und gar nichts tue." Ich gestikuliere durch das Haus. „Und ich werde noch verrückt."

„Die beste Weise, auf die du helfen kannst, ist, in

Sicherheit zu bleiben." Alains Tonfall klingt trocken. „Lass uns das machen. Wir wissen, wie Vampire arbeiten."

Seine Stimme ist fest, aber ich glaube, unter der Strenge Sorge und auch Angst in seinen Augen zu sehen.

Martin schlägt einen sanfteren Ton an. „Wir wollen doch nur, dass du in Sicherheit bist, Bri. So wie Alain schon sagte. Wir wissen, wie sehr dir diese Sache am Herzen liegt und dass du helfen möchtest, die vermissten Frauen zu finden. Aber nur weil Wallace kein Vampir ist, bedeutet das nicht, dass er keine Bedrohung für dich darstellt."

Ich antworte nicht.

Alain kommt zu mir und senkt seine Stimme. „Bri, es tut mir leid, dass ich meine Stimme gegen dich erhoben habe. Aber es ist meine Aufgabe, dich zu beschützen. Du bist verletzlich und ich will einfach nicht, dass dir etwas passiert. In Ordnung?"

Er berührt meine Wange. Seine Augen brennen mit Leidenschaft und mit diesen anderen Gefühlen, die er nicht laut aussprechen will.

Ich nicke. „Okay."

Aber seine Haltung frustriert mich immer noch. Ich bin nicht schwach. Ich bin auch nicht völlig hilflos. Ich hasse es, dass er mich im Bezug auf meine Fähigkeit zu helfen für eine Niete hält.

„Bitte pass auf dich auf." Er küsst mich. Es ist eine schnelle, aber zärtliche Berührung auf meinen Lippen.

„Du auch."

Als er sich in sein unterirdisches Verlies zurückzieht und Martin und Slash sich in ihre eigene Verstecke begeben, sitze ich an diesem Morgen mit geschlossenen Verdunkelungsrollos verunsichert allein im Wohnzimmer.

Unsere Unterschiede, die ich so sehr zu verdrängen versucht habe, sind in meinem Geist allgegenwärtig.

Mit Alain zusammen zu sein, hat mich völlig vereinnahmt. Physisch betrachtet ist er magisch. Mit ihm zusammen zu sein, ist bezaubernd – wenn wir allein sind.

Aber wenn wir über Vampirkriege, Tod und Blutquellen sprechen, erkenne ich, wie grundverschieden unsere Leben sind. Wie unvereinbar. Und mir wird klar, dass er zwar meinen Körper begehrt und meine Gesellschaft genießt, mich aber in Bezug auf alles andere für völlig nutzlos hält.

Ich weiß nicht, wie lange wir zusammen bleiben können.

Aber ich zwinge mich, an etwas anderes zu denken. Denn ungeachtet dessen, was ich als Wahrheit erkenne, begehre ich ihn trotz allem noch. Also werde ich einfach so tun, als ob alles in Ordnung sei … solange ich kann.

ICH SCHLAFE ANSCHEINEND ein paar Stunden, denn als ich aufwache, ist es schon fast abends. Mein Rhythmus ist völlig unregelmäßig; ich bleibe mit den Vampiren wach, aber mein Körper will auch tagsüber wach sein. Ich bin ständig müde und weiß nicht mehr, welcher Tag oder welche Uhrzeit es ist.

Ich sitze ein paar Minuten lang da und lausche der absoluten Stille im Haus. Dann greife ich nach den Papieren, die Slash ausgedruckt hat. Schaue mir das Gesicht des Mannes noch einmal an. Seine Adresse. Slash hat etwas mit Kugelschreiber darunter gekritzelt: *„Geht jeden Abend im Rusted Nail Saloon etwas trinken"*.

Ich bin von dem brennenden Wunsch erfüllt, ihnen zu beweisen, dass ich nützlich bin. Auch wenn ich ein Mensch bin, kann ich hilfreiche Dinge tun. Außerdem macht mich der Gedanke an die vermissten Frauen krank: Wenn es eine Chance gibt, ihnen zu helfen, will ich meinen Teil dazu beitragen.

Ich erinnere mich daran, dass Alain die Terrassentür nicht abgeschlossen hat. Obwohl die Verdunkelungsrollos hinuntergefahren sind, kann ich sie zur Seite schieben – und ich kann gehen, wenn ich es will. Und sicher, ich habe zugestimmt, nicht zu Wallace nach Hause zu fahren – aber ich habe nie etwas über die Kneipe gesagt, also breche ich technisch gesehen kein Versprechen.

Da ich mich entschieden habe, ziehe ich mir meine UV-Schutzkleidung an, setze meine Gesichtsmaske auf und schnappe mir eine Jacke und einen Hut, damit ich mich in der Kneipe tarnen kann. Glücklicherweise hat Tiberius in wahnsinnig kurzer Zeit den gesamten Inhalt meines Kleiderschranks hierhergebracht, sodass ich alle Kleidungsstücke habe, die ich brauchen könnte.

Mein Auto ist immer noch draußen geparkt, wie schon seit der Nacht von Karls Angriff. Trotz der unzähligen mechanischen Mängel springt es problemlos an und schon bald bin ich unterwegs. Das GPS auf meinem Telefon leitet mich.

Ich bin aufgeregt, als ich durch Alains abgelegene, hügelige Gegend in das dicht besiedelte Zentrum von Tucson fahre, aber mein Enthusiasmus sinkt, als ich in die Gegend von Grant/Alvernon komme, und er verschwindet vollständig, als ich vor dem *Rusted Nail Saloon* anhalte.

Es ist kein besonders hübscher Ort. Zum einen sieht die Kneipe wirklich heruntergekommen aus und das nicht auf eine rustikale, absichtlich altmodische Art und Weise, die bedeuten würde, dass reiche Millennials sich um die Stehtische drängen. Nein, diese Kneipe sieht aus, als wäre sie reif für die Abrissbirne. Außerdem stehen fünf Motorräder vor der Tür, was bedeutet, dass ich wahrscheinlich nicht hineinpassen werde.

Nun ja, verdammt. Ich werde trotzdem einfach reingehen.

Als ich eintrete, erwarte ich, dass ich sofort auffallen werde, aber niemand kümmert sich darum, dass ich da bin.

Trotz der vielen Motorräder vor der Tür, scheint die Kneipe bemerkenswert leer zu sein; die einzige Person ist ein Barkeeper um die Sechzig, der sich ein Fußballspiel auf einem unscharfen Fernseher anschaut. Dann entdecke ich einen Mann, der ganz hinten am Tresen sitzt und in sein Getränk vertieft zu sein scheint. Dreckige Kleidung. Schlabberhose, Jacke, Hut. Er starrt ins Leere, als wäre dies sein Vollzeitjob.

Ausnahmsweise scheint mein Übermaß an Kleidung einmal angemessen zu sein und auch eine gute Möglichkeit, mich zu verstecken. Ich stopfe so viele Haare wie möglich hinten in meine Jacke und streiche mir eine Strähne aus dem Gesicht. Dann ziehe ich meine Kapuze hoch.

Der Barkeeper kommt nicht zu mir, also warte ich eine Minute lang. Schließlich frage ich: „Kann ich ein Bier haben?"

Langsam dreht er sich um. Er schaut mich an. „Sie wollen ein was?"

„Corona."

Wieder eine Pause. Ich glaube fast, dass er mich auffordern wird, zu gehen. „Alles klar. Sicher." Er zuckt mit den Schultern. Er öffnet den Deckel einer Flasche und stellt sie vor mich hin. „Acht fünfzig."

Großer Gott, für ein Bier? Aber ich ziehe einen Zehner aus meinem Portemonnaie und schiebe ihn über die abgenutzte Theke, die an einigen Stellen klebrig ist und an anderen Stellen unlackiert. „Danke."

Er grunzt.

Ich setze mich auf einen Barstuhl und beuge mich vor wie der Mann am Ende des Tresens. Wenn jemand hereinkommt, sehe ich aus wie ein weiterer abgefuckter Betrunkener, der sich in seiner eigenen Existenz verliert.

Aber es kommt niemand sonst. Bis auf die Schreie aus dem Fernseher ist es still. Ich bin mir ziemlich sicher, dass es eine Wiederholung sein muss.

Ich schaue auf mein Handy. Ich mag diesen Ort überhaupt nicht. Die Atmosphäre ist grauenhaft und die Gegend bestenfalls zwielichtig. Ich gebe dem ganzen noch fünf Minuten–

und dann kommt ein Mann herein. Er wirft mir einen Blick zu, scheint mich aber nicht zu sehen. Er geht schnell und strahlt eine nervöse Energie aus.

Mein Herz klopft vor Aufregung, denn er ist es – der Mann von dem Bild! Wallace. Der Typ, der den Alarm bei Gila Diagnostics ausgeschaltet hat.

Lässig sinke ich noch weiter in mich zusammen und stütze meinen Kopf auf meine Arme, Nase an Nase mit meinem Bier. Hoffentlich kümmert es ihn nicht, dass ich nicht hierhergehöre.

Ich spüre seinen Blick auf meinem Rücken, aber er lässt sich auf dem Hocker neben dem Betrunkenen am Ende des Tresens nieder. „Roy."

Der Barkeeper schiebt ihm ein Schnapsglas zu, ohne zu fragen – Patrón. Zumindest kommt der Schnaps aus einer Patrónflasche. Wer weiß, was da wirklich drin ist oder ob er verdünnt wurde; an einem Ort wie diesem, nehme ich an, das wäre nicht untypisch. Wenigstens habe ich gesehen, wie er meine Bierflasche geöffnet hat, also vermute ich, dass das Bier in Ordnung ist.

„Ist Mac heute da?", fragt Wallace.

„Nö." Der Barkeeper wendet sich ab. „Nur die Leute

ALEXIS ALVAREZ

hinten." Er deutet auf eine geschlossene Tür im hinteren Bereich des Raumes.

„War er gestern da?"

„Nö."

„Man, verdammte Scheiße." Wallace stößt ein angewidertes Geräusch aus.

Der Barkeeper dreht die Lautstärke des Fernsehers auf. Wallace zieht sein Handy heraus und tippt darauf herum. „Mac. Ruf mich zurück. Wir müssen das Zeug besorgen. Scheiße, Mann. Ruf mich an, wenn du das hörst."

Wallace' Unmut scheint sich zu steigern. Er wippt nervös mit dem Fuß auf dem Boden und trommelt mit den Fingern auf die Theke. Er stürzt sich sein Getränk hinunter und bestellt sich noch ein neues. Und dann ein Drittes.

Er zieht sein Telefon wieder heraus, um dieselbe Person noch einmal anzurufen. „Mac, verdammte Scheiße. Wo bist du? Du weißt, wie ernst die Sache ist. Die LTs sind sein großes Ding. Kumpel, ruf mich zurück."

Er lässt das Handy auf den Tresen fallen. „Scheiße, Mann, er sollte mich hier treffen."

Der Barkeeper zuckt mit den Schultern. „Ich habe ihn das letzte Mal vor ein paar Tagen gesehen." Er scheint von Wallace' Situation völlig unbeeindruckt zu sein.

Aber ich könnte nicht gespannter sein. LTs? Das habe ich schon einmal gehört. Karl hat es zu mir gesagt, als er mich entführen wollte. *„Du wirst meine bisher beste Blutquelle sein. Und der perfekte LT."* Was bedeutet es?

Wallace ruft seinen Freund wieder an und hinterlässt eine weitere Nachricht. „Er kommt heute Abend und wenn wir das spezielle Blutabnahmezeug für die LTs nicht haben, wird er stinksauer sein." Er klingt fast verzweifelt. „Du musst mich unbedingt zurückrufen, Mann. Wir wollen ihn doch nicht hängenlassen."

Er wirft ein paar Scheine auf den Tresen. „Ruf mich an, wenn er reinkommt."

Der Barkeeper grunzt.

Wallace schnappt sich sein Handy und geht hinaus. Er bleibt eine halbe Sekunde stehen, um mir einen Blick zuzuwerfen, geht dann jedoch weiter.

Ich höre sein Auto davonrasen und stoße einen tiefen Seufzer aus. Ich habe noch keinen einzigen Schluck von meinem Bier getrunken.

Ich rutsche von meinem Hocker und stürme zur Tür hinaus. Ich bin begierig darauf, zurückzukehren und Alain und den anderen meine Neuigkeiten mitzuteilen.

21

Alain

„Du hast was getan?"

Bri war verschwunden, als ich aufwachte, und ich geriet in Panik. Dann, fünf Minuten später, kam sie in ihrem übergroßen Sweatshirt und den engen Jeans anspaziert und klopfte an die verdammte Tür, als wäre sie ein Pizzabote. Ich hätte einen Herzinfarkt bekommen können, wenn ich zu so etwas fähig wäre.

Bri schreckt ein wenig zurück. „Ich war in der Kneipe. Ich habe ihn gefunden." Ihre Stimme klingt abwehrend und sie streckt ihr Kinn in die Höhe. Ihr Trotz ist bezaubernd. Wenn diese Sache nicht so ernst wäre, hätte ich eine Menge Spaß dabei, sie zu bestrafen. „Und weißt du was? Er hat gesagt, er muss das Zeug für die LTs besorgen."

„Die LTs?" Ich runzle die Stirn. Ich bin innerlich immer noch zu Eis erstarrt, wenn ich darüber nachdenke, was passiert wäre, wenn Wallace entschieden hätte, dass sie ein Risiko darstellt. Es macht mich krank.

Sie nickt. „Er hat gesagt, sie müssen das Zeug besorgen, sonst würden sie Ärger kriegen. Wahrscheinlich von Karl. Du hattest recht. Er steckt definitiv tiefer mit drin, als nur eine Überwachungskamera abzuschalten."

Ich will sie küssen und ihr gleichzeitig den Hintern versohlen. Beides. „Bri", sage ich streng. „Du hast mir versprochen, dass du nirgendwo hingehen würdest."

Sie errötet. „Nun, du hast geschlafen und es schien mir ein vernünftiger Plan zu sein. Und außerdem ist nichts Schlimmes passiert!" Sie tritt vor und legt ihre Hand auf meinen Arm. „Außer, dass ich die Informationen besorgt habe."

Es ist schwer, wütend auf sie zu sein, wenn sie offensichtlich so stolz auf sich ist. „Hat er gesagt, was die LTs sind?"

Sie schüttelt den Kopf. „Es hat etwas mit Blut zu tun. Dessen bin ich mir sicher." Ihre Stimme klingt wieder aufgeregt. „Er rief seinen Freund an und hinterließ ihm eine Nachricht, dass er das Blutabnahmezeug für die LTs braucht. Spezielles Blutabnahmezeug. Es ist definitiv für die vermissten Frauen."

Dies sind ausgezeichnete Informationen, aber ich kann sie einfach nicht verarbeiten. Ich denke immer noch darüber nach, was ihr hätte zustoßen können. „Du hättest zu Schaden kommen können."

Es fühlt sich an, als würde etwas in meiner Brust zerreißen. Ich habe schon seit über hundert Jahren nicht mehr so für einen Menschen empfunden. Ich verstehe meine eigenen Gefühle nicht.

„Ich war vorsichtig. Es war in Ordnung."

„Es war nicht in Ordnung. Du hast nur Glück gehabt, dass nichts passiert ist." Ich starre sie mit festem Blick an. „Du bist sterblich. Vollkommen verwundbar und du hältst dich für eine Kriegerin." Diese Menschen! Sie haben keine Ahnung.

Obwohl … meine kleine Sterbliche nicht ganz schwach ist. Sie lebt mit ihrer XP und einem komplizierten Leben. Es ist nur …, dass sie körperlich wie dünn geblasenes Glas ist. Sie muss vorsichtiger sein. Verdammt!

Ich verbringe schon zu viel Zeit damit, mich um Dr. Albrights Gesundheit zu sorgen, dass es mich in den Wahnsinn treibt und ich lie− … sorge mich nicht einmal so sehr um sie, wie ich es mit Bri tue. Es wird mich innerlich zerreißen, wenn ich dies mit Bri jeden Tag durchmachen muss. Sie zu beschützen, könnte leicht zu einer Besessenheit werden. Und ich kann es ganz sicher nicht tun, wenn sie vorhat, mir nicht zu gehorchen und sich hinauszuschleichen, wann immer es ihr gefällt.

„Anstatt mich zu belehren, solltest du deine Freunde anrufen und die neuesten Informationen mit ihnen teilen." Sie wendet den Blick von mir ab und tut so, als ob es sie nicht interessieren würde. Aber ich kann hören, dass ihr Herz schneller schlägt. Vielleicht will sie, dass ich sie bestrafe.

„Ich habe Martin und Slash bereits Nachrichten geschickt. Du hast Glück, dass sie auf ihrem Weg sind, sonst würde ich dir den Hintern so hart versohlen, dass du morgen den ganzen Tag wund wärst." Sex ins Spiel zu bringen, macht die ganze Sache etwas leichter.

Ihre Pupillen weiten sich. Die Idee gefällt ihr auf jeden Fall. Zu schade, dass wir dafür keine Zeit haben.

„Ich habe gehört, dass du eine ziemlich beschäftigte junge Dame bist." Martin wirft Bri einen Seitenblick zu, als er eintritt.

Sie lächelt nicht. „Wallace hat angedeutet, dass er und sein Freund sich heute Abend mit Karl treffen wollen. Wenn ihr Wallace folgt, könnt ihr Karl also finden."

„Hat er Karls Namen ausdrücklich gesagt?" Ich nehme

ihr Gesicht zwischen meine Hände und sehe ihr in die Augen. „Denk nach."

Sie blinzelt. „Nein. Aber ich bin mir sicher, dass er Karl gemeint haben muss. Er hat von LTs gesprochen, genau wie Karl es tat. Er sagte, sie sollten heute Abend das Blutabnahmezeug bereithalten, sonst wären sie tot. Was sollte es denn sonst sein?"

„Ich muss schon sagen, Bri hat gute Arbeit geleistet." Slash lächelt.

Ich lasse Bri los und schaue ihn stirnrunzelnd an. „Bitte ermutige sie nicht noch. Sie hat sich selbst in Gefahr gebracht", betone ich. „Um ein paar Informationen zu bekommen, die nicht so übermäßig wichtig sind. Wir wollten ihm sowieso irgendwann folgen."

„Aber nicht heute Nacht", wendet Bri ein. „Ihr wolltet es nicht heute tun. Jetzt wisst ihr, dass es entscheidend ist, es genau jetzt zu tun. Und je eher ihr Karl aufspürt, desto eher werdet ihr auch die Frauen finden."

Martin klatscht in die Hände. „Lasst uns planen."

Aber ich kann mich nicht konzentrieren. Ich muss ständig an Bri denken. Wie furchtbar diese Situation ist, in wie viel Gefahr sie schwebt und dass es meine Schuld ist, sie überhaupt erst in eine Situation gebracht zu haben, die sie überfordert. In der sie hätte verletzt werden können.

So sehr mir Bri auch am Herzen liegt, wird es doch immer klarer, dass diese Beziehung, was auch immer das zwischen uns ist, unmöglich ist. Wenn sie meinetwegen verletzt wird oder schlimmer noch, stirbt, werde ich mir das nie verzeihen. Und sie verdient etwas Besseres im Leben. Ich muss mir nur überlegen, was ich in dieser Sache tun soll.

ALAIN

Wir befinden uns vor Wallace' Haus und verstecken uns, wie nur Vampire es können. Martin und ich zwängen uns in ein überwuchertes Beet unter einem Mesquitebaum vor der Seitenwand des Gebäudes aus Lehmziegeln und gegenüber von einem Fenster, das einen Blick in Wallace' unordentliches Wohnzimmer bietet. Slash ist bei Bri geblieben. Jedes Mal, wenn ich daran denke, was sie getan hat, werde ich so wütend, dass ich mich nicht konzentrieren kann.

„Alain. Alain?" Martin stößt mich an. „Du musst dich konzentrieren."

„Entschuldigung." Ich schüttle den Kopf.

„Du warst ein wenig zu hart zu ihr." Er klingt vorwurfsvoll. Ich weiß, dass er sie als Freundin betrachtet, genau wie Slash es tut. Vielleicht sogar als Teil unserer zusammengewürfelten seltsamen Vampirfamilie. Aber das ist sie nicht. Sie ist sterblich.

„Sie muss es verstehen." Ich balle eine Hand zur Faust. „Sie hat keine Ahnung, in welcher Gefahr sie schwebt. Sie denkt, dass sie uns hilft, das verstehe ich ja. Aber sie hat nicht die nötigen Fähigkeiten."

„Für einen Menschen scheint sie ziemlich einfallsreich zu sein." Seine Stimme klingt neutral. „Sie scheint einen Weg zu haben, Informationen zu beschaffen, nicht wahr?"

„Ja, das stimmt. Es ist beeindruckend. Aber du weißt selbst, was hätte passieren können." Ich sträube mich.

„Ganz ruhig, mein Freund." Er lacht. „Ich bin auf deiner Seite. Wir sind alle auf der gleichen Seite." Er hält inne. „Obwohl ich sehen kann, dass sie Risiken eingegangen ist. Sie hätte es erst mit dir abklären müssen. Aber wenn du dir vielleicht die Zeit nehmen würdest …"

Ein Automotor heult auf und Scheinwerfer blitzen. „Psst. Das ist Wallace."

Der Typ ist so high wie die NASA; wir können es sehen, sobald er aus dem Fahrzeug steigt. Man riecht es an seinem Körper, gemischt mit dem beißenden Geruch von Schweiß und Angst. Es hat nichts dazu beigetragen, seine Nerven zu beruhigen. Seine Hand zittert mit seinem Handy und er braucht drei Versuche, um den Schlüssel in die Tür zu stecken, um das Haus zu betreten.

„Los geht's. Mach dein Ding."

Wir rasen verschwimmend schnell zur Haustür hinüber. Ich taste geistig nach ihm und dringe in seinen Kopf ein. Es ist ein wirres Durcheinander und seine Gedanken und Erinnerungen schwirren wie Schmetterlinge hin und her. Er ist so aufgewühlt, dass ich nichts Bestimmtes aufgreifen kann. Außerdem bin ich immer noch wegen Bri verstört, was es mir schwer macht, mich zu konzentrieren.

Ich hole tief Luft. *Lass uns rein. Du willst uns reinlassen.*

Ich spüre seine Überraschung und dann sein Misstrauen. „Ich brauche meine verdammte Waffe", murmelt er. „Verdammtes Arschloch."

„Er ist nicht zugänglich." Ich werfe Martin einen Blick zu.

„Kannst du irgendetwas von seinen Erinnerungen sehen?"

Ich schließe die Augen. „Versuche du es auch."

„Ich kann das nicht so wie du. Es sei denn, es handelt sich um jemanden, dem ich besonders nahestehe. Körperlich oder emotional."

Ich hole tief Luft. Erinnerungen tauchen auf.

Karls rotes Gesicht. Ein Treffen mit Karl. Karl, der Anweisungen zischt. Kisten mit Reagenzgläsern, Verbandszeug und Infusionsbeuteln. Bargeld. Tauschen von Dingen mit Karl. Angst. Er muss größere Reagenzgläser besorgen. Spezialgröße. Keine Standardgröße. Er hat sie noch nicht von Mac bekommen.

Kein Zeichen der Frauen. Aber er weiß über sie Bescheid.

„Er steckt tief drin." Ich grabe noch tiefer. „Er weiß von den Frauen."

LTs. Es ist ihm unheimlich. Er wünschte, er wäre nie in diese Sache hineingeraten, aber es ist zu spät. Er wünschte, er hätte Karl nie getroffen. Wer stiehlt denn Blut? Und versteigert die letzten Tropfen, als wären sie ein besonderer Preis?

„Ich hab's. Martin. LT steht für Letzter Tropfen. Er wird die Frauen töten und ihre letzten Blutstropfen versteigern. Bri hatte recht, dass es etwas mit ihrem Blut zu tun hat." Ich sage es mit Stolz. „Sie ist klug."

Dann schüttle ich den Kopf. Ja, sie ist so frech und intelligent. Aber es wird sie noch umbringen, wenn ich sie weiterhin so wie bisher in meinem inneren Kreis behalte.

Dann bin ich plötzlich entsetzt. Allein der Gedanke, Frauen leerzusaugen und ihre letzten Blutstropfen zu verkaufen, ist ein heilloser, furchtbarer Horror – es ist für die Vampirgemeinschaft im Allgemeinen schon schwer genug, solche Begierden im Zaum zu halten, um massives menschliches Blutvergießen zu verhindern. Wenn dieser Plan in die Tat umgesetzt wird, öffnet er nur die Tür zu mehr und zu schlimmeren Gräueltaten. Und es wird uns sicherlich nicht dabei helfen, als außermenschliche Spezies unerkannt zu bleiben. Ich wünsche mir mehr denn je, ich hätte Karl schon vor langer Zeit getötet. Das werde ich so schnell wie möglich nachholen.

„Gott." Martin scheint fassungslos zu sein. „Hat er schon Käufer gefunden?"

Ich versuche, noch mehr Erinnerungen von Wallace zu bekommen.

Aber plötzlich befinde ich mich nicht mehr in Wallace' Gedanken, sondern in denen von Bri. Ich sehe eine Erinnerung an uns beide beim Ficken. Sie ist so lebendig, dass mein Schwanz hart wird. Was zum Teufel? Ich sehe ihre Fürsorge für mich und ihre Besorgnis.

Ich zwinge mich zurück. Wie konnte ich von so weit weg eine so starke Verbindung zu ihr aufbauen? Ich runzle die Stirn. Jetzt, wo ich an sie denke, steigt die Sorge wieder in mir auf.

Ich schüttle den Kopf. „Ja. Aber Wallace weiß nicht, wer sie sind. Nur, dass es sie gibt."

Wallace hängt schon wieder am Telefon. „Mac, Herrgott noch mal, Mann." Er wischt sich den Schweiß von der Stirn. „Wo bist du?"

„Klingt für mich, als hätte sein Kumpel beschlossen, zu verschwinden", flüstert Martin. „Ich kann es ihm nicht verübeln."

Dann klingelt das Telefon. Wallace greift danach und prüft die Nummer. Sein Gesicht wird leichenblass.

„Ha-Hallo?"

Am anderen Ende spricht Karl – ich kann die Stimme hören.

„Wir treffen uns um zehn an der gewohnten Stelle. Bring die Vorräte mit." Er zischt die Worte.

„Ähm, ich dachte, die LT-Auktion wird nicht vor Ende der Woche gehalten?" Wallace' Versuch, lässig zu klingen, ist erbärmlich. „Vielleicht lieber morgen?"

„Brauchst du Hilfe, dich daran zu erinnern, für wen du arbeitest?" Karls Stimme ist kalt. „Muss ich mir einen anderen Lieferanten suchen. Einen, der tatsächlich die Fähigkeit hat, das zu besorgen, was ich verlange?"

„Warte! Ich habe Informationen für dich." Wallace zuckt und schwitzt. „Gib mir noch eine Chance."

„Worum geht es?"

„Ein Mädchen. Du hast gesagt, ich solle nach einem Mädchen Ausschau halten. Da war eins in der Bar."

„Was für ein Mädchen?"

„Ich weiß es nicht. Sie hatte einen Haufen Klamotten an. Aber ich habe rote Haare gesehen, genau wie du gesagt hast."

Bri! Sie sprechen über Bri. Fuck.

„Was hat sie getan?" Karls Stimme klingt begierig. Ich versuche, den Klang zu erfassen und ihm zu folgen. Eine Sekunde lang glaube ich, Bäume zu erkennen, aber dann tauchen – wie schon zuvor – Bris Erinnerungen wieder auf. Wie wir uns streiten.

Ich schüttle den Kopf und fluche und die Verbindung ist verschwunden. „Verdammt. Ich kann ihn nicht aufspüren. Es ist so schwierig nur mit einer Stimme am Telefon."

Ich konzentriere mich wieder auf das Gespräch, das in dem schmuddeligen, baufälligen Haus stattfindet.

„Ich weiß es nicht! Ich bin zuerst gegangen und sie ist mir nicht gefolgt. Also sind wir sicher."

„Natürlich sind wir das." Karls Stimme ist jetzt sanft und geschmeidig.

„Und ich brauche nur noch einen extra Tag, um dir das Zeug zu besorgen. Nur einen Tag." Wallace klingt verzweifelt hoffnungsvoll.

„Oh, mach dir keine Sorgen, wie lange es dauert. Alles ist gut." Karls Stimme ist jetzt beruhigend.

„Okay, Mann. Ich schwöre, nur noch einen Tag und dann werde ich es haben. Ich verspreche es." Wallace brabbelt und wischt sich den Schweiß von der Stirn.

„Komm einfach zu unserem Treffpunkt – auch ohne die Ausrüstung. Ich habe einen neuen Auftrag für dich."

„Okay, Mann, ich bin gleich da." Wallace klingt erleichtert. Fast glücklich. „Und mach dir keine Sorgen um das Mädchen."

„Oh, ich bin alles andere als besorgt." Karl gluckst. „So viel kann ich dir versprechen. Um sie wird sich gekümmert werden."

Ich schüttle den Kopf. Ich werde wirklich versuchen müssen, es Bri verständlich zu machen. Wenn nötig, sperre ich sie ein. Ich darf Karl auf keinen Fall an sie heran–

Irgendetwas drängt sich mir in den Kopf.

Es ist schon wieder Bri. Aber nicht so, als würde sie versuchen, mit mir zu kommunizieren – eher als wäre sie in Panik. Besorgt.

Ich versuche, mich auf das Gefühl zu konzentrieren, aber es verblasst. Ich wende mich wieder Wallace zu. Ich bin der Einzige, der das hier machen kann, aber ich muss sicher sein, dass es Bri gut geht.

„Hör mal." Ich packe Martins Arm. „Ich habe immer wieder dieses … Gefühl … Kannst du zu mir nach Hause zurückgehen und nach Slash und Bri sehen?"

„Warum rufst du sie nicht einfach an?" Martin berührt sein Telefon.

Ich versuche es, aber es geht niemand dran.

„Fuck, jemand muss sie im Auge behalten. Vielleicht sollte ich gehen. Du bleibst hier." Ich schaue mich um.

„Nein, es ist besser, wenn du hierbleibst. Versuche weiter, in seine Gedanken einzudringen. Ich kann das nicht so wie du." Martin späht hinter dem Mesquitebaum hervor. „Ich werde nach ihr sehen."

„Vielen Dank. Beeil dich."

Wieder allein, versuche ich, meinen Geist zu beruhigen und mich erneut in Wallace' Erinnerungen zu graben. Wie zuvor sind sie aufgewühlt und verschwommen, wie ein Fernseher, dessen Signal gestört ist.

Plötzlich ruft Martin mein Handy an. „Alain, Bri ist weg." Seine Stimme klingt gehetzt. „Slash hat gesagt, er habe die Terrassentür geöffnet, damit sie sich etwas in der Natur ansehen konnte und sie sei für ein paar Minuten hinausgegangen. Als er nach ihr sehen wollte, war sie verschwunden."

„Fuck!" Ich lasse fast mein Handy fallen. „Kann er sie nicht finden? Ihr folgen?"

„Er hat gesagt, sie sei nicht mehr in der Gegend. Er hat alles geprüft."

Im Haus pirscht Wallace auf und ab und beschließt plötzlich, zu gehen. Er schnappt sich seine Autoschlüssel und geht zur Vordertür hinaus. Das ist meine Chance, ihm zu folgen. Sodass er mich zu Karl führt, damit ich meinen Feind überraschen und überwältigen kann. Damit er mir alles sagt, was ich wissen muss. Erst würde ich ihn überraschen, dann töten.

Aber ich zögere. „Ich komme zurück. Ich muss helfen, sie zu finden."

„Was ist mit Wallace?"

„Scheiß auf Wallace." Ich bin bereits auf dem Weg zurück zu meinem Haus, so schnell ich kann. „Wir verfolgen ihn später." Es ist furchtbar, denn Wallace jetzt zu folgen, ist unsere beste Chance, Karl zu finden. Aber ich kann Bri nicht irgendwo da draußen allein lassen. Ich muss ihr helfen.

Ich bin in null Komma nichts da, aber es dauert trotzdem immer noch zu lange. „Wo ist sie hin?"

„Ich weiß es nicht!" Slashs Gesicht ist blass, die Augen weit aufgerissen. „Es tut mir leid, ich hatte keine Ahnung, dass sie …"

Ich stürze mich auf ihre Sachen, ihren Laptop. Die Papiere. „Was ist das? Da steht eine Adresse."

„Ich weiß es nicht." Slash wirft einen Blick darauf. „Sie muss sie aufgeschrieben haben, bevor sie gegangen ist."

„Lass uns gehen. Und du solltest darauf hoffen, dass wir nicht zu spät kommen."

22

Bri

Ich sitze bei ausgeschaltetem Licht neben der Glas-schiebetür und versuche, nach einer Eule Ausschau zu halten. Alain hat mir gesagt, dass es sie in dieser Gegend häufig gibt, aber ich kann von hier aus keine sehen. „Slash?" Ich drehe mich zu ihm um.

Eine Sekunde lang reagiert er nicht, was bedeutet, dass er gerade so sehr in seine Programmierung vertieft ist, dass er einen Teil seiner vampirischen Wahrnehmungsfähigkeit fast ausgeschaltet hat. Außerdem hasst er die Vorstellung, Babysitter für mich zu spielen, und manchmal – da muss ich schon ehrlich sein – scheint er weniger auf Sicherheit bedacht zu sein als die reiferen Vampire. Genau genommen viel weniger. Fast so, als würde er gar nicht aufpassen.

„Slash?" Ich gehe zu ihm und tippe ihm auf die Schulter.

„Ja?" Er ist mit seinem Computer beschäftigt und so sehr auf den Bildschirm konzentriert, dass er halb wie eine Person und halb wie eine Maschine wirkt.

„Ist es in Ordnung, wenn ich hinausgehe, um mir ein paar Tiere anzusehen?" Ich rolle mit den Augen. „Ich werde nicht weit weggehen."

Er sieht mich streng an, als wollte er herausfinden, ob ich lüge. „Okay, aber bitte bleibe auf der Terrasse und lasse die Tür offen. Sonst bringt Alain mich noch um." Er schaut mich wieder an, als würde er mein Gesicht und meinen Geist prüfen. Ich weiß, dass er meine Gedanken nicht so lesen kann wie Alain, aber er würde eine Täuschung spüren.

„Ich will nur die Eulen sehen." Ich zucke mit den Schultern.

„Gut." Er macht irgendwas Schnelles mit seinen Händen und dann klickt das Schloss.

„Danke."

Aber Slash hat sich bereits wieder in seine Arbeit vertieft. Er scheint mich nicht zu hören.

Ich schiebe die Tür auf und atme die Luft ein. Ein paar Minuten lang ist es friedlich, auch wenn ich keine wilden Tiere sehe.

Plötzlich summt mein Handy mit einer SMS von K. Ich lächle und atme dann plötzlich erschrocken aus.

Denn da steht: *„Mani in Autounfall verwickelt, im Krankenhaus. Bitte komm her, ich brauche dich."*

„Oh mein Gott!" Ich schnappe nach Luft. Ich drehe mich zum Haus um und schaue zu Slash, während ich meine Hand auf den Mund drücke – dann, unsicher, ob ich es ihm sagen soll, rufe ich sofort K. an.

Ihre Stimme klingt verzerrt und irgendwie seltsam. Sie hat eine schlechte Verbindung oder so. „Oh mein Gott, Bri, ein betrunkener Fahrer hat sie an einer Kreuzung angefahren. Oh mein Gott. Oh mein Gott." Sie hyperventiliert.

„Geht es dir gut? Was ist passiert?" Ich versuche, meine

Stimme ruhig zu halten, aber ich bin ebenfalls kurz davor, in Panik zu verfallen.

„Ich glaube, es geht ihr gut. Sie hat mit mir telefoniert, aber ihr Arm ist gebrochen. Sie bringen sie ins ...“ Plötzlich wird das Telefon statisch und ihre Stimme bricht ab. „Aber ... weiß nicht ... Kannst du ... Mein Akku ist leer ...“

„K.?“ Ich spreche lauter. „K.? Ich kann dich nicht hören?“

Nichts.

Ich lege auf und versuche es noch einmal, aber es klingelt und klingelt und noch nicht einmal die Mailbox geht ran. Fuck!

Mein Herz klopft wie wild. Ich öffne den Mund, um nach Slash zu rufen. *Hilf mir. Hilf mir, zu K. zu gelangen.*

Aber was, wenn er das nicht machen will? Alain hat sich klar ausgedrückt, dass ich unter überhaupt keinen Umständen das Haus verlassen darf. Vielleicht ist das ja nicht wichtig genug, um rauszugehen. Und ich verstehe die Gefahr, die lauert. Aber anscheinend ist Karl mit seinen Blutauktionsaktivitäten beschäftigt. Und außerdem geht es hier um K.!

Ich versuche es erneut und plötzlich empfange ich eine weitere SMS von ihr.

„Es tut mir leid, mein Akku ist leer, ich melde mich hier von einem Schwesterntelefon. Du musst bei Annie zu Hause vorbeifahren. Ich bin so schnell losgestürmt, dass ich meine Handtasche dort vergessen habe. Hole meine Tasche ab, denn darin befinden sich meine und Manis Versicherungskarten. Bitte bringe sie zu uns ins Banner-Krankenhaus.“ Und sie gibt eine Adresse an.

K. erwähnt Annie, ihre „adoptierte“ Rentnerin, oft. Annie ist eine Achtzigjährige, die angeblich wundervolle Scones backt, obwohl sie halb blind ist. Es ist Teil von K.s ehrenamtlicher Arbeit, einsamen Senioren zu helfen, ein wenig Gesellschaft zu haben.

Ich treffe eine Entscheidung. Ich muss zu K. Ich denke, ich bin sicher genug, wenn ich leise gehe.

Ich schaue zurück in Slashs Richtung, aber er ist nicht einmal mehr in Sichtweite. Ich weiß, dass er manchmal in Alains Wohnzimmer auf und ab geht und mit den Füßen über den Teppichboden schlurft, während er nachdenkt. Ich schicke ihm eine stumme Entschuldigung, während ich das Haus erneut betrete, meine Handtasche hole und zurück auf die Terrasse gehe.

Es dauert nur Sekunden, bis ich an der Vorderseite bin. Ich schaue mich genau um, bleibe sogar stehen und lausche, aber alles ist ruhig. Ich fühle mich sicher. Ich habe dieses mulmige Gefühl nicht, das ich hatte, bevor Karl mich angegriffen hat, und ich bin mir sicher, dass ich hier draußen allein bin.

Ich muss nur schnell verschwinden, bevor Slash seine volle Aufmerksamkeit auf mich richtet und bemerkt, dass ich verschwunden bin.

Ich schaue mich immer wieder um, während ich in mein Auto steige und losfahre, aber es gibt nichts Ungewöhnliches, als ich mich von den Hügeln in der Wüste auf den Weg nach Tucson mache. Es scheint ewig zu dauern und ich bin die ganze Zeit über nervös.

„Endlich!" Ich fahre vor dem Haus vor, dessen Adresse ich in mein GPS eingegeben habe.

Ich steige aus dem Auto und gehe zur Tür, klopfe und drücke den Klingelknopf. „Annie?", rufe ich laut, weil ich weiß, dass sie fast taub ist. Die Nachbarschaft ist heruntergekommen, wie K. es schon oft beschrieben hat. Manchmal bringt sie Annie Lebensmittel mit, um ihr das Leben etwas leichter zu machen –

„Annie!" Ich klopfe lauter und so fest, dass mir die

Fingerknöchel wehtun. „Hier ist K.s Freundin, Bri! Hallo!?"

Aber es sieht irgendwie nicht richtig aus. Es ist völlig dunkel und kein einziges Licht brennt. Und als ich blinzle und mich umsehe, erkenne ich, dass dieses Haus nicht nur still, sondern komplett verlassen wirkt.

Auf einem kaputten Stuhl neben der Eingangstür liegt ein unordentlicher Stapel Briefe, außerdem Staub und ein paar Blätter. Der oberste Umschlag ist dick und sieht wichtig aus. Das Logo einer Immobilienfirma prangt darauf. Aber das hilft mir jetzt auch nicht weiter.

„Annie?", brülle ich fast, als mir eine schreckliche Erkenntnis dämmert: Ich bin am falschen Ort.

Irgendwo in der Ferne bellt ein Hund. Ich höre das dumpfe Dröhnen des Verkehrs, obwohl die Straße komplett leer ist. „Hallo?"

Meine Stimme stockt. Scheiße, das GPS hat wahrscheinlich einen Fehler gemacht, so wie es ab und zu passiert.

Und plötzlich rieche ich den Geruch von Müll und spüre das schreckliche Kribbeln in meinem Nacken. Und ich weiß, dass ich nicht mehr allein bin.

„Du bist ja richtig pünktlich."

Ich wirble herum und reiße meine Augen vor Schreck weit auf. Denn direkt hinter mir − so nah, dass ich jedes Detail seiner schrecklichen Augen erkennen kann − steht Karl.

„Wie ich sehe, hast du meine SMS erhalten." Er gluckst.

Ich weiche zurück und reiße die Hände hoch. Meine Stimme klingt schrill und heiser. „Wo ist Annie?"

Aber ich weiß bereits, was passiert ist. Er hat mir eine Falle gestellt. Annie ist gar nicht hier.

Irgendwie hat er mich ausgetrickst − Scheiße! Ich hätte

diesem winzigen Gefühl, das ich hatte, trauen sollen! Ich weiß nicht einmal, wie er es gemacht hat … Ich weiß jetzt nur, dass ich irgendwie hier weg muss.

Er gluckst erneut. „Hat es dir gefallen, wie ich meine Stimme verstellt habe, als ich dich angerufen habe? Es ist eine neue Fähigkeit, die ich geübt habe."

Er räuspert sich und lächelt. Als er spricht, gefriert mir das Blut in den Adern, denn sie klingt genau wie K.s Stimme − fast. „Oh, Bri, ich brauche dich! Komm und hilf mir!" Er lacht jetzt so hart, dass er sich fast nach vorne krümmt. „Dein Alain", zischt er und kneift die Augen zusammen, „ist nicht der Einzige, der Freunde hat, die recherchieren können. Ich habe alle möglichen Dinge über dich und deine … Freundinnen herausgefunden. Und ich habe einen Kumpel, der sich gut mit Telefonen auskennt."

Er ahmt K. erneut nach, um das Nächste zu sagen: „Und es war so einfach, dich hierherzulocken."

Jetzt, da ich ihn persönlich höre und nicht am Telefon, bemerke ich einen Hauch von Bosheit in seinem Tonfall. Er klingt nicht ganz wie K., obwohl es K. ähnlich ist. Am Telefon nahm ich einfach an, dass sie aufgrund der schlechten Verbindung und ihres Stresses ein wenig seltsam klang.

„Wo sind K. und Mani? Wenn du ihnen etwas antust …" Ich versuche, meine eigene Stimme bedrohlich klingen zu lassen.

„Ich bin mir sicher, es geht ihnen gut." Er winkt mit der Hand ab. „Aber wer weiß das schon bei euch Sterblichen? Ihr macht immer so dumme Sachen." Er kommt nicht auf mich zu. Es ist, als wüsste er, dass ich nicht entkommen kann, also lässt er mich laufen. Wie ein Katz-und-Maus-Spiel.

„Hilfe!" Ich schreie. „Hilfe!"

Aber es ist niemand da.

Ich werfe einen Blick auf mein Auto. Habe ich genug Zeit, dorthin zu rennen?

„Nein, hast du nicht." Sein Tonfall klingt gespielt entschuldigend. „Ich war mir nicht ganz sicher, ob du allein oder mit Alain auftauchen würdest. Beides wäre für mich in Ordnung gewesen. Aber diese Weise ist nicht besonders gut für dich."

Und plötzlich packt er mich mit seiner kalten und krallenartigen Hand. „Deine Zeit ist abgelaufen, kleines Süßblut." Er dreht den Kopf. „Bring es mir."

Ein Mann tritt aus der Dunkelheit der überwucherten Mesquitebäume hervor – es ist Wallace.

Ich schreie und winde mich. „Lass mich los!"

„Sie ist eine Handvoll." Wallace' Augen sind rot umrandet und weit aufgerissen. Seine Bewegungen ruckartig. Er hat ein Seil. Klebeband. Mein Gott, sie wollen mich irgendwohin bringen–

Ich drücke und ziehe, aber Karl hält mich mühelos fest.

„Alain!", schreie ich. „Hilfe!"

„Es sind nur du und ich, meine Liebe. Nun, du und mein Freund hier für den Moment. Ich komme später dazu." Karl stößt mich kräftig in Richtung Wallace, dann tritt er zurück, als würde er eine Broadway-Show genießen. Er verschränkt die Arme und lacht. „Fessle sie und bringe sie in das Haus. Sie wird meine Nummer vier sein."

Wallace stinkt nach Zwiebeln und Dreck und er ist stark. Aber er ist ein Mensch und ich habe möglicherweise eine Chance. Ich greife nach ihm und trete ihm in die Eier. Hart.

Er schreit auf, lässt mich aber nicht los, obwohl sein Griff etwas schwächer wird und an meinem Arm hinunterrutscht.

Karl lacht wie ein Irrer. „Oh, ha ha ha! Oh, dein Gesicht! Schnapp sie dir!" Er klingt geradezu schadenfroh.

Ich trete Wallace gegen das Schienbein. Ich versuche, einen Arm zu befreien, damit ich auf seine Augen zielen kann. Aber er ist zu stark. Und ich kann mich nicht befreien.

„Oh, das ist unbezahlbar." Karls Gesicht blitzt vor Entzücken auf. „Was für eine Show."

Wallace grunzt und packt meinen Nacken in einem Schwitzkasten.

„Au!" Der Schmerz ist unerträglich.

„Vorsicht, wir brauchen sie ganz", mahnt Karl. „Keine zu große Schäden." Sein Tonfall ist ein plötzliches Zischen, eine Drohung des Bösen. „Noch nicht."

„Ein bisschen Hilfe?", keucht Wallace. „Sie kämpft gegen mich an, verdammt. Und du stehst einfach nur da!"

„Beweise mir deinen Wert", sagt Karl. „Zeig mir, wie man es macht." Und er gluckst schon wieder. Dieses verdammte Glucksen.

Ich finde plötzliche Kraft in mir. Ich werde nicht zulassen, dass dieser Mann mir wehtut. Ich werde es einfach nicht. Als Wallace nach Luft schnappt und meinen linken Arm verliert, schiebe ich die Hand in meine Jackentasche und schnappe mir das Pfefferspray von Owen. Als Wallace fester an mir zerrt, reiße ich den Arm hoch und drücke fest auf die Düse. Ich ziele direkt auf seine Augen – und bete, dass es funktioniert.

Er schreit und lässt mich abrupt los, fällt hart auf die Knie und greift nach seinen Augen. Er wälzt sich auf dem Boden herum. Ich schreie ebenfalls und weiche zurück. Ich muss weglaufen.

„Wallace, du erbärmlicher Idiot", zischt Karl. „Muss ich denn alles alleine machen?"

„Scheiße, sie hat meine Augen erwischt! Meine

Augen!" Wallace schluchzt und hechelt. „Helft mir, hilf mir, ich sterbe!"

„Damit hast du recht." Mit einer blitzartigen Bewegung bewegt sich Karl.

Und jetzt ist Wallace still, als hätte jemand einen Schalter umgelegt. Sein Körper zuckt, aber das bedeutet wenig, denn sein Kopf – jetzt abgetrennt – liegt drei Meter entfernt in einer Blutlache.

„Zeit zu gehen." Karl sieht mich an. „Kämpfe nicht, sonst endest du wie er."

Ich hebe die Sprühflasche, eine schwache Waffe, aber alles, was ich habe. Ich drücke auf den Knopf.

Er lacht nur.

Und dann flackert und flimmert und summt es und die Gegend ist plötzlich voller Energie und Bewegung. Es sieht so aus, als hätte ich durch die Verzögerung mit Wallace genügend Zeit gewonnen, denn Alain ist da. Ich war in meinem ganzen Leben noch nie so dankbar, ihn zu sehen.

„Alain!" Selbst ich kann den Ton der Verzweiflung in meiner Stimme hören. „Tritt von ihr zurück", knurrt Alain. Martin und Slash stehen neben ihm, einer auf jeder Seite, und alle drei starren Karl an. „Du weißt, dass du uns nicht entkommen kannst. Wir werden dich überwältigen."

Aber Karl hat mich fest in seinem Griff. „Ein fairer Tausch. Ihr lasst mich gehen und ich lasse sie gehen. Wenn du Nein sagst, töte ich sie vor deinen Augen."

Alain erstarrt.

Es ist wie ein Foto. Ich in Karls Armen, die mich in einer tödlichen Umarmung umschließen. Die anderen Vampire, in drei Metern Entfernung, die ihn anstarren. Eingefrorene Bewegung.

Alain spricht. „Lass. Sie. Gehen."

„Aber du hast meine Bedingungen noch nicht akzeptiert." Karl drückt mir die Kehle zu.

Ich schreie auf.

„Wenn du ihr wehtust …" Alain tritt vor.

Karl packt meinen Arm. „Meinst du, sie braucht den noch?" Er beißt in mein Handgelenk. Mit aller Kraft. Und dann reißt er die Zähne herum und dreht.

Es ist so schmerzhaft, dass ich fast in Ohnmacht falle. „Aaaahh …"

Ich spüre, wie das Blut herausläuft.

„Ah, ich verstehe, warum du sie so magst. Und ich wusste, dass ich gut gewählt habe." Karl beugt sich hinunter und leckt mein Blut ab. Seine Zunge ist fett und schmierig auf meinem Arm. Es ist obszön und doch kann ich mich nicht bewegen. Er steht da, leckt sich die Lippen und zögert, aufzuhören. „Aber schau doch nur all das leckere Blut an, das verschwendet auf dem Boden liegt. So wie sie es in ein paar Minuten sein wird, wenn du sie verbluten lässt."

„Alain." Meine Stimme ist nur ein Keuchen. „Bitte."

„Was für eine Wahl." Karl gluckst. „Du kannst mich angreifen oder du kannst dein kleines menschliches Haustier retten."

Alain steht still und starrt mich an. Und dann Karl. So als wüsste er nicht, was er tun soll. Dann sagt er: „Verschwinde."

Karl stößt mich heftig weg; ich stolpere und falle ganz nah neben Wallace' Leiche zu Boden. Aber ich bin so schwach, dass ich nicht mehr aufstehen kann.

Karl verschwindet. Im gleichen Moment stürmen mehrere andere Vampire auf mich zu. Gesichter, die ich nicht kenne.

„Lucius!" Slash gestikuliert. „Tiberius. Karl ist gerade geflohen!"

Alain sieht mich an. Sein Gesicht ist gequält. „Bri." Und er zieht mich in seine Arme. Er zerreißt sein Hemd und bindet es um mein Handgelenk. Berührt meine Stirn und meine Arme. „Du stirbst nicht. Du wirst wieder gesund werden. Du hast nicht so viel Blut verloren. Alles ist in Ordnung."

Mein Arm brennt an der Stelle, wo Karl mich gebissen hat, als wäre es Säure. Gift. Mein Kopf tut weh. „Ich ... Es tut mir ... leid ..."

„Alles ist in Ordnung, Bri, du wirst gesund." Alain sieht mir in die Augen. „Sieh mich an, Bri. Alles wird gut werden." Er berührt mein Gesicht, fühlt meinen Puls an meinem Hals und streicht mit den Händen über meinen Körper. „Alles ist in Ordnung." Die Erleichterung, die ich in seiner Stimme höre, bringt mich fast um. Die Zärtlichkeit seiner Berührung lässt mich wieder lebendig fühlen.

Langsam gewinne ich die Fähigkeit zu atmen wieder zurück. Aber ich kann immer noch nicht sprechen. Der Horror von Karls Mund bleibt mir im Gedächtnis haften und lässt meine Worte erstarren.

„Er ist entkommen." Martins Stimme ist tonlos. „Verschwunden."

Lucius tritt vor. „Er ist schneller, als er es früher war. Und mächtiger." Seine Stimme klingt unzufrieden. „Alain, du hast gesagt, du würdest dich um ihn kümmern."

„Das werde ich auch." In Alains Stimme liegt ein Hauch von Grausamkeit, der mich überrascht.

Lucius starrt Alain an. „Was macht sie hier?" Er gestikuliert auf mich. „Warum hast du sie da mit hineingezogen? Menschen sind Vampiren nicht gewachsen. Es ist töricht."

„Sie wird nicht noch einmal darin verwickelt werden, dafür werde ich sorgen. Ich erledige ihn." Alain tauscht einen Blick mit Lucius aus. „Ihr habt mein Wort."

„Stopp, es ist meine Schuld." Ich schnappe nach Luft und finde meine Stimme wieder. Alle drehen sich um und starren mich an. Ich habe das Gefühl, als wäre ich ausgestellt. Vor Gericht.

„Es tut mir leid", sage ich und ringe nach Luft. Alains Körper schützt mich, aber ich fühle mich alles andere als wohl. „Ich habe eine SMS von meiner besten Freundin erhalten. Sie brauchte mich. Es war ein Trick." Mir ist schwindlig. „Ich wusste es nicht."

„Natürlich wusstest du es nicht." Alains Stimme ist leise und trügerisch ruhig. „Du weißt nichts über diese Welt." Ich liege immer noch in seinen Armen, aber ich spüre, wie er sich von mir entfernt. Distanziert wird.

„Ich …"

„Und du solltest es nicht wissen." Seine Schultern versteifen sich. „Diese Welt ist nichts für dich, Bri. Das ist alles meine Schuld. Wir sind Risiken füreinander und es ist wirklich keine Art für dich zu leben. Ich habe dich in ein Leben verwickelt, das viel zu gefährlich für einen Menschen ist, und das tut mir zutiefst leid. Ich werde dich nach Hause bringen … und dann müssen wir uns verabschieden."

„Was? Aber …" Meine Stimme bebt. Ich schaue zu ihm auf. „Wir sind einander wichtig. Die Dinge, die wir gesagt haben? Alain?" Es ist mir sogar egal, dass die anderen Vampire alles mitanhören können. Im Moment ist die einzige Person, die auf der Welt zählt, Alain. „Nein. Wir haben eine besondere Verbindung. Wir spüren Leidenschaft. Du weißt, dass es so ist."

„Nein, haben wir nicht." Seine Stimme ist nicht unfreundlich, aber sie ist unnachgiebig. „Es gibt keine besondere Bindung oder Leidenschaft. Es tut mir leid, dass du so empfunden hast. Es war meine Schuld, dass ich es zugelassen habe. Ich hätte wissen müssen, dass du einem Vampir nicht widerstehen kannst. Aber ich kann dich einfach nicht wiedersehen, Bri. Du wirst nach Hause gehen und alles über uns vergessen. Von jetzt an wirst du sicher sein. Keine Risiken mehr."

Noch während er spricht, könnte ich schwören, dass ich in seinen Augen noch etwas anderes sehe. Bedauern vielleicht? Liebe? Verzweiflung?

Aber dann verblasst die Emotion und er schaut mich leidenschaftslos an, als wäre ich eine Statue.

Ich ziehe mich von ihm zurück, sodass ich allein stehe. Ich starre ihn und die anderen an.

Und dann schlage ich um mich. „Nun, wenn ich ein Risiko bin, dann bist du sogar noch schlimmer. Du bist Gift. Was ist denn mit deinem ewigen Leben? Wohl eher die ewige Hölle. Für immer gefangen ohne Liebe, Güte oder Freundschaft. Ich werde in meinem dummen kurzen Menschenleben mehr Leidenschaft empfinden, als du in deinem ganzen ewigen Leben haben wirst."

Alains Augen blitzen auf und ich weiß, dass ich ihn verletzt habe.

Gut. Genau das will ich jetzt auch. Ich will, dass er sich für immer daran erinnert.

Ich fahre fort. „Ich bin außerdem allein besser dran. Ohne Leute, die versuchen, mein Leben zu bestimmen und meine Entscheidungen für mich zu treffen. Die mich verletzen. Ich hätte es besser wissen müssen. Nun, man lernt nie aus. Also fick dich. Genieße den Rest deines einsamen Lebens, Arschloch."

Er öffnet den Mund, als wollte er etwas sagen.

Plötzlich ist Karl zurück. „Hoppla", verkündet er. „Ich habe etwas vergessen. Ich habe vergessen, deine kleine Menschenfrau zu töten." Er gluckst. „Ich habe beschlossen, dass Versprechen nicht mehr viel bedeuten, Alain." Er ist vergnügt, aber rasend. Wie ein Mixer, der auf höchster Stufe läuft. Er vibriert förmlich vor Energie. So sehr von sich selbst eingenommen, dass er nichts anderes sieht außer mich und Alain.

„Ich bin jetzt stärker als du. Deine Wut und Verzweiflung nähren mich, Master." Er lacht. „Ehemaliger Master. Ich bin dir nicht länger verpflichtet. Ich werde dir alles nehmen, was du liebst und es zerstören. Und dann werde ich dich ersetzt haben."

Er packt mich und beugt sich zu meinem Hals. „Sie ist einfach zu köstlich, um sie sich entgehen zu lassen." Dann, genau in diesem Moment, scheint er Lucius und die anderen zu bemerken. Er erstarrt.

Sein Griff wird schwächer. So als hätte er das Vertrauen verloren. Als ob er überrascht wäre. Können Vampire einander nicht spüren? Karl muss so durchgedreht und wahnsinnig sein, dass er nicht einmal grundlegende Vorsichtsmaßnahmen trifft. Vielleicht hat er in seinem Jubel und seinem vorübergehenden Siegesgefühl seine eigene Zukunft falsch eingeschätzt. Und ich hoffe es sehr, denn sonst wird er mich umbringen.

Lucius tritt vor. „Angriff–"

Aber Alain hebt die Hand. „Diese Sache ist zwischen mir und Karl", brüllt er. „Wir werden es beenden. Genau hier, genau jetzt. Es endet heute Nacht." Er knurrt Karl an, der einen Schrei der Wut und des Zorns ausstößt.

Lucius tritt zurück. Er nickt den anderen Vampiren zu. Sie bilden einen lockeren Kreis um uns drei, nähern sich jedoch nicht. Ich gehe davon aus, dass sie eingreifen werden, wenn sie es müssen.

Karls fauliger Atem ist immer noch heiß an meiner Wange, aber sein Griff lockert sich. Als ob er die Konzentration verloren hätte.

Ich stoße Karl zögerlich an. Seine Arme werden schlaff und ich entziehe mich seinem Griff. „Alain!"

Alain greift nach mir und rast verschwimmend schnell

mit mir zu Martin hinüber. „Beschütze sie mit deinem Leben", befiehlt er. Er starrt mir in die Augen. „Verzeih mir." Er drückt sanft meine Hand und wendet sich dann von mir ab.

Martin packt mich und schiebt mich zwischen sich und Slash. Ich zittere vor Angst und Adrenalin und bin kaum in der Lage zu stehen, aber ich muss es sehen. Ich drücke meinen Kopf an Martins Arm vorbei, sodass ich etwas erkennen kann. Ich halte mich an ihm und Slash fest, als ob mein Leben davon abhinge. Sie stützen mich beide und keiner der anderen Vampire schlägt vor, mich von dort wegzubringen. Dieser Moment ist zu kritisch, um zu sprechen oder ihn zu unterbrechen.

Alain und Karl fliegen regelrecht aufeinander zu, bleiben jedoch einen halben Meter voneinander entfernt stehen, als würden sie von entgegengesetzten Magnetfeldern auseinandergetrieben werden. Es ist kein friedlicher Abstand – er ist hässlich und die Kraft zwischen ihnen reißt und zerrt und wirbelt um sie herum.

Sie starren einander an, als wären sie aneinandergekettet; ein Wesen, wenn auch zwei Teile. Ich kann die Energie praktisch sehen, die zwischen ihren Blicken hin und her fließt. Das Band zwischen ihnen verstärkt sich, als wäre es aus Metall und würde sie mit Tentakeln aus Stahl aneinanderbinden. Es ist faszinierend und gleichzeitig krank.

Dann stürzen sie sich wieder aufeinander, heulen und schlagen zu. Es ist schnell, bösartig und tödlich. Einer von ihnen wird gewinnen und der andere wird sterben.

Plötzlich halten sie inne. Alain hebt die Hand und ich schwöre, ich kann fast sehen, wie ein Energiestrudel sie umkreist und Karl zurückdrängt.

Karl stößt ein kleines Geräusch aus. Er zittert einmal, als ob ihm kalt wäre. Dann noch einmal.

Alain starrt weiter mit erhobener Hand. Sein Körper

bebt, als würde dies – dieses Starren – seine ganze Energie verbrauchen.

Und obwohl Alain nichts mehr mit mir zu tun haben will, will ich ihm unbedingt helfen.

Ich schließe die Augen und versuche, ihm jeden möglichen Rest positiver Energie zu schicken, den ich habe, um ihm zu helfen, Karl zu besiegen. Und das nicht nur, weil Karl mich umbringen will. Sondern auch, weil es mir am Herzen liegt, die Welt zu einem besseren Ort zu machen. Ich will, dass Alain mit seiner medizinischen Forschung Erfolg hat, auch wenn ich nicht mehr an seinem Leben teilhaben werde.

Du kannst es schaffen. Ich glaube an dich. Du bist stärker als er. Du lebst von Liebe, nicht von Hass. Deine Liebe zu den Menschen ist es, die dich antreibt. Er kann dich nicht besiegen.

Alains Augen sind glasig und seine Muskeln so angespannt, als würden sie gleich platzen. Ich glaube, er könnte ein Aneurysma bekommen, wenn Vampire so etwas kriegen könnten.

Bitte. Du kannst es schaffen. Ich weiß, dass du es kannst.

Ich werde ganz schwach von der Anstrengung, diese Gedanken zu senden. Mit einem Ausbruch mentaler Energie sende ich alle Kraft, die ich habe, um mich mit seiner zu verbinden, bis ich erschöpft bin. Ich sacke zusammen und Martin fängt mich auf. Er stützt mich ab.

Langsam steht Alain stärker. Größer. Er stößt ein zischendes Brüllen aus, ein Geräusch wachsender Kraft, und ich spüre, dass er Karl besiegt.

Alain brüllt. Und plötzlich – mit einem Wirbel aus reinster Energie, so hell und heiß, dass ich Striemen von Rot und Gelb wie aus Feuerwerkskörpern in der Luft pulsieren sehe – fliegt er auf Karl zu. Mit einer so geschickten Bewegung, dass es wie Zauberei wirkt, zieht er etwas aus seiner inneren Manteltasche. Es ist ein langer

Holzpflock. Poliert, aber mit einer bösen Spitze, die im Licht seiner Energieströme aufblitzt. Mit einer blitzschnellen Bewegung stößt Alain den Pflock mitten in Karls Herz.

„Ich habe dich erschaffen." Alains Stimme ist gleichzeitig ein Donnern und ein Flüstern. „Und jetzt mache ich diesen Fehler wieder gut." Er dreht den Pflock. „Requiēscās en pace."

Ich erkenne die Worte aus dem Lateinunterricht an der Highschool: „Mögest du in Frieden ruhen." Ich kann nur vermuten, dass Alain sarkastisch ist oder aus einer alten Gewohnheit heraus spricht, die sich in seiner Psyche festgesetzt hat, denn niemand hier − da bin ich mir sicher − wünscht Karl Frieden.

Die Geräusche, die Karl von sich gibt, sind schrecklich. Er windet sich wie eine Schlange. Verrenkt sich. Sein Körper blitzt grün und schwarz wie Schuppen auf. Dann wird er still. Seine Augen ausdruckslos und leer. Eine Sekunde später ist er tot.

Ich schreie und schreie.

„Es ist vorbei." In Alains Stimme liegt ein Hauch von Endgültigkeit. „Ich sagte, ich würde es tun, und es ist getan. Karl ist tot. Ich habe meinen Fehler behoben."

„Gut." Lucius' Stimme klingt düster, aber zufrieden. „Schafft sie weg." Er zeigt auf mich. „Und beseitigt die Sauerei." Sein Blick scheint leidenschaftslos zu sein, als er mich mustert. Aber ich sehe möglicherweise ein ganz klein wenig Mitgefühl in seinen Augen.

Alain wirft mir einen langen forschenden Blick zu, als ob er meine Hilfe gespürt hätte und versuchen würde, es zu verstehen. Aber er schüttelt den Kopf.

„Es wird so sein, als wäre es nie passiert." Alain sieht traurig aus und in dieser Sekunde weiß ich, dass er für immer mit mir fertig ist.

Im nächsten Moment bin ich wieder in meinem eigenen Haus.

Alain steht über mir. Sein Gesicht zeigt Bedauern, aber seine Stimme ist voller Entschlossenheit. „Ich werde deine Erinnerungen nicht löschen, denn ich weiß, dass ich deinem Gehirn dabei Schäden zufügen würde. Aber wenn du die Details über uns preisgibst, werden dich wahrscheinlich andere Vampire verfolgen." Er zögert. „Ich werde tun, was ich kann, um dich zu beschützen. Aber du musst unser Geheimnis bewahren. Ich werde Dr. A. bitten, sich deine Wunde anzusehen. Kontaktiere mich nicht und komme nicht in den Club. Wir dürfen uns nicht mehr sehen. Es ist besser so." Er berührt mich sanft mit einem Finger. Nur ein leichtes Streicheln über meinen Arm. „Dein Leben wird jetzt besser werden."

Er starrt mich eine lange Sekunde an. Ich habe das Gefühl, dass er noch etwas sagen will, aber er schüttelt nur den Kopf. Er gibt mir einen sanften Kuss auf die Stirn. „Lebewohl."

Und schon ist er weg.

23

Bri

Ich bin zu Hause. Und ich bin allein.

Es bricht mir das Herz, wenn ich nur daran denke, dass er mich aus seinem Leben ausschließt.

Und meine wütenden Worte.

Es ist zwei Tage her, aber es fühlt sich an, als wäre es gerade erst passiert.

Mein Handgelenk pocht unter der Mullbinde und ich schlucke schwer. Es wird zwar besser, aber es macht mir immer noch Sorgen. Dr. A. hat mir vorsichtshalber einen Cocktail aus drei Antibiotika und zwei Virostatika verschrieben. Aber sie gibt zu, dass sie eine solche Wunde noch nie gesehen hat und die langfristigen Aussichten nicht kennt.

Sie spricht mit mir nicht über Alain und ich frage auch nicht. Zu wissen, dass sie immer noch mit ihm zu tun hat, obwohl er mich nicht sehen will, ist unerträglich. Aber ich schätze, ich werde mich wohl daran gewöhnen müssen.

Letzte Nacht hatte ich einen seltsamen Traum. Ich

wachte auf und sah Alain an meinem Fenster. Ich ließ ihn herein. Er hielt mich fest und biss in meine Wunde, dann ließ er mich sogar sein eigenes Blut trinken oder so etwas, ich kann mich nicht erinnern, und der Schmerz ließ nach. Aber als ich versuchte, mit ihm zu sprechen, schüttelte er nur traurig den Kopf und verschwand.

Ich will mir die Wunde mit diesem seltsamen diodenartigen Muster aus kristallisiertem Blut und Gift nicht ansehen, also klappe ich meinen Laptop auf und lese wie besessen immer wieder die Nachrichten.

Es gibt überhaupt nichts über den Kampf. Offensichtlich konnten die Vampire allen potenziellen Beistehenden effektiv die Erinnerung löschen, falls es welche gab. Das ist eine Erleichterung, aber ich kann nicht vergessen, dass Karl zwar tot ist, aber die Nachrichten mir auch sagen, dass die vermissten Frauen immer noch irgendwo dort draußen sind.

Und vielleicht werden sie in ihrer Gefangenschaft sterben.

Und es ist alles meine Schuld. Wäre ich nicht in Panik verfallen und hätte dem falschen Anruf geglaubt, wenn ich einfach Geduld gehabt hätte, zu warten, wie Alain es von mir verlangt hat – wie er es mir befohlen hat –, dann hätte alles anders kommen können. Vielleicht wären sie in der Lage gewesen, Karl auszutricksen und den Aufenthaltsort der Frauen ausfindig zu machen. Stattdessen ist Karl tot und damit auch alle Hinweise, die er gehabt haben könnte.

Ich atme aus, starre auf meine Verdunkelungsrollos und stelle mir vor, wie die Welt dort draußen vorbeizieht. Alain schläft jetzt natürlich. Ebenso Slash und Martin und ihr mächtiger verbündeter Lucius. Vampire, zu denen ich nie wieder Kontakt aufnehmen soll.

Ich vermisse Alain. Ich habe es ernst gemeint, als ich sagte, dass ich ohne ihn besser dran bin. Er ist kompliziert und seltsam und es scheint völlig unmöglich, dass ein Mensch und ein Unsterblicher jemals ein gemeinsames Leben führen könnten.

Aber ich wünschte, es wäre anders.

Und wenn es nicht anders geht, wünschte ich, wir hätten die Dinge auf eine positive Art beenden können. Ich bin enttäuscht und untröstlich, dass er der Meinung war, wir wären es nicht wert gewesen. Dass er mich nicht behalten wollte.

Auch wenn ich ihr die Wahrheit nicht sagen kann, brauche ich K. Sie geht sofort ran, als ich anrufe. „Alles ist scheiße", sage ich und breche in Tränen aus.

Sie ist sofort besorgt. „Bri, was ist los? Hat die Ärztin angerufen?"

Eine Sekunde lang denke ich, sie meint Dr. A., aber dann fällt mir wieder ein, dass sie nichts von den Ereignissen weiß, die sich zugetragen haben. Und auch nichts von meinem seltsamen Doppelleben. Sie spricht nur über meine normalen, alten Probleme. Meine XP.

Tatsächlich hat Dr. Su heute Morgen angerufen. „Ja und die Ergebnisse sind gut. Es ist alles in Ordnung. Ich habe keine Anzeichen von Krebs." Ich atme tief ein. „Sie haben alles entfernen können … vorerst." Ich gebe mich nicht der Illusion hin, dass dies für immer so bleiben wird. Jeder weiß, dass sich diese Krankheit bei einhundert Prozent der Patienten progressiv verschlimmert, und dass ich Glück habe, wenn mein nächster Test ohne Befund zurückkommt. Trotzdem ist es eine Gnadenfrist.

Aber ich bin so deprimiert wegen Alain, dass ich kaum Erleichterung oder Freude über diese Nachricht empfinde. Ich sollte diese Chance auf ein neues Leben bejubeln. Stattdessen fühle ich mich, als hätte ich ein Todesurteil erhalten.

„Was ist dann los?"

„Ich bin ... Alain hat mit mir Schluss gemacht." Das sind in etwa winzige fünf Prozent von dem, was mir wirklich wehtut, aber es ist das Einzige, was ich ihr sagen darf.

„Oh, das tut mir so leid. Was für ein Arschloch. Ich komme heute Abend mit Eis vorbei. Ich bringe Eis mit und diese Brezeln, die du so magst. Und Wein, wenn du willst. Und wir setzen uns hin und du erzählst mir alles und danach werde ich ihn für dich verprügeln gehen. In Ordnung?"

Ich lache durch meine Tränen. „In Ordnung." Ich schniefe. Ich vermisse sie so sehr, dass es wehtut. Und wenigstens bin ich erleichtert, dass es ihr und Mani gut geht – natürlich gab es keinen Unfall. Sie sind beide wohlauf.

„Ich habe mir Sorgen um dich gemacht", sagt sie. „Ich bin wirklich froh, dass du dich gemeldet hast."

Ich wische mir über das Gesicht. „Ich auch."

„Hör mal, gib mir einfach sein Nummernschild, okay? Ich besteche meinen Bruder, damit er ihm hundert Strafzettel ausstellt oder so."

„Ich will einfach wieder normal sein. Ich will einfach nur normal sein." Ich weine.

„Bri, ich mache mir wirklich Sorgen. Was war denn los?"

Ich schniefe. Ich muss ihr irgendetwas sagen. Aber ich kann ihr ja nicht die Wahrheit beichten. „Es ist nur so – Alain hat mir viel mehr bedeutet, als ich ihm anscheinend bedeutet habe. Und jetzt, wo er nicht mehr da ist, weiß ich nicht, was ich machen soll. Und ich habe ein Problem, das ich nicht lösen kann."

„Ein berufliches Problem?"

„Ja." Ich kann ihr nicht sagen, worum es wirklich geht. „Aber ich bin traurig wegen Alain."

„Gut, nun, wir sehen uns bald und reden darüber. Ich weiß, dass du es schaffen wirst und alles wird gut werden."

K. ist so lieb, so unschuldig, so hoffnungsvoll. Wenn sie nur wüsste, was für einen Albtraum ich durchlebt habe, wäre sie nicht halb so fröhlich.

Dann wird mir etwas bewusst. Es ist Ks optimistische Einstellung, die Albträume erträglich macht. Es ist diese emotionale, schnelle menschliche Reaktion, die uns effektiv macht. Das darf ich nicht vergessen.

Vielleicht schätzt Alain meine Eigenschaften nicht, aber sie sind es, die mich einzigartig machen. Und ich will mich nicht unter Wert verkaufen.

Ich habe Mist gebaut. Aber ich habe die Chance, es wiedergutzumachen. Nicht mit Alain, das ist vorbei. Aber ich kann helfen, die verschwundenen Frauen zu finden.

Ich war nicht in der Lage, Ärztin zu werden. Ich konnte auch nicht das Richtige tun, als es zu dem Kampf mit Karl kam. Ich habe es versaut und dem gefälschten Anruf geglaubt. In der Vergangenheit habe ich immer wieder Beziehungen aufgegeben …

Ich habe es satt, ein Versager zu sein. Ich werde ein Problemlöser werden.

Ich kann Menschen in diesem Moment immer noch helfen.

Und ich will verdammt sein, zu Hause rumzusitzen, wenn ich dort draußen sein und mein Bestes geben könnte, um diese Frauen in Not zu retten.

„K.?", frage ich. „Können wir uns in ein paar Stunden treffen oder vielleicht morgen? Ich muss erst einmal laufen gehen, um den Kopf freizubekommen und ein paar Dinge zu verarbeiten."

„Wann immer du willst, Bri. Ruf mich einfach an, wenn du bereit bist." Ihre Stimme ist so gütig. „Heute

Abend oder morgen, wann auch immer. Sag mir einfach Bescheid."

„Danke." Ich lege auf und starre auf das Telefon.

Ich atme tief durch, denn ich weiß, was ich zu tun habe.

~

Bri

Ich bin wieder bei dem Haus, wo der Angriff stattfand. Wo Karl gestorben ist.

Ich dachte, ich würde in Panik geraten, aber ich bin seltsam ruhig. Konzentriert.

Die Straße ist still und das Haus ist ruhig. Die Sonne wärmt meine Arme durch das UV-Shirt, als ich nach dem Poststapel suche. Er ist immer noch da und wurde nicht bewegt. Als ich die Briefe dort sehe, denke ich fast, dass das Ganze ein Traum war.

Ich greife nach dem Umschlag, der mich neugierig gemacht hat, und reiße ihn auf. Es ist ein Eigentumstitel für ein Haus in Phoenix. Und ich bin mir mit jeder Faser meines Seins sicher: Dort werden die Frauen festgehalten. Hat Karl nicht gesagt, *„Bringe sie in das Haus?"* Das muss es sein.

Sofort will ich Alain anrufen – aber nein. Er hat mir gesagt, ich solle ihn nie wieder kontaktieren. Außerdem schläft er jetzt, bis es dunkel wird. Das sind nur noch knapp zwei Stunden … und die Frauen haben vielleicht nicht mehr so lange.

Ich werde selbst gehen. Ich bin es diesen Frauen schuldig, es zu versuchen.

Es kommt mir in den Sinn, dass ich meinen Tipp vielleicht der Polizei melden sollte. Aber ohne hinreichenden Verdacht würden die nichts tun; so viel weiß ich aus Fernsehsendungen. Und welche Beweise habe ich denn?

Sehen Sie, Officer, es gab neulich nachts einen Vampirkampf, bei dem ich verletzt und ein Vampir getötet wurde. Ich habe diesen Umschlag gesehen und habe das Postgeheimnis verletzt, um diese Adresse zu finden. Nein, kein einziger Beweis. Es hat mit den vermissten Frauen zu tun; nur ein Bauchgefühl. Oh, und Sie müssen es jetzt sofort prüfen, während es noch hell ist. Weil andere Vampire involviert sein könnten und die würden Sie töten, wenn Sie nachts dort auftauchen.

Sie würden mich als verrückt abstempeln, so viel ist sicher. Vielleicht würden sie mich sogar für zweiundsiebzig Stunden in die Psychiatrie einweisen. Denn sie haben das Recht dazu, wenn eine Person verrückt zu sein scheint und möglicherweise eine Gefahr für sich oder andere darstellt. Allein der Gedanke daran lässt mich erschaudern.

Ich habe keine Zeit, mir eine seriöse Geschichte auszudenken. Ich werde dort hinfahren und wenn ich sie finde, kann ich einen anonymen Anruf tätigen …

DIE ADRESSE BEFINDET sich am Stadtrand von Phoenix und weit weg von der I-10 an einer Landstraße. Je näher ich komme, desto mehr wächst mein Unbehagen. Dies ist wahrscheinlich kein guter Ort, um ihn allein zu erkunden. Ich habe das Bedürfnis, mir zumindest ein gewisses Maß an Sicherheit zu verschaffen. Also halte ich an und greife nach meinem Handy.

Ich beiße mir auf die Lippe und schicke Alain eine SMS. Ich weiß, dass er sie erst lesen kann, wenn er aufwacht. Und er hat mir gesagt, ich solle ihn nie wieder anrufen, also könnte er sie möglicherweise ungelesen löschen. Vielleicht hat er nicht einmal mehr dieselbe Telefonnummer, wer weiß, aber ich tue es trotzdem. „Ich brauche möglicherweise Verstärkung. Komm her, sobald du aufwachst. Ich glaube, die Frauen sind hier." Ich füge die Adresse hinzu.

Um auf der sicheren Seite zu sein, schicke ich die gleiche Nachricht an Slash und Martin. Ich bin mir ziemlich sicher, dass zumindest Martin seine Nummer noch hat. Und Slash würde wahrscheinlich alle seine alten Nummern im Auge behalten, weil er datenverrückt ist … Also ist es eine Garantie, dass mindestens einer der drei die Nachricht bekommen wird.

Ich überlege, ob ich K. eine Nachricht schicken soll, in der steht: „Wenn du in einer Stunde nichts von mir hörst, ruf die Polizei." Aber so, wie ich sie kenne, würde sie sofort die Polizei rufen, und ich bin mir nicht sicher, ob das das Richtige wäre. Ich kann keine Erinnerungen auslöschen und ich möchte nicht erklären müssen, was zum Teufel ich hier tue.

Nachdem ich die Nachrichten abgeschickt habe, fahre ich weiter und komme innerhalb einer Viertelstunde an der Adresse an.

Das Haus ist mit Brettern vernagelt und hat eine Holzverkleidung, die von der Sonne so verzogen und glasig geworden ist, dass sie wie ausgebleicht aussieht. Unkraut und Sträucher wuchern rund um das Grundstück. Einige sind tot und braun vom heißen Klima. Es gibt weder Autos noch Menschen, nichts. Ich sehe etwas Verrostetes neben der Einfahrt, eine alte Schubkarre, aber sie ist von Büschen überwuchert.

Das Grundstück befindet sich am Rand eines Reservats und es gibt keine Nachbarn, die ich sehen könnte. Ein paar Kilometer entfernt steht eine Scheune auf den Feldern, aber ansonsten bin ich allein.

Ich steige aus dem Wagen und lausche: absolute Stille,

abgesehen vom Klang einer einsamen Spottdrossel in den Ästen eines verzweigten Mesquitebaums zu meiner Linken.

Es ist unheimlich, obwohl die Sonne durch meine Gesichtsmaske hell und heiß scheint und eine leichte Brise durch die vertrockneten Büsche weht. Ich stecke meinen Autoschlüssel in die Jackentasche und mein Handy in die andere.

Langsam gehe ich auf die mit Brettern vernagelte Tür des Hauses zu und bleibe stehen, um zu prüfen, ob sie kürzlich benutzt wurde. Es scheint nicht so. Es gibt dicke Spinnweben, die vom Türgriff bis zur Wand reichen, in denen sich Blätter und der Kadaver eines vertrockneten Insekts verfangen haben.

Ich gehe um das Haus herum und tote Pflanzen knirschen unter meinen Schuhen. Alter Müll liegt auf dem Boden – verblasste Stücke von 2-Liter-Plastikflaschen und zerrissene Plastiktüten, die sich in den Büschen verfangen haben und mit Schmutz besprenkelt sind.

Aber dann fällt mir etwas ins Auge – etwas, das hier nicht hingehört. Ein Zigarettenstummel – er ist prall und rund, sieht weich und frisch benutzt aus.

Mein Herz beginnt zu trommeln und ich drehe mich schnell um, um die Gegend abzusuchen. Ich bin immer noch genauso allein wie zuvor, aber plötzlich fühle ich mich ungeschützt. Mein Auto ist dort – für jedermann sichtbar – geparkt und ich laufe hier ohne Unterstützung herum …

Ich gehe weiter, ganz mechanisch, so als ob es mich auf magische Weise schützen würde, wenn ich das Haus komplett umrunde. Als ich die Rückseite des Gebäudes erreiche, entdecke ich eine weitere Tür … Aber diese wurde von Spinnweben und Schmutz befreit und eine dicke Silberkette mit Vorhängeschloss hängt daran. Daran ist auch kein Rost – sie ist neu.

Instinktiv greife ich nach meinem Handy – keine SMS. Und null Empfang. Fuck. Hoffentlich bekommt einer der Vampire meine Nachricht und taucht hier auf. Wahrscheinlich hätte ich auf sie warten sollen.

Die Sonne beginnt, sich dem Horizont zu nähern, und der Himmel strahlt wie ein Himmelskino in Rosa, Azurblau und Rot, durchzogen von Orange und langen dünnen Wolken. In ein paar Minuten wird es dunkel sein und dann könnten Karls Vampir-Verbündete jederzeit auftauchen.

Es mag dumm sein, allein hierhergekommen zu sein. Aber meine Lebenserwartung ist sowieso nur kurz. Und ich fühle eine Verbindung zu diesen Frauen – habe ein Bedürfnis, ihnen zu helfen. Ich weiß aus erster Hand, wie es sich anfühlt, von einem bösen Vampir fast getötet zu werden. Es ist die reinste Hölle und jenseits aller Vorstellungen. Wenn sie hier sind, werde ich alles tun, was ich kann, um sie zu finden und zu retten.

Ich gehe zurück zur Vorderseite des Hauses und trete mit meinem Stiefel gegen die Tür. Nichts. Ich trete fester und dann noch einmal. Und noch einmal. Und wie durch ein Wunder knackt plötzlich eine Seitenwand und das Holz macht ein splitterndes Geräusch wie eine kleine Explosion. Staub wirbelt und das Ding fliegt auf.

Ich schreie erschrocken, meine Muskeln verkrampften sich und mein Herz schlägt so schnell, dass ich denke, ich werde ohnmächtig werden.

Aber ich quetsche mich durch die Öffnung.

Ich habe keine Taschenlampe, aber ich kann die Taschenlampen-App auf meinem Handy benutzen. Ich strecke es hoch und leuchte herum, um mich in dem schummrigen Innenraum zurechtzufinden.

Die Enttäuschung trifft mich bitter. Die Hütte hat nur ein großes Zimmer und ist bis auf einen kaputten Stuhl und Müll überall leer. Auf dem Boden liegt eine alte Plane, wie man sie zum Einpacken von Möbeln beim Transport verwenden würde. Es gibt jede Menge Staub. Ich stelle mir Tausende von Schwarzen Witwen und Skorpionen vor – aber dann höre ich ein Geräusch. Eine Art mechanisches Brummen, das von unter mir kommt – wie von einem Generator.

Es muss einen Weg hinunter in eine Art Keller geben! Ich schaue mich suchend um und schiebe dann die Plane mit dem Fuß zur Seite. Und da sehe ich den Griff zu einer Falltür.

Ich starre auf den Umriss. Ich sollte verschwinden, wegfahren, die Polizei rufen – aber bis dahin wird es Nacht sein. Wenn ich die Frauen finden will, bevor noch mehr Vampire hierherkommen, muss ich es jetzt tun.

Mit zitternder Hand greife ich nach der Verriegelung an der Tür. Sie öffnet sich geräuschlos an reibungsfreien Scharnieren. Eine Leiter führt nach unten und der Raum wird von kühlem Neonlicht erhellt. Das Geräusch des Generators ist jetzt lauter und außerdem ist auch ein rhythmisches Zischen und Klicken zu hören – wie von Maschinen. Medizinische Maschinen.

Ich schiebe mein Handy zurück in die Tasche und wische mir die verschwitzten Hände an meiner Jeans ab, um an der Leiter hinunterzuklettern.

Als meine Stiefel den Boden berühren, wirble ich herum und schreie auf. Denn vor mir stehen drei Krankenbetten, wie man sie in einem Krankenhaus finden würde. Darin liegen die drei vermissten Frauen, die ich in den Nachrichten gesehen habe. Sie sind an den Armen und Beinen und mit Bändern quer über den Körper und geknebelten Mündern gefesselt.

Es gibt auch noch eine vierte Liege. Sie ist leer. Daneben steht eine Infusionsstange.

Für den Bruchteil einer Sekunde steigen Glücksgefühle in mir auf, denn ich hatte recht! Ich habe es geschafft! Sie sind hier und ich habe sie gefunden! Ich hatte recht! Aber dann wird mir der Horror der Situation bewusst.

„Oh mein Gott." Meine Sicht verschwimmt und ich schwanke. Ich glaube, mein Blutdruck muss in die Höhe geschnellt sein. „Großer Gott. Ach du liebe Güte."

Das vierte Krankenbett hätte für mich sein sollen. Karl hatte gesagt: „Sie wird meine Nummer vier sein."

Ich lehne mich kurz gegen die Leiter. Der Geruch im Raum ist entsetzlich und lässt meine Augen tränen. Ich muss würgen und kämpfe gegen den Drang an, mich zu übergeben. Ich bücke mich und zwinge mich dann, mich wieder aufzurichten.

Die Frauen tragen die Kleidung, die sie bei ihrer Entführung anhatten, nehme ich an, obwohl die Ärmel ihrer Oberteile zerschnitten und zerfetzt sind. Jede Frau hat eine Infusion am Arm und jede Menge Blutergüsse und Schnitte.

In einem Plastikeimer in der Ecke stapeln sich Rollen mit Mullbinden, von denen eine wie eine Luftschlange aufgerollt ist. Auf dem Deckel des Behälters, der ebenfalls auf dem Boden steht, liegt ein achtlos hingeworfener Stapel verpackter Nadeln und es gibt eine Reihe weiterer Dinge, von denen ich annehme, dass es sich um Zubehör für Blutspendebeutel handelt. In einem anderen Behälter funkelt das Licht über Reagenzgläser. Sie wirken wie Eiszapfen und für eine Schrecksekunde denke ich, dass sie wie Christbaumschmuck aussehen.

Die Frau, die mir am nächsten liegt, nimmt Blickkontakt zu mir auf und reckt ihren Körper so weit wie möglich in ihren Fesseln. „Mmmm!" „Illfffeeee!", heult sie durch ihren Knebel. Ihre Augen sind weit aufgerissen und verängstigt und ihr Körper sieht gebrechlich aus. Sie alle drei sehen krank aus, als ob der Tod nicht weit entfernt wäre.

„Ich werde euch nicht wehtun", krächze ich und meine Stimme bleibt mir im Hals stecken. „Ich werde euch helfen. Wir werden von hier verschwinden."

„Mmmm, mmmm!" Sie scheint verzweifelt zu sein. Ich glaube, diese Frau ist Margaret Bly. Die, deren Name ich gegoogelt habe, als ich im Labor für die Blutabnahme saß. Wie anders sie jetzt aussieht als auf dem hübschen Abschlussfoto in dem Artikel.

Ich eile hinüber. Der Geruch macht es schwer, mich zu konzentrieren. Wie können sie in dieser verdorbenen Luft überhaupt noch leben? Ich beuge mich über ihren Körper, schnappe nach Luft und habe Tränen in den Augen. Meine Finger sind so zittrig, dass ich bezweifle, in der Lage zu sein, ihre Fesseln zu lösen, selbst wenn ich wüsste, wie.

„Bist du Margaret? Ich bin hier, um zu helfen. Mein Name ist Bri. Ich werde dir helfen, okay?" Ich ziehe an dem Knebel in ihrem Mund, aber er sitzt so fest, dass er in ihre Mundwinkel einschneidet. Ich kann getrocknetes Blut dort sehen und auch ein paar frische Tropfen, die hinunterlaufen. Ich greife hinter ihren Kopf, um den Knebel zu lockern, aber ich kann den Knoten nicht lösen.

„Mmmm!" Sie schaut nach links. „Mmm, mmmm, mmmm."

Verzweifelt folge ich ihrem Blick. Oh! Eine Schere! Klein und scharf, wahrscheinlich eine Verbandsschere. Ich greife danach und versuche mit dem Zeigefinger, den Stoff von ihrer Wange wegzuziehen, damit ich die glatte Klinge darunterschieben und schneiden kann. Sie zuckt zusammen, als der Stoff um ihren blutenden Mundwinkel fester gezogen wird.

„Es tut mir leid, es tut mir leid", sage ich und schneide so schnell ich kann. Zu meiner großen Erleichterung gelingt es mir, das Material zu durchtrennen und von ihrer Haut abzuziehen.

Sie keucht und ich schwöre, ich sehe neue Farbe in ihre Wangen aufsteigen. Es ist, als ob sie gleich erstickt wäre und als hätte ich ihr gerade noch rechtzeitig geholfen.

Aber ihr Mund ist so trocken, dass sie nicht sprechen kann. „Hhhiii", keucht sie. Ihre Lippen sind riesig und zerschnitten. „Vaaa … kooo …."

„Gibt es hier Wasser? Wasser?" Ich schreie und drehe mich im Kreis.

Ich muss wieder husten.

Sie schüttelt den Kopf und versucht, zu sprechen. „Er … vaaa … kooo …"

„Ich verstehe nicht, was du sagen willst!" Verzweiflung überkommt mich. Ich greife nach ihrem Handgelenk vor. „Wie kriege ich die hier auf?"

Auf dem Boden steht eine halbgefüllte Wasserflasche. Ich greife danach und halte sie an ihre Lippen. Es fließt über ihr Gesicht, also versuche ich es noch einmal. Schließlich bekommt sie ein paar Tropfen. Und dann noch ein paar mehr.

Sie sinkt auf ihre schmutzige Krankenliege zurück und ihre Augen flattern zu. Ihre Atmung ist so schnell und flach, dass ich glaube, sie wird gleich sterben. Ich löse Schicht um Schicht des Stoffes ab und schaffe es schließlich, ein Handgelenk zu befreien. Aber sie ist wieder bewusstlos und reagiert nicht auf meine Stimme.

Ich greife nach meinem Handy, aber es hat natürlich immer noch keinen Empfang. „Fuck!" Ich schreie und will das Telefon am liebsten gegen die Wand schleudern.

Die Frau regt sich und öffnet einen Moment lang die Augen. „Er", haucht sie, hebt den Kopf, so weit sie kann und fällt dann wie eine Stoffpuppe zurück. „Er nimmt die … Letzten Tropfen. Heute Nacht."

„Wie bitte?" Ich beuge mich vor.

„Vampir kommt. Er wird unser Blut nehmen … und die letzten Tropfen versteigern. Er sagt, sie wären das Beste."

Ihr Körper zittert vor Angst. „Ein echter Vampir. Ich bin nicht verrückt. Du musst mir glauben. Bitte hole uns hier raus!" Sie bricht in einen Hustenanfall aus und ihre Augen fallen wieder zu.

„Oh Gott. Oh großer Gott."

Ich bin überfordert. Jede der Frauen ist mit mindestens acht oder neun Fesseln angebunden. Und sie alle sind unterschiedlich. Einige sind Stoffstreifen, andere sehen aus wie BDSM-Manschetten. Es gibt kein Wasser mehr, es ist heiß und ich bin selbst kurz davor, zu ersticken. Selbst wenn ich sie losbinden könnte, wie zum Teufel soll ich die Infusionen lösen und sie zu meinem Auto bringen?

Ich muss hier raus, sie zurücklassen, Handyempfang finden und den Notruf wählen. Und ich muss es jetzt tun.

„Ich werde Hilfe holen", sage ich, beuge mich vor und berühre ihr zerzaustes Haar. Es ist unklar, ob sie mich hören kann, aber ich spreche trotzdem. „Ich verspreche dir, ich werde Hilfe holen. Die Polizei und Sanitäter, einen Krankenwagen, und wir werden euch hier rausholen. Ich muss telefonieren gehen."

Aber als ich mich umdrehe, ist es zu spät, denn jemand steht oben an der Leiter.

„Wer zum Teufel bist du?" Es ist ein menschlicher Mann.

Ich starre ihn mit großen Augen an.

Er zieht eine Pistole aus seinem Hosenbund und hält sie auf mich gerichtet, während er auf seinem Handy telefoniert. Seine Stimme klingt seltsam ehrfürchtig. „Ich brauche Hilfe, Sir. Karl geht nicht ans Telefon, also müssen

Sie mir sagen, was ich tun soll. Ich habe einen weiteren Menschen hier unten bei den anderen drei."

Er knallt die Falltür zu.

Ich schließe die Augen. Es ist klar, warum Karl nicht antwortet, aber dieser Mann weiß es anscheinend noch nicht. Er muss mit einem anderen Vampir sprechen, mit einem Verbündeten von Karl … Und sobald die Nacht hereinbricht, sind wir alle tot. Ich kann versuchen, ihn anzugreifen, wenn er die Falltür wieder öffnet, aber ich werde Hilfe brauchen, wenn ich eine echte Chance auf Flucht haben will.

Ich schaue mich verzweifelt im Raum um – und dann fällt mir etwas ein. Ich kann Alain rufen. Er kann in meinen Geist eindringen und er scheint meine Gedanken zu hören. Es ist meine einzige Chance.

Alain. Hilf mir. Ich konzentriere mich, so gut ich kann. *Alain, ich brauche dich. Komm zu mir. Hilf mir.*

Ich lasse Bilder aufblitzen, wie ich zu diesem Grundstück fahre, vom Haus, der Falltür, den Frauen.

Bitte, komm und hilf mir.

Ich weiß nicht, ob es funktionieren wird. Aber ich erinnere mich, wie sehr ich wollte, dass er im Club auftaucht, und irgendwie hat er es getan; wie wir miteinander verbunden zu sein scheinen; und wie er beim Sex meine Gedanken liest. Er kann meine Gedanken hören. Wenn er sich nicht völlig vor mir verschlossen hat, hört er mich vielleicht immer noch.

Es ist jetzt sogar noch schwerer, zu atmen, und ich schnappe an diesem elenden Ort nach Luft.

Alain. Ich habe sie gefunden. Komm und hilf uns, komm!

Im Geist beschwöre ich sein Gesicht herauf. Dann schließe ich wieder die Augen. Ich erinnere mich daran, wie es sich anfühlt, bei ihm zu sein. An den Zauber unserer Einheit.

Ich liebe dich.

Der Gedanke taucht auf, bevor ich ihn stoppen kann. Und dann wird mir klar, dass es wahr ist.

Ich habe es nie persönlich zu ihm gesagt, aber es stimmt. Ich meine es mit jeder Faser meines Wesens. Trotz unserer Unterschiede, trotz aller Schwierigkeiten. Auch wenn er grausam zu mir war und ich zu ihm. Ich liebe ihn trotzdem.

Und ich glaube, ich werde ihn immer lieben.

24

Alain

Es ist zwei Nächte her, seit ich Karl getötet habe. Wir sitzen kurz nach Sonnenuntergang in Lucius' Privatbüro und besprechen die Ereignisse. Auf seinem Holzschreibtisch stehen eine Eine-Million-Dollarflasche McCallen 1926 Whisky und zwei Kristallgläser.

„Du hast Bri also nachts besucht, um ihrer Wunde heilen zu helfen?" Lucius gießt die bernsteinfarbene Flüssigkeit in die Gläser und reicht mir eins davon.

„Woher wisst Ihr das?" Ich starre ihn an. „Das war ein Geheimnis."

Er lächelt. „Ich missbillige es nicht. Es ist ein fieser Biss, den er ihr verpasst hat."

„Sie wurde von einem Vampir verletzt. Also braucht sie einen Vampir, der sie heilt", erwidere ich schnippisch und mäßige dann meine Stimme. „Sie weiß es nicht, weil ich sie im Schlaf besuche. Wenn sie etwas sieht, hält sie es für einen Traum."

Ich nehme das Glas und trinke von dem Schnaps. Vierzigtausend Dollar in einem Schluck, aber das ist nichts im Vergleich zu dem, was ich gefühlsmäßig investiert habe. „Ihr braucht euch keine Sorgen darüber zu machen, dass sie redet."

„Sie ist es nicht, um die ich mir Sorgen mache." Lucius' Stimme ist sanft. „Tatsächlich bin ich froh, dass Karls Schreckensherrschaft vorbei ist." Er hält inne. „Er wird die Vampirgemeinschaft nicht länger in Aufruhr versetzen. Gut gemacht." Er hebt sein Glas und es funkelt im Licht. Es sendet kleine Lichtstrahlen wie Blitze durch den Raum.

„Ich dachte, Ihr wärt unzufrieden mit mir." In meiner Stimme liegt keinerlei Emotion.

„Du hast dich um die Dinge gekümmert, auch als es chaotisch wurde. Es hätte schlimmer sein können." Lucius erhebt sein Glas. „Unter diesen Umständen hast du gute Arbeit geleistet. Außergewöhnliche Arbeit sogar."

„Danke." Ich stelle mein Glas ab, sehe ihn jedoch nicht an.

„Geht es dir gut?" Lucius mustert mich.

Ich lache humorlos. „Nein."

Er nickt. „Es ist nicht einfach, einen der eigenen Nachkommen zu töten, egal wie richtig es ist."

„Ich bin nicht darüber verärgert, Karl getötet zu haben." Ich gieße mir ein zweites Glas ein und trinke den Whisky in einem Schluck aus.

„Ach nicht?" Lucius zieht eine Augenbraue hoch.

„Es hat sich gut angefühlt, den Pflock durch seine Brust zu treiben und zu spüren, wie er durch seine Muskeln, Knochen und Sehnen drang. Zu sehen, wie sich seine Augen weiteten und glasig wurden. Ihm dabei zuzuschauen, wie seine Essenz entweicht, bis er nur noch eine leere Hülle war." Ich schenke mir einen weiteren Schnaps ein und leere ihn. Der Alkohol beschert mir eine prächtige Sekunde des Rausches, bevor sie wieder verfliegt.

„Das ist die Wut, die aus dir spricht."

„Es ist die Wahrheit, die aus mir spricht." Ich gieße mir ein viertes Glas ein. „Fuck, ich wünschte, ich könnte mich immer noch betrinken."

Er neigt den Kopf. „Wenn es sich nicht um Karl dreht, was ist es dann?"

„Die Frauen sind immer noch dort draußen und könnten in diesem Moment sterben. Und Karls Verbündete werden die Auktion um die letzten Tropfen wahrscheinlich ohne ihn abhalten. Wir wissen nicht, wie viele Vampire er zur Teilnahme an seiner Auktion überredet hat. Es sind Vampire, die wir beobachten oder eliminieren müssen."

„Ich stimme dir zu." Lucius tippt seine Fingerspitzen aneinander. „Deshalb habe ich auch allen verboten, über Karls Tod zu sprechen. Noch nicht. So können wir sie immer noch aufspüren, wenn wir Gerüchte über die Auktion hören oder sich jemand nach seinem Verbleib erkundigt."

Ich nicke. „Bis jetzt habe ich nichts gehört, aber ich forsche weiter."

„Brauchst du Hilfe von mir?" Sein Gesicht ist finster.

„Slash ist dran. Und noch ein paar andere. Wir gehen jeder Möglichkeit nach."

„Gut." Er nickt. Wir alle wissen, dass Slash der Beste ist. „Wenn du etwas herausfindest, lass es mich bitte wissen. Ich werde mein Team bitten, dich bei der Beseitigung der unerwünschten Individuen zu unterstützen."

„Ich hoffe, wir können die drei vermissten Frauen noch finden."

Lucius nickt. „Ja."

Wenigstens ist Bri in Sicherheit. Karl konnte sie nicht

entführen und dafür werde ich bis in alle Ewigkeit dankbar sein.

Lucius liest entweder meine Gedanken oder spürt meine Gefühle. „Es geht um Bri. Das ist es, was dich bedrückt."

„Wovon sprecht Ihr?"

„Du vermisst sie."

„Ich musste sie beschützen. Ich bin gefährlich für sie." Was ich ihm nicht sage ist: *Ja. Ich vermisse sie so sehr, dass ich es nicht ertragen kann. Ich wünschte, wir wären immer noch zusammen. Ich habe einen riesigen Fehler gemacht.*

„Die meisten Menschen und Vampiren sind auf lange Sicht ohne den anderen besser dran. Und doch gibt es Ausnahmen." Er neigt den Kopf.

Ich betrachte mein Glas. „Ich bin nicht nur eine Gefahr für sie, die Sorge um sie – sie hat mich aus dem Konzept gebracht. Ich hätte Karl fast entkommen lassen."

Plötzlich fällt mir jedoch etwas ein. „Aber in Wahrheit–" Ich verstumme. Mein Herz klopft.

„Was?" Lucius beugt sich vor.

„Ich brauche einen Moment." Ich schließe die Augen, konzentriere mich.

Ich erinnere mich genau, was passiert ist.

Alles ging so schnell, dass ich vielleicht ein paar Dinge verdrängt habe. Besonders den Teil mit Bri. Es war zu schmerzhaft, also habe ich es von mir geschoben.

Aber jetzt, wenn ich meinen Erinnerungen freien Lauf lasse, wird mir etwas bewusst.

Es war nur die Tiefe meiner Gefühle für Bri, die es mir ermöglichte, Karl zu überwältigen und anzugreifen. Nur weil sie mir wichtig war, konnte ich ihn mit meiner Energie aufhalten und ihn schließlich töten. Anstatt ein Risiko zu sein, war sie ein Trumpf für mich.

Lucius scheint meine Gefühle zu spüren. „Sag es mir."

„Sie hat mir geholfen." Die Worte werden von einer Erkenntnis begleitet. „Als ich gegen Karl kämpfte. Ich konnte mich gegen seine Wut und Macht nicht wehren. Dann hat sie sich mir im Geiste angeschlossen. Das ist so eine Sache, die wir beide tun können, nur wir. Mit anderen Menschen kann ich das nicht. Sie hat mir etwas von ihrer Kraft gesandt. Und dann fand ich meine eigene und besiegte ihn schließlich."

Ich bin wie erstarrt. „Ich weiß nicht, warum ich es nicht früher bemerkt habe. Ich glaube, ich habe es verdrängt, weil ich sie unbedingt von mir stoßen wollte. Aber sie hat mir geholfen, Lucius." Ich schüttle den Kopf. „Ich habe ihr nicht genug zugetraut. Sie hat die ganze Zeit über Informationen besorgt und dann – im kritischen Moment – war sie bei mir."

Lucius sagt eine lange Zeit nichts. Schließlich spricht er: „Du hast die Tiefe deiner Gefühle für sie unterschätzt."

„Unsere Beziehung ist vorbei."

„Alain, wenn du Zweifel an den Dingen hast, die du zu ihr gesagt hast, musst du mit ihr sprechen. Und zwar bald."

„Ich habe Dinge gesagt, von denen es kein Zurück mehr gibt, Lucius."

„Hmmm."

„Ich war grausam zu ihr. Ihr habt mich gehört. Und ich war in den letzten Tagen absichtlich nicht für sie da, als sie mich mehr denn je brauchte. Wahrscheinlich hat sie große Angst. Ich wollte, dass sie mich hasst und es vorzieht, ohne mich zu leben."

Das hat mich jedoch nicht davon abgehalten, nachts zu ihr zu gehen. Sie stundenlang im Arm zu halten, während sie schlief und ihr leise Lieder aus vergangenen Jahrhunderten vorzusingen, bis ihr Körper in Träumen versank.

„Ich verstehe."

„Ich bin unsterblich. Sie ist es nicht. Es ist unmöglich."

Er tippt mit den Fingern aneinander und scheint alle meine Argumente zu ignorieren. „Willst du die Wahrheit hören? Es gibt seltsamere Paare."

Die Wahrheit ist, dass ich sie liebe. Sie ist vielleicht eine verwundbare Sterbliche und es würde mich zutiefst erschüttern, sie eines Tages zu verlieren. Aber nicht die Chance zu haben, die Zeit, die uns gegeben ist, gemeinsam zu verbringen? Das ist sogar noch schlimmer. Ich würde es für den Rest meiner Existenz bedauern.

Diese Erkenntnis lässt meinen ganzen Körper taub fühlen. Ich habe das Beste vermasselt, was mir in den letzten hundert Jahren passiert ist.

Lucius bemerkt meinen Gesichtsausdruck. „Vielleicht solltest du noch einmal mit ihr sprechen. Zuhören, was sie zu sagen hat. Zwischen den Zeilen."

Ich hätte gern die Chance, Bri noch einmal zuzuhören. Ein letztes Mal.

Aber dafür ist es natürlich viel zu spät. Sie hasst mich jetzt und das zu Recht. Genau wie ich es wollte. Ich war so wütend.

„Ich dachte, es würde ihr allein besser gehen, und mir auch. Aber vielleicht sind wir zusammen besser dran." Nach Jahrhunderten des Alleinseins ist es erschreckend, daran zu denken, sich tatsächlich an jemanden zu binden – besonders an ein Wesen, das nicht unsterblich ist. Aber ich liebe sie genug, um es zu versuchen.

„Wenn du so fühlst, dann solltest du es ehren." Sein Ton ist feierlich. „Das ist es, was ich für Selene gefühlt habe." Er lächelt. „Und auch das hat schlussendlich funktioniert, trotz aller Widrigkeiten. Wenn ein Vampir so für ein anderes Wesen empfindet, bedeutet es manchmal, dass das Schicksal Erfolg für dich plant." Er zuckt mit den

Schultern. „Das habe ich in meinen vielen Jahrhunderten immer wieder erlebt."

„Ich weiß nicht, ob sie mir eine zweite Chance geben wird. Sie sollte es nicht." Ich bin angewidert von mir selbst. „Ich war furchtbar zu ihr."

Etwas rührt sich in meinen Gedanken. „Habt Ihr etwas gesagt?"

Er schüttelt den Kopf.

Ich spüre es erneut. Als würde ich versuchen, mich an etwas Vergessenes zu erinnern. Aber es kommt von außerhalb von mir –

Ich spüre einen elektrischen Schlag, der mir den Rücken hinunterrauscht, denn es ist – Bri! Ich kann ihre Stimme in meinem Kopf hören. Sie ruft mich!

Alain.

Ich konzentriere mich und ihre Worte werden deutlicher.

Komm und hilf mir.

Mein ganzer Körper schmerzt von der Anstrengung.

Ich habe sie gefunden. Hilf mir.

und

Ich liebe dich. Dann verstummt sie.

Mein ganzer Körper wird taub. „Es ist Bri. Sie schwebt in Gefahr." Ich hole tief Luft. „Sie hat die vermissten Frauen gefunden, Lucius. Aber sie steckt in Schwierigkeiten."

Und sie liebt mich! Sie liebt mich immer noch, auch wenn ich ein totales Arschloch war–

Aber darauf kann ich mich jetzt nicht konzentrieren.

Plötzlich vibriert mein Handy mit einer SMS. Sie ist von Bri! Und sie ist alt – der Satellitenempfang muss verzögert sein. Ich hasse es, wenn die Technik versagt, denn diese Nachricht ist entscheidend. Und sie stimmt mit dem überein, was sie mir in Gedanken gesagt hat.

„Scheiße, Lucius, sie versucht, die Frauen zu finden! Sie schwebt an diesem Ort in Gefahr." Ich zeige ihm die Adresse.

Ich verarbeite die unscharfen Bilder, die sie mir schickt, und die wie aufblitzende Ablichtungen auf einem alten Fernseher wirken. Ich runzle die Stirn und versuche, sie zu erkennen. Mein Kopf tut weh. „Dort ist ein Mensch, der sie als Geiseln hält. Wir müssen gehen!"

Lucius ist bereits in Aktion. „Ich kann uns schneller dorthin bringen als du allein", sagt er. Ich weiß, dass er stärkere Kräfte hat als ich.

Ich rufe Martin schnell an und sage ihm, dass er mit Verstärkung kommen soll. Dann wende ich mich an Lucius. „Tu es."

Lucius packt meinen Arm und starrt mir in die Augen. Augenblicklich verschwimmen wir. Ich habe mich noch nie auf diese Weise fortbewegt, aber ich habe trotzdem das Gefühl, dass wir nicht rechtzeitig ankommen werden.

Ich versuche, Bri eine Nachricht zu schicken. *Ich komme schon. Halte durch.*

Ihre Botschaften verblassen und werden immer schwächer. *Schwer, hier drin zu atmen. Der Mann hat mich hier unten eingesperrt und er hat eine Waffe. Aber ich habe einen Plan.*

„Sie wird schwächer!", rufe ich Lucius zu. Autos und Landschaften ziehen an uns vorbei, als wir den Stadtrand von Phoenix erreichen. „Wir müssen schneller werden."

„Schneller schaffe ich es nicht", antwortet er.

Und dann sind wir da. Das verfallene Haus, das Bri mir in ihrer Vorstellung gezeigt hat. Ihr Auto steht dort, zusammen mit einem anderen Fahrzeug, einem alten Pritschenwagen.

„Sie ist im Keller", zische ich. Aber dann hebe ich eine Hand hoch. „Der andere Mensch ist dort drin." Ich zeige auf die Hütte, die wie ein zerfallender Eisberg allein in diesem Meer aus getrocknetem Gras und Unkraut thront.

Lucius nickt. Er schnuppert in der Luft. „Er ist allein. Bis jetzt noch." Er schließt die Augen. „Aber ein Vampir ist auf dem Weg." Er erstarrt, bevor er sich wieder in Bewegung setzt.

„Wer ist es? Wie weit weg?"

„Fünfzehn Kilometer oder so. Ich werde ihn aufhalten. Geh du Bri holen."

Aber ich bin bereits drin, als Lucius seine Arme hebt und die Augen schließt, um die Umgebung mit seinem Geist abzusuchen.

Sobald ich das dunkle Haus betrete, halte ich den Atem an. Da ist ein Mensch, der gerade eine Luke geöffnet. Aus seinen Erinnerungen kann ich lesen, dass der sich nähernde Vampir ihm befohlen hat, Bri wie die anderen Frauen festzuschnallen, damit der Vampir heute Abend auch ihr letztes Blut versteigern kann.

Ich stürze mich hinüber, um ihn anzugreifen, aber gerade als ich das tun will, taucht Bri in der Lukenöffnung auf. Sie steht ganz oben auf der Leiter und hält eine Glasscherbe in der Hand, die sie mit einer Mullbinde umwickelt hat.

Sie schreit und sticht wieder und immer wieder auf die Arme des Mannes ein. Er stößt sie und sie stürzt rückwärts auf den Boden des Kellerraums.

„Fuuuuck!", brüllt er. Er lässt seine Waffe fallen und stolpert. Das Blut strömt dünnflüssig und frisch aus seinen Wunden. „Ich werde dich umbringen, du Schlampe!" Er kriecht fluchend herum und sucht nach seiner Waffe.

Aber Bri hat sich bereits aufgerappelt und klettert die Leiter hinauf. Sie ist schnell und fest entschlossen. Innerhalb einer Sekunde ist sie an ihm vorbei und an der Tür. Sie humpelt und rennt wie der Teufel. Meine verrückte kleine Menschenfrau hat sich tatsächlich ihren Weg hinaus erkämpft! Ich bin so beeindruckt wie noch nie, aber ich will kein Risiko eingehen.

Gerade als die Fingerspitzen des Mannes seine Waffe berühren, stoße ich mit seinem Körper zusammen und spüre 'die pure Freude, als ich ihn zu Boden werfe und einen Knochen an drei Stellen brechen höre. Seine Schreie sind wie Musik in meinen Ohren. Ich wirble herum und fessle ihn mit seinen eigenen Kleidungsstücken.

Dann stürze ich mich auf die Frau, die ich liebe.

„Bri!", brülle ich. Ich ziehe sie in meine Arme und fliege mit ihr hinaus an die frische Luft, wo sie um Atem ringt. Zuerst sträubt sie sich, aber als sie mich erkennt, schmiegt sie sich in meine Arme.

„Alain?" Sie ist so erschrocken, mich zu sehen, bis das wunderschönste Lächeln auf ihrem Gesicht ausbricht. „Du bist gekommen!" Ihr Lächeln verblasst. „Ist das alles wirklich wahr?" Sie blinzelt und hustet.

„Ja, das ist es, Baby. Es passiert wirklich." Ich küsse ihre Wangen und ihre Stirn. Ihre Lippen, aber nur kurz.

Ich gestikuliere Lucius zu. *Die Treppe hinunter. Sie brauchen Hilfe.*

Er nickt. *Der Vampir wird in einer Minute hier sein. Er ist ein Verbündeter von Karl. Er ist allein.*

Bri starrt auf die Dinge in ihren Händen, als würde sie sich an das Geschehen erinnern. Sie erschaudert und wirft die behelfsmäßige Waffe in ein vertrocknetes Gebüsch. „Die anderen Frauen. Sie sind dort unten und sie brauchen Hilfe. Sie liegen im Sterben!"

„Ich weiß, wir holen sie, ich verspreche es. Lucius ist dort unten. Er wird sie stabilisieren, bis der Krankenwagen eintrifft." Ich kann mir vorstellen, dass Lucius alles in seiner Macht Stehende tun wird, um ihre Leben zu verlängern und ihnen die schmerzhafteren Erinnerungen zu nehmen.

Wir hören das Heulen von Sirenen und sehen die Lichter in einigen Kilometern Entfernung – Krankenwagen und die Polizei sind auf dem Weg. Plötzlich treffen Slash, Martin und Tiberius ein.

Aber jemand anderes ist auch noch da: der neue Vampir. Karls Freund.

Er rast verschwimmend schnell heran und zischt seinen Unmut heraus, als er mich und Bri sieht. Und dann die anderen. Sein Blick huscht hin und her und er versucht, die Situation einzuschätzen.

Ich erkenne ihn nicht. Aber ich bin mächtiger als er, vor allem mit meinen Verbündeten. Dieses Mal will und muss ich es nicht alleine tun.

Wir arbeiten als Team und in wenigen Sekunden haben wir ihn festgenagelt. Alle Vampire drücken ihn gemeinsam zu Boden.

„Wer bist du?", zische ich und zeige meine Reißzähne.

Er wehrt sich gegen unseren Griff. „Das geht dich gar nichts an."

„Karl ist tot", sage ich ihm ganz unverblümt. „Und dein menschlicher Freund wird uns alles sagen, was wir wissen müssen."

Seine Pupillen verengen sich.

„Sprich!", brülle ich.

Aber er tut es nicht. Er schließt die Augen und verschließt seinen Geist, sodass wir nicht hineingelangen können.

„Hat Karl dich erschaffen?", frage ich.

Er antwortet nicht. Er liegt jetzt ganz still, atmet langsam, und verfällt fast in eine Art Starre.

„Wer arbeitet sonst noch mit dir zusammen?"

Aber er ist bewusstlos.

„Ich habe das schon einmal gesehen", sagt Tiberius und schaut mich an. „Es ist eine Art, um den Körper zu verlangsamen. Fast wie ein Winterschlaf. Er muss es bei einem Zen-Master gelernt haben."

„Wir brauchen die Informationen, die er hat", erwidere ich. „Wir müssen wissen, ob die Operation nur ihn und Karl umfasst oder ob es noch mehr von ihnen gibt. Gibt es sonst noch irgendwo andere Frauen? Wer weiß noch davon?"

Bri ruft: „Alain, du musst seinen Geist aufwecken."

„Das kann ich nicht."

„Doch, du kannst es. So wie du mit mir kommunizierst. Du kannst es. Versuche es einfach."

Sie sieht mich mit so viel Vertrauen und Stolz an, dass mir das Herz aufgeht.

„Also gut." Die Sirenen werden lauter und die Polizeikolonne nähert sich. Wir haben weniger als eine Minute, um das hier zu Ende zu bringen und zu verschwinden.

Ich hole tief Luft und dringe in seinen Geist. *Wach auf. Sag uns, was wir wissen müssen.*

Es ist, als würde man gegen eine Steinmauer stoßen. Gegen einen Berg aus Stahl. Es gibt keine Reaktion.

Erwache.

Ich dränge mit aller Kraft und plötzlich reißt er die Augen auf. Er starrt uns benommen mit Schreck in den Augen an und scheint sich bewusst zu sein, was nun kommen wird.

„Wer arbeitet noch mit dir und Karl zusammen?", fordere ich.

„Niemand." Er spricht langsam, als würde er mit aller Kraft dagegen ankämpfen und als wollte er die Worte nicht herauslassen. Aber sie kommen trotzdem. „Niemand sonst. Nur der Mensch hier." Er presst die Lippen zusammen. „Die anderen beiden menschlichen Helfer sind tot."

„Welche Vampire kommen zur LT-Auktion?" Ich zwinge sein Gehirn, so stark ich kann.

„Ich weiß es nicht." Er wird schwächer. „Mindestens zehn. Die Liste … befindet sich … in Karls Versteck." Er zeigt mir das Bild. Karls altes Versteck befindet sich unter dem verfallenen Haus, vor dem wir ihn getötet haben.

„Ist das alles?" Ich starre in seine Gedanken. Aber ich weiß, dass es alles ist.

„Tu es einfach." Er schließt die Augen.

Ich erledige ihn genau so, wie ich Karl erledigt habe.

ICH ZIEHE Bri in meine Arme und vergewissere mich, dass es ihr gut geht. Sie atmet schwer und ihre Augen sind geweitet, aber sie scheint unverletzt zu sein. Trotzdem kann ich sie nicht absetzen. Ich halte sie weiter fest, berühre ihr Gesicht, ihren Arm. Als ob ich ihr – und mir selbst – ständig versichern muss, dass sie unversehrt ist.

Die Polizeiwagen biegen in die Einfahrt zum Grundstück, also spreche ich mit den anderen, während ich Bri in den Armen halte. „Ich werde mit Bri verschwinden. Martin, Slash, helft beim Beseitigen dieser Leiche. Tiberius, lass Bris Auto von hier verschwinden, sofort." Ich lasse meinen Blick umherschweifen. „Schnell."

Ich sehe Lucius an, der aus dem unterirdischen Keller des Grauens wiederaufgetaucht ist. Ihm sage ich nicht, was er tun soll, dafür ist er zu mächtig. Er wird mir sagen, was er zu tun gedenkt – wir können froh sein, dass er uns hier überhaupt hilft.

„Ich werde hierbleiben", sagt Lucius. „Ich sage der Polizei, was sie wissen müssen, und lösche den Rest ihrer Erinnerungen an diese Sache. Sorge dafür, dass die Frauen sicher ins Krankenhaus kommen." Er hält inne. „Ich musste auch ihre Erinnerungen entfernen." Er klingt reumütig. „Ich habe nur einen Teil der Bilder von der Entführung und von Wallace und dem toten Menschen übrig gelassen, aber ich habe alles über Vampire und Blut gelöscht. Mit etwas Glück werden sie sich ohne PTBS erholen. Dieser Mensch hier wird für die Entführungen verhaftet werden."

„Vielen Dank." Ich sende ihm meine uneingeschränkte Dankbarkeit und senke einen Moment lang den Kopf. Ohne ihn und den Rest meiner Verbündeten hätte ich das niemals geschafft.

Und ohne Bri wäre es ganz sicher auch nicht möglich gewesen.

In Sekundenschnelle räumen wir den Tatort – gerade noch rechtzeitig vor dem Ansturm der Polizei.

Lucius wird den unschuldigen Passanten spielen und die Polizei davon überzeugen, dass er zufällig an diesem Ort vorbeigekommen ist und die Frauen gefunden hat. Er wird sie mental dazu zwingen, ihm zu glauben, und jeden Beweis für das Gegenteil aus ihrem Gedächtnis löschen. Ebenso wie die Erinnerungen des menschlichen Helfers. Vielleicht müssen wir später noch mit Details aushelfen, aber das hier ist jetzt der entscheidende Moment.

Es ist riskant und mehr als kompliziert, aber Lucius ist der Einzige, der mächtig genug ist, so etwas bei einer so großen Gruppe zu schaffen, ohne dass etwas schiefgeht. Seine Fähigkeiten sind in seinem erstaunlich langen Leben vollkommener und effektiver geworden als die der meisten anderen Vampire.

Und meine einzige Priorität ist im Moment Bri.

Bri

„Du BIST wach." Seine Stimme ist leise und ruhig.

Ich blinzle und schaue mich um. Ich bin wieder in Alains Haus. „Was ist passiert?" Ich setze mich auf. „Die Frauen!"

„Sind alle in der Mayo-Klinik in Scottsdale. Ihr Zustand ist stabil. Sie werden sich erholen. Und du wirst es auch."

„Was ist mit den Vampiren, die bei der Auktion mitgeboten haben? Die Letzte-Tropfen-Auktion?"

„Wir konnten die Liste aus Karls Versteck holen. Lucius und seine Leute sind gerade dabei, sie aufzuspüren. Ich glaube nicht, dass sie noch einmal an einer solchen Auktion teilnehmen werden." Seine Stimme klingt düster. „Er wird diese Art von Verhalten in oder in der Nähe seines Territoriums nicht dulden."

Ich erschaudere. Aber ich bin auch erleichtert. „Gut."

Ich bewege mich und mein Handgelenk schmerzt.

„Au." Ich reibe die Stelle, wo die Wunde schon fast verheilt ist.

„Wird es nicht besser? Ich habe – ich meine …" Er verstummt wieder.

Ich ziehe meine Augenbrauen hoch. „Ja, es wird besser. Das warst du, nicht wahr? Du hast mir geholfen, zu heilen? Ich dachte, es wäre nur ein Traum. Du hast gesagt, du wolltest mich nie wiedersehen."

Er wendet den Blick ab. „Ich, äh. Ich wollte sichergehen, dass du richtig gesund wirst."

Ich will mir keine Hoffnungen machen, aber dies gibt meinem Herzen einen Anlass, höherzuschlagen. „Warum?"

Er wechselt das Thema. „Du hast mich gerufen." Er klingt verwirrt von der ganzen Sache. „Ich wusste nicht, dass du so etwas kannst."

„Ich auch nicht. Aber es war die einzige Chance, die ich hatte. Also bin ich froh, dass es funktioniert hat."

„Das bin ich auch." Er schaut mich an und ich kann die Besorgnis in seinem Gesicht sehen.

Er hat vielleicht schlimme Dinge zu mir gesagt, als wir das letzte Mal miteinander sprachen, aber ich bin ihm immer noch wichtig. Ich kann es fühlen. Ich habe es zuvor in meinem Geist gespürt und ich spüre es jetzt.

Ich erröte und wende mich ab. „Du hast sie gerettet." Ich huste und er reicht mir eine Wasserflasche.

„Nein, du hast sie zuerst gerettet. Du hast sie gefunden", korrigiert er mich.

„Aber ich konnte es nicht allein tun. Wenn du nicht gekommen wärst, wäre das alles schlimm ausgegangen."

„Wir haben es gemeinsam geschafft."

„Vielleicht sind wir zusammen also doch besser dran als getrennt."

„Bri, du hast recht. Wir sind zusammen besser dran." Seine Stimme klingt aufrichtig. So, als ob er es ernst meint.

„Beim letzten Mal hast du etwas anderes gesagt." Ich bin froh, dass er meinen Beitrag anerkennt, aber seine früheren Worte lasten wie Steine auf meiner Seele. Wenn wir eine Chance haben wollen, muss er wirklich ernst meinen, was er sagt.

Er geht neben mir auf die Knie und greift nach meinen Händen. „Bri. Ich verdiene es nicht, aber ich bitte dich um eine zweite Chance." Er blickt ernst zu mir auf.

„Bitte."

„Warum sollte ich das tun?" Es ist, was ich mir gewünscht habe. Aber ich muss mir sicher sein. Das hier ist so entscheidend, so richtig, dass ich es mir nicht leisten kann, mich ihm ein zweites Mal vergeblich hinzugeben. Ihn noch einmal zu verlieren, würde mich umbringen.

Seine Stimme ist leise. „Der gesunde Menschenverstand sagt, dass es ein Fehler ist. Die Erfahrung sagt, dass es nicht funktionieren kann. Und doch …" Er schüttelt den Kopf. „Ich will einfach nicht ohne dich sein. So einfach ist das."

„Du hast gesagt, dass es zwischen uns vorbei ist." Die Worte tun immer noch weh.

„Aber das war nicht deinetwegen, Bri. Es lag an mir." Er lässt meine Hand los und nimmt sie dann doch wieder. „Du wärst meinetwegen fast gestorben. Nicht nur einmal, sondern gleich dreimal. Wenn ich doch nur auf dich gehört hätte. Darüber, wie viel dir K. bedeutet. Und auf deine Ideen. Wenn ich mit dir zusammengearbeitet hätte, anstatt zu versuchen, dich herumzukommandieren. Um meine Erwartungen zu erfüllen." Er hält inne. „Ich dachte, du wärst ohne mich besser dran, also habe ich gesagt, was ich sagen musste, um dich zu vertreiben. Ich wusste nur nicht, wie sehr es wehtun würde."

Ich erinnere mich auch an die Dinge, die ich gesagt habe. „Ich schätze, ich hätte mehr auf dich hören sollen. Dir mehr vertrauen sollen. Das mit Karl war meine Schuld."

„Nein." Seine Stimme ist fest, aber freundlich. „Der Einzige, der daran Schuld trägt, ist Karl selbst. Nicht du. Niemals du. Wir alle haben unser Bestes getan, so unvollkommen es auch war."

Ich sage nichts.

Er drückt meine Finger. „Als wir uns das erste Mal im Club trafen. Damals sagte ich, dass ich mir nichts wünsche, weil ich mir alle meine Träume erfüllen kann. Aber das war eine Lüge. Im Moment bist du ein Teil meines Traumes, Bri. Und ohne dich kann ich nicht bekommen, was ich will."

Tränen steigen mir in die Augen. „Alain."

Er greift nach oben und nimmt mein Gesicht zwischen seine Hände. „Du hast gesagt, du liebst mich. Hast du es ernst gemeint?"

In seiner Stimme liegt ein Hauch von Hoffnung.

Ich habe Angst, aber ich beschließe, das Risiko einzugehen und von der Klippe zu springen. Ich nicke. Meine Stimme ist zittrig. „Ja, das tue ich. Du bist auch ein Teil meiner Träume."

„Ich liebe dich." Seine Stimme klingt entschlossen. „Und ich glaube, wenn wir zusammenarbeiten, kann ich dich beschützen. Ich kann in meiner Arbeit sogar noch besser werden, wenn du da bist, um mich zu inspirieren und zu unterstützen. Und ich werde dasselbe für dich tun, Bri. Ich werde dir helfen und dich inspirieren – oder zumindest werde ich es versuchen. Ich kann die Dinge besser machen." Er berührt mein Gesicht. „Lässt du es mich versuchen?"

Ich nicke. Eine Träne kullert über meine Wange. „Das

werde ich. Ich will mit dir zusammen sein. Solange wir können."

Er zieht mich in seine Arme. Küsst mich. Berührt mein Haar. „Gott sei Dank hast du Ja gesagt." Sein Gesicht ist voller Freude, genauso wie ich mich fühle.

Ich schlinge meine Hände um ihn. „Es ist mir egal, wie lange wir haben. Ich will einfach nur mit dir zusammen sein. Selbst wenn es nur ein paar Jahre sind."

Ein Muskel krampft sich in seinem Kiefer zusammen. „Es gibt etwas, das ich versuchen könnte. Es ist schwierig und selten und scheitert oft, aber ich könnte versuchen, zu meiner menschlichen Form zurückzukehren. Mit den richtigen Behandlungen."

„Aber es könnte sein, dass es nicht funktioniert?" Meine Augen weiten sich.

„Meistens tut es das nicht." Seine Stimme ist leise. „Aber wenn du mich darum bittest, würde ich es versuchen. Du verdienst es, jemanden an deiner Seite zu haben, der tagsüber mit dir hinausgehen kann. Der mit dir alt wird."

„Nein, ich will nicht, dass du dieses Risiko eingehst. Nein!" Ich drücke eine Hand auf meine Brust. „Außerdem weißt du doch, dass ich kein Tagesmensch bin." Ich lächle zu ihm auf.

Es herrscht kurzes Schweigen. „Vielleicht könnte ich …", ich neige den Kopf, „… So wie du werden?"

„Bri." Er zieht ein ernstes Gesicht. „Ich habe schon einmal gesagt, dass ich nie wieder versuchen will, einen Menschen in einen Vampir zu verwandeln. Die Wahrheit ist, dass ich alles dafür geben würde, dich zu verwandeln – aber in mehr als der Hälfte der Fälle scheitert es. Oftmals sterben die Menschen dabei. Ich will nicht riskieren, dich auf diese Weise zu verlieren. Das will ich nicht wagen. Dafür bist du zu wertvoll."

„Oh." Ich schaue zu Boden.

„Ich würde es tun, wenn du in Lebensgefahr schwebtest und es keinen anderen Weg gäbe, dein Leben zu retten." Er nimmt meine Hand in seine. „Bri, ich weiß, dass deine Krankheit fortschreitet. Wenn es jemals zu einem Punkt kommt, an dem ..." Er schüttelt den Kopf. „... die Ärzte denken ..." Er verstummt, als könnte er den Gedanken nicht einmal in Erwägung ziehen. „Wenn es keine andere Möglichkeit gibt, werde ich es in Betracht ziehen."

„Ich möchte so lange wie möglich bei dir sein." Ich drücke seine Hände. „Wenn wir also an diesen Punkt gelangen, möchte ich, dass du es tust. Dass du es versuchst."

„Es wäre nicht einfach. Wenn ein Mensch zum Vampir wird, dauert es eine Weile, bis er lernt, mit seiner neuen Existenz umzugehen. Die Blutlust zu bezwingen. Würde ich dich verwandeln–", er hält inne, bis ich ihn direkt ansehe, „... müsstest du mich wirklich als deinen Master akzeptieren. Mindestens ein Jahrhundert lang. Bis du meiner Macht ebenbürtig bist und die Fähigkeit erlangst, sie zu zügeln."

Dieser Gedanke ist überhaupt nicht abstoßend. Er macht mich sogar an.

„Das könnte mir gefallen." Ich lächle.

„Es würde dir nicht immer gefallen." Sein Gesicht ist düster. „Und du müsstest es trotzdem tun. Es geht um mehr als nur versauten Sex. Es geht darum, dass ich dich als Vampirneuling leiten darf."

„Das würde mir gefallen."

„Ich wäre dein Master, Bri." Seine Stimme ist streng. „In jeder Hinsicht."

Ich begegne seinem Blick. „Das ist okay für mich." Ich

lächle. „Vielleicht könnte es Spaß machen, auch wenn ich nicht unsterblich bin."

„Du hast ein überzeugendes Argument." Er hebt eine Augenbraue. „Mir gefällt die Art, wie du denkst."

Ich berühre seine Hand. „Weißt du was, Alain? Ich habe das verrückte Gefühl, dass sich die Dinge irgendwie regeln werden. Und es ist mir sowieso egal, was passiert – ich will nur mit dir zusammen sein, egal wie die Dinge kommen."

Ich kann nicht glauben, dass ich das sage. Aber bereits während die Worte aus mir heraussprudeln, weiß ich, dass es die Wahrheit ist. Mein ganzes Leben hat mich auf diesen Moment vorbereitet. Ich muss nie wieder Dinge aufgeben, die ich will. Ich packe meine Wünsche beim Schopf und lasse nie wieder los.

„Okay." Seine Stimme ist heiser. „Wir werden es geschehen lassen. Wir werden es schaffen. Sag ja, Bri. Sag, dass du mir gehören willst, und wir finden einen Weg."

ALAIN

Wir haben noch keine Entscheidung darüber getroffen, was genau wir tun werden.

Und ich weiß, dass ich eine Menge Dinge an meiner Einstellung und meinem Verhalten ändern muss, um dieses Geschenk, das ich erhalten habe, wirklich zu verdienen. Zum Glück habe ich viel Zeit, es wiedergutzumachen.

Aber zu wissen, dass wir uns füreinander entschieden haben, gibt mir unglaubliche Kraft und Freude. Ich kann es auch in ihrem Gesicht sehen.

Heute Abend feiern wir bei mir Zuhause, mit Champagner … und ein wenig BDSM. Sie trägt eine Jeans und ein T-Shirt und hat noch nie so heiß ausgesehen.

Natürlich wird sie bald nackt sein. Und ich habe vor, ihre Unterwerfung heute Nacht zu erzwingen. Der erste Anfang, damit sie mich als ihren Master akzeptiert. Gut, dass sie sowieso darauf steht.

„Eines der besten Dinge, wenn man sich dafür entscheidet, zusammen zu sein", sage ich ihr und streiche mit meiner Hand über ihren Schenkel, „ist, dass wir das hier tun können, wann immer wir wollen." Ich streife mit meinem Finger über den Schritt ihrer Jeans.

Sie seufzt und spreizt ihre Beine ein wenig. „Das ist ein wirklich guter Punkt. Erzähl mir mehr." Sie lehnt sich an meinen Körper.

„Ich könnte das hier tun. Aber zuerst müsstest du dich ausziehen." Ich beiße ihr ins Ohrläppchen. „Und vor mir niederknien. Jetzt, wo du zugestimmt hast, dich mir völlig zu unterwerfen."

„Das alles nur für eine kleine Unterhaltung?" Sie greift nach unten und umschließt meinen Schwanz durch meine Hose. Er ist bereits steinhart und drängt gegen den Stoff. Ich verzehre mich nach ihrem Körper.

„Du weißt, dass du dir dein Vergnügen verdienen musst", flüstere ich. Ich schiebe meine Hand unter ihr Oberteil und kneife ihre Brustwarze durch ihren Spitzen-BH.

„Au." Sie holt tief Luft. „Alain." Ihre Stimme ist heiser und bereits von Begierde geprägt.

„Ich glaube, du meinst: Ja, Master", korrigiere ich sie und drücke fest dazu. Ich kneife ein wenig länger, bevor ich loslasse.

Sie windet sich auf meinem Schoß und stöhnt.

„Denn, wie soll ich deine Brustwarzen denn richtig bestrafen, wenn sie nicht nackt sind?" Ich drücke zur Sicherheit auf die andere Seite.

„Warum werde ich bestraft?" Sie verzieht das Gesicht.

„Einfach nur um dich daran zu erinnern, wer hier das Sagen hat." Ich gebe ihr einen Klaps auf den inneren Oberschenkel. „Da du mich als deinen wahren Master akzeptieren wirst."

„Ist es denn dann wirklich eine Bestrafung?" Sie drängt ihren Körper näher an mich.

„Vielleicht ist es eher eine Trainingseinheit", sage ich. „Um dir Disziplin beizubringen. Aber es wird auch Bestrafungen geben, wenn du nicht gehorchst."

„Mmm …" Sie stöhnt.

Ich kann ihre Erregung durch ihre Jeans und ihr Höschen riechen. Sie ist feucht für mich. Ihre Temperatur steigt und ihr Herzschlag erhöht sich. Ich kann hören, wie ihr Blut durch ihre Adern rauscht und ihr Herz vor Verlangen pumpt.

„Versuche nicht, es zu verbergen", schimpfe ich und gebe ihr einen erneuten Klaps auf den Oberschenkel. „Du weißt, dass ich dich lesen kann. Du willst es. Sag es."

Sie stöhnt ein wenig und schließt die Augen.

„Bri." Ich spreche mit strenger Stimme. Zum Teil, weil es mir Spaß macht, aber auch, weil ich ihr beibringen muss, auf mich zu hören. Mir zu gehorchen. Ein Teil von mir sagt, dass ich nur auf Nummer sicher gehen will: Wenn ich tatsächlich jemals versuchen muss, sie zu einem Vampir zu verwandeln, und es funktioniert, kann ich ihr leichter dabei helfen, die Kontrolle über ihre neue Existenz zu bewahren, wenn sie daran gewöhnt ist, unterwürfig zu sein.

Der andere Teil von mir ist einfach verdammt gerne Dom.

„Erinnerst du dich an den Rohrstock?" Ich lege meine Hand in ihren Schritt und halte sie fest, sodass sich die Wärme ihres Körpers mit der Kälte meiner Hand vermischt. „Du hast dich mit einem Hieb schon gequält.

Wenn du nicht anfängst zu gehorchen, ziehe ich dich nackt aus und gebe dir gleich zum Anfang fünf."

Sie kann den Ton in meiner Stimme hören.

Sie setzt sich aufrecht hin und reißt die Augen auf. „Alain–"

Ich schüttle den Kopf.

Sie schluckt. „Ja. Ich will es." Ihre Stimme ist leise, aber gereizt. Sie will es und es gefällt ihr nicht, es sagen zu müssen.

Ich gluckse. Verdammt, es macht Spaß, eine Unterwürfige zu trainieren.

„Dann zieh dich aus." Ich lasse sie von meinem Schoß gleiten. Ich lehne mich zurück und verschränke die Arme. „Liefere mir eine gute Show."

Sie kneift die Augen zusammen, aber dann nimmt die Hitze überhand. Sie will genauso gern spielen wie ich. Natürlich ist es jetzt mehr als nur ein Spiel. Endlich. Endlich kann ich sie beherrschen.

„Gefällt es dir?" Sie lächelt mich an, während sie ein Kleidungsstück nach dem anderen auszieht.

Als sie nichts als ihr Seidenhöschen trägt, dreht sie sich um und schaut mich über ihre Schulter an. „Soll ich das anlassen? Es ist ein bisschen kalt hier drin." Sie kichert und tätschelt ihren eigenen Hintern mit der Hand.

„Hast du Angst, dass dein Arsch abfriert? Ich werde ihn für dich aufwärmen." Ich knurre und packe sie. „Ich verspreche dir, dass dein Arsch glühend heiß sein wird, nachdem ich ihn dir versohlt habe." Mein Schwanz pulsiert vor Verlangen.

„Alain!" Sie kreischt und krallt sich an meinem Körper fest, aber sie ist meiner Kraft nicht gewachsen. Ich trage sie ins Schlafzimmer und lege sie auf die Bettdecke.

„Ein Teil davon, meine Unterwürfige zu sein", sage ich und beobachte, wie sich ihre Brustwarzen bei meinen

Worten aufrichten, „besteht darin, nett und gehorsam zu sein. Mal sehen, wie gut du das machst."

Ihre Brust hebt sich. „Ja, Master", murmelt sie.

„Schieb das Höschen bis zur Mitte des Oberschenkels hinunter und rolle dich auf deinen Bauch", sage ich zu ihr.

Sie sieht mich blinzelnd an. „Warum?"

Ich bewege mich schnell. Drehe sie um. Schlage ihr einmal, zweimal, dreimal auf den Hintern. Harte Schläge. „Und du fragst nicht, warum. Du tust es einfach."

„Autsch!" Sie greift nach hinten, um sich den Hintern zu reiben, und ich packe ihre Hand.

„Nein, jetzt bekommst du noch drei, weil du dich einmischst."

Ich halte ihre beiden Handgelenke in einer Hand fest. „Strecke deinen Arsch ein wenig hoch. Ja, genau so."

Ich warte, bis sie die gewünschte Position eingenommen hat. „So als ob du es nicht erwarten könntest, dass ich dir den Hintern versohle. Streck ihn hoch."

Mit einem Knallen lasse ich meine Hand hart auf ihren Hintern klatschen.

Sie zuckt. „Oooh."

„Arsch wieder hoch. In Position."

Schnell streckt sie die Hüfte wieder nach oben. Der dünne Stoff ihres Höschens ist kaum ein Schutz, als ich sie noch härter versohle. Sie wimmert. Aber ich rieche, wie ihre Erregung steigt. Es tut weh, aber es gefällt ihr.

„Noch einen. Streck deinen Arsch jetzt so weit nach oben, wie du kannst."

Sie drückt ihren Hintern nach oben und ich schlage über beide Pobacken.

Sie atmet zischend ein. Nur von diesen wenigen Klapsen glüht ihre Haut unter dem Höschen rosa.

„Und jetzt tu, was ich dir zuvor befohlen habe", weise ich sie an.

Sie greift nach hinten und zieht sich das Höschen nach unten. „So?" Sie dreht den Kopf und sieht mich an. „Master?"

„Perfekt. Jetzt bleib so und halte die Hände über dem Kopf."

Ich gehe ein paar Sachen holen. Sie zappelt ein wenig, wahrscheinlich weil sie den Stich von ihrem Hintern spürt und ihn reiben will. Ich gluckse. Sie wird noch ein stärkeres Brennen spüren, bevor wir fertig sind … und nicht nur auf ihrem Hintern.

Als ich zurückkomme, habe ich einen mittelgroßen Analplug und etwas Gleitmittel dabei. Ich hocke mich hin und zeige ihn ihr. „Siehst du den hier? Den schiebe ich dir in deinen hübschen kleinen Arsch und dort wirst du ihn eine Weile behalten. Einen Teil dieser Zeit werde ich dir den Hintern versohlen und einen Teil davon wirst du warten. Und die Empfindungen einfach genießen."

Sie stößt ein kleines *Ooooh* aus.

„Und dieses Gleitmittel ist eine wärmende Lösung auf Ingwerbasis." Ich beuge mich näher zu ihr und spreche ihr ins Ohr. „Es wird ein wenig brennen und kribbeln."

„Alain, ich habe noch nie …" Sie beißt sich auf die Lippe.

„Es gibt viele Dinge, die wir tun werden", sage ich zu ihr, „die du noch nie ausprobiert hast." Ich öffne die Flasche und sie zuckt bei dem Geräusch, das der Verschluss macht, ein wenig zusammen. Ein kleines Pop.

„Spreize deine Beine so weit, wie es mit deinem Höschen möglich ist." Ich klatsche ihr noch einmal auf den Hintern.

„Ja, Master." Sie ist ein wenig atemlos. Das Höschen spannt über ihre Schenkel, als sie die Beine auseinanderbewegt. Ihre Muschi glänzt feucht und ich kann es kaum erwarten.

Ich lege den Analplug und das Fläschchen zur Seite, drehe sie um und packe ihre Hüfte mit beiden Händen, damit ich meine Zunge in ihre Spalte schieben kann.

Sie schreit auf und versteift sich, bevor sie sich unter meiner Berührung entspannt. Ich schnippe mit meiner Zunge über ihre Klitoris, wieder und immer wieder, wobei ich Techniken anwende, die ich in jahrzehntelangem Spiel perfektioniert habe. Zuerst steigere ich ihre Lust mit sanften Berührungen. Dann schnippe ich härter, fast zu hart, und reize sie dort, wo sie am empfindlichsten ist.

Sie windet sich, aber ich halte sie fest und zwinge sie, genau das zu nehmen, was ich ihr geben will.

„Alain, es ist zu viel, oh Gott", murmelt sie.

„Entspann dich", befehle ich ihr. „Lass deinen Körper weich werden, denn ich höre noch nicht auf."

Ich benutze meine Zunge, um sie auf ihre Klitoris zu klatschen. Ich schiebe sie hin und her. Ziehe Kreise um sie herum.

Sie stöhnt und zappelt unter mir, aber ich höre nicht auf, bis ich eine gute Kostprobe bekommen habe, und sie wild vor Verlangen wird. Wenn ich so mit ihr spiele, bin ich so hart, dass ich sie am liebsten sofort ficken würde. Aber es macht sogar noch mehr Spaß, es in die Länge zu ziehen … Also mache ich noch ein bisschen weiter.

Dann drehe ich sie wieder um. „Jetzt lass uns zu diesem Analplug kommen. Mach die Beine wieder breit."

Sie gehorcht und ich tröpfle eine großzügige Menge des Gleitmittels auf ihren Anus. Ich beginne, sie mit dem Plug zu massieren, und stoße mit der Spitze ganz leicht gegen ihren Schließmuskel. Ich zeige ihr, was kommen wird.

„Entspanne deinen Arsch", weise ich sie an. „Nicht verkrampfen." Ich klopfe auf ihren Pobacke. „Ich habe den Rohrstock mitgebracht, falls du eine Erinnerung brauchst." Ich strecke die Hand aus, greife danach und werfe ihn auf das Kissen über ihrem Kopf. „Lassen wir ihn einfach dort liegen, ja? Schau ihn dir ab und zu an, wenn du mir nicht gehorchen willst."

Sie wimmert, vielleicht wegen meiner Worte, vielleicht aber auch, weil ich den Analplug zum ersten Mal tiefer hineingeschoben habe. Sie verkrampft sich leicht und entspannt ihren Po dann wieder.

„Braves Mädchen", lobe ich sie. Ich führe den Plug tiefer ein. Den breitesten Teil behalte ich direkt an ihrem Schließmuskel, um sie zu dehnen.

„Es brennt", murmelt sie und bewegt ihre Hüfte. Sie bewegt ihre Hände.

Ich ziehe den Plug wieder heraus und führe ihn erneut ein, wobei ich die breiteste Stelle erneut an ihrem Eingang ruhen lasse.

„Gewöhne dich dran", flüstere ich und küsse ihren Hals. Ich beiße sie sanft. „Mein Schwanz ist viel größer."

Sofort verspannt sie sich und presst ihre Pobacken um den Analplug zusammen. „Was?"

„Entspanne deinen Arsch", erinnere ich sie. „Irgendwann wirst du meinen Schwanz dort spüren, weißt du. Vielleicht nicht heute Nacht. Wir haben schließlich die Ewigkeit dafür."

Ich spiele mit ihr, ziehe den Plug heraus, schiebe ihn wieder hinein und füge bei Bedarf Gleitmittel hinzu. Jetzt wird das Gleitmittel langsam heiß und die Ingweressenzen werden mit der Wärme ihres Körpers spürbar.

„Ooooh", stöhnt sie. Ihr Körper zittert. „Alain, mein Arsch brennt." Aber die Art, wie sie ihre Hüfte bewegt, sagt mir, dass es ihr genauso sehr gefällt, wie sie es hasst.

„Gut." Ich lächle und schiebe den Plug ganz hinein, langsam, damit ich sie nicht überfordere. Er ist lang und dick. Ich habe mich für einen Plug solider Größe entschieden, damit sie ihn richtig spüren kann, während sie darauf wartet, versohlt zu werden.

„Jetzt möchte ich, dass du die nächsten fünf Minuten stillliegst, während ich mich vorbereite. Bewege deine Hüfte nicht. Ich werde es wissen, wenn du es tust."

Sie stöhnt und ich schwöre, dass ihre Muschi feuchter wird, als ich sie je zuvor gesehen habe. Ich kann auch erkennen, wie viel Kontrolle sie braucht, um ihren Körper ruhigzuhalten. Ihr Arsch sieht mit meinem Plug darin so verdammt köstlich aus – immer noch rosa vom Versohlen zuvor. Ich kann es kaum erwarten, sie noch härter zu versohlen und Striemen zu hinterlassen, die ich noch morgen sehen werde.

Ich ziehe mich aus und behalte sie im Auge. Sie windet ihre Finger und presst ihre Zehen ins Bettlaken – aber bis jetzt hat sie ihre Hüfte nicht bewegt. Ich lächle. Zeit für eine größere Herausforderung.

Alain

JETZT, da ich nackt bin, nehme ich ein paar Dinge aus meiner Kommode und nähere mich wieder dem Bett. „Das machst du gut bis jetzt. Mal sehen, wie du die hier aushältst."

Blitzschnell greife ich unter ihren Körper und befestige eine kleine silberne Klemme an jeder ihrer Brustwarzen.

Sie schreit auf, als die Klemmen in ihre weiche Haut beißen und zuckt. „Alain!"

„Nicht bewegen, weißt du noch?"

Ich gleite mit der Hand über ihren Arsch und halte kurz inne, um ein wenig auf den Analplug zu drücken. Ihn zu drehen. „Drück deine hübschen Brüste aufs Bett, Bri."

„Es tut weh", jammert sie mit einem Unterton der Begierde in ihren Worten.

„Ich weiß", stimme ich zu. „Das soll es auch. Mit der Zeit werden wir dir beibringen, sie für längere Zeit zu tragen. Manchmal werde ich sie unter deinem BH anlegen, wenn wir in einer Bar etwas trinken gehen. Wie würde dir das gefallen?"

Ich kann praktisch hören, wie hart ihre Brustwarzen werden und wie sehr die Klemmen dadurch noch mehr beißen. Sie ist im Moment so erregt, dass sie allein durch meine Stimme kommen könnte.

„Das dürfen wir nicht zulassen." Ich lege eine Hand auf ihren Hintern. „Wenn du kommst, bevor ich es dir erlaube, darfst du drei Tage lang nicht zum Höhepunkt kommen. Willst du das?"

„Nein, nein, ich verspreche, dass ich nicht kommen werde", fleht sie. Ich klopfe erneut gegen den Analplug. Sie bewegt sich ein wenig und versteift sich. Ich liebe es, wie die Nippelklemmen sie dazu zwingen, für ihr Analspiel stillzuhalten.

Ich drücke den Plug tiefer, drehe ihn und sie bewegt sich noch mehr. Sie zuckt mit der Hüfte.

„Oh, Bri." Ich gebe ein tadelndes Geräusch von mir. „Du hast dich bewegt. Sollst du das tun?"

„Nein, aber du hast mich ausgetrickst!" Sie dreht sich um und sieht mich an. „Das war nicht fair."

„Nun, gewöhn dich daran." Ich lache leise. „Und jetzt wirst du die Konsequenzen deines Ungehorsams spüren."

„Wirst du etwa den Rohrstock benutzen?" Sie klingt ängstlich. Aber auch hoffnungsvoll. Meiner kleinen Menschenfrau gefällt es, hart zu spielen.

„Ich habe etwas anderes im Sinn." Ich hole meine Gerte. „Ein paar Hiebe damit auf deine Schenkel und deinen Hintern werden dich daran erinnern, wer dein Master ist."

Ich schnippe mit der Gerte über die Rückseite ihrer Beine. Es braucht nicht viel, um einen leuchtend roten Fleck zu hinterlassen.

„Oh!" Sie zuckt zusammen und hält sofort inne, als die Klemmen an ihren Brustwarzen ziehen. „Alain, bitte."

„Zwanzig." Ich schwinge die Gerte erneut und treffe genau die Stelle, wo die Kurve ihres Arsches beginnt. Und noch einmal an der gleichen Stelle. „Auf jede Seite jeweils einen Hieb. Wenn du dich bewegst, fange ich von vorne an."

Sie stöhnt, aber es ist ein Geräusch, das von Lust durchdrungen ist. Meine süße Bri mag es, wenn sich ihr Vergnügen mit Schmerz vermischt. Und sie liebt es, mir zu gehorchen. Ich kann es in ihrer Körperhaltung sehen; wie ihre Unterwerfung ihre Empfindungen steigert und den bevorstehenden Orgasmus noch stärker werden lässt.

„Mitzählen." Ich treffe sie erneut, ein paar scharfe Schläge mit der Gerte auf jede Pobacke. „Fang bei eins an."

„Aber …" Sie weiß es besser, als sich mir zu widersetzen.

Ich lasse die Gerte härter als zuvor über ihre linke Pobacke und dann noch einmal über die rechte Seite peitschen.

„Eins", zwingt sie heraus.

„Gut. Halte deine Hüfte ruhig."

Ich treffe sie erneut direkt neben den ersten Striemen auf jeder Seite. Schön hart. Damit es brennt.

„Zwei." Sie schnappt nach Luft und ihre Arme zucken, als würde sie nach hinten greifen wollen.

„Nein", warne ich sie. „Wehe, du berührst deinen Hintern, dann werde ich auch noch den Rohrstock dazu nehmen."

„Nein", flüstert sie.

„Packe den Rohrstock mit beiden Händen", sage ich zu ihr. „Vielleicht hilft dir das, in Position zu bleiben. Denk daran, dass du willst, dass er genau dort in deinen Händen bleibt. Und nicht in meine fällt."

Sie tut, was ich sage, zieht den Stock näher heran und klammert sich daran fest. „Alain …" Sie verstummt.

„Ich weiß, es tut weh." Ich lasse die Gerte auf die Mitte ihrer linken Pobacke klatschen. Dann auf ihre rechte.

„Drei", flüstert sie. Die Abdrücke der Gerte hinterlassen herrlich rote Flecken.

„Jetzt haben sich die Regeln verändert", sage ich. „Für jede Zahl bekommst du jetzt zwei Hiebe auf jede Seite. Keine Widerrede."

Sie öffnet den Mund und beißt sich auf die Lippe. „Ja, Master." Aber ihre Stimme klingt irritiert. Sauer.

Ich lache leise. Ich verpasse ihr zwei harte Schläge auf die linke Pobacke, ganz weit oben. Zwei auf die rechte, tiefer. „Wie weit sind wir?"

„Vier…", keucht sie. Ich kann sehen, dass sie ihre Hüfte unbedingt bewegen will. Es fällt ihr schwer, stillzuhalten. Ich weiß, dass ich sie mit dem Analplug, den Klemmen und der Gerte in eine schwierige Situation gebracht habe. Aber es ist ein gutes Training für sie. Sie muss Disziplin lernen.

Und außerdem wird sie ziemlich bald einen höllischen Orgasmus erleben.

Ich kann ihre Gefühle lesen. Ihre Schmerzgrenze ist durch ihre Aufregung und die Endorphine hoch. Ich treibe sie weit, aber sie steht darauf.

Als wir bei zwanzig angelangt sind, sind ihr Hintern und ihre Schenkel wunderschön rot und rosa gefärbt. Sie keucht vor Anstrengung, weil sie stillhalten muss. Als ich fertig bin, werfe ich die Gerte zur Seite. Ich hebe sie hoch und küsse sie.

Unsere Lippen berühren sich und ich stoße meine

Zunge in ihren Mund. Ich lasse sie mit ihrer tanzen. Sie küsst mich leidenschaftlich zurück und ist begierig nach mir. Verrückt nach mir. Mein Schwanz gräbt sich in ihren weichen Bauch und ich kann mich nur mit Mühe zurückhalten. Aber ich will, dass sie noch ein wenig wartet.

„Manche Master lassen ihre Unterwürfigen als Teil ihrer Ausbildung eine Weile in der Ecke stehen. Ich denke, ich werde das mit dir auch versuchen."

„Aber ich will nicht …"

Ich werfe einen Blick auf den Rohrstock. Ihre Augen folgen mir und werden riesengroß. „Ja, Master", sagt sie.

„Nicht für lange." Ich sehe ihr in die Augen. „Nur für ein paar Minuten. Es geht um die Erfahrung, das zu tun, was ich dir sage."

Sie blinzelt. Ich weiß, dass ein Krieg in ihr wütet. Es ist nicht leicht, sich auf diese Weise zu unterwerfen.

Schließlich sagt sie: „Ja, Master."

„Gut." Ich bin überaus glücklich. Ich zeige mit den Fingern zur anderen Seite des Raumes. „Stell dich bitte in diese Ecke. Hände hinter den Kopf, die Titten schön nach vorn rausgestreckt. Rücken gerade. Lass den Analplug nicht herausrutschen und zapple nicht herum. Ich werde dir sagen, wenn die Zeit um ist. Und behalte das Höschen um deine Schenkel."

„Aber ich …" Sie beißt sich auf die Lippe. „Finde einen Weg." Ich verschränke die Arme.

„Ja, Master."

Sie schafft es irgendwie; sie presst die Arschbacken fest zusammen, während sie mit leicht gespreizten Beinen geht, damit das Höschen an seinem Platz bleibt. Als sie in der Ecke ankommt, dreht sie sich einmal kurz um und schaut mich an.

Ich nicke ihr zu.

Sie wendet sich wieder der Zimmerecke zu und hebt die Hände hinter den Kopf.

Fuck, das ist phänomenal. Dass mir diese Frau freiwillig auf mein Kommando so zu Füßen liegt, ist so was von berauschend. Die Tatsache, dass sie mich aus freien Stücken als ihren Master akzeptiert, macht mich euphorisch und ist besser als jede Droge, die ich je genommen habe.

Ich lasse sie nicht lange dort stehen; nur ein paar Minuten. Es geht nicht um die Dauer. Es geht um den Geist.

„Bri, komm zurück zum Bett", befehle ich. „Zieh das Höschen aus, aber lass den Analplug drin. Ich werde dich ficken, während er noch in deinem Arsch steckt."

„Ja, Master." Sie lässt das Höschen an ihren Beinen hinuntergleiten und schafft es etwas unbeholfen ins Bett zurückzukommen, ohne den Plug zu verlieren. Es macht Spaß, ihr dabei zuzusehen, wie sie sich verrenkt und einen Weg findet, sich zu bewegen, damit er drin bleibt. Ich werde auf jeden Fall dafür sorgen, dass wir während ihrer Ausbildung oft anal spielen.

Und jetzt kann ich keinen Moment länger warten.

Ich stürme zu ihr hinüber und stelle sicher, dass sie mit breitgespreizten Beinen für mich auf dem Rücken liegt.

Ich erhebe mich über ihren Körper und beuge mich hinunter, wobei ich ihre Arme vorsichtig über ihren Kopf hebe. „Behalte sie dort", sage ich. „Während ich dich ficke."

Sie wirft ihren Kopf hin und her. „Alain, ich kann nicht länger warten." Sie ist verzweifelt. „Bitte. Ich muss kommen."

Das Warten in der Ecke hat ihr Verlangen sogar noch gesteigert, sodass sie es fast nicht mehr aushalten kann. Ich kann sehen, wie sehr sie darum kämpft, ihre Lust zurückzuhalten. Ihr Körper zittert vor Begierde.

Ich rücke ihre Hüfte zurecht, spreize ihre Schenkel ein wenig und ziehe sie leicht zu mir hoch. Vorsichtig führe ich meinen Schwanz an ihren Eingang. „Mit dem Analplug wird es enger sein." Ich schiebe meine Schwanzspitze in ihre Wärme. „Siehst du?"

Als ich in sie dringe, schreit sie auf. „Oh." Sie schließt die Augen und ballt die Fäuste. „Fuck." Ihre Oberschenkel zittern. „Alain."

Ich spüre, wie der Druck des Analplug gegen meinen Schwanz drückt und ihre Muschi unglaublich eng werden lässt. Es ist ein unglaubliches Gefühl, mich Zentimeter für Zentimeter hineinzudrücken, bis ich ganz tief in ihr stecke. „Fuck, Bri, du bist so eng."

Sie gibt einen erstickten Laut von sich. Ein Wimmern. „Bitte", flüstert sie.

Ich bringe meinen Körper in Position und ziehe meinen Schwanz heraus. Dann stoße ich wieder hinein.

Sie schnappt nach Luft. Ihre Muschi zieht sich zusammen.

„Noch nicht", warne ich sie. Ich stoße wieder und schneller zu und dann noch einmal.

Sie fängt an, kleine Geräusche von sich zu geben, kleine Schreie und Rufe.

Ich ficke sie härter und schneller, bis wir in einen rasenden Rhythmus fallen. Mein Schwanz ist bereit zu explodieren und ich weiß, dass sie nicht mehr lange durchhalten wird, egal wie sehr sie sich anstrengt.

An einem anderen Tag würde es Spaß machen, sie ohne Erlaubnis kommen zu lassen. Aber heute will ich sie einfach nur zum Höhepunkt bringen.

Ich passe meine Bewegungen an, sodass ich auch ihre Klitoris reibe, und kurz darauf beginnt ihr ganzer Körper zu vibrieren. Als sie kurz davor steht zu explodieren, greife ich nach unten und ziehe die Klemmen ab.

Sie schreit auf, krümmt sich und ihre Muschi wird so eng, dass sie sich wie eine geschlossene Faust um mich zusammenzieht. Sie erschaudert vor Lust.

„Oh Gott, oh Gott", schreit sie und zappelt weiter, während ihr Orgasmus sich immer mehr aufbaut.

Als sie kurz vor dem Höhepunkt steht, erlaube ich auch mir selbst zu kommen und dränge mich in ihren Geist, was ihren Orgasmus noch wilder macht. Dann beiße ich in ihren Hals, trinke ihr Blut und lasse meine Essenz in ihren Körper dringen, um alle ihre Empfindungen zu verstärken.

Sie schreit wieder und wieder auf und ich tue es ebenfalls, während wir beide einen Moment phänomenaler Glückseligkeit erleben.

∾

Bri

Ich bin verschwitzt und erschöpft und meine Muschi vibriert immer noch vor Lust. Dies war buchstäblich und ohne Frage der beste Orgasmus meines ganzen Lebens.

Meine Brustwarzen und mein Hals pochen in einer Kombination aus Lust und Schmerz und ich weiß nicht, wo das eine aufhört und das andere anfängt. Alles fühlt sich so gut an. Sogar der Analplug fühlt sich dick und sexy in meinem Arschloch an. Und ich bin nicht einmal wund von seinen Schlägen.

Ich glaube, dass es an seinem Biss liegt. Es macht irgendwie etwas mit mir – es nimmt mir den Schmerz und steigert meine Lust.

Ich bewege mich und er schlingt seine Arme um mich. „Süße Bri. Du warst recht gehorsam für dein erstes Mal als meine Untergebene."

Ich tue so, als würde ich ihm in die Schulter beißen. „Vielleicht brauche ich noch eine Lektion, Master. Nur um sicherzugehen, dass ich es auch verstanden habe."

Er knurrt. „Mit Vergnügen."

Und er hat recht. Das Vergnügen ist unbeschreiblich.

EPILOG

Fünf Jahre später ...

Bri

Der Tag ist heiß und die Sonne scheint hell. Ich schwitze und das Barett ist schlecht ausbalanciert, da es über meine Kopfbedeckung und meinen Gesichtsschutz passen muss. Aber es ist mir egal. Dies ist der beste Tag meines Lebens.

Der Saal ist voll, aber alle sind ruhig und konzentrieren sich auf den Redner am Rednerpult, der unseren letzten Eid zum Abschluss unseres Studiums anleitet.

Ich wiederhole die Worte des Eides gemeinsam mit meinen Studienkollegen. Wir alle sprechen im Einklang: *„Ich gelobe feierlich, mein Leben dem Dienst an der Menschheit zu widmen."*

Meine Robe ist schwer und fühlt sich königlich an. Ich stehe gemeinsam mit meiner Abschlussklasse und bin erstaunt, wie weit ich es gebracht habe; was ich erreicht habe.

„… Ich werde den größten Respekt vor dem menschlichen Leben bewahren …"

Das Publikum ist voll – Hunderte von Familienangehörigen und Freunden sind zur Abschlussfeier gekommen. Ich weiß, dass K. und ihre Frau Mani irgendwo dort draußen sind und mir zujubeln. Ich kann sie in der riesigen Menge der Schaulustigen nicht ausmachen, aber ich spüre die Energie, die wir alle gemeinsam haben. Es ist erhebend.

„Ich werde Krankheiten verhindern, wo immer ich kann, denn Vorbeugen ist besser als Heilen."

Nachdem ich so lange unter meiner eigenen Krankheit gelitten habe, bin ich bereit, mich dafür einzusetzen, Krankheiten in anderen Menschen zu verhindern. Genau wie Alain werde auch ich mich der Suche nach Heilmitteln widmen, um der Menschheit zu helfen.

„Möge ich immer so handeln, dass ich den besten Traditionen meines Berufes treu bleibe, und möge ich lange Zeit die Freude erleben, diejenigen zu heilen, die meine Hilfe suchen."

Wir beenden das Gelöbnis und schauen uns alle voller Freude an. Eine neue Klasse von Ärzten, die bereit ist, in die Welt hinauszugehen und der Menschheit zu helfen.

Alain ist nicht hier, aber wir werden heute Abend feiern. Er ist fast so stolz auf mich, wie ich es auf mich selbst bin. Es hat sich herausgestellt, dass es für mich nicht zu spät war: Ich habe mich für das Medizinstudium beworben, wurde angenommen und habe trotz meiner Behinderung mit *summa cum laude* abgeschlossen. Alles, was es brauchte – nun ja, alles ist eine Vereinfachung, aber alles, was es brauchte, war Entschlossenheit und die Bereitschaft, niemals aufzugeben. Ich werde niemals wieder etwas aufgeben, wenn es um wichtige Dinge geht.

Alain war unglaublich besorgt um meine Gesundheit und Sicherheit. Er hat sich in den letzten Jahren rührend um mich gekümmert und oft seinen Speichel und sein Blut benutzt, um meine fortschreitende Krankheit in Schach zu halten, während ich Medizin studierte. Er stellte mir Leibwächter zur Seite. Solche, die ich sehen konnte, und solche, die ich nicht sah. Er hat mich die ganze Zeit über beschützt.

Und ich habe es geschafft. Mit Alains Liebe und Schutz, mit der Hilfe von Dr. A. als meine Mentorin, mit Slash und Martin als Freunde und mit K. und Mani als meine unermüdlichen besten Freundinnen, habe ich es tatsächlich geschafft.

K. und Mani kommen jetzt auf mich zu.

„Herzlichen Glückwunsch!" K. schlingt ihre Arme um mich und ich umarme ihren kleinen schlanken Körper zurück.

Mani schließt sich uns an. „Wir sind so stolz auf dich."

Ich wische mir eine Träne aus den Augen. „Ohne eure Unterstützung hätte ich es niemals geschafft."

Trotz Alains Hilfe hat sich meine Krankheit stetig verschlimmert und die beiden waren tagsüber mein Fels in der Brandung. Sie waren immer für mich da, egal was passierte. Es ist beängstigend, aber ich konzentriere mich darauf, mein Leben voll auszukosten. Ich will, dass jeder Moment zählt.

„Wir sind gleich wieder da!" K. und Mani werden von der wogenden Menge mitgerissen und ich stoße mit einer Frau zusammen.

„Entschuldigung, es tut mir leid." Ich lächle sie an und umklammere mein Diplom. „Oh! Amber. Amber? Oh mein Gott, vielen Dank, dass du gekommen bist!"

Amber ist die beste Freundin meiner Webdesignerkollegin Foxfire. Wir waren schon öfter als Gruppe zur Happy

Hour unterwegs. Aber obwohl wir definitiv stets freundlich zueinander sind, hätte ich nicht erwartet, dass sie zu meiner Vereidigung kommen würde. Ich hatte sie erst zur Afterparty erwartet. Und doch ist sie hier.

„Herzlichen Glückwunsch!" Sie schließt mich in eine herzliche Umarmung. „Ich freue mich so für dich und kann die große Feier kaum erwarten."

Amber ist ein Mensch so wie ich … nun, mehr oder weniger. Seit ich durch meine Verbindung mit Alain in die übernatürliche Gruppe von Tucson integriert wurde, habe ich erfahren, dass Amber mit einem der mächtigsten Alpha-Wolfsgestaltwandler, Garrett, verpaart ist und selbst über ein paar beeindruckende Kräfte verfügt – übersinnliche Visionen. Das ist natürlich etwas, dass ich Mani oder K. nicht erzählen kann … Aber ich bin ziemlich gut darin geworden, mein Doppelleben zu managen.

Ich habe Amber nie gebeten, in meine Zukunft zu schauen, auch wenn sie anderen hilft, wo sie kann. Egal ob Alain und ich noch sechs Tage oder sechs Jahre haben, ich will es nicht im Voraus wissen. Vielleicht ist das der Grund, warum ich es vermieden habe, eine engere Bindung zu ihr aufzubauen, obwohl sie eine gute Freundin abgeben würde.

„Ich habe ein Abschlussgeschenk für dich." Amber lächelt mich warm und aufgeregt an. „Jetzt sofort. Ich glaube, es wird dir wirklich gefallen."

„Amber, das wäre doch nicht nötig gewesen." Aber mir fällt auf, dass ihre Hände leer sind.

Sie beugt sich vor und flüstert mir ins Ohr. „Manchmal kann ich die Sorge in deinem Gesicht sehen. Ich weiß, dass du es nicht wissen willst, und ich werde es auch nie wieder tun, aber nur dieses eine Mal, okay? Ich hatte kürzlich eine Vision von dir und Alain. Ihr standet nachts draußen und habt mit jemandem geredet. Und ihr saht dabei genauso aus wie heute. Jung, meine ich. Dann seid ihr gemeinsam in euer Auto gestiegen und davongeflogen."

„Davongeflogen? Du meinst, wir sind richtig schnell gefahren? Geschwindigkeit?" Ich runzle die Stirn.

„Nein." Sie zwinkert. „Du hast mich richtig verstanden."

„Es tut mir leid, aber ich verstehe nicht." Aber ich glaube, dass ich es vielleicht doch verstehe. Mein Herz beginnt, schneller zu schlagen.

Sie berührt meinen Arm. „Es ist eine ziemlich ausgeklügelte Maschine, Bri. Meine beste Vermutung? Sie wird erst in ähm, sagen wir, hundert Jahren oder so erfunden worden sein."

Mein Herz klopft heftig. „Willst du damit sagen …" Ich presse mir eine Hand auf den Mund.

„Nur von einer Frau zur anderen. Kurzfristig betrachtet mögen die Dinge hart sein, aber irgendwann wird alles gut."

Mir steigen Tränen in die Augen. „Ich glaube, das ist das beste Geschenk, das mir jemals jemand gemacht hat."

„Es ist kein einfaches Leben." Ich weiß, dass sie das Leben als oder mit einem Wesen mit übernatürlichen Kräften meint. Ihr Gesichtsausdruck ist mitfühlend. „Manchmal kann eine gute Nachricht wirklich helfen. Wie dem auch sei, ich denke, du hast heute Abend zwei Dinge zu feiern."

Sie drückt meine Hand und verschwindet im Getümmel. Dann kommen Mani und K. mit Luftballons, breiten Lächeln und weiteren Umarmungen zurück.

Als wir uns auf den Weg zu ihrem Haus machen, um meinen Abschluss zu feiern, sende ich meinen Dank an die Götter, das Schicksal und alle karmischen Kräfte, die das Universum regieren. Ich verspreche, so viel zurückzugeben, wie ich bekommen habe.

~

ALS ICH MICH mit meinem Diplom in der Hand an diesem Abend unserem Haus nähere, bin ich mit einer ganz neuen Energie aufgeladen. Ich habe bereits zuvor als Assistentin für Dr. A. gearbeitet. Jetzt, da ich meinen Abschluss in der Tasche habe, kann ich mehr Verantwortung übernehmen und an noch spannenderen Forschungsprojekten mitwirken. Und dann gibt es da noch die verlockende Geschichte, die Amber mir erzählt hat – und was sie bedeutet. Die einzige Person, mit der ich das alles heute Abend teilen möchte, ist mein Liebster, Alain.

Als ich das Haus betrete und Alain sehe, erfüllt mich die Liebe und Erleichterung in seinem Gesicht mit besonderer Freude.

„Du hast es geschafft." Er streckt seine Hand aus. „Willst du das hier wirklich immer noch?" Er zieht eine Augenbraue hoch und deutet auf sich und auf mich. „Frau Dr. Bri Shaugnessy. Möchtest du dein Leben immer noch mit einem Vampir verbringen?"

„Natürlich möchte ich das." Ich greife nach seiner Hand. „Weil ich dich liebe. Für immer."

Er lächelt. „Ich liebe dich auch." Dann nickt er. „Dann komm."

Ich schließe die Augen und lasse mein bisheriges Leben Revue passieren. Als ich die Augen wieder öffne, lächle ich.

Und schreite in meine Zukunft.

WOLLEN SIE MEHR?

MITTERNACHT DOMS

Alphas Blut

Ihr Vampir Master

Ihr Vampir Prinz

Ihr Vampir Held

Ihr Vampir Schuft

Ihr Vampir Rebell

Ihre Vampir Leidenschaft

Ihre Vampir Versuchung

Ihre Vampir Besessenheit

Ihr Vampir Fürst

LESEN SIE DIE BAD BOY ALPHA SERIE, DIE DEN
MITTERNACHT DOMS VORAUSGEHT

Bad Boy Alphas

Alphas Versuchung

Alphas Gefahr

Alphas Preis

Alphas Herausforderung

Alphas Besessenheit
Alphas Verlangen
Alphas Krieg
Alphas Aufgabe
Alphas Fluch
Alphas Geheimnis
Alphas Beute
(Alphas Blut)
Alphas Sonne
Alphas Sonne
Alphas Mond
Alphas Schwur

HOLEN SIE SICH IHR KOSTENLOSES BUCH!

Tragen Sie sich in meine E-Mail Liste ein, um als erstes von Neuerscheinungen, kostenlosen Büchern, Sonderpreisen und anderen Zugaben zu erfahren.

https://geni.us/jungfrauunddervampir

ÜBER DEN AUTOR

Über Alexis Alvarez

Alexis Alvarez – Autorin erotischer Belletristik und heißer, zeitgenössischer Liebesromane. Ihre Werke handeln von starken, intelligenten, frechen Heldinnen und den Männern, die ihre Liebe verdienen.

Mehr über ihre Arbeit findest du auf ihrer Webseite www.graffitifiction.com, auf der sie und ihre beiden Schwestern – die ebenfalls Romanautorinnen sind – über ihre Bücher bloggen.

Alexis ist nicht nur Romanautorin, sondern auch Fotografin und Digital Designer. Am liebsten verbringt sie Zeit mit ihrer Familie, sie liebt es zu reisen und wirklich unanständige Witze zu machen.

f